KB270844

# 딸아, 너는 생각보다 강하단다

딸아, 너는 생각보다 강하단다

Braver Than You Think by Maggie Downs



This Korean edition was published by Maven Publishing House in 2022
under license from Counterpoint Press arranged through Hobak Agency, South Korea.

# 딸아, 너는 생각보다 강하단다

비행기가 카이로를 향해 하강하기 시작했지만 나는 창밖을 쳐다보지 않았다. 미국에서부터 열두 시간 내내 창문 덮개를 내려 두었다. 잠을 자는 것도, 그렇다고 깨어 있는 것도 아닌 상태였다. 슬픔 탓이었다.

나는 느릿느릿 비행기에서 내렸다. 여행 중 유니폼처럼 입고 다닌 남색 샌들에 등산 바지 차림이었다. 제멋대로 자란 긴 곱슬머리는 푹 뒤집어쓴 후드티의 모자 안쪽에 숨겨져 있었다. 게다가 붉게 충혈된 눈과 꽉 다문 턱 때문인지 그 누구도 나한테 말을 걸어오지 않았다.

지난번 카이로에 착륙했을 때는 그렇지 않았다. 그때도 창가 자리에 앉았지만 창문 덮개를 한 번도 내리지 않았다. 얼룩투성이 창에 얼굴을 바짝 갖다 대고는 황금빛 땅덩어리를 가르며 유유히 흘러가는 초록빛의 나일강을 구경했다. 비행기의 고도가 낮아지자 산과 사구, 흐르는 모래 때문인지 땅이 숨을 쉬는 것처럼 보였다. 지상에 더 가까워지자 도시의 조명들이 유리와 금속에 부딪히면서 어른거려 호안석(호랑이의 눈동자를 닮은 적갈색 변성암)처럼 빛났다. 설레는 마음으로 비행기에서 내린 나는 수화물 찾는 곳에서 낯선 사람들과 쉴 새 없이 떠들었고, 택시 운전사에게도 선뜻 말을 붙였다.

그게 약 한 달 전이었다. 그 후 엄마가 알츠하이머병으로 돌아가셨다. 그래서 나는 급히 여행을 중단하고 장례식을 치르러 고향 오하이오로 돌아갈 수밖에 없었다. 눈 오는 날 엄마를 안장하고 나서 나는 비탄에 잠긴 채로 다시 비행기에 올랐다.

그렇게 도착한 카이로 공항. 가족들에게 잘 도착했다는 안부를 전하려 했는데 공중전화가 먹통이었다. 수화기를 하나하나 다 들어 보았지만 전부 신호가 걸리지 않았다. 인터넷 카페도 닫혀 있었다. 인터넷을 쓰거나 전화를 걸려면 어떻게 해야 하는지 물으니 다들 어깨만 으쓱했다.

그 순간 유리창 밖으로 제복 입은 남자들이 서 있는 광경이 눈에 들어왔다. 무장한 채 여행객 사이를 걸어 다니는 군인들도 보였다. 카이로 공항의 보안이 엄중하기는 하지만 이 정도로 많은 병력이 배치된 모습은 처음이었다. 무슨 일이 터진 걸까. 불안한 마음을 애써 누르며 주위를 살피니 사람들이 웅성웅성 텔레비전 앞에 모여 있었다. BBC 뉴스 속보가 나오고 있었는데, 탱크들이 보이고 그 사이로 수많은 사람들이 돌을 던지거나 바닥에 쓰러져서 몸싸움을 벌이고 있었다. 내가 오늘 머물려고 했던 호스텔에서 불과 한 블록 떨어진 타흐리르 광장은 지금 그야말로 아수라장이었다.

잠시 뒤 텔레비전 화면에 빨간색 굵은 글씨로 속보가 흘러갔다. '위기의 이집트!' 얼굴이 벌겋게 달아올랐고 눈물이 났다. 전신이 떨리고 자꾸만 다리에 힘이 빠졌다. 그날은 2011년 1월 25일, 이집트에 아랍의 봄이 불붙은 날이었다.

엄마는 돌아가셨고, 나는 집을 떠나 홀로 멀리 여행을 와 있고, 혁명은 시작되었다.

# Contents


prologue · 4


## *chapter 1*

# 만남
: 낯선 세상에서 만난 따뜻함에 대하여

**01  딸아, 너는 생각보다 강하단다 · 13**

내가 혼자 여행을 떠난 이유 / 무너진 삶의 끝에서 만난 스카이다이빙 / "이다음에, 시간은 나중에 충분할 테니까"라는 말은 틀렸다 / 어릴 적 엄마가 나에게 매일 아침 해 준 말


**02  엄마, 제발 이것만은 기억해 줘 · 27**

여행의 시작, 페루 / 엄마, 제발 이것만은 기억해 줘 / 여행을 떠나며 미처 생각하지 못한 것들 / 실제 해 보기 전까지는 아무도 모른다 / 3박 4일, 걷고 또 걷고 / 엄마와 나의 버킷 리스트, 마추픽추


**03  아마존에서 배우다 · 53**

우리가 길을 잃은 게 아니라 길이 우리를 잃은 거예요 / 엄마가 나에게 마지막으로 한 너무 슬픈 말 / 혼자가 된다는 것 / 따낄레섬 사람들의 세 가지 삶의 원칙 / 어떤 아픔이 있든 그래도 잠은 온다


**04  인생에서 확실한 건 예측이 불가능하다는 사실뿐 · 73**

야생 동물 보호 단체에서 자원봉사자로 일하다 / 오늘 또 정글 한 조각이 사라질지 모른다는 불안감 / '어느 날 갑자기'라는 말의 의미

05 살아 있다는 것은 충분히 기념할 만한 일이야 · 87

불편하지 않았다면 절대 몰랐을 고마움에 대하여 / 눈보라 속 나에게 주어진 두 가지 선택권 / 만약 내가 이대로 허무하게 죽는다면 / 버려진 기자늘의 무덤 잎에서

06 아무것도 하지 않는 것이 가장 위험할 수도 있다 · 108

우여곡절 끝에 아르헨티나 / 친구와 함께 카우치서핑을 / 이대로 부모가 될 기회를 놓치는 게 맞는 걸까? / 친구를 위로하는 가장 좋은 방법

07 오래도록 머물고 싶은 도시를 발견하는 기쁨 · 131

사람들은 내가 부에노스아이레스에서 죽을 거라고 말했다 / 머물지 않았더라면 미처 몰랐을 것들 / 떠나고 싶지 않은 도시를 떠나는 가장 멋진 방법

08 지푸라기 하나는 끊어질 수 있지만 합치면 강하다 · 146

가장 오래된 원시인류 유적이 나에게 끼친 영향 / 여행을 하며 처음으로 카메라를 내려놓던 순간 / 잊을 수 없는 응킬레니 마을의 철학 / 누군가가 나를 진심으로 환영해 줄 때 / 부족한 예산으로 사파리 여행을 즐기는 법 / 하이에나와 함께 마지막 밤을

09 엄마가 평생 나에게 숨겨 온 비밀  167

"아무것도 없는데 거기는 왜 가세요?"라는 질문에 답하는 법 / 우간다에서 라디오 DJ를 하게 될 줄이야 / 여행지에서 친구를 만드는 방식 / 우간다 왕과의 인터뷰, 그리고 대관식 / 엄마의 병을 핑계로 더 형편없는 사람이 되지는 말 것

10 내가 나일강 급류 래프팅에 도전한 이유 · 189

엄마라면 이럴 때 어떻게 했을까? / 나일강 급류와 싸우며 한 생각들 / 나는 더 이상 혼자서는 아무것도 못하는 열한 살짜리 여자애가 아니야

11 감히 이해한다는 말조차 건넬 수 없는 아픔에 대하여 · 201

르완다, 대학살이 벌어졌던 땅에 서서 / 영어 교사가 되다 / 2주간의 수업이 내게 남긴 가슴 아픈 질문 / 내 걱정들은 그저 사치에 불과했다 / 세상에서 가장 멍청한 싸움 / 아름다운 거짓말이 필요한 순간

12 엄마가 데려간다고 약속했던 피라미드 앞에 서서 · 222

나도 어미 고릴라처럼 할 수 있을까? / 화장실 같이 가 주는 친구에 대하여 / 제이슨에게 '안녕'이라는 말밖에 하지 못한 이유 / "피라미드, 엄마가 나중에 데려다줄게" / 이집트에서 메리 크리스마스 / 시나이산 정상에서 눈물을 흘린 까닭

## *chapter 2*

# 죽음

**: 누구나 모두 죽는다는 사실에 대하여**

01 사람은 누구나 죽어요 · 247

카이로에서 길을 건너는 법 / 불행한 예감, 그리고 아빠의 이메일 / "사람은 누구나 죽어요" / "작별 인사 외에 네가 할 수 있는 일은 없어"

02 이제 나는 엄마 없는 사람이 되었다 · 263

고통이 끝남과 동시에 희망도 사라져 버렸던 날 / 나는 엄마 없는 사람이 되었다 / 엄마의 장례식

## chapter 3

# 삶

## : 엄마의 말처럼 나는 강한 사람이니까

**01** 이집트에서 목숨을 걸고 탈출을 감행하기까지 · 277

아랍의 봄 발발 – "카이로에 머물지 마십시오" / 이집트를 탈출하기까지 / 말없이 나를 위로해 준 고대의 노시, 페트라 / 사막에서의 밤 그리고 최고의 만찬

**02** 어느 누구도 내 슬픔을 대신해 줄 수 없다는 사실 · 297

유일한 선택지는 정면 돌파뿐 / 최악의 상황에서도 할 수 있는 일은 분명 있다 / 책임감 있는 지구 여행자가 되는 법

**03** 고통에 슬기롭게 대처하는 법 · 307

그럼에도 인도에 가야 할 이유 / 인도를 경험하는 최고의 방법 / 고통에 슬기롭게 대처하는 법 / 깨달음의 과정은 원래 지루하기 마련이죠 / 사랑하는 이의 죽음을 받아들이는 법

**04** 두 코끼리와 개에게서 배우다 · 328

코끼리 보호 자원봉사를 신청한 이유/ 두 코끼리와 개에게서 배우다 / 여행지에서 새해를 맞이하는 특별한 방법 / 만약 그 친구들이 없었더라면

**05** 1년 전 여행을 시작할 때는 몰랐던, 하지만 이제는 알게 된 것들 · 342

앙코르와트, 그리고 시간의 신 / 엄마처럼 기억을 잃어버린 사람을 만났을 때 / 아르헨티나에선 몰랐지만 이제는 알게 된 것 / 나는 혼자서도 충분히 물에 떠오를 수 있는 사람이다 / 언제나 당당하게 라플레시아꽃처럼

epilogue : 아들과 함께 다시 그곳을 찾은 이유 · 366
감사의 말 · 376

# 만남

## : 낯선 세상에서 만난 따뜻함에 대하여

아무도 내가 가는 줄 모르지만
모든 것이 나를 기다리고 있었다.

---

- 피터 스미스 (미국의 펑크록 음악가이자 시인)

# 딸아,
# 너는 생각보다 강하단다

남편 제이슨이 나를 꼭 끌어안았다. 2010년 7월 8일, 우리의 신혼 첫날밤이었다. 누가 보면 정열적인 포옹으로 착각할 수도 있겠지만 실상은 페루의 리마 국제공항에서 차가운 바닥에 누워 서로를 부둥켜안은 채 몸을 녹이고 있을 뿐이었다. 제이슨은 추위에 떨며 이를 악문 채 나에게 말했다.

"와우, 너무 멋진 신혼여행인데?"

물론 농담으로 한 말이었다. 하지만 나는 우리가 곧 헤어질 것을 알기에, 정말로 멋진 여행이 될지 궁금했다. 엄밀히 따지자면 이번 페루 여행은 우리가 부부로서 처음 떠나는 여행이었다. 또한 내 1년간의 세계 일주가 시작되는 출발점이기도 했다. 신혼 여행이 끝나면 남편은 집으로 가고 나는 혼자 여행을 계속할 계획이었다.

내가 혼자 여행을 떠난 이유

:

　세계 일주에 대한 아이디어는 엄마의 알츠하이머병이 말기로 접어든 시점에 구체화되었다. 계획을 처음 떠올린 것은 2009년, 신문사에서 근무한 지 10년쯤 되었을 무렵이었다. 내 책상에는 취재 수첩과 파일이 산더미처럼 쌓여 있었고, 최우수 리포터상, 최우수 특집 기자상, 최우수 칼럼상 등 상패가 즐비했다. 그러나 남의 이야기만 전했을 뿐, 내 이야기는 하지 못한 10년이었다.

　그동안 흥미로운 사람들을 많이 만났지만 내 세계는 작고 시시한 무언가로 압축되어 버린 느낌이 들었다. 해외여행은 언감생심, 남부 캘리포니아의 임대료를 간신히 충당할 수 있을 정도의 수입으로 생활했다. 내게 배정된 2주간의 휴가로 멀리 떠나기란 쉽지 않았다. 그런데 문득 그런 생각이 들었다. 직장을 관두고 1년 동안 세상을 돌아다니면서 엄마에게는 기회가 주어지지 않았던 그 여정을 내가 대신 마무리하면 어떨까?

　처음에는 정신 나간 아이디어 같았지만 곰곰이 생각할수록 지금 꼭 해야 할 일처럼 느껴졌다. 엄마는 하고 싶은 것들이 많았지만 그 모두를 미룰 수밖에 없었다. 가족들을 뒷바라지하고 세 아이를 키워야 했으니까 말이다. 그러다 2001년, 하고 싶은 일들을 하나도 이루지 못한 채 알츠하이머병 진단을 받았다. 나도 엄마처럼 되면 어떡하지? 내 인생을 비좁은 사무실에 가두어 놓고서는 엄마가 했던 실수를 똑같이 반복하고 있는 건 아닐까? 엄마가 바라 마지않던 인생을 살 수 있는 기회를 이대로 놓칠 수는 없었다.

결국 나는 세 차례의 야드 세일(필요 없는 물건을 집 앞마당에 펼쳐놓고 판매하는 것), 몇 편의 비행기 예약, 한 통의 사직서 끝에 지금 여기, 리마 공항에 와 있다.

엄마가 정식으로 버킷리스트를 만든 적은 없었지만, 나는 엄마가 하고 싶었지만 결국은 하지 못했던 아홉 가지 일을 떠올렸다. 1년간 여행을 하면서 엄마를 대신해 작성한 버킷리스트를 하나씩 지워 나가는 한편 내 개인적인 목표도 몇 가지 달성할 계획이었다. 제이슨은 페루에서 나와 함께 3주를 보낸 다음 캘리포니아로 돌아가기로 했다. 그가 떠난 다음, 나는 혼자서 남아메리카를 거쳐 아프리카와 아시아까지 여행을 할 생각이었다.

나 혼자 지구를 한 바퀴 돌고 집으로 무사히 돌아갈 수 있을까? 무엇보다 이런 식으로 결혼 생활을 시작했다는 사례는 들어 본 적이 없었다. 제이슨이 나를 믿고 지지해 준 점은 감사한 일이었지만 그렇다고 내 행동이 초래할 위험에 대해 모르는 건 아니었다. 그리고 결혼하자마자 1년 동안 서로 떨어져 지내는 것이 과연 어떤 결과를 가져올지 짐작이 되지 않았다.

공항에서 노숙하자는 건 시간과 돈을 절약하기 위한 내 아이디어였다. 우리는 온종일 이동한 상태였다. 미국 모레노밸리에 있는 친구 집에서 차로 로스앤젤레스 공항에 가서 파나마시티행 비행기를 탔고, 그다음에 페루의 리마까지 날아왔다. 도착해 보니 자정이 넘어 있었고 쿠스코로 가는 비행기는 새벽 네 시 탑승 예정이었다. 공항 반경 65킬로미터 이내에는 저렴한 숙소가 없었기 때문에, 몇 시간 동안 공항에서 잠을 청하는 것이 합리적인 선택이었다. 제이슨이 말했다.

"내가 좋을 때나 어려울 때나 당신과 함께하겠다고 서약했던가?"

"응, 그리고 지금이 바로 '어려울 때'에 해당해."

그런데 생각보다 공항에서 우리처럼 노숙하는 경우가 흔한 것 같았다. 많은 국제선 비행기가 밤 늦게 도착하는 반면 국내선 비행기는 이른 아침에 뜨는 탓이었다. 제이슨과 나는 인터넷 카페의 바닥에 자리 잡았다. 사람들의 통행량이 많지 않으면서도 너무 외지진 않아서 강도를 당할 염려가 적은 장소였다.

하지만 막상 바닥 타일에 한쪽 뺨을 대고, 얼굴을 향해 굴러오는 머리카락 뭉치와 휴지 조각을 지켜보고 있자니 썩 기분 좋지는 않았다. 바닥은 영안실 시체 안치대처럼 차갑고 딱딱했으며 캐리어를 끌고 가는 사람들의 발소리가 끊이지 않았다. 눈을 감을 때마다 다음 국제선 비행 편을 알리거나 늑장 여행객의 이름을 호출하는 안내 방송이 쉼없이 들려왔다.

게다가 결정적으로 우리에겐 침낭이 하나밖에 없었다. 나머지 침낭 한 개는 쿠스코에 가서 대여할 계획이었기 때문이다. 그래서 우리는 일인용 침낭의 지퍼를 열고 그걸 덮은 다음 최대한 몸을 움츠렸다. 나는 23킬로그램 정도 되는 파란색 배낭을 꼭 끌어안았다. 그 안에는 1년 동안 필요한 옷가지와 물품, 장비가 가득 들어 있었다. 그러니까 나는 내가 사랑하는 전부와 나에게 필요한 전부 사이에 샌드위치처럼 끼인 상태였다. 제이슨이 말했다.

"있잖아, 다른 커플들은 신혼여행 때 4성급 호텔에 묵는다는 거 알아?"

물론 알고 있었다. 하지만 우리는 다른 커플과 같지 않았고 처음 만난 날부터 나는 그걸 알았다.

먼저, 이 모든 일의 발단이 된 엄마의 병 이야기를 해야겠다. 2000년, 나는 대학을 졸업하고 첫 직장인 신문사에서 일하고 있었다. 사는 곳은 오하이오주의 남동부에 있는 제인즈빌이라는 강변 도시로, 부모님이 계시는 데이턴 근교로부터는 약 두 시간 떨어진 거리에 있었다. 나는 주말에 빨래를 하고 미트로프를 먹으러 부모님 댁에 가곤 했는데, 어느 날 문득 엄마가 트레이드마크처럼 즐겨 바르던 레블론 립스틱을 더 이상 바르지 않는다는 걸 깨달았다. 음식이라 부를 만한 것도 더는 만들지 않았다. 무엇보다 엄마는 주의가 산만했고 불안해했다. 길가에 주차해 놓은 빨간색 트럭을 보고선 누군가가 당신을 염탐 중이라고 확신하기도 했다.

그러다가 엄마는 알츠하이머병 진단을 받았고, 그때부터 엄마의 세상과 나의 세상은 송두리째 달라졌다. 엄마의 삶은 거꾸로 뒤집어 놓은 스크랩북 같아 보였다. 추억의 파편들과 사람들의 사진이 군데군데 뜯겨 나갔고, 텅 빈 페이지는 점점 더 많아졌다.

그다음 2년 동안 알츠하이머병 증상은 빠른 속도로 악화되어 갔다. 엄마가 기억을 잃어 갈수록 나는 기억을 많이 모으고 싶어졌다. 그렇게 해야만 시간을 의미 있게 보내고 내 인생의 페이지를 채울 수 있을 것 같았기 때문이다. 그래서 하고 싶은 일들의 목록을 만들었고, 그것을 이루기 위해 미친 듯이 애썼다. 신시내티로 이사했고, 〈신시내티 인콰이어러〉의 칼럼니스트 겸 리포터가 되었으며, 상자째 구입하던 와인을 병 단위로 신중하게 골랐다.

잠깐, 방금 그 부분은 삭제하기로 하자. 실제보다 내 행동을 숭고하게 포장해 주니까. 나는 단지 엄마가 병을 앓고 있다는 현실을 철저히 외면하고 있을 뿐이었다. 나는 내면의 상처와 견디기 어려울 정도의 불안을 누그러뜨리기 위해 할 수 있는 일은 무엇이든 했다. 엄마를 조각조각 잃어버린다는 사실을 차마 마주할 수 없었고, 그래서 대부분은 마주하지 않았다.

부모님 댁은 불과 한 시간 거리에 있었지만 꼭 필요한 일이 아니면 가지 않았다. 매일 밤 밖으로 나돌았고, 연이은 파티에 뒤풀이 모임까지 빼놓지 않고 참석했다. 부적절한 상대와 연애하기도 했다. 후회스러운 기분이 들 때가 많았지만 어떠한 감정이라도 느낀다는 사실에 만족했다.

### 무너진 삶의 끝에서 만난 스카이다이빙

:

그러다 일을 하나 저질렀다. 어느 날 아침 신시내티에서 차를 몰고 생애 첫 스카이다이빙을 하러 인디애나 시골의 공항 격납고로 간 것이다. 나는 자꾸만 밀려오는 두려움을 어찌해야 할지 몰라 헤매고 있었기에 무엇이든 해야만 했다. 왜 하필이면 스카이다이빙이었는지는 모르겠다.

다만, 알츠하이머병이 모계 유전이라는 것을 시사하는 몇몇 연구 결과를 보게 되었고, 그 사실은 스카이다이빙보다도 훨씬 더 나를 두렵게 했다. 내가 세상에서 가장 사랑하는 엄마가, 나를 세상에서 가장 아껴 준 엄마가 언젠가 나를 죽음으로 몰고 갈 돌연변이 유전자를 물려주었을지도 모른다니.

내가 등록한 스카이다이빙은 AFF(Accelerated Free Fall, 속성 자유 강하) 방식이었다. 두 명의 교관이 내 옆에 한 명씩 붙어서 같이 뛰어내리는 것이다. 교관들은 인간 보조 바퀴처럼 내 낙하복을 붙들어 내가 하늘에서 빙글빙글 돌지 않게 막는 역할을 한다. 그러다가 1,500미터 높이에 다다르면 나는 스스로 낙하산을 펼치고 조종해서 지상까지 내려와야 했다. 먼저 여섯 시간 동안 지상 수업을 받으며 스카이다이빙의 시작부터 착륙까지 전 과정을 연습했는데, 이는 스카이다이빙 전 반드시 이수해야 하는 의무 사항이었다.

나는 점프할 때 '저 남자'만 빼면 누구와 짝이 되어도 괜찮다고 말해 두었다. 덥수룩한 머리의 그는 마운틴듀 광고 촬영장에서 막 튀어나온 듯 능글능글하고 활기 넘쳐 보였다. 하지만 잔디 얼룩이 묻은 낙하복을 입고, 움푹 찌그러진 헬멧을 쓰고 있어서인지 전혀 신뢰가 가지 않았다.

그런데 탑승자 명단이 나와서 확인해 보니, 나에게 배정된 두 교관은 버드라는 단단한 체구의 진지한 교관과 바로 그 남자, 제이슨이었다. 걸을 때도 말할 때도 과잉 흥분 상태인 제이슨의 손에 내 목숨이 맡겨진다 생각하니 속이 울렁거렸다. 그와는 어디에도 같이 가고 싶지 않았다. 하물며 시속 190킬로미터로 하늘에서 떨어지는 일은 두말할 필요도 없었다. 제이슨이 하이파이브를 하려 하자 나는 재빨리 손을 뒤로 빼면서 팔짱을 꼈다.

스카이다이빙용 비행기 안에는 좌석이 없다. 좌석은 공간을 잡아먹고 중량을 늘릴 뿐 아니라, 스카이다이빙 장비에 달린 갖가지 손잡이와 끈이 걸리기라도 하면 위험하기 때문이다. 그래서 열댓 명의 탑승자들은 바닥에 빽빽하게 붙어 앉아서는 다리를 벌린 자세로 서로에게 몸을 기대었다. 나는 제이슨의 무릎 안쪽에 자리를 잡았고 그는 두 팔을 내게 둘렀다. 적정 고도까지 올라가는 동안 너무 춥고 긴장이 되어 손가락이 뻣뻣해지고 입술이 떨렸다. 한 차례 수신호를 연습한 후, 그는 상체를 앞으로 숙여 내 귀에 속삭였다.

"괜찮으세요?"

"괜찮아요."

"얼굴이 창백해 보이는데요?"

"괜찮다니까요. 내 얼굴색은 원래 이래요."

4,000미터 상공에 이르자 비행기는 스카이다이버들이 탈출하기 좋게 속도를 늦추었다. 그중 한 명이 문을 열고 공중으로 머리를 내밀었다. 순식간에 비행기 안으로 공기가 밀려 들어오자 호흡하기가 힘겨웠고 눈이 건조해졌다. 지켜보던 제이슨이 부드럽게 말했다.

"이봐요, 스카이다이빙은 본인 선택이에요. 마음 가는 대로 하는 게 제일 중요해요. 만약 하고 싶지 않으면…."

"할 거예요."

하지만 긴장은 좀처럼 풀릴 줄을 몰랐다. 급기야 나는 제이슨의 팔에 안겨 바들바들 떨었다. 그는 다시 나에게 말했다.

"뛰어내리고 싶지 않으면 비행기를 타고 같이 내려가 줄게요. 꼭 해야 하는 건 아녜요. 안 해도 괜찮아요."

그러고는 오른팔을 내밀고 '긴장 풀어요'라는 의미의 스카이다이빙 수신호를 만들어 보였다. 마치 손을 씻었는데 페이퍼타올을 찾을 수 없을 때처럼 손을 천천히 흔드는 동작이었다.

비행기는 낙하지점 위를 빙빙 돌았다. 사람들이 한 명씩 비행기 문을 향해 비틀거리며 걸어갔고, 다른 세상으로 잡혀간 듯 홀연히 사라졌다. 좀 전까지만 해도 나와 함께 있던 사람들이 순식간에 사라지는 모습을 보니 헉 소리가 절로 나왔다.

문득 엄마가 떠올랐다. 엄마는 이제 비행기 창문 너머의 세상을 보고 싶어도 볼 수 없게 되었다. 늦은 밤 대화를 나누며 우리가 세웠던 모든 계획 또한 영원히 미완의 상태로 남을 테고, 여행이라는 엄마의 꿈도 물거품이 되고 말았다.

### "이다음에, 시간은 나중에 충분할 테니까"라는 말은 틀렸다

:

내가 기억하는 한 우리 가족은《내셔널 지오그래픽》잡지를 오랫동안 구독했다. 매달 신간 호가 도착하면 엄마와 나는 부엌 식탁에 앉아 이집트의 피라미드부터 마추픽추의 유적과 사파리, 황금색 사원 내부, 페트라의 장밋빛 협곡까지 전 세계를 여행했다. 오하이오의 소박한 우리 집에서 꿈꾸기엔 더없이 요원한 곳들이었지만 엄마와 함께 그곳들을 여행할 계획을 세우고 있노라면 왠지 모를 마법 같은 힘이 생겼다. 거의 실현 가능한 일처럼 느껴졌던 것이다. 하지만 엄마는 가고 싶은 곳들을 말하다가도 조심스럽게 접곤 했다. 가족을 돌보기 위해 당신의 욕구를 제쳐 놓은 것이다. 엄마는 내게 종종 말했다.

"이다음에, 시간은 나중에 충분할 테니까."

하지만 엄마가 틀렸다. 엄마는 죽음을 향해 서서히 다가갔을 뿐, 꿈을 향해서는 여권 도장 하나만큼도 가까이 다가가지 못했다.

이제 비행기 안에는 조종사와 우리 그룹만 남은 상태였다. 나는 어깨 너머로 제이슨을 돌아보면서 소리쳤다.

"자신이 없어요. 이건 평소의 나답지 않아요. 나는 원래 남들이 많이 다니는 길을 좋아하는 편이거든요. 밟아서 다져진 길을 선호하는 사람이라고요."

"지금 가는 곳에는 길이 없어요! 그럼 여기서 그만둘래요? 어쨌든 선택을 내려야 해요. 지금."

그가 옳았다. 이것은 내 선택이었다. 인생이, 그리고 질병이 언젠가 나에게 아무런 선택권을 남겨 주지 않을 수도 있다는 사실을 알고 나니, 모든 순간이 중요하다는 절박감이 생겼다. 나는 오른발을 앞에, 왼발을 뒤에 두고는 반쯤 주저앉은 자세를 취한 채 오른손은 비행기 내부를 짚고 왼손은 밖으로 뻗었다. 그러고는 '업, 다운, 아치' 구령에 맞추어 밖으로 나갔다. 갑자기 등골이 뻣뻣해지고 온갖 엉뚱한 곳에 신경이 쓰였다. 신발 끈이 풀려서 발목을 때렸다. 신발이 벗겨지면 어쩌지? 아니면 자유 낙하 중에 새와 부딪치면? 땅은 나를 통째로 삼키려고 기다리는 거대한 녹색의 나락 같았다.

그런데 왼쪽으로 고개를 돌리니 내가 안전하게 낙하할 수 있도록 제이슨이 내 멜빵을 붙잡고 있었다. 나를 든든히 지켜 주는 그가 갑자기 잘생겨 보였다. 그는 내 얼굴 앞으로 손을 내밀어 흔들며 입 모양으로 말했다.

"긴장 풀어요."

나는 그의 지시를 따라 숨을 내쉬었다. 할 수 있어.

잠시 뒤 나는 1,500미터 상공에서 낙하산을 펼쳤고, 푸른 하늘 속을 부드럽게 표류했다. 사방의 구름은 거대하게 부풀려진 밀가루 반죽 같았고, 공기는 깨끗하고 무지개처럼 영롱한 냄새가 났다. 발밑으로 인디애나주의 에메랄드색 농지에 집들이 보석처럼 박혀 있었다. 그 광경은 그림 같기도 하고, 엽서 같기도 하고, 거대한 동시에 하찮은 그 무엇과도 같았다. 분명한 건 하늘에서는 아무것도 지치거나 아파 보이지 않는다는 것이었다. 오로지 가능성만 있을 뿐이었다. 나는 고속 도로와 장남감처럼 보이는 조그만 자동차, 땅에만 붙어서 사는 것이 얼마나 불운한 일인지 알 리 없는 사람들을 가만히 내려다보았다. 너무 활짝 웃어서 뺨이 당길 정도였다.

그 후 나는 주말마다 스카이다이빙장에 출근 도장을 찍었다. 솔로 점프 자격증을 땄고, 몇백 번 더 스카이다이빙을 했으며, 그중 대부분을 제이슨과 함께했다. 그러다 문득 내 생명을 맡길 수 있다면 그와 데이트 정도는 해도 되지 않을까 생각했다. 그 후로 줄곧 우리는 이런저런 일에 함께 뛰어들었다.

어릴 직 엄마가 나에게 매일 아침 해 준 말
:

엄마가 죽음을 향해 나아가는 동안 나는 삶을 향해 나아가 보겠다고 결심한 덕분에, 지저분한 공항 바닥에 드러누워 코앞으로 지나가는 진흙투성이 등산화와 여행 가방의 바퀴를 지켜보는 신세가 되었다. 제이슨이 떠나고 나면 나는 세상을 혼자 배회할 작정이었다.

나는 배낭을 끌어안은 채 생각했다. 위험하진 않을까, 친구를 사귀게 될까, 엄마가 갈망했던 무언가를 내가 찾을 수 있을까. 이 여행이 엄마를 향한 경의의 표현이 될지, 우리 가족을 분열시키게 될지 알 수 없었다. 단 몇 주도 못 버티고 캘리포니아로 돌아가게 될지, 아니면 상황이 힘들어도 돌파해 나가는 회복 탄력성을 발휘하게 될지도 궁금했다. 목표는 베트남 하롱베이까지 가는 것. 하롱베이는 내 버킷리스트에 올린 장소 중 하나로, 이 여행의 성공 여부를 판가름하는 나만의 척도였다.

나는 돈이 많은 것도 아니고, 부유한 집안 출신도 아니다. 오하이오의 작은 마을에서 태어나 언니, 오빠와 함께 자랐는데 그들은 내가 일곱 살 때 이미 독립했다. 아빠는 공군에 복무하며 밑바닥에서부터 한 단계씩 진급했고, 엄마는 형편이 쪼들릴 때마다 호텔 연회장에서 열리는 채용 박람회에 참석해 시간제 일자리를 구했다. 꽃뿌리를 갈라 플라스틱 모판에 다시 심는 일, 의류 할인점에서 손님들을 탈의실로 안내하는 일, 농장에서 칠면조를 도축하는 일도 마다하지 않았다. 엄마는 써 주겠다는 곳이면 어디든 달려갔고, 늘 지친 모습으로 집에 돌아왔다.

그런데도 나는 어렸을 때 우리 집이 가난한지 몰랐다. 주스는 당연히 냉동실의 캔을 녹여 마시는 것이고, 화장지는 원래 한 겹인 줄로만 알았다. 다행히 나중에는 비록 대출을 받긴 했지만 부모님이 나를 대학교에 보낼 정도의 경제적 여유가 생겼고, 우리 집 냉장고에는 종이 팩에 든 주스가 채워졌다. 하지만 용돈이 넉넉하지는 않았다. 그래서 대학 시절 나는 패스트푸드와 생맥주의 호사를 누리기 위해 매주 혈장을 팔았고, 가끔 오토바이 전시회에 나가 가죽 바지와 재킷을 판매하기도 했다.

어쨌든 나는 돈을 벌려고 열심히 일해 왔다. 그리고 이번 여행을 위해 자동차와 대학 시절에 받은 가죽 제품들을 포함해 가진 것을 대부분 팔았다. 은행 계좌에 총 10,000달러가 있었고, 그만둔 신문사에 매월 한 편씩 원고를 보내고 고료를 받기로 합의했다.

제이슨은 스카이다이빙 교관 일을 관두고 공립 학교 교사로 일했다. 2006년에 둘이서 캘리포니아로 이사한 뒤 직업을 바꾼 것이다. 그가 대학에 복학했을 당시 나는 이렇게 말했었다.

"적어도 직업 안정성은 보장될 거야. 세상에는 언제나 교사가 필요하니까."

2008년 경기 침체 이후, 나는 이 말을 뱉은 걸 두고두고 후회했다. 제이슨이 학교 시스템 내에서 설 자리를 찾느라 힘들어했기 때문이다.

신임 교사인 제이슨은 매년 정리 해고 대상이 되었다가 복지 혜택이 없는 장기 기간제 교사로 다시 불려 갔고 학기가 몇 개월 지나면 슬그머니 정규직 신분을 돌려받았다. 그러다 2010년 결혼식 일주일 전에 다시 해고 통지가 날아왔다. 내 여행이 이미 결정된 뒤였다. 주머니 사정이 빠듯해서 우리는 한 푼이라도 아껴야 했다.

나는 해외여행 경험이 미천했고, 고등학교 때 배운 프랑스어 몇 문장 빼고는 영어 외에 할 줄 아는 언어도 없었다. 교과서에 나오는 예문처럼 클로드가 양말을 사거나 디스코텍에 가는 상황이 발생하지 않는 한, 전혀 도움이 되지 않는다는 뜻이었다. 모아 둔 돈도, 안전망도, 기술도 없었다. 이런 내가 창피하고 앞으로의 여정이 두려웠다.

공항을 훑어보았더니 노련해 보이는 여행자들이 눈에 들어왔다. 나는 그들과 같지 않다. 순간 눈을 감고 초등학교 때 엄마가 매일 아침 배웅하면서 해 주었던 말을 떠올렸다.

"넌 생각보다 강하단다."

그때 나는 머리를 양 갈래로 길게 땋고 작은 녹색 책가방을 멘, 고작 3킬로미터 남짓한 등굣길을 혼자 걸어가는 것도 두려워하는 여자아이에 불과했다. 그런데 엄마는 왜 나한테 그런 말을 한 걸까? 그때 이미 딸아이의 눈 속에서 세상 구경에 나서는 용기 있는 여자를 보았던 걸까?

머리 위 스피커가 탁탁 소리를 내더니 안내 방송이 흘러나왔다. 우리가 탈 쿠스코행 비행기의 탑승이 시작되었다.

# 엄마,
# 제발 이것만은 기억해 줘

쿠스코에 도착하니 누군가 주먹으로 가슴을 호되게 한 방 때리는 느낌이었다. 무직에 집 없는 신세가 된 막막한 현실이 나에게 주먹질하는 걸지도 몰랐다.

과거 잉카 제국의 수도인 쿠스코는 안데스의 고지대에 자리해 공기 중 산소가 희박하다. 비행기에서 내리자마자 천식 때문에 폐가 당기는 느낌이 들었다. 고산 지대에 적응할 때까지 힘들 거라 예상은 했지만, 이 정도로 강도 높고 즉각적으로 다가올 줄은 몰랐다. 숨을 들이마실 때마다 바람 새는 풍선을 불 때처럼 굉장한 노력이 필요했다. 흡입기를 몇 차례 들이마신 후에야 호흡이 수월해져 가까스로 정신을 차릴 수 있었다.

## 여행의 시작, 페루



공항을 나서는데 투어 가이드, 택시 운전사, 숙박업소 직원들, 행상들이 하나같이 우리의 소매를 잡아끌었다. 얼굴 앞으로 소책자를 들이밀며 특별 할인을 약속하기도 했다. 해외여행을 한 번도 해 본 적 없는 제이슨은 어디로 가야 하는지 묻듯이 내 쪽을 바라보았다. 하지만 나도 막막하긴 마찬가지였다. 이제껏 내가 미국 밖으로 나가 본 것은 도착지에서 누군가가 나를 기다리고 있는 짧은 여행뿐이었다. 하지만 나는 남편을 안심시키고 싶었다. 혼자 여행하는 동안 제 앞가림을 할 줄 아는 자신감 있고 유능한 여자로 비치고 싶었던 것이다. 나는 말했다.

"따라와."

여행 경험은 없지만《론리 플래닛》가이드북 페루 편의 주의 사항 섹션 전체를 외우다시피 했다. 그래서 그를 이끌고 공항 밖으로 빠져나가면서 여행 책자에 있는 금쪽같은 조언들을 빠르게 속삭였다.

"흉악한 강도가 늘고 있대. 공인 택시만 이용해야 해. 가방은 꼭 붙잡고 있고. 그리고 절대 합승을 허락해서는 안 돼."

공항 통로를 따라 노점이 몇 줄씩 길게 늘어서 있었는데 어느 줄 중간쯤엔가 '공인 택시'라고 적힌 나무 팻말을 세워 둔 작은 책상이 보였다. 그래서 책상 뒤편에 앉아 있는 남자에게 공인 택시가 맞냐고 묻자 그는 '이 간판 안 보여요?'라고 말하듯 고개를 까딱거리며 대답했다.

"씨(si, 네)"

"얼마죠?"

"페루 돈으로요? 30솔입니다."

흥정은 처음이었다. 나는 어떻게 받아쳐야 할지 몰라서 이렇게 말했다.

"아니, 제 가이드북에는 15솔이라고 되어 있는데요."

"아, 공항세가 있어요."

그렇다면 말이 되네. 나는 어깨를 으쓱하고 12달러 상당의 돈을 건넸다. 그는 티켓에 뭐라고 글씨를 휘갈겨 쓰더니 다른 남자에게 티켓을 전달했고, 마치 육상 경기에서 바통을 건네듯 그 남자는 티켓을 또 다른 사람에게 넘겼다. 혼란스러웠다. 누구를 따라가야 할지 몰라 허둥지둥하고 있는데 처음에 표를 판 남자가 "이쪽이요"라며 차 한 대를 가리켰다.

우리는 공인 택시는 고사하고 자동차라고 부르기도 민망한 차량 앞으로 다가갔다. 그러자 운전사는 내 어깨에서 배낭을 들어 올려 트렁크에 휙 던져 넣더니 더러운 밧줄을 동여매 단단히 문을 닫았다. 그러고는 나를 택시 안으로 욱여넣었다. 제이슨도 마찬가지였다. 그런데 잠시 후 낯선 페루 남자가 우리 옆자리에 미끄러지듯 들어와 앉았다. 당황한 나는 운전사에게 말했다.

"안 돼요. 모르는 사람과 합승하지 않겠어요."

하지만 운전사는 공인 택시라서 괜찮다는 말을 하고는 바로 택시를 출발시켰다. 이미 문은 모두 잠겨 있는 상태였다. 목덜미에서 진땀이 나기 시작했다. 잠시 후 낯선 남자가 무릎 위에서 서류 가방을 열자, 총이라도 들어 있는 게 아닐까 싶어 두려워졌다. 그런데 남자는 웬 사진들을 우리에게 보여 주며 중고차 영업 사원처럼 열띤 목소리로 물었다.

"마추픽추를 구경해 보시는 건 어떠세요?"

나는 더듬더듬 핑계를 댔다.

"아, 저희가 이미 예약을 했거든요."

"그럼 마켓 투어는 어떠실까요? 알파카 농장에 들렀다가 알파카 매장까지 모셔다드려요."

이번에는 제이슨이 나서서 괜찮다고 말했다. 하지만 판매원은 멈추기는커녕 점점 더 많은 사진을 보여 주며 어떻게든 투어 상품을 팔려고 애썼다. 밖을 보니 우리가 묵기로 한 호스텔 엘 투코가 보였다. 하지만 운전사는 그 블록을 빙빙 돌며 택시를 세우려 하지 않았다. 그사이 판매원이 또다시 물었다.

"신나는 파티 좋아하세요?"

"아뇨! 파티 안 좋아해요. 제발 저희를 보내 주세요."

"아, 고대 사원을 보고 싶으시구나."

얼마쯤 시간이 흘렀을까. 마침내 운전사가 차를 세웠다. 얼른 택시에서 내리는데 판매원이 황급히 우리를 붙잡았다.

"아니, 엘 투코에 묵으세요? 제가 바로 엘 투코에서 일해요. 손님만을 위해 특별히 할인을 해 드릴게요."

서른여섯 시간 연속 깨어 있었기 때문일까, 아니면 이 낯선 사람이 끝내 우리를 지치게 만들어서였을까. 이유야 어찌 되었든 우리는 그가 체크인하는 곳까지 따라오도록 그냥 내버려 두었다.

나는 엘 투코의 주인장 코코를 바로 알아보았다. 예약할 때 인터넷에서 본 사진 덕분이었다. 그는 육중한 몸집으로 정문을 가로막고 서서는 우리를 따라온 판매원에게 스페인어로 소리쳤다. 그러자 판매원이 뭐라고 중얼중얼 대꾸했고 그 말을 들은 코코는 고함을 지르며 한 걸음 앞으로 나갔다. 나는 곧 난투극이 펼쳐질 것으로 예상했다. 하지만 다행히도 잠시 후 판매원은 올려 빗은 땀투성이 머리카락을 매만지고 옷매무새를 고치더니 발길을 돌려 문밖으로 뚜벅뚜벅 걸어 나갔다. 고요한 실내에 어색한 분위기가 감돌았다. 내가 정적을 깼다.

"체크인할 수 있을까요? 너무 피곤하네요."

"체크인은 세 시간 뒤부터예요. 일단 로비에 앉아서 쉬고 계세요. 쿠스코에 오느라 수고 많으셨습니다."

## 엄마, 제발 이것만은 기억해 줘

1박에 8달러짜리 객실에 뭘 기대한 건 아니었지만 현실은 더 처참했다. 우리는 각자의 폼 매트리스 위에서 양털 모자를 귀까지 눌러쓰고 냉기와 싸우며 잠을 청해야 했다. 제이슨이 나에게 "사랑해, 자기야"라고 말했지만 나는 입술이 덜덜 떨려 대답을 할 수 없었다. 그런데 아이러니하게도 곰팡이로 뒤덮인 샤워기에서 나오는 물은 고통스러울 정도로 뜨거웠다. 그래서 샤워를 제대로 할 수가 없었다. 이것이 남아메리카에서 하게 될 마지막 온수 샤워이며, 나중에는 내 피부를 잘 익은 토마토색으로 바꿔 놓은 이 뜨거운 물이 아쉬워지리라는 걸 알았지만 하는 수 없었다.

쿠스코에 안전하게 도착했다고 전화를 했을 때 아빠는 마침 엄마
와 같이 있었다. 정확하게 말하자면 내가 어린 시절을 보낸 벽돌집
에서 50킬로미터 정도 떨어진 곳에 위치한 알츠하이머병 환자용 특
수 시설이었다. 아빠는 매일 그곳에 가서 엄마를 보살폈다. 아빠는
걸을 수 없게 된 엄마를 휠체어에 앉히고 요양원 주변을 돌며 산책
을 하거나, 같이 휴게실의 앵무새 새장을 구경하거나, 엄마가 미술
실에서 사진 콜라주나 공예품 만드는 걸 거들었다. 식사 때마다 엄
마에게 곱게 간 퓌레를 떠먹이는 것도 아빠의 몫이었다. 간호사와
요양사들이 자신만큼 잘할 리 없다고 확신했기 때문이다.

내가 전화했을 때, 아빠는 엄마 귀에 전화기를 대 주었다. 아무리
또박또박 큰 소리로 말해도 청력까지 나빠진 엄마가 내 목소리를 알
아차릴 리 만무했지만 그래도 나는 말했다.

"엄마, 쿠스코에 왔으면 너무 좋아했을 것 같아. 산이 엄청 크고
푸르러요. 이다음에 모시고 올게요."

물론 뻔한 거짓말이었다. 그리고 사실 나는 엄마에게 말을 붙이
기가 편치 않았다. 어릴 적부터 엄마와 수많은 대화를 나눠 왔고, 그
러다 한밤중에 엄마한테 비밀을 털어놓은 적도 있었지만 이제는 엄
마에게 무슨 말을 해야 할지 알 수가 없었다. 반응이 거의 없어서,
엄마가 뭘 좀 알아듣긴 하는 건지 도통 알 수가 없었기 때문이다. 나
는 그저 정적을 깨기 위해 말할 뿐이었다.

가끔 엄마가 노란색 흔들의자에 앉아 나를 무릎 위에 앉힌 다음,
턱을 내 머리에 얹은 채로 의자를 앞뒤로 흔들었던 기억이 떠오르
곤 했다. 엄마는 '쉬, 쉬' 하며 불안정한 나를 달랬고, 그러면 어느새

마음이 편안해졌던 그때가 말이다. 나는 어쩌면 지금도 '쉬, 쉬' 하는 엄마의 목소리와 나를 바짝 당겨 품 안에 안아 주었던 따뜻한 손길을 갈망하고 있는지 모른다.

전화기 너머로 엄마가 뭐라고 웅얼거렸지만 도저히 알아들을 수가 없었다. 엄마의 말은 횡설수설 질척질척한 수프처럼 단어가 이리 튀고 저리 튀었다. 결국 아빠가 보다 못해 엄마에게서 전화를 빼앗았다.

"그래, 얘야. 좋은 시간 보내거라. 조심하고. 엄마가 널 많이 자랑스러워하고 사랑하는 거 알지?"

"네, 알아요."

사실 모른다. 엄마는 몇 년 전부터 나를 알아보지 못했다.

몇 달 전 마지막으로 엄마를 보러 갔을 때였다. 나는 엄마와 함께 식당에 앉아 있었다. 엄마는 초콜릿 푸딩이 바로 앞에 있는데도 거들떠보지 않았다. 한때 금발이었던 엄마의 머리는 힘없이 회색으로 늘어져 있었고, 얼굴은 시퍼렇게 멍들어 있었다. 지켜보는 간호사가 잠시 자리를 비운 사이 휠체어에서 굴러떨어져 생긴 부상이었다. 의사는 엄마에게 가벼운 뇌졸중이 온 게 아닐까 의심했지만, 아무 반응이 없다 보니 섣불리 진단을 내리기가 쉽지 않았다. 나는 푸딩을 한 숟가락 퍼서 엄마 입 앞으로 가져가며 말했다.

"엄마, 나 어마어마한 일을 하려고 생각 중이에요. 세계 일주를 해 보려고요."

내 존재를 인지하지 못하는 엄마에게 무슨 대답이 듣고 싶었던 걸까. 엄마가 여전히 꼼짝도 하지 않자, 나는 숟가락을 도로 푸딩 컵

안에 집어넣고는 의자를 휠체어 가까이 바짝 끌고 갔다. 그러고는 엄마 어깨에 손을 올려놓으며 말했다.

"내가 엄마를 위해서 여행을 한다는 거 꼭 알아야 해요, 알았죠? 다른 건 기억 못 해도 그것만은 꼭 기억해 주세요."

하지만 엄마는 내 몸 너머 어딘가를 가만히 응시할 뿐이었다. 그러더니 마치 먹을 걸 더 달라는 아기처럼 입을 뻐끔거렸다. 푸딩을 떠서 엄마 입에 넣어 주자 엄마는 힐끗 나를 올려다보았고, 촉촉한 푸른색 눈이 잠깐 반짝거렸다. 가끔은 엄마가 다른 사람보다 나에게 좀 더 반응을 보인다는 생각이 들었지만, 그게 내 소망인지 진실인지는 알 수 없었다.

전화를 끊자 마음 한구석이 뻥 뚫린 듯 공허해졌다. 짝사랑은 언제나 슬픈 법이다. 딸은 엄마를 그리워하지만 그 엄마가 딸을 더 이상 알아보지 못하는 이야기라면 더더욱 슬프다. 제이슨이 나에게 다가오더니 괜찮냐고 물었다.

"아빠가 왜 그러는지 모르겠어. 엄마는 내가 누군지 모른단 말이야. 어딜 간 줄도 당연히 모르고."

그날 밤 쿠스코에 내려앉은 땅거미는 보라색이었다. 우리는 아르마스 광장의 역사적인 건물들이 보이는 식당에 앉아 '로모 소이타도'를 먹었다. 가늘게 썬 쇠고기를 고추, 토마토, 감자튀김과 함께 가볍게 볶은 다음 밥 위에 얹어서 내는 '로모 살타도'라는 음식이 있는데 재료 중 쇠고기를 두부로 대체한 것이 바로 로모 소이타도였다. 채식주의자인 나에겐 아주 적합한 음식이었고, 맛이 좋아서 기분이 나아졌지만 그것도 잠시뿐, 금세 마음은 다시 불안해졌다. 쿠스코에

서 하루하루가 지나간다는 것은 그만큼 잉카 트레일 날짜가 다가온
다는 뜻이었기 때문이다. 인생 첫 스카이다이빙을 하기 전 비행기
문 앞에 서 있었던 그때로 되돌아간 기분이었다. 트레킹을 무사히
마칠 수 있을까 겁이 났고, 나에게 그만한 용기가 없는 게 아닐까 두
려웠다. 이 모든 일은 엄마를 위해서였지만 정작 엄마는 내 존재 자
체를 기억에서 지워 버렸다는 사실은 나를 더욱 슬프게 만들었다.

평소 하이킹은 내가 즐겨 하는 여가 활동 중 하나였다. 내가 살던
팜스프링스의 먼지 자욱한 사막을 느긋하게 걸으며 주말을 보낼 때
가 많았다. 하지만 그건 브런치를 먹기 전 한두 시간 정도 하는 운동
일 뿐이었다. 과거 잉카인들이 이용한 길을 따라 마추픽추로 가는
잉카 트레일. 그것은 3박 4일 동안 험난한 산봉우리들을 넘으며 매
일 10여 킬로미터씩 총 42킬로미터를 걸어야 하는 트레킹 코스로
지옥의 행군이 될 것이 뻔했다. 여행 책자나 사진으로 봤을 때는 그
렇지 않았는데 막상 페루에 도착해서 본 산들은 너무나 거대했고 그
만큼 위협적이었다. 뾰족뾰족한 화강암 봉우리들을 보기만 해도 울
고 싶어졌다.

게다가 몸도 좋지 않았다. 쿠스코에 도착한 지 사흘이 지났는데
도 나는 여전히 고산병에 시달리고 있었다. 조금 걸었다 싶으면 가
슴을 움켜쥐어야 했고, 경사진 곳에선 흡입기를 사용해야만 했다.
숨 쉬는 게 좀 괜찮다 싶을 때는 속이 울렁거려 견딜 수가 없었다.
이런 내가 과연 잉카 트레일을 무사히 마칠 수 있을까? 제이슨은 걱
정하는 나에게 여분의 흡입기를 건네며 말했다.

"당신은 비행기에서도 뛰어내린 사람이잖아? 가벼운 산책쯤이야

충분히 감당할 수 있어.”

잉카 트레일을 가벼운 산책이라 부르기에는 조금 무리가 있었지만 굳이 따지고 싶지 않았다. 그가 신혼여행에서 가장 기대된다고 말한 게 바로 잉카 트레일이었기 때문이다. 여기까지 와서 그를 낙담시킬 수는 없었다. 더구나 조만간 1년이나 떨어져 지내야 했기에 그의 소원을 들어주고 싶었다. 그래서 나는 말했다.

“당연히 가벼운 산책쯤이야 감당할 수 있지.”

## 여행을 떠나며 미처 생각하지 못한 것들

트레킹 전날 저녁, 제이슨과 나는 마지막 채비를 했다. 우선 소지품들을 꼭 챙겨야 할 물건과 놔두고 갈 물건으로 분리하기 시작했다. 내 배낭엔 여행 기간 내내 필요하리라 예상한 오만가지 물건이 다 들어 있어 무게가 23킬로그램에 달했다. 페이퍼백 소설책 몇 권, 노트북, 침낭, 구급약, 전원 플러그 어댑터, 비타민, 손전등, 호루라기, 물 살균기, 말린 두부, 샴푸, 강력 접착테이프, 티셔츠, 타이츠, 원피스, 청바지, 플리스 재킷 두 벌, 아이폰 하나, 얇은 수건, 신발도 네 켤레나 있었다. 하지만 나흘간의 잉카 트레일에 필요한 소지품은 그중에서 몇 가지뿐이었다. 나머지는 숙소 사물함에 보관해 두기로 했다.

우리가 고른 소지품 안에는 칫솔, 고급 울 양말, 겹쳐 입을 고가의 기능성 옷가지 몇 벌, 그리고 자동차 월 할부금과 맞먹을 만큼의 값비싼 등산지팡이도 있었다. 그것은 장비가 비쌀수록 등반이 더 수월해질 거라는 내 마법의 논리에 따라 챙겨 온 물건이었다.

그런데 우리는 이미 깨끗한 양말과 속옷들을 대부분 소진한 상태였다. 숙소에 세탁 시설이 없는 탓에 나는 욕실 세면대에서 뻣뻣한 칫솔과 물비누로 더러워진 빨랫감을 비벼 빨아야만 했다. 그동안 제이슨은 방 한 모퉁이에 휴대용 빨랫줄을 만들었다. 벽에 못이나 갈고리가 없어서 창문을 살짝 열고 쇠창살에 줄을 묶는데, 잠깐인데도 한기가 느껴졌다. 때는 7월, 남아메리카에 겨울이 시작되고 있었다. 찬 공기가 살을 에는 듯했고 특히 밤에는 더했다.

제이슨과 나는 물건을 넣었다 빼기를 반복하면서 짐을 싸고 다시 쌌다. 완벽한 균형을 찾아야 했다. 42킬로미터를 이동하는 동안 필요한 물건은 모두 챙기되, 중간에 짐을 내던지고 싶은 유혹이 들지 않을 만큼 가벼워야만 했다. 웬만큼 정리했다 싶어 시계를 보니 벌써 자정이었다. 버스는 새벽 다섯 시에 우리를 데리러 올 예정이었다. 나는 딱딱한 침대에 풀썩 쓰러지며 말했다.

"난 됐어. 지금 챙겨 놓은 그대로 가져갈 거야. 자야겠어."

"맞아, 나도 지쳤어. 내일 산에 올라가야 하니까."

그런데 나는 곧 다시 일어나야만 했다. 빨랫줄에 걸려 있는 양말과 속옷들을 챙기기 위해서였다. 그런데 이게 웬일인가. 그래도 몇 시간 널어 둔 것 같은데 양말은 하나같이 축축하고 차가웠으며 속옷은 꽁꽁 얼어붙어 있었다. 출발 시각에 맞춰 빨래가 마를 가능성은 거의 없어 보였다. 우리의 트레킹이 시작도 하기 전에 망한 것이다.

제이슨은 인근에 24시간 빨래방이 있는지 알아보겠다며 아래층으로 뛰어 내려갔다. 몇 분 뒤 그는 한 손을 등 뒤에 숨긴 채로 돌아왔다. 여행용 헤어드라이어였다.

"복도 끝에 묵는 아일랜드 커플한테 빌렸어. 다 쓰면 문밖에 그냥 놔두기만 하래."

두 시간 뒤 속옷은 말랐지만 두꺼운 양모 양말은 마를 기미를 보이지 않았다. 심지어 헤어드라이어가 과열될 때마다 몇 분 기다렸다가 다시 전원을 켜야만 했다. 나는 히스테리를 일으키기 일보 직전이었고, 괜히 남편한테 성질을 부렸다.

"내가 왜 이렇게 고급스러운 양말을 샀지? 평소에 신는 거지 같은 양말이었다면 이런 일은 절대 없었을 텐데. 오래된 내 양말은 구멍까지 있어서 진짜 빨리 말랐을 거야. 그런데 이것 좀 보라고! 빌어먹을 양말, 다 집어치워. 빌어먹을 잉카 트레일…."

"쉬."

제이슨은 나를 감싸며 진정시키고는 헤어드라이어를 내게서 빼앗아 갔다.

"내가 말릴게. 당신은 좀 쉬어."

사소하지만 다정한 그의 말과 행동은 나를 감동시키기에 충분했다. 아니, 내가 제이슨이라는 남자를 사랑하는 결정적인 이유가 바로 그것이었다. 내가 투덜대고 불평할 때마다 그는 언제나 사려 깊은 태도로 나를 보듬어 주고 힘이 되어 줬다. 결혼 생활은 내가 원하는 삶과 양립할 수 없다고 오랫동안 생각해 왔는데, 제이슨은 1박에 8달러짜리 호스텔에서 나를 달래며 꼭 그렇지도 않음을 입증해 보이고 있었다. 그런 남편을 두고 혼자 떠날 생각을 하다니 나는 대체 무슨 짓을 벌이고 있는 걸까? 직장도, 집도, 죽어 가는 엄마도 놔두고 내가 왜? 대관절 무엇을 위해?

갑자기 엄마에 대한 그리움이 북받쳐 올랐다. 초등학교 때의 일이다. 체육 선생님은 내가 체육 시간 전 양호실에 가서 흡입기를 사용하고 오는 것을 허락하지 않았다. 그러던 어느 날 나는 메마른 잡초가 듬성듬성한 운동장에 픽 쓰러지고 말았다. 양호실 침대에서 눈을 떴을 때, 엄마가 내 손을 잡은 채 이마의 머리카락을 넘겨 주고 있었다. 잠시 뒤 엄마는 내가 몸을 앞으로 기울여 비상용 흡입기를 들이마시도록 도와주었다. 그런 다음 내 맥박이 안정을 찾고 폐를 짓누르는 느낌이 사라질 때까지 소곤소곤 이야기를 들려주었다. 내가 완전히 기운을 차린 것이 분명해지자 엄마는 바로 체육 선생님을 찾아가 분통을 터뜨렸다.

"안 그래도 천식 때문에 힘든 애한테 너무하신 것 아닌가요?"

사태가 어떻게 마무리되었는지 정확히 기억은 나지 않는다. 내가 그 선생님 수업에서 빠졌는지, 아니면 그 선생님이 어떤 징계를 받았는지. 하지만 그 상황이 함축하는 의미는 내게 고스란히 남았다. 내가 숨을 헐떡일 때마다 나를 진정시킨 것은 언제나 엄마였다.

어릴 때 나는 잔병치레가 많았다. 천식 발작으로 여러 번 입원하기도 했고, 수시로 지독한 폐렴과 기관지염에 시달렸다. 그럴 때마다 엄마는 늘 내 곁을 지켜 주었다. 자꾸 엄마를 걱정시켜서 미안했지만 그래도 엄마가 있어서 얼마나 든든했는지 모른다.

생각해 보면 나는 이제껏 마음속으로 여행을 그릴 때 설레는 모험, 이국적인 장소, 여유로운 삶을 상상했던 것 같다. 밟고 올라가야 할 계단들에 대해서는 생각지 않고, 태양의 문에 올라 마추픽추를 내려다보는 내 모습만 떠올렸던 것이다. 그래서 나는 슬픔과 의구심이 내 배낭 위에 올라타 따라오리라고는 미처 생각지 못했다.

순간 며칠 동안 나를 톡톡 건드리던 걱정들과 피로감이 한꺼번에 몰려왔고 마침내 나를 넘어뜨렸다. 나는 패배자처럼 침대 위에 쓰러져 조용히 흐느꼈다. 제이슨은 내가 침착함을 되찾고 잠들 때까지 나를 꼭 안아 주었다.

겨우 두 시간 뒤 기상 알람이 울렸고, 제이슨과 나는 게슴츠레한 눈으로 버스에 올랐다. 곧 태양이 안데스산맥 위로 떠오를 것이고, 우리는 거기서 해를 맞이할 것이다. 양말이 말랐다. 산이 어서 올라오라고 우리를 부르고 있었다.

실제 해 보기 전까지는 아무도 모른다

잉카 트레일 1일 차는 일정 중에서 그나마 가장 쉽다는 코스였다. 그래서 가이드인 후안은 그 코스를 농담 삼아 '잉카 평지'라고 불렀지만 내겐 쉽지 않았다. 몇 킬로미터 내내 롤러코스터처럼 기복이 많았는데도 산길은 좀처럼 완만해질 기미를 보이지 않았다. 그래도 일행과 보조를 맞추기 위해 애썼다. 우리 그룹은 신혼여행을 온 다른 두 커플, 오리건에서 온 야외 활동 애호가 중년 남성, 그리고 나이 지긋한 연배의 여성으로 이루어져 있었다.

도중에 우리는 다른 그룹의 낙오한 등산객들을 만났다. 그들은 신성 계곡 내 산기슭에 있는 기지로 돌아가는 길이었다. 축 처진 고개와 활기 없는 눈으로 당나귀에 탄 채 몸을 늘어뜨리고 있는 그들은 한눈에도 아파 보였다. 산행이 얼마나 혹독하면 저럴까 싶어 갑자기 마음이 무거워졌다. 그런데 후안이 쐐기를 박듯 말했다.

"저게 문제예요. 실제 해 보기 전까지는 자기가 트레킹을 감당할 수 있을지 알 수가 없거든요."

내가 낙오를 하면 어떻게 될까? 생각만 해도 끔찍했다. 어떻게든 끝까지 가 보고 싶었다. 한 걸음 한 걸음이 갑자기 놀랍도록 현실적으로 다가왔다. 하지만 얼마 못 가 체력이 떨어지기 시작했는데 고맙게도 저 앞에서 전통 의상을 입은 페루 여성들이 캔맥주와 병에 든 에너지 음료를 팔고 있었다. 남편이 얼른 뛰어가 게토레이 작은 병을 사 왔고, 나는 가쁜 숨을 몰아쉬며 게토레이를 들이켰다. 정말 말도 안 되게 맛있었다.

덕분인지 우리는 첫째 날 묵을 야영 장소에 무사히 도착했다. 물론 내 경우, 팔에서 소금기가 꿉꿉하게 느껴지고 뒤꿈치가 등산화에 쓸려 훌렁 벗겨지긴 했지만 참을 만했다. 캠프장은 안데스산맥 깊숙이 풀이 우거진 계단식 비탈 위에 숨어 있는 작은 마을, 와이야밤바 근처에 있었다. 돌 구조물과 겹겹의 산 때문에 작은 마추픽추처럼 보였다. 우리보다 앞서 뛰어간 짐꾼들이 빠르게 텐트를 세우더니 갈색 빵, 퀴노아 스튜, 신선한 샐러드, 그릴에 구운 알파카 스테이크로 만찬을 준비해 주었다. 감사할 따름이었다.

우리는 조명으로 작은 랜턴들을 매달아 놓은 커다란 식당용 텐트에서 저녁 식사를 시작했다. 온종일 땀 흘리고 기를 썼더니 몸이 쑤시고 추웠다. 나는 핫초코를 담은 금속제 컵을 감싸 손을 녹였다. 식사를 마치자 후안이 우리를 잠잘 텐트로 안내하며 말했다.

"다들 4성급 호텔에 묵어 보셨죠? 오늘 묵을 곳은 1000성급 호텔입니다. 오신 것을 환영합니다."

밤이 깊어지자 하늘에 첩첩이 쌓인 별들이 길게 꼬리를 그리며 떨어져서 우리 텐트 꼭대기에 닿을 듯했다. 리츠 호텔보다 더 장관이었고 힐튼 호텔보다 더 눈부셨다. 텐트 내부는 아늑했다. 두툼한 빨간색 침낭은 사치스러워 보일 정도였다. 침낭을 보는 것만으로도 긴장이 풀리는 듯했다. 잠시 텐트 밖에 서서 깊이 심호흡을 하는데, 초록 사과처럼 시원하고 상쾌한 공기가 폐 속 가득히 들어와 깜짝 놀랐다. 아직 가야 할 길이 많이 남아 있었지만 당장은 기분 좋게 숨을 쉴 수 있었다.

## 3박 4일, 걷고 또 걷고

:

새벽 5시. 보조 가이드인 페드로가 우리 텐트의 지퍼를 열고는 그 사이로 조그만 얼굴을 빼꼼 내밀었다.

"커피나 차 드릴까요?"

"뭐든 좋아요."

페드로가 뜨거운 양철 컵을 내밀었는데 잠이 덜 깬 상태라 주는 대로 마셨다. 거의 다 마실 즈음에야 비로소 코카잎으로 만든 코카 차라는 것을 깨달았다. 정제하지 않은 코카잎은 각성 성분이 약해서 고산병을 진정시키는 용도로 곧잘 사용된다. 풀과 약초 맛이 났지만 녹차보다는 약간 달았다.

"제이슨, 내 세포가 춤을 추는 것 같아."

눈이 절로 뜨였고 새로운 활력이 생겼다. 오늘은 '죽은 여인의 고개'를 넘어야 하는데, 사람들 말로는 잉카 트레일 중 가장 힘든 코스라고 했다. 그래서 마음의 준비를 하고 나서긴 했지만 가파른 경사의 오르막은 끝이 없었고 널찍하고 무거운 돌판으로 만들어진 계단을 쉼 없이 올라가야만 했다. 심지어 해발 4,200미터 가까운 높이에서 평지보다 최소 30퍼센트 부족하게 산소를 들이마시다 보니 한 걸음 한 걸음 올라가는 것 자체가 극도로 고통스러웠다. 나는 종종 쭈그려 앉아서 숨을 가다듬어야 했다. 머지않아 우리 그룹의 모든 멤버가 나를 앞질렀고, 다른 그룹의 등산객들도 나를 앞서갔다. 나는 제이슨을 바라보며 말했다.

"이건 멍청한 짓이야. 마추픽추까지 올라가는 버스가 있는데."

"하지만 산길에서만 볼 수 있는 것들이 있잖아. 게다가 우리는 잉카인들과 똑같은 방식으로 마추픽추를 만나고 싶었던 거고. 기억하지?"

나는 잉카인이 아니라고 투덜거리긴 했지만 제이슨의 말이 옳았다. 등산로의 경관은 기가 막히게 멋있었다. 골짜기 아래에서 촉촉한 숲을 지나 지금껏 본 적 없는 우거진 녹색 산으로 이어지는 오늘의 코스는 더욱 그러했다. 하지만 산등성이가 반듯이 누운 여인을 닮아서 '죽은 여인의 고개'라고 이름 붙였다는 그 고개는 가도 가도 보이지 않았다. 제이슨은 내 배낭을 들어 주며 "당신은 슈퍼스타야, 세계 최고의 하이커고!"라며 격려의 말을 쏟아 냈지만 그의 말이 거의 들리지 않았다. 귀에서는 맥박이 고동쳤고, 사냥개처럼 숨을 헐떡이기 바빴다. 내가 정말 해낼 수 있을까?

문득 페루를 신혼여행지로 정한 밤이 기억났다. 우리는 《언제 어디로 떠날까》라는 책을 보고 있었다. 월별로 장을 나누어 해당 시기에 가장 방문하기 좋은 여행지와 그곳에서 하기 좋은 활동들을 소개해 놓은 책이었다. 제이슨과 나는 여름에 신혼여행을 가고 싶었기 때문에, 각자 6월, 7월, 8월에 해당하는 책장을 넘기면서 제일 가고 싶은 곳 다섯 군데를 추리기 시작했다. 그런데 놀랍게도 둘 다 똑같이 1번으로 적은 곳이 바로 마추픽추였다.

게다가 마추픽추는 엄마의 버킷리스트에도 올라가 있었다. 엄마는 마추픽추라는 이름을 정확하게 말한 적이 한 번도 없었다.

"무슈픽추? 마슈픽추? 어디 말하는지 알지?"

엄마가 호탕하게 웃으며 그렇게 말하면 나는 고개를 끄덕이곤 했다. 그리고 나는 지금 사랑하는 남자와 함께 마추픽추를 향해 가는 중이었다. 그러므로 절대 여기서 포기할 수는 없었다.

죽은 여인의 고개로 가는 막바지 구간에서는 세 시간에 걸쳐 910미터의 상승 고도를 감내해야 했다. 아무리 열심히 밟아도 제자리인 스테퍼를 최고 단에 맞추어 둔 느낌이었다. 나를 짓누르는 고도와 싸우면서 힘겹게 오르막을 오르다 보니 온몸의 관절이 아팠다. 몇 분 동안 내 발을 쳐다보며 걷다가, 내 앞에 가는 남편의 종아리에 집중했다가, 하늘을 노려보나가, 다시 땅을 바라보며 한 걸음 한 걸음 앞으로 나아갔다.

마지막에는 '하나, 둘, 셋… 넷, 다섯, 여섯…' 숫자를 세며 걸어갔다. 250까지 세면 처음부터 다시 시작했다. 왜 숫자에 집중하기로 했는지 모르겠지만 확실히 도움은 됐다. 어느 순간 발이 저절로 움직여서 더는 억지로 움직일 필요가 없었다. 내 몸이 알아서 해내고 있었다.

나는 죽은 여인의 고개 정상에 도달하고 나서야 내 신발과 땅과 미동도 없는 하늘을 노려보길 멈추었다. 이번 트레킹 코스에서 가장 높은 지점에 있는 전망 포인트에 서니 저 멀리 눈 덮인 봉우리들과 회색 등산로로 수를 놓은 굽이굽이 산들이 보였다. 그리고 일찌감치 도착해 나를 기다리고 있던 우리 그룹이 보였다. 그들은 나를 향해 박수를 쳐 주었다. 결국 내가 해낸 것이다.

어느덧 우리는 트레킹의 시작점보다 종착점에 더 가까워져 있었다.

다음 날, 3일 차에는 16킬로미터에 달하는 긴 코스가 예정되어 있었지만 어느 때보다도 의욕이 넘쳤다. 저녁때 야영지에서 샤워를 할 수 있다는 얘기를 들었기 때문이다. 이번 트레킹에서 처음으로 몸을 씻을 기회였다. 게다가 후안은 오늘 가장 먼저 야영지에 도착하는 사람들에게 내일 가장 좋은 자리를 배정해 주겠다고 공언했다.

우리는 잉카인들이 닦아 놓은 길을 힘차게 걸어가기 시작했다. 당시의 돌들이 그대로 자리를 지키고 있었다. 도중에 돌로 만들어진 원형의 성곽 유적지인 룬쿠라카이에서 아침을 먹었다. 룬쿠라카이는 토착민들의 언어인 케추아어로 '달걀 집'이라는 뜻인데 규모는 크지 않지만 외벽과 내벽, 이중으로 축조된 반달형의 성곽 건물로 절벽 위에 자리 잡고 있었다. 그곳에서 내려다보는 전망은 정말 환상적이었다.

아침을 먹고 난 후 우리는 깎아지른 듯한 절벽을 피해 가파른 길을 따라 걸었다. 걷다 보니 사야크마르카 유적지가 나타났다. 케추아어로 '접근이 어려운 마을'이라는 뜻의 사야크마르카는 삼면이 까마득한 수직의 절벽 위에 세워진 성곽으로 요새의 형태를 갖추고 있었다.

가이드인 후안의 말에 따르면 사야크마르카의 건물들은 여전히 비밀에 싸여 있단다. 정확히 왜 지어졌는지, 어떻게 활용됐는지 아는 사람이 아무도 없기 때문이다. 나는 압도되고 말았다. 건물 안에 이야기들이 화석처럼 묻혀 있는데, 아무도 들추어낼 수가 없다니. 어떻게 명백히 실재하는 동시에 미지의 상태일 수가 있을까?

이것은 엄마의 서사와 닮았다. 엄마는 아직 살아 있지만 엄마의 이야기는 영원히 사라져 버렸다. 이승과 저승 사이의 어딘가에 멈추어 서서 매일 강제로 살아야 하는, 죽음과도 같은 삶. 엄마는 이제 나에게 사야크마르카 즉 접근이 어려운 마을이 되고 말았다.

엄마가 알츠하이머병 판정을 받고 나서 나는 허둥지둥 엄마에 대한 기억들을 붙잡아 보려 했지만 이미 시간이 기억을 흐려 놓은 뒤였다. 조각조각 단편적인 장면들은 기억난다. 어릴 적 우리 집 뒷마당엔 풀이 무성했다. 엄마는 내가 정원용 스프링클러 사이를 뛰어다니게 내버려 두었다. 나는 물을 뚝뚝 떨어뜨린 정도로 흠뻑 젖었지만 엄마는 절대 물에 젖는 법이 없었다. 오후가 되면 우리는 근처에 있는 연못까지 걸어가서 빵 부스러기를 오리들에게 던져 주곤 했다. 숲에서 야생 오디를 따다 보면 손이 멍든 것처럼 시퍼렇게 물들곤 했다. 한번은 내 플라스틱 디지털 시계가 멈추었다. 엄마는 "기계는 좀 때려 줘야 말을 듣는다니까"라면서 손바닥 위에 시계를 놓고는 손이 발개질 정도로 찰싹찰싹 때렸다. 그러자 신기하게도 엄마 말대로 시계에 디지털 숫자가 다시 나타났다.

늘씬했던 시절의 엄마도 어렴풋이 기억난다. 모임이 있어 외출한 엄마가 바스락거리는 옷깃 소리와 함께 집으로 들어오던 모습이 아직도 생생하다. 베이비시터가 진즉 나를 침대에 눕혔지만 나는 일부러 깨어 있었다. 엄마가 해 주는 이마 뽀뽀를 받기 위해서였다. 나는 반짝이는 장신구를 걸치고, 우아하게 옷을 차려입고, 한 줄기 달빛을 받으며, 향수 냄새와 뒤섞인 달콤한 딸기 다이키리 칵테일 냄새를 풍기는 엄마를 보는 것이 좋았다. 그렇게 활기 넘치는 엄마는 왜 과거에만 존재해야 할까? 눈을 감으면 엄마를 되살릴 수 있다. 하지만 눈을 뜨면 엄마도 사라지고 만다. 내가 코를 훌쩍이자 제이슨이 걸음을 멈추었다.

"무슨 일 있어?"

그는 땀에 젖은 내 머리카락을 이마 뒤로 넘겨주었다. 우리는 결승선 가까이에 와 있었다. 신혼여행 기념 잉카 트레일 완주 및 마추픽추 관람이라는 목표를 달성하는 것이다. 그는 곧 캘리포니아로 돌아갈 테고 나는 뚜렷한 경로도 없이 방랑을 계속할 것이다. 정해진 등산로와 가이드가 있어도 힘들었는데, 안내해 주는 사람이 아무도 없어도 나 혼자 여행을 잘할 수 있을까? 내가 나 자신을 잘 다독이며 앞으로 나아갈 만큼 강한 사람일까?

"아무 일 없어. 그냥 트레킹이 끝나는 게 아쉬워서."

몇 시간 더 걸어서 안개 자욱한 숲을 통과하자, 마침내 오늘의 야영지인 위나이와이나가 모습을 드러냈다. 위나이와이나는 케추아어로 '영원한 젊음'이라는 뜻으로 그곳에서만 자생하는 분홍색 난초에서 지명을 따왔다고 한다. 잉카 유적 중 하나로 그곳엔 계단식 농지, 집처럼 생긴 건물들이 방대하게 펼쳐져 있었다.

그곳에서 사흘 만에 처음으로 샤워를 했다. 3분의 온수 샤워를 위해 1달러 50센트를 내야 했지만 땀으로 얼룩진 몸을 깨끗하게 씻고 나니 세례를 받았을 때처럼 다시 태어난 기분이 들었다.

엄마와 나의 버킷리스트, 마추픽추

4일 차 새벽 네 시. 역시나 페드로가 우리를 깨웠다.

"아리바(Arriba, 기상)! 어서 일어나세요."

우리는 침묵 속에 아침으로 나온 커피와 얇게 만 크레이프를 먹었다. 오늘은 이번 트레킹에서 제일 쉬운 코스로, 세 시간 정도만 가면 태양의 문에 다다를 예정이었다. 끝이라는 느낌이 피부로 다가왔다. 드디어 꿈에 그리던 마추픽추를 내 눈으로 직접 보게 되는 뜻깊은 순간이 얼마 남지 않은 것이다.

바깥은 어두웠다. 영영 새벽이 오지 않을 것만 같은 어두움이었다. 우리는 손전등을 들고 걷기 시작했다. 목표는 일출 전에 유적에 도착하는 것. 후안은 주의를 당부했다. 길이 워낙 비좁은 데다가 등산로의 오른쪽이 깎아지른 듯한 절벽이었기 때문이다. 후안의 이야기로는 절벽 아래로 굴러떨어져 몇 주 뒤에야 발견된 등산객들도 있다고 했다. 우리는 조심조심 일렬종대로 걸었고, 후안은 우리를 바짝 뒤따르며 누구 하나라도 등산로에서 벗어날 기미를 보일 때마다

"산 쪽으로!"라고 외쳤다. 뒤를 돌아보았더니 등산객들이 켠 손전등이 마치 크리스마스 조명처럼 안데스산맥을 따라 한 줄로 이어지고 있었다.

머지않아 우리는 공식적인 검문소에 다다랐다. 망루지기가 우리의 트레킹 허가증을 확인하고(잉카 트레일은 등산객과 짐꾼을 포함해 하루 500명 인원 제한이 있으며 굉장히 엄격하게 관리한다. -역주) 도장을 찍어 주는 곳이었다. 하지만 검문소는 5시 30분까지 문을 열지 않았다. 망루지기가 오기까지는 아직 한 시간 넘게 남아 있었다. 제이슨과 나는 리마 공항 바닥에 누웠을 때처럼 서로를 꼭 끌어안고 추위를 견뎠다.

망루지기가 도착해 우리 서류를 확인했다. 그가 도장을 찍어 주자마자 우리는 전속력으로 달리기 시작했다. 일출을 봐야 했기 때문이다. 다행히 동이 틀 무렵 마지막 오르막길에 도달했다. 오십여 개의 계단을 거의 수직으로 올라가야 하는 코스였다. 나는 어린아이처럼 주춤거리며 다가가 엉금엉금 네 발로 기어오르기 시작했다.

드디어 정상에 다다라 아래를 내려다보았다. 꿈에 그리던 마추픽추가 보였다. 안데스산맥 해발 2,400미터 높이에 만들어져 산 아래에서는 잘 보이지 않아 일명 '공중 도시'라 불리는, 잉카인들이 스페인 군대를 피해 만들었다는 도시 마추픽추는 분명히 거기에 있고 두 눈으로 똑똑히 보고 있는데도 왠지 이 세상에 있을 법한 장소 같아 보이지 않았다. 왜 마추픽추가 세계 7대 불가사의 중 하나로 꼽히는지 알 것 같았다.

공들여 쌓은 블록들, 정교한 석조 건축물 등 약 200개의 구조물로 이루어진 마추픽추 보호 지구는 가파른 화강암 능선 위에 자리 잡고 있으며 흰 바위를 깎아 만든 계단식 농지가 산비탈을 따라 펼쳐진다. 각 건물의 벽은 돌과 돌 사이에 칼날 하나 들어가지 않을 정도로 완벽하게 맞물려 있었고, 라마들이 그 사이사이에서 한가롭게 풀을 뜯고 있었다. 제이슨과 나는 앉아서 산을 가로지르는 태양을 바라보았다. 화려한 녹색의 앵무새 떼가 머리 위에서 급강하했다. 순간 시야가 눈물로 뿌옇게 흐려졌다.

마추픽추의 장엄한 풍광을 온몸으로 받아들이면서 나는 엄마를 생각했다. 분명 엄마는 내가 태양 아래서 호흡한 나흘 낮과 별빛 아래서 잠든 사흘 밤을 기특하게 여겼을 것이다. 이렇게 유적 한가운데에 굳건히 서 있는 내 모습을 보고 싶어 했을 것이다.

문득 우리가 내면에 안고 사는 상처가 밖으로 보이는 상처와 똑같을까 궁금해졌다. 어린 시절 나는 자주 넘어져서 무릎과 팔꿈치가 온통 딱지투성이였다. 하지만 엄마는 여간해서는 붕대를 감아 주지 않았다. 대신에 햇빛과 공기에 상처를 드러내라고 말했다. 나으려면 그게 꼭 필요하다는 것이었다.

어쩌면 지금 이 시점에 내가 페루에 오게 된 것도 그 때문인지 모른다. 엄마는 10년 동안 병상에 있었다. 나는 엄마의 죽음이 다가오고 있는 걸 알았고, 그 상처는 아물지 않은 채 그대로 노출되어 있었다. 그런데 마추픽추는 영원함을 일깨워 주었다. 방치되었을지언정 파괴되지는 않았다. 절대 사라지지 않는 것들이 있다.

밝은 태양 아래, 제이슨과 나는 15세기 사람들이 연마한 돌들을 만져 보며 건물들 사이를 거닐었다. 산 위로 불어온 미풍이 계단식 농지를 타고 굽이쳐 내려갔다. 우리는 언덕을 올라 '인티후아타나'라는 조각 기둥 앞으로 갔다. 번역하면 '태양을 매는 말뚝'이라는 뜻이다. 이것은 일종의 해시계로서 과거 잉카 제국의 천문학자들이 한때 천체의 주기를 예측하던 바위였다.

매년 춘분과 추분 한낮이 되면 태양은 이 기둥 바로 위에 멈추어 그림자가 생기지 않는다. 그때가 바로 태양이 바위를 낚아챔으로써 아주 잠깐 땅과 하늘이 만나는 순간이다. 한번 멀어진 지구와 태양은 다음 6개월 동안 우주를 여행하다가 다시 만난다. 나는 기둥 옆에 무릎을 꿇고 바위에 손을 올렸다. 바위는 아직 따뜻했다.

# 03

# 아마존에서
# 배우다

잉카 트레일을 무사히 마친 제이슨과 나는 아마존 열대 우림 지대를 탐험하기 위해 경비행기로 이동 후 곧바로 소형 금속 보트로 갈아탔다. 우리의 목적지는 육로로 접근할 수 없는 도시 중 세계에서 가장 크다는 이키토스 근처였다. 우리를 열대 우림으로 데려다줄 가이드 헤수스는 능숙한 솜씨로 아마존 강기슭의 오래된 그루터기에 보트를 묶었다. 제이슨은 보트에서 내려 주변 정글을 한번 둘러보더니 "완전히 딴 세상인데?"라고 말했다. 나는 꽃이 가득 핀 나무 한 그루를 쳐다보고 있었는데, 느닷없이 꽃이 움직이고 흔들렸다. 자세히 보니 꽃이 아니라 앵무새였다. 새들이 동시에 날아오르자 머리 위 하늘을 뒤덮다시피 했고 그 광경은 마치 마법처럼 느껴졌다.

## 우리가 길을 잃은 게 아니라 길이 우리를 잃은 거예요

:

우리는 살짝 경사진 길을 걸어 올라 나무가 줄지어 늘어선 수풀로 들어섰다. 나무의 맨 꼭대기에 해당되어 숲의 지붕이라고도 불리는 임관층 아래를 조심조심 걷고 있는데 갑자기 헤수스가 소리쳤다.

"그대로 멈추고 천천히 뒤로 물러나세요."

걸음을 내딛던 내 오른발이 엉거주춤 허공에서 멈추었다. 아마존에서 처음 맞는 오후였지만 헤수스의 말을 그야말로 예수님 말씀처럼 받아들여야 한다는 사실을 이미 터득한 뒤였다(헤수스는 스페인어로 Jesus, 즉 '예수'를 뜻한다. -역주). 진흙 속에서 뒷걸음질 치자 질퍽거리는 소리가 났다. 헤수스가 다급하게 말했다.

"저 뱀 보이세요?"

"아니요."

"자세히 보세요. 아주 위험한 녀석이에요."

그가 가리키는 쪽을 살펴봤지만 칠흑같이 어두컴컴해서인지 뱀이 보이지 않았다. 내가 고개를 가로젓자 헤수스가 한숨을 내쉬며 말했다.

"아직도 안 보여요? 뱀한테 거의 물릴 뻔했는데?"

바로 그 순간 파충류의 단단한 타원형 머리가 내 눈에 들어왔다. 뱀이 거기 있다고 이미 얘기를 들었는데도 화들짝 놀랐다. 다행히 뱀은 미끄러지듯 기어서 녹색 다육 식물 아래로 사라졌다.

우리는 계속해서 숲으로 들어갔다. 그러나 아까와 달리 경계를 게을리하지 않았다. 언제든지 내 목숨을 앗아 갈 수 있는 존재들이 가까이 있다는 사실이 실감 났기 때문이다. 그것은 저 멀리 캘리포니아의 단독 주택 단지에서는 한 번도 느껴 본 적 없는 위기감이었다. 나무가 하늘을 완전히 가리고 강물이 곧 도로인 이 미지의 세상에서 내가 반드시 살아남으리라는 보장은 없었다. 일단 제이슨과 나는 오늘 우리가 묵을 오두막까지 가는 길을 몰랐다. 솔직히 말하면 숙소의 이름을 어떻게 발음하는지조차 모르는 상황이었다. 하지만 그럼에도 이 새롭고 낯선 땅이 마음에 들었다.

문득 6학년 때 열대 우림 보존 프로젝트에 참여한 기억이 났다. 그때 나는 어렸지만 프로젝트에 열정적으로 임했었다. 축산업이 삼림 파괴의 주된 원인이라는 이야기를 듣고 육식을 중단했으며, 청원서에 서명을 하고 레이건 대통령에게 편지도 보냈다. 청개구리 문양과 함께 '열대 우림을 지켜요'라는 글씨가 새겨진 티셔츠를 입기도 했다. 엄마는 그런 내 열정을 기특해했다.

하지만 열대 우림 그 자체에 관해서는 제대로 아는 것이 없었다. 직접 본 아마존은 모든 것이 뒤틀려 있고 이상하면서도 사랑스러운 곳이었다. 분홍색 강돌고래가 물에서 껑충 뛰어올랐고, 뱀은 나무 몸통만큼 컸으며, 수련잎은 폭스바겐 비틀 자동차만큼 컸다. 또 도마뱀과 개구리가 형광빛으로 번쩍였으며, 몸집이 작은 원숭이들이 나뭇가지 끝에서 끝으로 건너다녔다. 아마존의 낯설지만 신기하고 놀라운 풍경들은 끝도 없이 펼쳐졌다. 더 깊숙이 탐험해 들어갈수록 내 심장은 터질 듯이 두근거렸다.

"헤수스, 제가 어릴 때 열대 우림 동아리에서 활동했었거든요. 청원서를 쓰고 캔을 재활용하고 열대 우림 보호를 위한 모금 운동에도 동참했어요."

"도움이 되었던 것 같네요. 잘하셨어요."

이곳은 헤수스가 태어나고 자란 땅이었다. 그는 열대 우림에 단련되어 있었다. 나무 한 그루 한 그루를 이웃처럼 잘 알고 있었고, 내 눈에 보이지 않는 독뱀의 존재도 금방 알아차렸다. 심지어 아무것도 없는 듯한 곳에서 길을 찾기도 했다. 얼마쯤 갔을까. 발밑을 살펴보는데 더 이상 길이 보이지 않았다. 나는 깜짝 놀라 그에게 말했다.

"저기, 헤수스. 길이 끊긴 거 알고 계셨어요?"

그런데 정작 그는 대수롭지 않다는 듯한 표정을 지어 보였다. 어떻게 아무렇지 않을 수가 있지? 나는 그의 소맷자락을 붙잡으며 다급하게 물었다.

"장난하지 말고요. 우리가 지금 길을 잃은 건가요?"

그러자 그는 눈도 깜짝하지 않고 나를 바라보며 대답했다.

"아니요, 우리가 길을 잃은 게 아니에요. 우리는 바로 여기에 있고, 길이 우리를 잃은 거예요."

그러고는 계속 걸었다. 잠시 당황했지만 진흙 위에 남겨진 그의 발자국을 천천히 뒤따라갔다. 길이 우리를 찾아와 주기를 바라며 말이다.

한 시간 뒤, 우리는 어떤 공터에 다다랐다. 굵직한 나무 장대, 밧줄, 사다리 따위가 공중에 높이 뻗어 있었다. 헤수스는 나에게 사다리를 타고 올라가라고 손짓했다. 제이슨이 내 뒤를 따랐다. 사다리는 밧줄로 만든 다리로 이어졌고, 다리는 나무와 나무 사이에 높다랗게 매여 있었다. 우리는 안개층을 벗어나 한없이 맑고 푸른 허공으로 나왔다. 그 위치에서 고개를 숙이니 나뭇가지를 휘감으며 꽃을 피운 난초와 높이 솟은 구름을 배경으로 날아다니는 진홍색 마코앵무들이 보였다.

탐험을 기다리고 있는 듯한 탁 트인 세상을 바라보고 있노라니 "모든 방랑자가 길을 잃은 것은 아니다"라는 옛말이 떠올랐다. 나는 길을 잃지 않았다. 나는 바로 여기에 있다. 길은 잘 보이지 않지만 내가 있어야 할 곳에 있는 것이다.

그날 밤 제이슨과 나는 짚으로 지붕을 덮은 오두막에서 샀다. 얼마쯤 잤을까. 깊고 어두컴컴한 한밤중에 잠이 깼다. 처음에는 왜 잠에서 깼는지, 내 목덜미를 누르고 있는 게 무엇인지 분간이 되지 않았다. 그러다 침대 위에 걸어 놓은 모기장이 내 머리 위로 떨어졌다는 사실을 알게 되었다. 쥐어뜯다시피 모기장을 떼어 낸 나는 놀란 마음을 진정시키고자 구석에 쪼그리고 앉아 헤드램프를 켰다. 불빛에 벌레 떼가 몰려들었다. 손을 휘저어 벌레를 최대한 쫓아낸 다음, 집중해서 책을 두어 챕터 읽었다. 그러자 다시 졸음이 쏟아지기 시작했다. 나는 이불 밑으로 기어 들어간 다음 제이슨의 품에 안겼다. 그는 계속 잠들어 있는 상태였다. 그는 내가 잠시 사라진 일조차 몰랐고, 그 사실은 나에게 안도감을 주었다. 어쩌면 그의 곁을 떠났다가 아무 일 없이 다시 돌아가는 일이 가능할 수도 있겠다 싶었다.

## 엄마가 나에게 마지막으로 한 너무 슬픈 말

가정의 화목은 어려운 일이다. 내가 그 사실을 처음으로 깨달았을 때는 엄마에게 문제가 있다는 걸 뚜렷하게 인식한 시점이기도 했다. 스물한 살 무렵의 일이었다. 당시 나는 주말에 집에 가서 아빠한테 차의 엔진 오일을 갈아 달라고 부탁하는 주제에 딴에는 어른이라고 생각했다. 엄마는 아직 알츠하이머병 판정을 받지 않은 상태였지만 그렇다고 해서 모든 것이 괜찮았던 건 아니었다.

엄마는 울고 있었고, 아빠는 당혹스러워하며 자신의 말을 좀 들어 달라고 애원하고 있었다. 엄마 앞에는 쪽지들이 놓여 있었는데 그 쪽지에는 사람들의 이름이 적혀 있었다. 지난 몇 달 동안 우리 집에 전화한 사람들의 명단으로, 남자도 있었고 여자도 있었다. 그런데 엄마는 여자들이 성관계를 하기 위해 아빠에게 전화했고, 남자들도 한통속이라고 생각했다. 어쩌면 집단 성범죄일 수도 있고 난교 파티일지도 모른다고 믿었던 것이다.

하지만 내가 아는 한, 아빠는 절대 바람을 피운 적이 없었다. 답답해진 아빠는 나에게 도움을 청했다. 나는 그때까지 한 번도 부모님의 결혼 생활 속사정에 관여한 적이 없었다. 그런데 얼떨결에 중재자 역할을 맡아 셋이서 식탁에 둘러앉은 상황에 처하니, 갑자기 내가 어른이라는 생각이 전혀 들지 않았다. 엄마는 최근 들어 아빠와 부부 관계가 없었다고 말했다. 아빠가 자신에게 더 이상 욕정을 느끼지 않는다는 주장이었다. 엄마는 자신이 늙어 가고 있고, 사랑받지 못한다고 느끼며, 혼자 외로이 죽을 거라고 생각했다. 수화기 너머 사람들은 대부분 전화를 잘못 걸었다고 이야기했지만 엄마는 모두 거짓말이라며 믿지 않았다.

그런데 내가 볼 때 그들은 전화를 잘못 건 게 맞았다. 한번은 근처의 빅랏츠라는 할인 잡화 소매점에서 자기네 전화번호 대신 우리 집 번호를 전단에 게재한 적이 있었다. 업체 측은 실수를 발견하자마자 수정했지만 이미 엎질러진 물이었다. 그 후 몇 년 동안 우리 집으로 종종 전화가 잘못 걸려 왔다. 나는 그냥 가게의 영업시간을 알아 두었다. 전화를 잘못 걸었다는 이야기를 하느니 상대방이 원하는 정보를 주는 편이 오히려 간단했기 때문이다.

엄마를 달래면서 나는 그때의 교훈을 다시금 상기했다. 엄마의 정신이 온전치 못한 것 같다고 솔직하게 말할 수는 없었지만 그렇다고 엄마의 이야기를 믿는다고 할 수도 없었다. 그래서 엄마가 틀렸다고 말하지도, 옳다고 말하지도 않았다. 그저 엄마를 안심시키기만 했다.

"그런 전화는 당연히 신경이 쓰이지, 엄마. 하지만 아빠는 여전히 엄마를 사랑하고 있어요. 그리고 엄마 아직 안 늙었어요. 내 눈엔 여전히 사랑스러워 보여. 당연히 엄마는 혼자 죽지 않아. 엄마 안 돌아가신다고요."

그러자 빠른 속도로 부글부글 끓어오르던 부부 싸움이 약하게 보글보글 끓는 상태로 가라앉았다. 아빠가 먼저 자리를 떴고, 엄마는 거실에 있는 노란색 흔들의자로 가 앉았다. 어둠 속에 의자가 앞뒤로 흔들렸고, 창가의 촛불 하나가 엄마의 얼굴에 으스스한 그림자를 드리웠다. 나는 엄마에게 다가갔다. 비록 이제는 너무 커서 엄마 무릎에 앉을 수는 없었지만 엄마를 꼭 안아 주고 싶었다. 그러나 엄마가 의자를 더 세게 흔드는 바람에 그럴 수가 없었다.

"저리 가. 혼자 있고 싶어."

그것은 내 기억에 엄마가 나에게 마지막으로 한 말이었다. 배우자의 외도를 의심하는 것이 알츠하이머병 환자들의 초기 증상 중 하나임을 알게 된 것은 한참 후의 일이다.

지금 나는 아마존에 있다. 팔다리가 화끈화끈했다. 벌레 물린 자리가 울퉁불퉁하게 올라오면서 미칠 듯이 가려웠다. 하지만 묘하게 위안이 되었다. 마음이 아플 거라면 내 살갗도 그 아픔을 함께 느끼는 편이 나았다.

그러다 열대 우림 임관층에 매어 놓은 출렁다리 위를 건너갈 때였다. 나는 중간쯤 도달한 데 반해 제이슨은 여전히 초입에서 머뭇거리고 있었다. 스카이다이빙과 달리 가장자리, 난간, 다리처럼 얼마나 높은지 바로 알 수 있는 곳을 무서워했기 때문이다. 그는 머뭇거리며 내 쪽으로 한 발짝 내디뎠다. 관절이 튀어나올 만큼 양쪽 로프를 손으로 꽉 움켜쥔 채 말이다. 나는 그에게 절대 발밑을 내려다보지 말라고 소리쳤다. 그는 나를 바라보며 몇 걸음 더 걸었고, 나중에는 자신감이 붙었는지 로프에서 손을 떼기까지 했다. 출렁다리를 다 건너자 그는 뿌듯한 듯 환하게 웃었고, 그 모습을 보니 나도 기뻤다.

## 혼자가 된다는 것

:

며칠 뒤 제이슨과 나는 리마로 돌아왔다. 마침 그날은 피에스타스 파트리아스, 즉 페루의 독립 기념일이었다. 취객들은 거리에서 춤을 추며 소리를 질렀고, 디스코장마다 몰려드는 사람들로 북새통

Ecuador
Colombia
Brazil
Bolivia
아마존
마추픽추
라마
페루
peru
잉카
트레일
TAXI

을 이루었다. 우리는 한참 동안 그들 사이를 쏘다니다가 호텔로 돌아왔다. 함께 보내는 마지막 밤이었다.

리마 시내의 예술 지구 바랑코에 위치한 호텔은 인형의 집처럼 선명한 녹색, 빨강, 노랑으로 페인트칠이 된 자그마한 목조 건물로, 옥탑에는 나무 차양과 덩굴 식물, 화분에 심은 야자나무, 되새가 가득한 새장, 조개껍데기로 만든 풍경風磬 등이 빼곡히 들어차 있었다. 우리는 옥탑에 자리를 잡고 앉아서는 모닥불로 손을 녹이고 페루산 흑맥주를 병째로 들고 마셨다. 왠지 그곳에 있으면 줄곧 두려워해 온 일도 영원히 일어나지 않을 것만 같은 기분이 들었다. 그래서 나는 제이슨에게 말했다.

"자기가 안 갔으면 좋겠어."

"나도 가기 싫지만 원래 계획했던 일이잖아. 집에 돌아오는 당신을 맞이하려면 내가 먼저 가 있어야지."

나에게는 알파카 털로 짠 모자가 하나 있었다. 독립 기념일 축제에 문을 연 노점에서 제이슨이 사 준 선물이었다. 나는 그 모자를 끌어내려 얼음처럼 차가운 귀를 덮었지만 그래도 추위는 가실 줄을 몰랐다.

우리는 밖으로 나가서 춤을 추며 두려움을 떨쳐 버릴 수도 있었다. 술에 잔뜩 취해 1년 동안 서로를 안지 못한다는 사실을 잊을 수도 있었다. 하지만 우리는 그러는 대신 작지만 집 분위기가 물씬 나는 방으로 들어가 침대 속으로 파고 들어갔다. 그러고는 서로를 꼭 끌어안고 까슬까슬한 담요 위에서 사랑을 나누었다. 제이슨은 나를 꼭 끌어안아 주었지만 나는 깊은 잠을 이루지 못했고 몽롱한 상태로 그날 밤을 보냈다. 디스코텍의 쿵쿵거리는 저음이 밤새 들려왔다. 시끌벅적한 인파 속에 몸을 던지면 내가 자초한 상실감을 조금이라도 잊을 수 있을까 싶었지만 그러지 않았다.

다음 날 아침, 제이슨은 떠나지 않을 것처럼 행동하는 편이 낫다고 생각한 모양이었다. 나도 마찬가지였다. 그래서 우리는 최대한 평소처럼 지내려고 애썼다. 침대 가까이에 있는 작은 텔레비전을 켜서 집을 연상시키는 프로그램을 찾았다. 스페인어로 더빙된 〈심슨 가족〉을 고른 우리는 맥주를 한 병 나누어 마셨고 텔레비전을 보며 웃었다. 그러나 속으로는 웃는 게 웃는 게 아니었다. 그가 없는 내일을, 그리고 그런 내일을 364번 더 보내야 한다는 사실을 떨쳐 버릴 수가 없었기 때문이다.

그럼에도 헤어질 시간은 어김없이 다가왔다. 택시가 시간 맞춰 도착했고, 제이슨은 출근이라도 하는 것처럼 나에게 입을 맞추고 문을 나섰다. 그가 떠나고 난 뒤 나는 이불에 얼굴을 파묻었다. 숙소의 주인장인 페루 여인 케키가 살그머니 위층에 올라와서는 조식을 담은 쟁반을 두고 갔지만 먹고 싶지 않았다. 지금이라도 제이슨과 함께 비행기를 타고 캘리포니아로 돌아가고 싶었고, 엄마가 돌아가시지 않았으면 좋겠고, 예전처럼 가족을 온전히 느낄 수 있으면 좋겠다고 생각했다.

내가 온종일 숙소에 처박혀 꼼짝도 하지 않자 케키의 걱정이 커졌다. 이튿날 아침 일찍 그녀는 나에게 조식을 갖다 주었다. 따뜻한 커피와 아무것도 바르지 않은 페이스트리였다. 쓰라린 목구멍으로 그걸 꾸역꾸역 삼키는 일은 상상조차 하기 싫었다. 그런 내 마음을 읽었는지 그녀가 나에게 말했다.

"남편은 떠났어요. 이제 여행을 계속해야죠. 1년은 금방 지나가요. 힘내요. 이렇게 나약한 사람 아니잖아요."

생각해 보니 내가 한 번도 할 수 있을 거라 생각지 못한 일들을 이번 여행에서 이미 해냈다. 죽은 여인의 고개를 올라갔고, 마추픽추를 봤으며, 뱀들을 피해 아마존을 통과했다. 그렇다면 옷을 입고 밖에 나가는 것 정도는 할 수 있지 않을까. 케키는 나에게 채식 레스토랑을 권했다. 낡은 기차간을 개조한 곳인데 젊은 사람들이 많아 활기가 넘친다며 거기 가면 분명 기분이 나아질 거라고도 했다.

그렇지만 애석하게도 내 기분은 전혀 나아지지 않았다. 테이블마다 커플들이 앉아 있는데 나는 혼자였기 때문이다. 물론 이 여행의 취지는 엄마가 꿈꾸었지만 가 보지 못한 길을 대신 감으로써 독립심을 확고히 하고 나만의 길을 개척하는 것이었지만 지금은 모든 게 어리석고 하찮은 일처럼 느껴졌다. 더 한심한 건, 이 모든 결정을 한 게 바로 나라는 사실이었다. 그리고 제이슨의 부재조차 견디지 못하는 나 자신이 너무 싫었다.

웨이터에게 퀴노아 수프를 주문하고는 앉아 있는데 참았던 눈물이 터져 나왔다. 제이슨과 내가 잉카 트레일에서 먹은 퀴노아 수프가 기억났다. 그 진한 국물에 얼마나 내 몸이 따뜻해졌고, 그 담백한 풍미에 우리가 얼마나 기뻐했던가. 웨이터가 당황한 표정으로 내 눈치를 살피는 것 같아 "남편이 저를 두고 떠났어요"라고 말했다.

잠깐이지만 그 말을 좀 더 자세히 설명해야 하나 고민했다. 이것은 원래부터 계획된 일이고, 내가 이혼을 당한 건 아니라고 부연

할 수도 있었을 것이다. 엄마를 잃게 된 깊은 상실감을 극복하는 한편, 세상 속에서 내 자리를 찾으러 이렇게 길을 나선 거라고 이야기할 수도 있었을 것이다. 하지만 그런 말을 덧붙인들 무슨 의미가 있을까. 이 순간, 유의미한 진실은 남편이 떠났고 나는 혼자라는 사실뿐이었다. 그래서 도울 일이 없겠냐는 웨이터의 물음에 고개를 저었다. 아무것도. 그가 나에게 해 줄 수 있는 일은 아무것도 없었다.

나는 숙소로 돌아와서 케키의 친절과 너그러운 마음씨에 감사를 표한 다음 배낭을 쌌다. 페루는 제이슨과의 신혼여행에 얽힌 온갖 아름다운 추억들을 담아 놓은 호박석과도 같았다. 그래서 더는 있을 수가 없었다. 이제 볼리비아로 떠날 때였다.

## 따낄레섬 사람들의 세 가지 삶의 원칙

:

무엇이 나를 기다리는지도 모른 채 아침 버스에 올랐다. 볼리비아로 넘어가기 전, 푸노라는 국경 마을에 들렀다. 사방이 건조한 평원에 회색 풀투성이였지만 티티카카 호숫가는 완전히 딴 세상이었다. 배가 다니는 호수 중 세계에서 가장 높은 곳에 위치한 티티카카 호수는 마치 고요한 바다와 같이 웅장하고 광대하고 극적이었다. 물빛은 내가 살던 팜스프링스의 하늘처럼 깊고 짙은 파런색이었다. 니는 이곳의 깨끗함에 즉시 매료되었다. 그렇게 맑은 물은 본 적이 없었다. 물을 몇 움큼 집어다가 주머니에 넣어 다니고 싶을 정도였다. 물론 그럴 수는 없을 터였다. 하지만 여기에 며칠 머무르면서 마음껏 두 눈에 담는 것은 가능하지 않을까.

근처의 한 호스텔에서 호수 안에 있는 섬들에 관해 물어보았다. 가장 유명한 섬은 토토라라는 갈대로 만든 인공 섬 '우로스'인데 그곳에는 잉카 문명 이전의 원주민인 우로족이 살고 있다. 전설에 따르면 우로족의 탄생은 태양보다 더 오래되었다고 한다. 언제 호수 한가운데로 이주했는지는 아무도 모르지만, 그들은 부들처럼 생긴 토토라로 땅을 만들고 그게 썩으면 다른 토토라로 갈아 주면서 우로스섬에 살고 있다. 지금은 몇백 명 정도만 섬에 거주 중이고 대다수의 우로족은 육지로 이주한 상태라고 한다.

그런데 나는 거주민 수가 더 많은 티티카카 호수의 다른 섬들에 관심이 갔다. 각 섬은 고유의 법과 통치 기구, 문화를 갖춘 자치국처럼 기능한다고 했다. 그중에서도 따낄레섬은 15세기에 잉카 제국에 점령당한 적도 있었으나 지금은 케추아어와 스페인어를 사용하는 따낄레인 약 2천 명이 사는 작은 섬이다. 남자들은 대부분 케추아어를 하고, 여자들은 대부분 스페인어를 한다는 점이 의아하면서도 흥미로웠다.

물과 기름처럼 겉도는 듯한 사람들이 관계를 형성해 나가는 모습은 언제 봐도 경이롭게 느껴진다. 예컨대 우리 엄마와 아빠도 결이 확연히 다르다. 잔정이 없고 무뚝뚝한 아빠와 달리, 엄마는 다정하고 잘 웃는 편이었다.

인디애나주의 한 작은 마을에서 태어난 아빠는 알팔파와 옥수수밭 사이에서 어린 시절을 보냈다. 학창 시절엔 운동부 선수였고, 고등학교를 졸업하자마자 미 공군에 입대했다. 아빠는 해외 파병을 다니면서 세상을 배웠다고 했다. 반면 엄마는 더 이상 지구상에 존재하지 않는 나라에서 태어났다. 외갓집 식구들은 제2차 세계 대전 중 동프로이센을 떠나 천신만고 끝에 당시 서독이었던 지역에 겨우 정착할 수 있었다. 엄마는 어린 시절 감자를 캐서 식구들을 먹여 살렸다고 한다.

아빠는 독일에서 엄마를 처음 만났다. 아빠가 속해 있는 젬바흐 공군 기지에서 엄마가 민간인 비서로 일할 때였다. 두 사람의 결혼으로 두 개의 문화가 합쳐졌다.

따낄레섬 또한 그런 혼란스러운 관계로 가득했다. 사람들은 사용하는 언어가 다른데도 부부의 연을 맺었다. 언덕이 많은 따낄레섬은 그밖에도 독특한 것이 많았다. 일단 경찰이 없고, 감옥이 없고, 개가 없었다. 자동차와 전기도 없었으며 수돗물이 귀했다. 사람들은 '아마 수아, 아마 룰라, 아마 쿠엘라Ama sua, Ama llulla, Ama qhella'라는 세 가지 원칙을 지키며 살아가는데, '도둑질하지 말라, 거짓말하지 말라, 게으르지 말라'는 뜻이다.

내가 더욱 매력을 느꼈던 부분은 따낄레섬 사람들이 채식 위주의 식생활을 한다는 사실이었다. 페루에 있으면서 몇 차례 굉장히 맛있는 식사를 했지만 채식 요리는 대부분 감자튀김, 오믈렛, 퀴노아 수프, 갈색 빵으로 어딜 가나 구성이 비슷했다. 따낄레섬은 뭔가 다르지 않을까.

하룻밤 정도는 섬에서 홈스테이를 하고 싶어서 푸노에서 따낄레섬으로 가는 배편을 구했다. 우로스섬에 잠깐 들렀다 따낄레섬으로 가는 배편이었는데 네 시간 넘게 타고 있자니 속이 울렁거리고 정신이 혼미했다. 또 생각보다 배에 사람이 많아 놀랐는데 그 절반 정도는 당일치기 방문객이었다. 나머지 승선객들은 대부분 따낄레인으로, 배에서 내려 마을 광장까지 가파른 언덕을 힘겹게 올라가는 나와 달리 그들은 축지법이라도 쓰는 것처럼 순식간에 나를 앞질러 갔다.

섬은 어떻게든 고유의 전통을 유지하려고 노력해 왔겠지만 관광산업이 이 작은 공동체에 영향을 끼친 흔적은 대번에 눈에 띄었다. 몇몇 가게는 관광객들을 상대로 푸노에서 수입한 값비싼 초코바, 병에 든 코카콜라를 팔았다. 어떤 식당은 전통 요리와 함께 미국 음식을 판다고 광고하고 있었다. 그때 조그만 남자아이가 '포토, 포토'라고 말하며 나를 따라왔다. 나는 그 아이가 카메라에 비친 자기 모습을 보고 싶어 하는 것이려니 생각했다. 잉카 트레일과 아마존에서도 아이들이 똑같은 이유로 나에게 다가왔기 때문이다. 그래서 나는 발걸음을 멈추고 얼른 사진을 한 장 찍어 주었다. 그런데 아이는 나에게 손을 내밀며 이렇게 말했다.

"5달러. 에이브러햄 링컨 한 장."

자신의 사진을 찍은 대가를 달라는 것이었다. 충격이었다. 아이마저 상술에 동원되는 현실이 너무나 안타깝게 느껴졌다. 그동안 주로 국내 여행만 다녀서인지 그런 윤리적 갈등 상황에 부딪힌 적이 한 번도 없었다. 특별한 장소를 방문하고, 그 문화에 대해 배우며, 그곳을 특별하게 만들어 주는 요소를 훼손하지 않으면서도 지역 경제에 보탬이 되는 일이 가능하긴 한 걸까? 부디 가능했으면 좋겠다는 생각이 들었다. 따낄레섬은 나에게 여러 가지 면에서 너무나 특별하게 다가왔기 때문이다.

무엇보다 따낄레섬은 정교하고 아름답기 이를 데 없는 수공예품들으로 유명하다. 남아메리카에서 최고라고 유네스코에서 인정받았을 정도다. 따낄레 여자들은 양모를 잣은 후, 그 지역에서 나는 재료를 사용해 선명한 원색으로 물을 들인다. 뜨개질은 남자들의 몫이다. 남자아이들은 예닐곱 살부터 뜨개질을 배우는데, 뜨개질 솜씨는 결국 남성성의 상징이 된다. 예를 들어, 커플이 결혼 의사가 있을 때 여자는 신랑감의 모자를 가져다가 그 안에 물을 채운다. 물이 새지 않고 오래 남아 있을수록 뜨개질이 촘촘하게 잘된 것이고 더 좋은 신랑감으로 여겨진다.

남녀가 결혼을 약속하면 여자는 머리카락을 거의 남김없이 자른 다음 굵은 양모와 함께 엮어 대략 20~25센티미터 너비의 벨트를 남자의 허리에 두어 번 감을 수 있을 정도로 길게 만든다. 넓고 긴 벨트는 두 가지 목적이 있다. 첫째, 남자가 혼인을 약속한 상태이고 이제 임자가 있는 사람임을 알리는 표식으로서 마치 약혼반지와 같은 역할을 한다. 둘째, 좀 더 실용적인 의미에서 허리 받침대 역할을 한다. 결혼한 남자들이 총각보다 짐을 더 많이 운반하니까 별도의 지지대를 사용해야 한다는 생각이 그 바탕에 깔려 있는 것이다.

## 어떤 아픔이 있든 그래도 잠은 온다

중앙 광장 주변은 수공예품들을 사려는 관광객들로 늘 붐비는데, 모든 물건이 흥정 없이 정가에 판매되며, 상품마다 붙은 꼬리표에는 그걸 만든 가족의 이름이 적혀 있어서 판매금이 곧바로 전달되는 것이 매우 이색적이었다.

나는 공예품 시장을 둘러보다 홈스테이에 관해 물어보았다. 어떤 남자가 즉시 고개를 끄덕이더니 나를 다른 깡마른 남자에게 연결해주었다. 그는 말 한마디 없이 앞장서서 구불구불한 골목길과 거리를 통과한 후 나를 또 다른 친구에게 넘겼다. 따낄레 남자들은 대부분 검은 바지에 흰 셔츠, 기장이 짧은 검은색 조끼, 넓게 짠 벨트를 하고 있었고, 옷차림이 비슷해서인지 누가 누군지 구분이 잘 가지 않았다. 그러다 마침내 나는 토마스를 만났다.

그는 황갈색 얼굴에 뺨이 불그스레했으며 웃음기가 전혀 없었다. 살짝 긴장됐지만 나도 이제 새로운 규칙에 따라 살아야겠다고 생각했다. 여행을 계속하려면 내 안의 불안감을 스스로 잘 달래는 수밖에 없었다. 그는 묵을 방과 저녁 식사 및 이튿날 아침 식사를 제공하는 대가로 17달러를 요구했다. 그를 따라 1.5킬로미터 남짓 걸었을까, 산허리쯤에 집이 하나 나타났다. 자갈과 짚이 깔린 터에 지어진 공동 주택이었다. 그는 "까사 데 토마스('토마스의 집'이라는 뜻)"라고 말하더니 나지막한 나무 대문을 통과하며 나에게 따라오라고 손짓했다.

내가 묵을 방은 토마스네 가족이 머무는 공간과 가까이 있었다. 대충 깎은 목재로 벽을 세우고, 천장은 파란 방수포를 덮은 후 꺾쇠로 고정했다. 단순한 모양의 침대가 두 개 놓여 있었는데, 그 위에는 모직 담요가 각각 다섯 채씩 올려져 있었다. 그는 나에게 나무 촛대와 작은 초 하나, 성냥갑을 건네며 조명으로 쓰라고 했다.

그날 밤 홈스테이를 하는 사람은 나 말고도 셋이 더 있었다. 섬사람들 대부분이 홈스테이로 생계를 유지한다는 사실을 알고 있었기에 그러려니 했다. 저녁에 우리는 방수포와 목재로 만든 또 다른 방에 모여서 함께 식사를 했다. 토마스에게는 아이가 둘 있었는데 그아이들은 흙바닥 위에서 까르르 웃으며 막대를 가지고 놀았다. 그사이 해가 빠르게 넘어갔고, 오후 여섯 시밖에 안 되었는데도 한밤중처럼 깜깜해졌다.

토마스의 아내 이네스가 요리를 담당했는데, 그녀가 식탁으로 가져온 음식들을 본 순간 웃음을 터뜨릴 뻔했다. 오믈렛과 감자튀김, 퀴노아 수프와 빵. 페루에 도착한 이후 거의 매일 먹었던 음식과 별반 다르지 않았기 때문이다. 따낄레섬은 주로 채식 위주의 생활을한다고 해서 다를 줄 알았는데 아니었다. 기대가 컸던 탓에 실망도컸지만 내색할 순 없었다. 다행히 음식이 넉넉하고 정성이 담긴 데다 맛있어서 금방 기분이 좋아졌다. 그리고 무엇보다 바깥바람이 사납게 채찍질을 하고 있어서인지 내가 이렇게 식탁에 앉아 따뜻한 음식을 먹고 있다는 사실이 감사할 뿐이었다.

그런데 따뜻하지만 안쓰러울 정도로 손님들의 비위를 맞추려는듯한 이네스를 보고 있노라니 마음이 짠해지면서 엄마가 떠올랐다. 엄마는 종종 내 친구들을 저녁 식사에 초대하고는, 피자와 탄산음료를 비롯해 아이들이 좋아할 만한 것이라면 무엇이든 다 내놓았다. 마치 기름진 음식과 당분으로 내 친구들의 호감을 살 수 있다는 듯이 말이다. 나는 숫기 없고 따분한 숙맥이었지만 엄마는 음식으로무엇이든 고칠 수 있고, 나의 어설픈 사회생활까지도 매끈하게 다듬을 수 있으리라 믿는 듯했다.

식사를 마친 후, 나는 단출한 방으로 돌아갔다. 날씨는 추운데 난방 기구가 없다 보니 두꺼운 모직 담요 밑으로 기어 들어갈 수밖에 없었다. 집에 전화를 걸어 보고 싶었지만 참았다. 아빠는 지금도 요양원에 있을 게 분명했기 때문이다. 방문 시간이 끝나고 간호사들에게 쫓겨날 때까지 엄마의 손을 꼭 잡고 있겠지. 피곤하지는 않았지만 초를 끄고 잠을 청해 보았다.

그런데 잠시 후 밖에서 시끌벅적 파티를 벌이는 소리가 들려왔다. 리마에서 제이슨과 마지막 순간을 보내며 축제의 소음 속에서 잠들려고 애쓴 것이 불과 며칠 전의 일이었다. 그날 밤 나는 도통 잠을 이루지 못했고, 눈물로 베개를 적셔야만 했다. 그날 밤 축제는 남들이 나보다 행복하다는 사실을 잔인하게 일깨워 줄 뿐이었다. 하지만 오늘은 달랐다. 마을 사람들이 섬 주변 구불구불한 길을 따라 행진하며 연주하는 팬플루트와 북소리, 샌들이 딸깍딸깍 돌에 부딪히는 소리가 내 귓가에 자장가처럼 들려왔다.

물론 여전히 제이슨이 그리웠다. 갈빗대 바로 아래에 구멍이 뻥 뚫린 듯했지만, 그런 감정을 안고서도 살아가는 방법이 조금씩 보이기 시작했다. 아픔이 내 일부가 되어 가고 있었다.

# 04

# 인생에서 확실한 건
# 예측이 불가능하다는 사실뿐

다음 목적지는 볼리비아의 자그마한 정글 마을인 빌라 투나리. 그곳으로 가려면 수도 라파스에서 미니부스라고 부르는 소형 버스를 타야만 했다. 덩치 큰 남자와 내 코 피어싱을 귀엽다는 듯 어루만지며 웃는 할머니 사이에 끼어 앉았다. 열두 시간 정도 달렸을까, 운전사는 난간 없는 다리 위에 차를 멈추더니 손가락으로 작고 납작한 건물들이 늘어선 오르막길을 가리켰다. 빌라 투나리에 도착한 것이었다.

### 야생 동물 보호 단체에서 자원봉사자로 일하다

:

야생 동물 보호 단체에서 자원봉사를 하는 것, 그것이 내가 빌라 투나리에 간 이유였다. 열대 우림과 무성한 코카밭으로 둘러싸인 오지 마을에서 야생 동물 보호에 앞장서고 있는 비영리 단체의 일을 돕는 것이다.

엄마는 항상 원숭이를 예뻐했다. 내 도시락에 양말 원숭이(양말에 솜을 집어넣어 원숭이 모양으로 만든 캐릭터) 스티커 붙이기를 즐겨 했고, 가까이서 원숭이를 보는 게 소원이라고 말한 적도 있었다. 그래서 엄마의 버킷리스트를 대신 이루겠다고 마음먹었을 때 이곳을 떠올린 건 너무나 자연스러운 수순이었다. 햇살이 내리쬐는 이국적인 밀림 안, 원숭이가 사방에서 뛰노는 곳이라니!

그런데 보호 단체 사람들은 느긋했고 나에게 별다른 지침을 주지 않았다. 지난주에 이메일을 보내 자원봉사 날짜를 예약해야 하는지 묻자, "아니요"라는 간결한 답변만 돌아왔다. 좀 더 자세한 내용을 캐묻자, 한 페이지로 정리된 '자주 묻는 질문'을 회신으로 보내 주었다. 거기에는 마을의 유일한 현금 지급기에 관한 주의 사항도 포함되어 있었는데, 자주 고장이 나며 만약 고장 났을 경우 제일 가까운 현금 지급기는 여덟 시간 정도 가야 있다는 내용이었다. 또한 마을 시장에는 농산물과 밍밍한 맥주 말고는 살 만한 게 없으니 가공식품과 의약품, 위생용품 등을 넉넉히 챙겨 오라고 적혀 있었다. 의무 체류 기간은 최소 14일이었다.

나를 두고 사라지는 버스를 바라보고 있자니 불현듯 걱정이 몰려왔다. 여기가 빌라 투나리가 맞겠지? 조금 걸었는데도 땀이 비 오듯 흐르고 얼굴이 벌게졌다. 동물 보호 단체가 있는 건물이 보이자 그제야 제대로 찾아왔다는 생각에 안심이 되었다. 자원봉사 코디네이

터인 노엘이 나를 반갑게 맞아 주었다. 그녀는 나에게 금고에 보관해 준다며 여권과 현금 인출 카드를 달라고 했다. 그녀가 눈을 찡긋하며 말했다.

"한동안은 필요 없으실 거예요."

이어서 그녀는 나를 중고품 판매장으로 안내했다. 자원봉사를 하는 동안 입을 옷가지들을 싸게 빌려주는 곳이었다. 불과 몇 달러에, 햇빛을 가려 줄 긴소매 버튼다운 셔츠와 가시투성이 정글 식물들에도 끄떡없을 만큼 튼튼한 카키색 바지, 그리고 진흙과 원숭이 배설물 사이를 걸어 다녀도 전혀 문제없을 무릎 높이의 고무장화를 구입했다.

옷은 사람을 바꾸어 놓는 힘이 있다. 엄마가 지금 내 모습을 봤으면 하는 생각이 들었다. 나는 더 이상 팜스프링스에서 하이힐로 행사장과 기자 회견장을 누비던 온실 속 화초가 아니었다. 자원봉사용 옷으로 갈아입은 나는 완전히 다른 사람이 되었다. 한 번도 만나 본 적 없는 거칠고 사나우며 억센 여자로의 탈바꿈이었다.

내가 묵을 방에 가 보니 곳곳이 고양이 토사물로 얼룩져 있었고, 지붕에는 물때와 곰팡이 자국이 번져 있었다. 문은 하나였는데, 문찍이 경첩 하나로 간신히 붙어 있었고, 그마저도 아랫부분은 썩어서 구멍이 생긴 상태였다. 그래서 밤마다 야생 동물들이 안으로 들어오지 못하도록 가까이에 있는 폐타이어를 끌어다가 구멍을 막아야만 했다. 그렇게 해 놔도 어떤 날 아침에 눈을 뜨면 내 옷들 사이에 길고양이 새끼들이 바싹 웅크리고 앉아 있는 광경을 마주하곤 했다. 또, 창문에는 검은 비닐봉지를 찢어 만든 커튼이 달려 있었다. 침대 위에 놓여 있는 매트리스는 딱딱한 데다 먼지투성이였고 그 안에는 알 수 없는 곡식들이 잔뜩 채워져 있었다. 너무 지저분해서 나는 침대 위에 침낭을 펴고 그 안에 들어가 잤다. 의외로 이 조합은 놀라울 정도로 편안했다.

노엘은 주위에 코카나무를 키우는 넓은 밭이 많은데 그만큼 마약 거래도 성행한다고 귀띔해 주었다. 그래서인지 군용 헬기가 수시로 머리 위를 맴돌았다.

내가 배정받은 일터는 원숭이 공원이었다. 그곳에는 학대받은 400여 마리의 원숭이가 살고 있었는데, 대다수가 불법 희귀 동물 시장에서 구출되어 야생 적응 훈련을 받는 중이었다. 내가 할 일은 하루 세 번 급식에 쓸 과일을 닦거나 수박을 자르고, 양동이에 바나나를 채우고, 엄청난 분비물 더미를 삽으로 치우는 것이었다. 거미원숭이 40마리가 사는 우리를 청소하는 것도 나의 몫이었는데, 거미원숭이가 밀렵꾼과 매매업자들 사이에서 비싸게 거래되는 동물이다 보니 매일 밤 우리에 집어넣고 자물쇠를 잠가 둬야만 했다.

그리고 이틀에 한 번 이불 당번이 돌아오면 우리마다 깔아 놓은 가로 120센티미터, 세로 150센티미터 크기의 털 이불을 세탁해야 했다. 나는 이불에 묻은 배설물들을 일일이 털어 내고 세제와 솔로 악취와 균을 문질러 없앴다. 그런 다음 거품투성이 이불을 양동이 안의 뜨거운 물에 담갔다가 깨끗이 헹군 뒤 나무에 매어 둔 빨랫줄에 널었다. 이불 세탁은 생각보다 힘들었지만 굉장한 만족감을 선사했다. 더러운 천 무더기가 깨끗한 이불 200장으로 바뀌어 빨랫줄에서 마르는 모습을 보고 있노라면 너무나 흐뭇했다. 이불을 빨 때만큼은 딴생각이 들지 않았고, 어떤 때는 콧노래가 절로 나올 만큼 그 일에 몰입했다. 양손의 살갗이 벗겨져도 전혀 개의치 않았다.

나는 여태껏 집안일을 거들거나 가끔 정원의 잡초를 뽑는 일 말고는 평생 육체노동과 거리가 먼 삶을 살았다. 성인이 된 후로는 강의실과 편집국, 쇼핑몰에서 인생을 보냈다. 그러다 보니 자료실의 책들을 서가에 꽂거나 탕비실에서 에스프레소를 내리거나 컴퓨터 앞에서 글을 쓰는 정도의 노동이 전부였다. 그런 나에게 자원봉사 일은 완전히 새로운 세계였다. 무수한 삽질과 술질로 근육이 뻐근하고, 양동이를 나를 때는 가쁜 숨을 헐떡이고, 어마어마한 양의 원숭이 먹이를 썰 때면 이를 악물어야 했지만 할 일을 하나씩 마칠 때마다 쾌감이 느껴졌다.

엄마는 가끔 나에게 독일에서 보낸 어린 시절 이야기를 들려주곤 했다. 엄마는 부모님, 언니, 조부모님과 함께 먹고 살 식량을 마련하기 위해 씨앗을 심고, 감자를 캐고, 갓 잡은 닭의 깃털을 뽑으며 육체노동을 했다. 나는 자원봉사 일을 하면서 엄마와 더 깊이 통하는 기분이 들었고, 엄마가 아무렇지 않게 해 온 일들이 얼마나 고된 노동이었는지를 깨달을 수 있었다. 엄마가 수십 년간 고된 노동을 해 온 덕분에 나는 그런 일들을 피하는 특권을 누린 셈이었다.

교대 근무를 마치고 나면 언제나 온몸이 땀, 진흙, 모기 물린 자국으로 범벅이 되었다. 손톱이 부러지고 손톱 큐티클에는 때가 쌓였는데, 주머니칼로 초승달 부분을 하나하나 긁어내도 소용이 없었다. 하지만 늘 저녁 식사는 꿀맛이었다.

자원봉사자 숙소에는 거울이 없었다. 만약 있었다 해도 나는 아마 내 모습을 알아보지 못했을 것이다. 습도 때문에 내 곱슬머리는 마구 엉키고 덥수룩해졌다. 게다가 수돗물이 넉넉지 않고 마을이 한 동안 가뭄에 시달리다 보니, 어쩌다 하는 샤워는 기념해야 할 이벤 트였다.

보호 구역에 온 지 일주일이 흘렀고, 하루 중 상당 부분을 멋진 날 씨 속에 원숭이들과 놀면서 보냈다. 그중 키가 25센티미터밖에 안 되는 카푸친원숭이 로미오는 종종 살아 숨 쉬는 모피처럼 내 어깨 에 웅크려 앉곤 했다. 로미오는 카푸친원숭이 중에서도 유독 몸집이 작은 편이어서 그런지 다른 원숭이들을 무서워했다. 그래서 덩치 큰 원숭이들이 다가오면 나에게 찰싹 달라붙어서는 내 귀에 찍찍거리 는 소리를 내거나, 나도 자기 무리 중 하나라는 듯이 머리카락을 손 질해 주기도 했다.

뚱뚱한 카푸친원숭이 아니타는 먹이를 오도독오도독 씹으면서 최면을 걸듯 검은 눈으로 나를 뚫어져라 바라보곤 했다. 그러다 나 와 시선이 마주치면 내 콧구멍에 손가락을 집어넣었다가 후다닥 달 아났다.

마르티나는 아래턱에 턱수염처럼 검은 털이 덥수룩하게 난 맥주 통 체형의 원숭이로, 나에게 돌멩이 여러 개를 선물로 가져다주었 다. 어느 날 내가 앉아 있는데 마르티나가 갑자기 내 손을 잡아당기 더니 자기 배에 갖다 댔다. 나는 그대로 있었다. 몇 초 뒤 놀랍게도 마르티나의 배에서 태동이 느껴졌다. 이런 행동이 원숭이들 사이에 서는 흔한지 모르겠지만 나에게는 너무나 특별하게 느껴졌다.

오늘 또 정글 한 조각이 사라질지 모른다는 불안감

:

반짝반짝 빛나는 햇살이 나무 사이로 스며 나오는 날이었다. 내 머리 위로는 녹색의 나뭇가지들과 덩굴들이 마치 성당처럼 아치를 이루고, 새들은 노래를 부르고, 원숭이들은 재주넘기를 했다.

그런데 갑자기 마체테(정글에서 벌채용으로 사용하는 무딘 칼)를 손에 든 사람들이 나타났다. 그들은 안데스 지역에서 소규모 가족농을 하고 있는 캄페시노로 100명이 넘었는데 성인 남자와 여자는 물론 아이들까지 전부 칼날을 휘두르고 있었다. 보호 구역을 통과하는 도로를 건설하기 위해 마을 정부가 고용한 일꾼들이었다. 그들은 야생 동물 보호 구역이 1996년부터 이곳에 자리해 있었다는 건 안중에 없는 듯 닥치는 대로 길가의 나무들을 베기 시작했다. 삽시간에 나무들이 쓰러지며 정글의 스카이라인에 커다란 구멍이 뻥 뚫렸다.

호주에서 온 자원봉사자 한 명과 나는 캄페시노들을 밀치고 나아가 쓰러지는 나무들 사이에서 원숭이들을 구출해 냈다. 원숭이들은 겁에 질린 듯 아기 울음 같은 소리를 내며 어쩔 줄을 몰라 했다. 하지만 일꾼들은 그런 원숭이들을 조롱이라도 하듯 닥치는 대로 마체테를 휘둘렀다. 그중 한 남자가 떨어진 나뭇가지 사이에 갇혀 꼼짝하지 못하는 어미 원숭이와 새끼 원숭이에게 칼을 휘둘렀고, 순식간에 새끼 원숭이의 발이 잘려 나갔다. 새끼 원숭이가 고통으로 비명을 지르자 어미 원숭이가 울부짖었다. 또 다른 무리의 남자들은 거미원숭이 한 마리를 철제 쓰레기통에 쑤셔 넣고는 침을 뱉기까지 했다. 나는 원숭이들을 안전한 곳으로 대피시키려고 나름대로 최선을 다했지만 솔직히 내게도 저 마체테가 하나 있었으면 싶었다.

새 도로는 야생 동물 보호 구역을 관통할 예정이었다. 도로가 만들어지면 수백 마리의 동물들이 하루아침에 안식처를 잃고, 정글의 생태계가 파괴되며, 원숭이들이 재활 훈련을 제대로 받지 못할 게 뻔했다. 그럼에도 새 도로를 내고자 하는 이유는 인근에서 코카를 재배하는 농부들에게는 상품을 큰 도시로 보다 쉽고 빠르게 운반해 줄 통행로가 필요하기 때문이었다.

볼리비아에서 코카 재배는 매우 중요한 생계 수단으로 통한다. 1990년대만 해도 볼리비안 여덟 명 중 한 명이 코카레로(코카잎을 재배하는 사람)일 정도였다. 그런데 문제는 코카가 마약의 일종인 코카인을 만드는 주원료라는 데 있다. 볼리비아 정부는 마약 근절을 위해 코카를 필요 이상으로 생산하지 못하도록 규제해 왔지만 당장 생계 걱정을 해야 하는 캄페시노들이 그 말을 들을 리 없었다. 그들에게 중요한 것은 어떻게든 코카인을 팔아 돈을 버는 일이었기 때문이다.

동물 보호 단체의 운영자들은 나를 비롯한 자원봉사자들을 식품 창고에 모아 놓고 상황을 설명해 주었다. 농부들이 고속 도로에 쉽게 진입하려면 새 도로가 필요하다는 것이었다. 그들에게 동물 보호 구역의 필요성을 아무리 얘기해 봐야 소용이 없다는 뜻이었다. 그런데 운영자들은 우리에게 너무 낙담하지 말라고 했다. 예전에도 도로를 건설하려고 했지만 우기에 산사태가 일어나는 바람에 무산되었고, 효율적인 공사를 위한 그 어떤 계획도 세워진 적이 없기 때문이란다. 이번에도 그때와 비슷할 거라고 생각하는 듯했다.

캄페시노들이 한바탕 휩쓸고 간 뒤 나는 로미오를 목덜미에 매단 채로 쓰레기통에 처박혀 있는 다른 거미원숭이 새끼를 끄집어냈다. 주위를 둘러보니 그들이 마구잡이로 베어 낸 나무들이 여기저기 나뒹굴고 있었다. 그야말로 쑥대밭이었다. 어디서부터 손을 대야 할지 모를 정도로 말이다. 놀란 마음 또한 쉽사리 가라앉지 않았다.

내가 살아온 곳과 지금 서 있는 곳 사이의 거리가 이토록 멀게 느껴진 적이 없었다. 여행을 시작할 때는 누구도 이런 부분을 이야기해 주지 않았다. 장소 사이의 괴리가 너무 커서 두 번 다시 원래의 나로 돌아가지 못하게 될 수도 있다고 아무도 말해 주지 않았다.

그 뒤 사흘이 지났는데도 캄페시노들이 파괴한 현장은 쉽사리 복구되지 않았다. 원숭이들도 여전히 불안한 듯 보였다. 그럴 만도 했다. 넓은 목초지가 휑하니 사라진 탓에 원숭이들이 가지에서 가지로 뛰어다닐 수 없게 되었고, 오솔길은 부러진 나뭇가지들에 뒤덮여 보이지 않았다. 호주인인 자원봉사자가 절망스러운 표정으로 말했다.

"어디서부터 손대야 할지 모르겠네요."

"이건 제가 본 일 중에 최악이에요."

영국에서 온 경찰관 출신의 메건은 바닥에 앉아서 무릎을 끌어안고 울었다. 나도 마찬가지였다. 우리는 최선을 다해 일상을 유지하려고 애썼지만 평상심을 회복하기란 정말 쉽지 않았다. 아침에 일어나면 오늘 또 정글 한 조각이 사라질지도 모른다는 불안감이 먼저 몰려왔다. 그러다 보니 분위기는 전반적으로 무거웠고 대부분 자신이 해야 하는 일을 말없이 할 뿐이었다.

## '어느 날 갑자기'라는 말의 의미

:

오전 급식을 마친 후 점심을 먹으러 가려는데, 갑자기 몸집이 다부진 원숭이 리노가 내 무릎 위로 뛰어 올라왔다. 크기도 모양도 농구공과 비슷한 리노는 몸은 근육질이었지만 털 때문에 봉제 인형처럼 부드러웠다. 등을 쓰다듬어 주니 리노가 내 가랑이 사이로 깊이 파고들었다. 평소에 쉽게 와서 안기는 녀석이 아니다 보니 조금만 이대로 있자 싶었다. 점심 좀 늦게 먹지, 뭐. 태양은 빛나고 공기는 신선한 비와 파파야 향기를 머금고 있었다. 그 순간만큼은 더할 나위 없이 흡족했다.

그런데 별안간 리노가 내 허벅지에 오줌을 싸고 바닥으로 껑충 뛰어 내려가더니 내 팔을 붙잡고는 왼손에 자신의 이빨을 박았다. 반사적으로 숨을 헉 들이마시긴 했지만 소리가 나오지는 않았다. 이건 리노답지 않았다. 하지만 리노의 공격은 멈추기는커녕 더 거세졌다. 리노의 송곳니가 내 손의 뼈까지 파고들자 참을 수 없는 고통이 밀려왔다. 나는 잘 안다고 생각했던 생명체의 예측 불가한 행동 앞에서 어떻게 방어해야 할지 몰라 우왕좌왕했다. 리노가 내 얼굴로 달려들어 눈을 할퀴거나 머리카락을 잡아 뜯으면 어쩌지. 녀석은 작지만 힘이 장사였다. 어떻게든 리노를 떼어 놓으려고 발버둥 쳤지만 오히려 녀석은 내 손을 더 세게 잡아당기더니 다시 물었다. 그러고는 흐르는 피를 녹아 흘러내리는 아이스크림처럼 핥기 시작했다. 얼굴이 빨갛게 달아올랐고 나도 모르게 욕이 튀어나왔다.

잠시 후 녀석이 내 목을 노리고 어깨로 뛰어오르는 순간, 다른 자원봉사자 한 명이 원숭이 공원으로 들어왔다. 그 소리에 리노가 겁을 먹고 달아났다. 자원봉사자가 달려오더니 비틀거리는 나를 부축해 줬다. 찢어진 손에서 계속 피가 흘러나왔다. 응급 치료를 받아야 하는데 주변에는 도움을 청할 만한 곳이 없었다. 3킬로미터를 걸어 작은 마을에 도착한 나는 곧장 병원으로 향했다. 하지만 깨끗한 주삿바늘을 보장할 수 없다는 접수원의 말에 발길을 돌렸다. 상처를 꿰매는 것보다 항생제가 더 중요하다는 판단 때문이었다. 그런데 아무리 둘러봐도 약국이 보이지 않았다. 급한 마음에 지나가는 사람들을 붙잡고 스페인어로 '약국'이라는 단어를 간신히 발음하며 도움을 청했다.

"파르마'씨'야?"

손에서는 여전히 피가 흘러내리고 있었다. 하지만 사람들은 나를 흘끗 쳐다보고는 그냥 지나쳐 갈 뿐이었다. 그 누구도 피 흘리는 미친 여자와 엮이고 싶어 하지 않는 듯했다. 나를 외면하는 사람들이 늘어날수록 내 목소리는 더욱 높아졌다. 나중에는 도시 길가에서 한 번쯤 마주치게 되는 시끄럽고 집요한 구걸꾼처럼 나는 보이는 사람마다 길을 막고 약국이 어디 있는지 묻기 시작했다. 그때 저 멀리 테라스에서 도로로 먼지를 쓸어 내고 있는 한 노인이 보였다.

"파르마'씨'야?"

그는 무슨 말인지 모르겠다는 듯 고개를 절레절레 흔들었다. 그런데 내가 다시 한번 약국을 외치자 노인이 음절의 강세를 약간 고치며 이렇게 말했다.

"파르'마'씨야? 이렇게 말했어야지."

노인은 간판도 없는 자신의 가게로 나를 안내했다. 유리 진열장이 방을 따라 길게 놓여 있었는데 그 안에는 정돈되지 않은 상자들이 빼곡히 쌓여 있었다. 벽에 걸려 있는 선반은 무거운 유리병과 무지개색의 온갖 알약들로 곧 휘어질 것만 같았다. 창문 근처에 밀폐된 유리병 몇 개가 있었는데 그 안에는 소변색 액체와 빛바랜 뱀 사체들이 나선 모양으로 들어 있었다.

노인은 얼룩 묻은 흰 가운을 걸쳐 입더니 반무테 안경 너머로 뚫어져라 나를 쳐다보았다. 나는 얼른 피가 흐르는 손을 내밀어 송곳니 모양으로 구멍이 뚫린 부분을 가리키며 말했다.

"모노 에스 로코(원숭이가 미쳤어요)!"

형편없는 스페인어였지만 딴에는 최선을 다한 거였다. 그래도 혹시나 전달이 잘 안 되었을까 봐 나는 이빨을 드러내고 원숭이처럼 울부짖은 다음 살을 물어뜯는 시늉을 했다. 그러자 노인은 알겠다는 듯 뒤로 돌아서더니 선반에서 가지각색의 약품을 골라 내 앞에 펼쳐 놓았다. 그중에 골라 보라는 뜻 같았지만 모두 스페인어로 쓰여 있어 무슨 약인지 도통 알 수가 없었다. 고민 끝에 나는 이름에 'Z' 자가 많은 약을 손가락으로 가리키며 "안티비오티코(항생제)?"라고 물었다. 그는 어깨를 한 번 으쓱하더니 길쭉한 패키지에 든 주황색과 빨간색 줄무늬 알약을 내게 내밀었다. 그나마도 포장재 뒷면의 은박지가 벗겨져 너덜거리고 있었다. 간판도 없는 약국, 영어를 몰라 의사소통이 잘 안 되는 약사, 포장재가 너덜거리는 알약 등 그 모든 게 의심스러웠지만 선택의 여지가 없었다. 그 마을에는 약국이 하나뿐이었고, 어느 정도 규모 있는 옆 마을에 가려면 버스를 타고 비포장도로로 여러 시간 이동해야 했다. 게다가 노조 파업으로 주요 도로가 폐쇄된 상태라 통행이 가능한지도 불확실했다.

나는 노인이 준 알약을 사서 숙소로 돌아온 다음 수의사 직원을 찾아갔다. 약이 있다고 해도 봉합이 필요했기에 수의사에게라도 도움을 청해 볼까 해서였다. 그는 키가 작고 땀이 많은 남자로 다행히도 영어를 약간 할 줄 알았다. 그는 검은 실로 지그재그 손을 꿰매더니 매듭을 지은 다음 남은 실을 잘라 냈다. 그러고는 보라색 액체를 상처에 두드려 발라 주며 말했다.

"좀 낫네요. 손에 고름이 생기면 다시 오세요."

인생의 모든 일에는 갑작스러운 일면이 있는 게 아닌가 싶다. 단지 우리가 그것을 깨닫지 못할 뿐. 나는 리노가 순식간에 돌변하고 거대한 나무들이 몇 분도 채 안 되어서 잘려 나간 일을 생각해 보았다. 엄마의 병이 어디선가 불쑥 나타나 우리 가족을 깜짝 놀라게 만들었지만 어쩌면 그게 인생 아닐까. 어느 날 정글이 주는 행복감에 충만해 있다가도 다음 날 속절없이 나무들이 쓰러지는 모습을 봐야 하고 보호하던 동물의 습격을 받을 수도 있는 게 인생인 것이다.

부모가 알츠하이머병에 걸리면 자식도 걸릴 확률이 매우 높다는 연구 결과를 보고 나서 너무나 두려웠지만 그 사실을 받아들이기가 힘들었다. 만약 내가 알츠하이머병에 걸리더라도 제이슨이 나의 망가진 정신 상태를 떠안아야 하는 상황은 원치 않았다. 그리고 내 기억이 사라져 가는 모습을 가족과 친구들에게도 보여 주고 싶지 않았다. 내가 이 여행에 나선 이유는 엄마의 버킷리스트를 대신 완성하겠다는 뜻이 있었지만 병 자체에 맞서는 것도 컸다. 머릿속에 나만의 기억을 잔뜩 채우고 비축함으로써 삶을 단단히 붙잡고 싶었다. 혹시라도 기억을 빼앗기기 전에.

물론 그런 식으로 해결할 수 있는 일이 아니라는 것은 나도 안다. 인생에서 확실한 건 예측이 불가능하다는 사실뿐이고, 병은 마치 리노가 그랬던 것처럼 예상치 못한 순간에 나에게 달려들 수 있다. 그래도 나는 노력해야 했다.

보호 구역에 며칠 더 머무르기로 한 것은 그런 이유였다. 위협을 느끼거나 불안한 마음이 들 때도 있었지만 나는 감당할 수 있다고 자꾸 되뇌었다. 덥고 배고프고 바나나 먹는 것도 지겨웠다. 몸에서 나는 냄새도 지독했다. 며칠 동안 씻지 못해 땀과 먼지, 원숭이 오줌이 내 몸에 켜켜이 쌓여 있었고 이제는 핏자국까지 있어서인지 원숭이들도 나를 피했다. 마음 같아서는 지금 당장 집으로 돌아가고 싶었다. 하지만 이제 와 포기한다면 나는 대체 어떤 종류의 인간이란 말인가? 내가 여행하고 싶었던 커다란 이유는 내가 어떤 사람인지 확인하고, 얼마나 강해질 수 있는지 알아보고, 엄마의 꿈을 대신 실현하는 것 아니었던가?

나는 그렇게 사흘 더 머문 후 라파스로 돌아가기로 했다. 예정했던 자원봉사 일정에서 이틀 먼저 하차하는 셈이었다. 거기서부터 엄마의 다음 버킷리스트를 이어 갈 계획이었다. 그동안 해 보고 싶었던 일을 원 없이 하고, 나 자신의 한계에 도전하고, 내가 두려움을 이겨 내지 못하고 도망치는 사람은 아님을 입증해 보일 만큼은 충분히 보호 구역에 머물렀다.

# 05

# 살아 있다는 것은
# 충분히 기념할 만한 일이야

　며칠 뒤 나는 볼리비아 남부에 있는 도시 수크레로 향했다. 새하얀 식민지 시대 건물들과 웅장한 성당, 녹음이 우거진 광장으로 이루어진 수크레는 1991년 유네스코 세계 문화유산으로 지정된 바 있다.

　수크레로 가는 버스 안. 바깥은 이미 어두웠고 버스는 느릿느릿하게 움직였다. 그리고 그 안에 있는 나는 지저분한 상태였고 원숭이한테 물린 손은 계속 욱신거렸다. 숨나는 생긱이 돌이 망가진 버스 창문을 있는 힘껏 밀어 보았지만 몇 센티미터를 남기고는 꿈쩍도 하지 않았다. 나는 하는 수 없이 벌어져 있는 틈을 여분의 양말로 메꿨지만 공기는 여전히 쌀쌀했다.

　나는 이어폰을 귀에 꽂고 조지 해리슨의 명곡 '마이 스위트 로드

My Sweet Lord'를 틀었다. 내 여행의 대표 사운드트랙이 되어 버린 노래였다. 이번에도 역시나 나에게 엄청난 위안이 되었다. 혹시 엄마가 나를 임신했을 때 이 곡을 많이 들었던 게 아닐까 하는 생각이 들 정도였다. 물론 지금 그 질문에 답해 줄 수 있는 사람은 없지만 말이다.

나는 제일 두꺼운 플리스 재킷을 입고, 다른 옷을 이불로 활용해 몸을 감쌌다. 그리고 모자를 양쪽 귀까지 끌어내려 뒤집어쓴 다음, 티셔츠 몇 장을 머리와 유리창 사이에 끼워 넣었다. 눈을 질끈 감고 잠을 청하려 했지만 차는 내 뜻대로 움직여 주지 않았다. 버스는 언덕을 올라갈 때마다 날카로운 금속성 비명을 지르며 괴로워했고 꼭대기에 도달하면 앓는 소리를 냈다. 게다가 도로에는 움푹 팬 구멍들이 많아 끊임없이 머리가 유리창에 부딪혔다.

괴로운 것은 그뿐만이 아니었다. 운전사는 가끔 도로변에 차를 세우고 사람들을 더 태웠다. 더는 승객이 탈 수 없겠다고 생각할 때마다 열 사람이 더 탔다. 승객들은 곡물로 가득 채운 삼베 자루를 들고 탔는데 그걸 좌석 사이의 통로에 높이 쌓아 올리고는 그 위에 올라앉았다.

한 시간이 지나자 버스는 마치 모종의 인질극 상황처럼 느껴졌다. 목덜미에 닿는 털투성이 팔, 무릎 위의 바나나 자루, 어지러운 버스 소음, 이상하고 시큼털털한 냄새가 없는 삶이 어떠했는지 떠오르지 않았다. 머리를 창에 찧지 않고 잠을 잔다는 것이 어떤 느낌인지도 더는 기억나지 않았다. 아무렴, 편안함은 사라지고 난 뒤에야 그 진가를 온전히 깨닫기 마련이다.

배낭여행이 근사한 호텔을 옮겨 다니는 여행과 다르다는 것은 나도 알고 있었다. 하지만 무감각해진 넓적다리와 이가 딱딱 맞부딪히는 추위를 견디며 변덕스러운 도로를 따라 몇 시간째 이동할 줄은 꿈에도 몰랐다. 갑자기 모든 게 무의미하게 느껴졌다. 엄마의 병이 나를 이리로 데려왔다고는 하지만 정작 엄마는 내가 어디 있는지, 내가 누구인지조차 모르는데 말이다.

그냥 집에 있을 수도 있었다. 집에는 템퍼 메모리폼 토퍼를 깐 알레르기 방지 매트리스가 있다. 푹신한 베개도 있고, 나를 포근하게 안아 줄 남편도 있다. 아니 적어도 집에는 바나나 자루를 내려놓는 척하면서 몸을 갖다 비비는 뒷자리의 털 많은 낯선 남자 따위는 없다.

나는 눈을 감고 깊이 심호흡하면서 이것도 다 경험의 일부라고 마음속으로 말했다. 편안하게 있으려고 여기 온 게 아니잖아. 처음부터 불편함이 목표였어. 내 생각만 바꾸면 돼. 뼈가 덜덜 울리는 버스 좌석이 누군가에겐 진동 안마 의자일 수도 있다고. 나는 다시 한 번 깊이 심호흡을 하고 눈을 떴다.

그런데 내 앞자리에 앉아 있던 육중한 체구의 볼리비아 여자가 치마를 허리춤까지 들어 올린 채 바닥에 쪼그리고 앉아 있는 게 아닌가. 설마, 나는 만화에 나오는 동물들이 잠을 깨려고 힐 때처럼 두 눈을 비비고 다시 봤다. 잘못 본 게 아니었다. 그리고 잠시 후 버스의 삐걱거림, 사람들의 코골이가 뒤섞인 대소동 속에서 틀림없는 그 소리를 들었다.

'쉬이…'

나는 "어머"라고 소리치며 그 여자를 가리켰다. 그런데 사람들이 아무런 반응을 보이지 않았다. 그래서 다시 한번 "어머"라고 외쳤지만 아무도 쳐다봐 주지 않았다. 그 순간 버스가 언덕을 오르기 시작했고, 문득 좌석 밑에 내려놓은 작은 배낭이 떠올랐다. 아뿔싸, 배낭은 이미 축축한 상태였고 방금 싼 오줌 냄새가 진동을 했다. 다행히 방수 처리가 되어 있어서 안에 있는 여권과 노트북을 비롯한 잡동사니들은 무사했다. 나는 너무 놀라 아무 말도 할 수가 없었다. 그런데 여자는 아무 일 없었던 것처럼 자리로 돌아가 잠을 청했다. 기가 막힐 노릇이었다.

## 불편하지 않았다면 절대 몰랐을 고마움에 대하여

:

총 열한 시간을 달린 끝에 버스는 나를 수크레 중심가에 내려 주었다. 근육통이 있었고 양어깨에 멍이 들었으며 다리마저 따끔따끔 저렸다. 나는 팔을 쭉 뻗은 채로 젖은 배낭을 들었다. 너무나 언짢고 불쾌해서 견딜 수가 없었다. 그나마 위안이 되었던 건 수크레가 이제껏 본 도시 중 가장 화려하다는 점이었다.

건물들은 하얀 설탕 장식을 듬뿍 올린 생강 과자처럼 깔끔하고 매끈했다. 푸른 하늘에는 하얀 구름이 수놓아져 있었고, 황금빛 아침 햇살이 퍼져 나갔다. 마치 크리스마스 무렵 엄마가 벽난로 위 선반에 전시해 두었던 미니어처 모형 마을을 연상케 하는 풍경이었다. 그뿐만 아니라 교통 혼잡도 없고, 쿵쿵거리는 음악도 없어서 수크레는 나에게 감각적이고 느긋한 느낌으로 다가왔다. 도시 곳곳을 둘러보고 싶었지만 그게 지금은 아니었다. 그러기엔 내 안에 그럴 여력이 조금도 남아 있지 않았다. 얼른 숙소로 가서 배낭 안의 내용물을 꺼내고 깨끗이 씻고 싶었다. 그래서 여비가 넉넉하지 않으면서도 호스텔 대신 호텔에 체크인했다.

나는 방에 들어가자마자 욕조에 가득 물을 채웠다. 그러고는 까슬까슬한 목욕 수건과 향이 강한 비누로 온몸의 때를 북북 문질러 닦았다. 샤워를 마친 나는 욕조의 물을 빼고 다시 뜨거운 물을 받은 다음 그 안에 배낭을 담갔다. 배낭은 금세 흠뻑 젖었고 욕조 물은 검은 차를 우린 듯 새카맣게 변했다. 나는 깨끗한 물이 나올 때까지 배낭을 헹구고 또 헹궜다.

물기가 마르도록 가방을 걸어 둔 뒤, 조식 뷔페를 먹으러 아래층으로 내려갔다. 달걀과 신선한 과일, 토스트를 허겁지겁 먹었다. 직원들이 안 보는 틈을 타, 부뉴엘로(동그랗게 튀긴 스페인식 도넛) 몇 개를 냅킨에 싸서 슬쩍 바지 주머니에 집어넣었다. 오후에 출출할 때 간식으로 먹을 요량이었다.

나는 건물들이 설탕처럼 하얗게 빛나는 수크레의 역사 지구를 걸으며 그날 오후를 보냈다. 중간중간 주머니에서 부뉴엘로를 꺼내 먹었는데, 꿀이 없어서인지 아까만큼 맛있진 않았지만 그래도 엄마한테 맛보여 줄 수 있으면 좋겠다고 생각했다. 물론 꿀을 적셔서 말이다.

알츠하이머병은 체내의 모든 기능을 망가뜨리는데, 맛을 느끼는 세포인 미뢰도 별반 다르지 않다. 그리고 손상된 미뢰에 가닿을 수 있는 건 짜거나 기름지거나 끈적끈적한 단맛처럼 아주 강렬한 맛뿐이라고 한다.

엄마는 오래전부터 민트 초콜릿 칩 아이스크림과 빨간 감초 사탕 등 유난히 단 걸 좋아했다. 치매를 앓은 지 10년이 지난 지금은 더욱 그랬다. 요즘 엄마가 먹는 음식들엔 애플소스와 초콜릿 푸딩이 기본적으로 깔려 있다. 먹기 싫어하는 푹 익힌 채소도 설탕을 살짝 뿌려주면 엄마 입맛에 맞는 듯했다.

나는 그 점이 고마웠다. 끔찍한 병이 베푸는 한 가지 작은 호의랄까. 컴컴하고 울퉁불퉁한 길이 펼쳐져 있을 때, 그 끝에 남는 것이 달콤함이라서 참 다행이다.

## 눈보라 속 나에게 주어진 두 가지 선택권

여행을 준비하면서 챙겨 본 텔레비전 프로그램이 있었다. 죽을 뻔한 경험과 생존의 이야기를 다루는 〈나는 죽음의 얼굴을 보았다〉라는 다큐멘터리 시리즈였다. 그날도 한참 보고 있는데 제이슨이 나에게 물었다.

"왜 그 프로를 또 보고 있어? 섬뜩하지 않아?"

"덕분에 목숨을 구할 수도 있으니까. 해서는 안 될 행동이 뭔지 공부하고 있는 거야."

물론 농담이었다. 노상강도를 당하거나 현금 인출 카드를 도둑맞은 배낭여행자들의 이야기를 보면서도 설마 내게 그런 일이 일어날까 싶었다. 내가 계획한 배낭여행이 위험천만한 도전이 될 거라고는 생각지 않은 것이다.

그러나 열대 우림에서 뱀을 만나고 나서 생각이 조금 달라졌고, 볼리비아에서 원숭이의 공격을 당하면서 다시금 교훈을 얻었다. 그러다 〈나는 죽음의 얼굴을 보았다〉의 에피소드 한 편을 직접 찍을 수도 있겠다는 생각을 하게 된 건 투피사에서였다.

투피사는 미 서부 황야의 볼리비아 버전쯤 되는, 붉은 먼지가 날아다니고 깨진 술병이 길가에 너부러진 작은 마을이다. 나는 수크레에서 깨끗이 몸을 씻은 날로부터 약 일주일 뒤 이곳에 도착했다. 원숭이에게 물려 꿰맨 자리가 여전히 시퍼렇고 욱신거렸다.

나는 온라인 리뷰가 가장 좋은 여행사를 골라 우유니 사막 4일 투어를 예약했다. 언젠가 엄마가 나에게 사진으로 보여 준 우유니 사막은 파란 하늘에 광활한 평원이 온통 새하얀 소금으로 뒤덮여 있었다. 너무나 아름다워 입을 다물지 못하고 있는데 엄마가 잔뜩 흥분한 목소리로 말했다.

"이게 소금이란다, 마거릿. 이런 거 본 적 있니?"

그것은 마치 그 무엇도 창조되기 이전의 세상 같았다. 아무것도 없는 깨끗한 백지상태. 그리고 이제 그것을 보려는 참이었다. 투어는 투피사에서 출발했는데, 나를 비롯해 여행자 다섯에 운전사와 요리사까지 총 일곱 명이 함께했다. 우리는 우유니 사막을 구경한 뒤 오지 몇 곳을 들를 예정이었는데 여행은 시작부터 삐걱거렸다.

우리의 이동 수단은 주행 거리가 40만 킬로미터를 훌쩍 넘은 랜드 크루저였는데, 바위가 많은 산길을 올라가다 타이어 하나가 터지더니 곧이어 엔진에도 문제가 생겼다. 운전사가 타이어를 교체하고 엔진을 손보는 사이, 우리는 주위를 돌아다니며 사진을 찍었다.

그러나 문제는 그게 끝이 아니었다. 영어가 가능한 가이드를 원해서 추가 비용을 냈음에도, 운전사 겸 가이드인 카를로스와 요리사가 할 줄 아는 영어는 고작 몇 단어가 전부였다. 다행히도 여행자 중 한 명이 아르헨티나인이어서 가이드의 말을 통역해 주었다. 요리사가 고기 중심의 식재료만 가져왔다는 사실도 그녀를 통해 알게 되었다. 분명 여행사 직원은 내가 채식주의자여도 아무 문제 없을 거라고 했는데 말이다.

우리는 회색 땅거미가 내려앉을 무렵 산 안토니오 데 리페스라는 시골 마을에 도착했다. 원래 일정대로라면 지금쯤 훨씬 더 멀리 이동해야 했지만 변변찮은 타이어와 엔진 고장 때문에 몇 시간 지체되었다. 계획에 차질이 생긴 것이다. 더구나 눈이 올 조짐까지 보이자 가이드는 급히 우리가 머물 데를 찾아 헤맸고, 그 결과 산 안토니오 데 리페스에서 하룻밤을 머물기로 했다.

가이드의 말에 따르면 250여 명의 주민이 살고 있다는데 농장도 가축도 사람도 보이지 않았다. 우리는 가이드를 따라 갈색 점토로 지은 작은 건물로 들어갔다. 별 기대를 하지 않았지만 생각보다 더 열악한 환경이었다. 지붕은 누덕누덕 기운 방수포가 전부였고, 그러다 보니 바깥에 내리는 눈이 그대로 방 안으로 들어왔다. 난방기와 수돗물도 없었다. 숨을 내쉬었더니 금세 뽀얗게 입김이 보였다.

잠시 뒤 또 다른 투어 팀이 우리와 합류했다. 영국 남자 세 명과 영국 여자 한 명으로 이루어진 그 팀은 고등학교를 마치고 대학에 가기 전 1년 동안 여행을 하면서 갭이어(학업을 잠시 중단하고 다양한 활동을 체험하며 앞으로의 진로를 설정하는 기간)를 가지는 중이었다.

나는 모직 담요를 몸에 감고 꿈틀꿈틀 침낭으로 기어 들어가면서 여름 캠핑용 침낭을 가져온 걸 후회했다. 영국인들 중에서 막내인 알리는 여행사에서 빌린 침낭을 사용했는데, 침낭 머리와 팔다리 끝이 뾰족뾰족해서 마치 커다란 주황색 불가사리 같았다. 알리는 우리 앞에서 한껏 포즈를 취하며 물었다.

"여러분, 저 섹시하지 않나요?"

"치명적으로 섹시해. 거부하기 힘들 만큼."

짐을 풀던 젬마가 웃으며 그렇게 말하자 우리는 모두 웃을 수밖에 없었다. 잠시 후 요리사가 저녁으로 볼로냐 샌드위치와 크래커를 나누어 주었다. 젬마가 배낭에서 커다란 볼리비아 위스키병을 꺼냈다. 우리가 나쁜 소식을 전해 들은 것은 바로 그때였다. 카를로스와 영국인 그룹의 가이드가 침통한 표정으로 오늘 밤 역대 최악의 눈보라가 예상된다고 말했다. 그들은 우리에게 다음과 같이 두 가지 선택권을 주었다.

1. 이 마을에서 눈보라가 지나가기를 기다린다. 하지만 눈보라가 금세 그치지 않을 경우, 얼어 죽거나 먹을 것이 동날 우려가 있다.

2. 산을 통과하는 다른 경로를 찾는다. 어쩌면 또 고상 닐 수도 있는 차로 바위투성이의 험한 산길을 달려야 하고, 그럴 경우 휴대 전화 신호가 잡히지 않거나 긴급 구조대의 영향권에서 벗어날 수도 있다. 눈보라 속에 고립될 위험을 감수해야 하지만 다음 체류 지점에 도달할 가능성이 있다.

우리는 체온 유지를 위해 젬마가 가져온 위스키를 한 모금씩 마신 후 장갑 긴 손에 입김을 불어 가며 어떻게 할지 의논했다. 먹을 것도 별로 없고, 난방도 되지 않는 이곳에서 눈보라가 지나가길 기다릴 것인가? 아니면 미덥지 않은 차량을 타고서라도 눈보라를 뚫고 산을 통과하는 다른 경로를 찾을 것인가? 두 가지 모두 끔찍했다.

우리는 모두 아름답고 특별한 것을 찾아서 여기에 온 사람들이었다. 그런데 하루 사이에 상황이 최악으로 치닫고 있었다. 지금 이 순간이 이승에서의 마지막 추억이 될지도 모른다는 생각이 들자 분위기는 한층 더 암울해졌다. 급기야 논의의 주제는 먹을 것이 다 떨어지면 우리 중 누구를 제일 먼저 잡아먹을지를 놓고 토론하는 방향으로 나아갔다. 나는 어깨를 한 번 으쓱하고는 이렇게 말했다.

"나는 빠질게, 애들아. 채식주의자거든."

"그러면 살이 제일 부드럽다는 뜻 아닌가요? 풀을 먹고 자란 소처럼요."

그 말에 우리는 웃음을 터트렸고 젬마가 나를 가리키며 말했다.

"그럼 매기 언니 당첨이네요! 매기 언니부터 잡아먹읍시다!"

우리는 종종 고단한 현실을 잊기 위해 여행을 떠난다. 기꺼이 관광객이 되어 낯설고 신기한 세계를 여행하며 고난과 역경이 가득한 현실을 잠시나마 잊고자 하는 것이다. 마치 모든 것이 그림처럼 완벽하고 행복한 결말이 보장된 영화 세트장에 들어가는 것처럼 말이다. 하지만 세상은 세트장이 아니고 인생은 각본대로 흘러가지 않는다. 여행도 마찬가지다.

그것은 〈나는 죽음의 얼굴을 보았다〉의 모든 에피소드에 공통적으로 나타나는 현상이었다. 사람들을 죽음의 경계로 내모는 건 어느 한 가지 결정이 아니다. 자잘하고 혼란스러운 상황들이 연달아 일어나고 그게 어느 순간 눈덩이처럼 커져서 결국 대참사가 일어나는 것이다.

안전한 집에서 그 프로를 볼 때는 미처 깨닫지 못한 진실이었다. 사고는 어디서든 어떻게든 일어날 수 있었다. 생각해 보면 방송에 나온 이야기의 주인공들은 저돌적인 모험가나 극단적인 위험을 감수하고서라도 뭔가를 하고 싶어 하는 부류가 아니었다. 그지 물을 챙기지 않고 등산을 갔거나, 주말에 요트 여행을 갔다가 지도를 잘못 읽은 지극히 평범한 사람들이었다. 나와 이 친구들처럼 말이다.

위스키병이 비어 갈 때쯤, 우리는 아침에 일어나 기상 상태를 보고 최종 결정을 내리기로 했다. 다들 얇은 매트리스 위에서 덜덜 떨면서 불안한 마음으로 잠이 들었다.

## 만약 내가 이대로 허무하게 죽는다면
:

다음 날 새벽 다섯 시, 밖에는 눈이 제법 두껍게 쌓여 있었고 우리는 다 같이 테이블에 모여 투표를 했다. 만장일치로 어떻게든 가 보자는 쪽으로 결론이 났다. 그것이 우리가 살아서 내릴 최후의 결정일 수도 있기에 다들 같은 마음으로 숙소 앞에 모여 사진을 찍었다. 젬마가 말했다.

"우리 시신이 발견되면 이 사진이 BBC에 방송될 거야."

그 순간 내 머릿속에는 1900년대 초반 불운한 운명을 맞이한 탐험가들의 흑백 사진이 떠올랐다. 어떤 일이 일어날지 전혀 모르는 채 미소 짓는 표정으로 영원히 박제된 얼굴들. 하지만 앞으로 무슨 일이 일어날지 모르는 건 우리도 마찬가지였다.

우리는 각자 배낭에서 있는 대로 옷을 꺼내어 껴입은 채 우르르 투어 차량에 올랐다. 바짝 붙어 앉은 상태에서 침낭과 담요를 겹겹이 펼쳐 다 함께 덮었다. 잠시 후 카를로스가 비장한 표정으로 말했다.

"바모스(Vamos, 갑니다)."

우리는 아무 말도 하지 않았다. 아르헨티나 여자는 잠이 들었지만 그녀의 남자 친구는 걱정이 가득해 보였다. 나는 나도 모르게 손톱을 깨물고 있었다. 오래전에 고친 버릇이었는데 그만큼 불안한 마음의 방증 같았다. 그런데 엄마가 알츠하이머병 판정을 받았을 때 나에게 미래가 없을 수도 있겠다는 생각을 한 번 해서인지, 이 순간이 완전히 낯설지는 않았다. 나는 모험을 좇아 일부러 이곳에 왔다. 인생을 주도적으로, 열정을 다해 살아 보기 위해서였다. 그러므로 지금의 상황은 적극적으로, 최선을 다해 세상을 사는 데 따르는 위험일 뿐이었다. 삶이 계속되는 한 죽음 또한 나를 쫓아올 수밖에 없기 때문이다.

다만 내 마지막 순간이 이것보다는 능동적이거나 화려할 줄 알았다. 에베레스트산 중에서도 특별히 험난한 구간을 빙벽 등반한다든지, 노르웨이의 암벽에서 베이스 점핑(건물이나 절벽 등 높은 곳에서 낙하산으로 강하하는 스포츠) 정도는 하다가 죽을 줄 알았다. 그에 비하면 지금 이 상황은 더없이 수동적이었다. 다른 사람에게 운전대를 맡기고 눈보라 속 위험천만한 고생길로 뛰어드는데, 내가 할 수 있는 일이라곤 단 한 개도 없었다.

그러고 보면 우연의 힘은 엄마의 병에도 개입했다. 엄마가 알츠하이머병에 걸릴 이유가 없었고, 질책할 만한 요인도 없었다. 엄마는 무모하거나 위험한 행동을 한 적도 없었다. 그냥 일어난 일이었다. 다만 엄마에게 일어나고 있는 일을 우리 가족이 알기 전에, 엄마는 이미 컴컴하고 험악한 눈보라 속으로 걸어 내려가는 중이었다.

그러던 어느 날 저녁, 엄마는 저녁을 준비하고 아빠는 식탁에 앉아 조리대 위에 올려놓은 텔레비전으로 뉴스를 보고 있었다. 엄마의 요리 솜씨는 예전부터 변변치 않았지만, 그 무렵에는 내놓는 음식마다 최악이었다. 스튜는 맛이 희한했고, 소금을 넣어야 할 음식에 설탕을 넣었고, 후추는 네다섯 배, 심하면 열 배까지 넣을 때도 있었다. 하지만 아빠는 그러려니 했다. 요리에 관한 한 맛보다 양을 중시하는 분이었기 때문이다. 그날도 어찌어찌 저녁 식사가 차려졌고 두 분은 식사를 하기 시작했다. 그러다 엄마가 문득 생각난 듯 말했다.

"오늘 정말 말도 안 되는 일이 있었지 뭐예요. 글쎄, 차 시동 거는 법을 잊어버린 거야. 다행히 어느 친절한 청년이 도와줬어요."

알레르기 주사를 맞고 병원을 나섰는데, 갑자기 자동차 시동 거는 법을 까먹어 주차장에 몇 분을 앉아 있었다는 것이다. 그러다 마침 지나가던 청년에게 도움을 청했고, 그가 시동을 걸어 주어 무사히 집에 왔단다. 엄마는 대수롭지 않다는 듯 "정말 웃기는 일 아녜요?"라고 말했지만 아빠는 결코 웃을 수가 없었다. 좋지 않은 예감이 들었기 때문이다.

아빠는 의사에게 진료를 받아 보자고 설득했지만 엄마는 완강히 거부했다. 자신을 요양원에 보내 버리려 한다며 아빠를 모함하기까지 했다. 하지만 그 뒤 엄마의 망상증은 날로 심해졌다. 보다 못한 아빠는 공군 병원의 한 대령에게 도움을 청했고, 그는 엄마의 알레르기를 정기적으로 진료하는 의사와 함께 비밀리에 작전을 하나 세웠다. 엄마가 알레르기 관련 정기 진료를 받으러 갔을 때 그 자리에 신경과 의사를 불러 이런저런 검사를 받게 한다는 계획이었다.

결국 엄마는 자신이 검사를 받는 건지도 모른 채 치매 관련 검사를 받았다. 며칠 뒤 검사 결과가 들어 있는 우편물이 집에 도착했다. 영문을 모르는 엄마는 봉투를 열어 보고는 부들부들 떨기 시작했다. 그 안에 든 종이에는 엄마의 이름이 쓰여 있었고, 그 아래에 '알츠하이머병'이라는 진단명이 뚜렷하게 적혀 있었기 때문이다. 그 이유로는 엄마가 아주 간단한 질문에도 답을 하지 못했는데 이를테면 미국 대통령 이름을 대지 못했고, 시계를 읽지 못했고, 올해가 몇 년도인지도 몰랐다는 내용들이었다.

그것은 끔찍한 소식을 알리는 최악의 방법이었고, 엄마는 격분했다. 전에도 망상이 있었지만 그 편지로 인해 새로운 망상 거리가 생겼다. 가족들이 엄마를 상대로 음모를 꾸미고 있다는 것이었다.

나에게 소식을 전해 준 사람은 형부였다. 형부의 목소리를 듣자마자 뭔가 심상치 않은 낌새를 눈치챘다. 형부가 엄마의 진단 결과에 관해 이야기하는 동안, 나는 아파트 바닥에 깔아 둔 매트리스 꼬트머리에 앉아 손가락으로 전화선을 배배 꼬았다. 설마 했던 일이 일어나자 충격으로 아무 말도 할 수 없었다. 통화가 끝난 후, 나는 무작정 네온사인이 번쩍이는 술집으로 가서 미친 듯이 술을 마셨다. 그것만이 엄마에게 병이 생긴 이 세상에서 벗어날 수 있는 유일한 길처럼 느껴졌기 때문이다.

'그 전화를 받지 않았더라면 엄마는 여전히 건강하셨을 텐데. 전화가 울리게 그냥 내버려 두었더라면 모든 게 다 정상이었을 텐데. 자동 응답기가 받게 놔둘걸.'

다시 정신을 차리고 보니 나는 볼리비아의 사막에 있었다. 눈보라가 거세게 휘몰아치는 탓에 앞서가던 영국인 그룹의 도요타 차량이 더는 보이지 않았다. 카를로스와 요리사는 같은 노래를 계속 반복해서 틀었다. 볼리비아의 포크 음악이었다. 어느새 우리는 모두 그 노래를 따라 부르기 시작했다. 물론 가사를 몰라 소리를 흉내 낼 뿐이었다. 그래도 덕분에 차가 굴러떨어져서 눈더미 속에 처박혀 이대로 죽게 되면 어쩌나 하는 상상을 덜 할 수 있어서 좋았다.

만약 내가 죽으면 제이슨이 그 사실을 알기까지 얼마나 오래 걸릴까. 나는 우유니 사막 투어를 시작하기 전에 그에게 이메일을 몇 통 미리 보내 두었다. 제목에 '이것은 1일 차에 열어 볼 것', '2일 차에 열어 보기'와 같은 지시 사항을 곁들여서. 대기 중인 연애편지가 적어도 일주일 치. 마지막 편지 후에는 어떻게 될까. 열어 볼 메시지가 더는 없을 때 그가 무슨 생각을 할까.

그런 와중에도 차는 꾸역꾸역 앞으로 나아갔다. 차가 오르막에서 미끄러지는 느낌이 들 때마다 속이 메슥거렸고, 무너져 내리는 길을 아슬아슬하게 피할 때마다 긴장과 불안으로 온 신경이 곤두섰다. 그렇게 열 시간쯤 갔을까. 산을 벗어나니 얼음으로 뒤덮인 사막이 나왔고 차는 앞뒤로 마구 미끄럼을 탔다. 추위와 두려움으로 이가 덜덜 떨렸고 모든 것이 암담하게만 느껴졌다.

하지만 결국 우리의 선택은 옳았다. 우리는 기어이 눈보라를 뚫고 다음 체류 지점에 무사히 도착했다. 카를로스는 작은 호스텔 앞에 차를 주차했다. 다행히 이번에는 숙소에 실내용 난방기가 있었다. 손가락과 발가락에 온기가 돌아오면서 통증이 느껴졌지만 그저 감사할 따름이었다. 다른 경로를 택했다는 건 원래 일정에 있던 볼거리 대부분을 놓쳤다는 뜻이었지만 괜찮았다. 우리는 모두 무사히 살아남았고, 눈보라를 따돌린 것만으로도 성공이었다.

그날 밤 우리는 인근의 천연 온천에서 따뜻한 물에 몸을 담그는 호사를 누렸다. 얼굴만 간신히 밖으로 내놓은 채 보글보글 거품이 이는 푸른 물속에 있다 보니 서서히 무거웠던 몸이 가벼워졌다. 목의 긴장을 풀고, 뒤통수를 수면에 띄워 편안하고 깊게 호흡했다. 한 시간쯤 지난 후 온천에서 나와 몸의 물기를 닦는데 살이 에일 듯한 차가운 공기가 수건을 그대로 얼려 버렸다. 그 단단함이 여기에 오기까지 내가 거쳐 온 여정과 흡사하게 느껴졌다.

그다음 이틀은 달을 여행하는 기분이었다. 실롤리 사막의 석호는 홍조류와 녹조류로 반짝였고, 주변 화산에서 날아와 수억 년 동안 사막의 강한 모래바람에 풍화되어 만들어진 기괴한 바위들은 공상 과학 영화 세트장에서 훔쳐 온 듯한 모습이었다. 남미 안데스의 고원 지대 알티플라노의 홍학 떼는 날아오를 때마다 하늘을 분홍빛으로 물들였다.

투어 마지막 날 밤, 우리는 소금으로 지어진 호텔에 묵었다. 진짜 소금이 맞나 싶어 벽을 살짝 핥아 봤는데 정말 짠맛이 났다. 침대 역시 네모난 소금 덩어리로 만들어졌고, 그 위에는 빨간색 모직 담요가 덮여 있었다. 나는 희미한 불빛 아래 원숭이한테 물린 부위에서 실밥을 제거했다. 가위가 없다 보니 손톱깎이로 검은 실밥을 한 올씩 끊어 낸 다음 족집게로 실을 잡아당겨 뽑았다. 다행히 상처가 잘 봉합되어 이제는 갓난아기 살결처럼 분홍빛이 돌았다. 신경 쓰지 않는 동안에도 내 손은 알아서 잘 아물었다.

## 버려진 기차들의 무덤 앞에서

우리의 마지막 목적지는 우유니 소금 사막이었다. 해발 고도 3,660미터의 고지대에 면적이 1만 2000제곱킬로미터에 달하는 세계 최대의 소금 평원으로, 지각 변동으로 솟아오른 바다가 빙하기를 거쳐 2만 년 전부터 녹기 시작하면서 거대한 호수가 만들어졌는데 그마저 모두 증발해 소금 결정만 남았다는 우유니 소금 사막. 엄마가 잔뜩 흥분한 목소리로 얘기했던 그곳에 내가 와 있다는 사실이 실감 나지 않았다. 멀리서는 새하얗게 보이는 것이 꼭 눈 같은데 가까이에서 보니 정말로 단단하고 바삭바삭한 소금이었다. 당연히 걸어도 발자국은 남지 않았고 한참을 걸었는데도 시선이 낳는 곳마다 온통 소금 평원과 파란 하늘뿐이어서 그런지 어느 만큼 온 건지도 전혀 가늠이 되지 않았다.

우리는 그곳에서 원근감이 느껴지지 않는 사진을 찍으며 놀았다. 사람만 한 공룡 인형과 손을 잡고 있는 사진, 위스키병 위에서 춤을 추는 사진 등등…. 영국에서 온 여행객들은 옷을 전부 벗더니 알몸으로 기세 좋게 하늘을 향해 점프하는 사진을 찍기도 했다. 그렇게 잠시 우스꽝스러운 사진들을 찍은 다음, 얼른 스웨터와 목도리, 모자를 다시 껴입었다. 지금까지의 여행 중에서 가장 즐거운 날이었다. 투어 차량이 우리를 다시 투피사까지 데려다줄 테고, 거기서는 온수 샤워가 가능한 따뜻한 호스텔에 묵을 수 있다는 것을 알고 있었기에 더욱 행복했다.

우유니 사막에서 황량하고 쓸쓸한 고지대 마을인 우유니까지는 차를 몰고 몇 시간을 더 가야 했다. 그 마을에서 실질적인 볼거리는 '세멘테리오 데 트레네스'라고 불리는 버려진 기차들의 무덤이 전부였다. 거기에는 1950년대까지 운행했던, 지금은 운행을 멈춘 기차들이 모여 있다고 했다. 카를로스는 우리에게 그곳에 들르고 싶은지 물었고, 우리는 전부 아니라고 답했다. 가 봐야 황폐함과 슬픔을 기리는 일밖에 할 일이 없을 것 같았다.

그 지역에서 탄광업이 쇠락한 이후, 우유니 마을은 우리처럼 소금 평원을 찾는 관광객들이 간단히 화장실을 사용하고 요기를 하고 가는 장소로 기능해 왔다. 나중에 알게 된 사실이지만 그 고장 사람들은 우유니 마을을 '그링고 트레일(그링고는 중남미 국가에서 영어를 사용하는 외국인들을 가리킬 때 쓰는 표현이며, 그중에서도 특히 미국인이나 캐나다인들이 주로 찾는 남아메리카의 명소들을 지칭할 때 그링고 트레일이라고 한다. -역주)'의 관문이라 불렀다.

세멘테리오 데 트레네스를 그냥 건너뛰기로 했지만 그럼에도 우리의 최종 목적지인 투피사까지는 아직 네 시간 정도 더 가야 했다.

Brazil
야생동물
보호구역
수크레
불리비아
Bolivia
hile
우유니
소금사막--;
BOLIVIA
Paraguay
Argentina

그런데 갑자기 카를로스가 어느 먼지 많고 인적 없는 길가에 차를 세우더니 팁을 요구했다. 어쨌거나 그는 무시무시한 눈보라를 뚫고 여행을 계속하게 만들어 준 고마운 사람이었기에 우리는 그에게 군말 없이 볼리비아노(볼리비아의 화폐) 지폐 뭉치를 건넸다.

그런데 카를로스는 돈을 받고 난 뒤 다시 차를 출발시키기는커녕 차 위로 올라가 고무 밴드를 풀고는 우리 짐을 하나씩 땅에 떨어뜨리기 시작했다. 이게 무슨 일이지? 나는 황급히 내 배낭을 다시 차량 꼭대기에 던져 올리려고 했지만 그에게 가로막히고 말았다. 그는 내 가방을 밀쳐 내더니 굵은 손가락으로 나를 가리키며 "NO"라고 말했다. 나는 더 이상 참을 수가 없었다.

"우리를 투피사까지 데려다주셔야죠. 그게 계약이었잖아요."

하지만 카를로스는 아무 말도 못 들은 척 짐을 다 던지더니 차 지붕에서 뛰어내린 다음 운전석 문을 열었다. 그러자 아르헨티나 여자가 나서서 그의 팔뚝을 붙잡았고, 둘은 한동안 스페인어로 열띤 말다툼을 벌였다. 하지만 아무 소용 없었다. 몇 분 뒤 그는 어깨를 으쓱하더니 쌩하니 차를 몰고 사라졌다.

춥고 피곤한 데다 이름 모를 도로에 낙오된 채 갈 곳 없는 신세가 된 상황이 너무 어이가 없어 실소가 터져나왔다. 한참을 웃고 나니 이번 투어 내내 억눌려 있던 모든 긴장감이 일시에 사라지는 기분이 들었다. 적어도 나는 살아 있었다. 감상적이고 과장되게 들릴지 모르지만 지금껏 내가 살아 있다는 사실에 이토록 감사했던 적이 없었다. 그도 그럴 것이 무너져 내리는 산길을 보았고, 눈 속에 버려진 낡은 차들을 보았고, 관광객들이 얼어 죽고도 남을 숙소를 보았고,

결국엔 그 모든 것을 넘어 기어코 우유니 사막을 봤다. 그러므로 우유니에서 꼼짝 못 하게 된 것은 좌절스러운 일이었지만 내가 충분히 극복할 수 있는 좌절이었다. 젬마가 물었다.

"우리 이제 어떻게 하지?"

"가야죠."

나는 우리 투어 그룹 친구들과 함께 버스 터미널로 가서 저녁 늦게 출발하는 차표를 끊었다. 몇 명은 북쪽으로 향하고, 나를 포함한 몇 명은 남쪽으로 갈 계획이라 이젠 헤어져야만 했다. 하지만 우리에게는 함께할 시간이 아직 조금 더 남아 있었다. 우리는 조금 전만 해도 가지 않기로 했던 세멘테리오 데 트레네스로 가서 버려진 기차들을 탐험하며 시간을 보냈다. 우리는 한 녹슨 기관차 위에 올라가 엔진을 탕탕 두드렸고, 털이 덥수룩한 떠돌이 개들이 컹컹 짖으며 우리를 따라 기차 안으로 뛰어 들어왔다. 탕탕, 컹컹, 사람과 개들이 어우러져 내는 소리가 기차 안 녹슨 금속을 타고 메아리쳤고, 그러자 폐허의 장소가 다시 한번 활력으로 가득 찼다.

왜 아까는 여기에 오지 않겠다고 했을까. 그것은 잘못된 판단이었다. 망가짐으로 생긴 균열은 다시 채워질 수 있다. 그래서 그곳은 실망스럽기는커녕 어떤 가능성처럼 느껴졌다.

# 06

# 아무것도 하지 않는 것이
# 가장 위험할 수도 있다

볼리비아에서 맞이하는 마지막 날 새벽, 국경 마을인 비야손의 하늘은 여명의 기미도 없이 어두컴컴했다. 무자비한 추위에 어쩔 수 없이 배낭을 뒤져 양말 가방을 찾은 다음(이런 건 꼭 제일 밑바닥에 깔려 있다) 두꺼운 양말을 양손에 한 짝씩 장갑처럼 꼈다.

다리 하나만 건너면 아르헨티나였다. 아, 문 닫힌 국경 사무소도 하나 통과해야 했다. 내 앞에 줄을 선 스물일곱 명도 나만큼이나 어서 비야손을 떠나고 싶어 하는 눈치였다. 그래도 아르헨티나는 분명 지척에 있었다. 지금이 새벽 네 시만 아니었다면 눈앞에 또렷하게 보였을 것이다. 독일인 여행자가 옆의 친구에게 불만이라는 듯 말했다.

"대체 버스는 왜 이 시간에 우리를 여기에 내려 준 걸까? 국경 사무소는 여섯 시에 문을 여는데 말이야."

"여기는 볼리비아니까. 이곳에선 말이 되는 게 하나도 없어."

나는 그 친구의 말에 동의하지 않을 수 없었다. 원숭이한테 물리고, 얼음처럼 차가운 물에 샤워를 하고, 눈보라 속에 오도 가도 못하는 신세가 되는 등 생각해 보면 볼리비아에 있는 한 달 동안 상상도 못 한 일들을 너무 많이 겪었다. 이따 여기를 빠져나가면 절대 뒤도 돌아보지 않으리라.

## 우여곡절 끝에 아르헨티나

:

오전 여섯 시, 드디어 유니폼을 입은 남자가 사무소 문의 자물쇠를 풀었다. 국경 사무소라고 해 봤자 대략 칸막이 자리 하나 정도의 크기였다. 문이 열리자마자 대기 중인 50여 명의 사람들이 한꺼번에 몰려 들어가 사무소는 시끌벅적했다. 그곳에는 출국 도장을 처리하는 창구가 두 개 있었는데 하나는 볼리비아인용이었고, 하나는 외국인용이었다. 외국인 창구 쪽에 서서 한 시간쯤 기다렸을까, 내 순서가 돌아왔다. 유니폼을 입은 다른 남자가 내 여권을 휙휙 넘기고 비자를 살피면서 나에게 물었다.

"볼리비아 좋아해요?"

"음… 여기서 나쁜 일들을 좀 겪었어요."

"아주 좋아요."

그는 쾅! 소리가 나도록 내 여권에 고무도장을 힘껏 찍어 주었다. 뭐가 좋다는 건지 그의 말을 이해할 수 없었지만 까짓것 상관없었다. 이제 아르헨티나로 갈 수 있기 때문이었다. 나는 두 나라 국경을 가로지르는 콘크리트 다리를 향해 걸어가면서 황홀경에 빠졌다.

"아르헨티나여, 내가 간다!"

하지만 아직은 아니었다. 일단 또 다른 국경 사무소에 다시 줄을 서야 했다. 이번에는 아르헨티나 입국 도장을 받기 위한 줄이었다. 다행히 아까와 달리 이번에는 줄의 구분이 명확했고, 순서도 빠르게 줄어들었다. 아르헨티나 입국에 관해 설명하는 안내판은 다양한 언어로 되어 있었고, 무작위로 하는 짐 검사 또한 빠르게 진행되었다.

드디어 아르헨티나. 머리 위 파란색 고속 도로 표지판에 환영 메시지가 적혀 있었다.

'아르헨티나 공화국에 오신 것을 환영합니다.'

다리를 건너면서 보이는 풍경만 해도 두 나라의 차이는 극명했다. 볼리비아 쪽에는 졸졸 흐르는 하천 주변으로 버려진 맥주병들이 굴러다녔다. 건물 옆면은 온통 낙서투성이였고, 식료품 봉지들이 무성한 관목에 얽혀서 괴상한 플라스틱 꽃처럼 펄럭였다. 반면 아르헨티나 쪽에는 쓰레기도, 스프레이 페인트칠 흔적도 없었다.

다리 끝에는 작은 흰색 표지판에 '아르헨티나'라는 글씨가 우아한 서체로 적혀 있었다. 소박한 가정집의 문패처럼 너무 사랑스러워서 얼른 카메라를 들어 사진을 찍었다.

거기서 국경 마을인 라키아카까지는 가볍게 걸을 만한 거리였다. 나는 라키아카에서 아침을 먹고, 환전을 할 생각이었다. 하지만 천천히 마을을 한 바퀴 도는데 공원에는 사람이 보이지 않았고, 식당들의 문은 굳게 닫혀 있었다. 심지어 지나가는 차도 없었다. 한 시간 뒤 배 속에서 천둥이 쳤고, 내 지갑에는 여전히 볼리비아 화폐인 볼리비아노밖에 없었다.

내가 이리저리 왔다 갔다 하는 모습이 안타까웠는지 한 남자가 도움을 주려고 다가왔다. 아르헨티나에서는 저녁을 9~10시쯤 먹기 때문에 아침 영업을 훨씬 늦은 시간에 시작한다는 게 그의 설명이었다.

"그러니까 이 마을 사람들이 모두 아침을 먹지 않는다고요?"

"지금은 안 먹고 나중에요."

그는 라키아카에 은행이 없어서 환전을 하려면 다시 볼리비아로 가야 한다고도 말해 주었다.

"설마요. 그렇다면 여기는 전 세계에서 유일하게 환전이 불가능한 국경 마을일 텐데요."

"맞아요."

그의 말이 믿기지 않아 다른 주민들에게도 물어봤지만 매번 똑같은 대답이 돌아왔다. 볼리비아로 가야 한단다. 그래도 현금 지급기는 있지 않을까. 혹시나 내가 모르는, 환전을 할 다른 방법이 있지는 않을까. 지푸라기라도 붙잡고 싶은 심정이었다. 그러나 그들의 대답은 참 한결같았다.

"볼리비아로 가세요."

기가 막혀서 한숨이 절로 나왔다. 하는 수 없이 터덜터덜 국경으로 돌아가 다시 다리를 건넜고, 곡식 자루를 든 사람들 사이를 통과했다. 가는 길에 '볼리비아'라고 적힌 흰색 표지판을 지나쳤다. 아르헨티나 쪽 표지판과 크기와 모양이 같았지만 비바람에 페인트칠이 벗겨져 있었다. 당연히 사진은 찍지 않았다. 환전을 하고 다시 아르헨티나로 돌아오니 시간이 훌쩍 지나 있었다.

아르헨티나를 떠올리면 탱고를 추는 사람들과 부에노스아이레스의 북적이는 거리, 접시만큼 큼직한 스테이크가 먼저 생각났다. 그런데 아르헨티나 북쪽에 있는 도시 살타로 가는 버스 안에서 바라본 바깥 풍경은 한 번도 상상해 본 적 없는 모습이었다.

뭉게구름이 떠 있는 청록색 하늘과 건조한 사막이 갑자기 자취를 감추고 극적으로 펼쳐지는 초원, 절벽을 황금빛으로 물들이는 햇살…. 창밖으로 보이는 산맥은 바람의 손길로 조각되었고, 장미처럼 붉은 바위가 부드러운 굴곡을 이루며 서로 맞닿아 있었다. 지대 전체가 예쁘게 꾸며 놓은 애리조나주의 세도나 같았다.

기분이 더 좋았던 건 버스 때문이었다. 볼리비아 버스와 달리 차량이 잘 관리된 편이었고 편안했으며, 부드러운 가죽 시트에 음료 거치대가 있었고, 다리를 둘 공간도 널찍했다. 좌석을 완전히 뒤로 제치면 거의 침대처럼 쓸 수 있었다. 미국 국내선 비행기의 비즈니스 클래스보다 편안한 것은 물론이고 웬만한 호스텔보다 나았다.

여행을 시작한 후 처음으로 안전띠를 맸는데 왠지 엄청난 대접을 받는 기분이 들었다. 나일론 띠 하나가 이렇게까지 깊은 안정감을 줄지 누가 알았겠는가. 안전띠는 나에게 집, 안전, 보호를 연상시키는 작은 장치였다. 언젠가 엄마가 운전하던 모습이 기억났다. 엄마는 어쩔 수 없이 급정지를 할 때마다 본능적으로 팔을 뻗어 내 상반신을 조수석 등받이에 밀착시키곤 했다. 그래서 나는 엄마와 함께 있으면 늘 보호받는 느낌이었고, 안전하다는 생각이 들었다. 비록 엄마가 곁에 없지만 안전띠를 매고 있는 지금도 약간 그런 느낌이였다. 고슴도치처럼 가시를 뾰족하게 세우고 있었는데 경계하던 마음이 어느새 스르르 녹아내린 느낌이랄까. 정말 오랜만에 느껴 보는 감정이었다.

## 친구와 함께 카우치서핑을

살타에 도착한 나는 먼저 근교의 카파야테를 둘러보기로 했다. 아르헨티나에서도 대표적인 와인 산지로 손꼽히는 카파야테에서 가장 유명한 건 화이트 와인인 토론테스로, 달콤한 향과 새콤한 신맛의 조화가 너무나 매력적인 마법의 와인이다.

카파야테에 가기 전 나는 고향 친구인 바버라를 만났다. 우리는 동갑이고 같은 지역에서 자랐고 둘 다 전 세계를 여행 중이었지만 인생의 서로 다른 지점에 와 있었다.

내가 결혼식을 올린 달에 바버라는 11년을 같이 살아온 남편과 이혼을 했다. 또 나는 이번 여행을 통해 나 자신과의 관계를 돈독히 하고 싶었던 반면, 바버라는 다른 사람들, 특히 남자들과의 관계에 관심이 많았다.

헤어짐에 대한 나만의 가설이 있다. 오래 이어 온 관계가 끝났을 때 사람은 그 관계가 처음 시작된 시점의 나이로 퇴행한다는 가설이다. 바버라가 남편을 대학에서 만난 후 11년 동안 줄곧 함께 지냈으므로, 이제 그녀의 시계는 갓 성인이 되었을 때로 돌아간 셈이었다.

지금 눈앞에 있는 바버라의 모습도 딱 그러했다. 내가 전에 알고 있던 그녀는 온데간데없었다. 우선 신체적으로 달라졌다. 금발의 머리를 제멋대로 길렀고 몸도 더 말랐다. 가장 극적인 변화는 정서적 차원에서 일어났다. 더 자유분방해졌다는 점은 칭찬할 만했지만 도를 넘어 무모한 측면이 있어 보였다.

이를테면 바버라는 히치하이크를 하고 기상천외한 이야깃거리를 만드는 일에 열심이었다. 어느 날 밤에는 마을의 허름하고 위험한 지역까지 어떤 독일인 배낭여행자를 따라가서는, 그에게 꼬리를 치고 공짜 식사를 얻어먹었다. 다른 날 밤에는 호스텔 욕실 바닥에서 뉴질랜드 남자와 섹스를 했다.

그럼에도 바버라의 존재는 같이 있다는 것만으로도 내게 많은 의지가 되었다. 집에 전화했는데 엄마의 상태가 더 나빠졌다는 얘기를 들었을 때였다. 간호사들이 엄마가 요로 질환과 귓병에 시달려 왔다는 사실을 뒤늦게 발견했단다. 엄마는 이제 몸이 안 좋아도 통증을 표현할 능력이 없기 때문에 어쩔 수 없는 노릇이었다. 몇 주 동안 심한 통증으로 고생했을 엄마를 생각하니 마음이 좋지 않았다. 엄마의 몸은 조금씩 망가지는 중이었지만 내가 할 수 있는 일은 아무것도 없었다. 나는 지인의 위로가 간절했고, 사려 깊은 바버라는 진심으로 나를 위로해 주었다.

바버라와 나는 카파야테에 도착하자마자 유유히 자전거를 타고 와이너리이자 와인과 그에 곁들여 먹을 음식을 판매하는 보데가에 가서 호박 엠파나다(밀가루 반죽 속에 고기나 채소를 넣고 구운 스페인과 남미의 전통 요리)와 부드러운 릭(대파와 비슷한 향신 채소) 스튜, 와인 젤라토를 실컷 먹었다. 그런 다음 마을 광장을 천천히 걷는데 마주치는 사람들이 미소를 보냈고 그중 몇몇은 모자를 들어 인사했다.

볼리비아에서 혹독한 상황들을 겪고 난 후라 그런지 아주 소박한 즐거움조차 분에 넘치게 느껴졌다. 행복감에 빠져 며칠을 보내고 나니, 긴장이 풀리면서 이참에 카우치서핑을 해 봐야겠다는 생각이 들기 시작했다.

카우치서핑은 2000년대 초에 생겨난 웹사이트로, 자진해서 자기 집을 숙소로 내어 줄 호스트와 전 세계 곳곳의 여행자를 연결해 주는 여행자 네트워크다. 여행자들끼리 숙소를 무료로 제공하는 커뮤니티라고 볼 수 있는데, 공짜 숙소라고 무조건 덤빌 일은 아니다. 그러기엔 절차가 까다롭고 취지 자체가 새로운 친구를 찾고, 자신만의 여행 경험을 만들며, 현지인에게서 문화를 배운다는 데 있기 때문에 잠만 잘 곳을 찾는 사람들에게는 적합지 않다.

카우치서핑을 하려면 먼저 연쇄 살인범이 아님을 보증하기 위해 호스트와 여행자 모두 프로필을 만들어야 하며, 만남이 이루어진 뒤에는 서로에 대한 공개적인 피드백을 남겨야 한다. 따라서 여행자는 레스토랑이나 호텔을 찾을 때처럼 호스트에 대한 리뷰를 자세히 읽어 볼 수 있다. 호스트 역시 마찬가지 방법으로 도끼 살인마에게 대문을 열어 주는 것이 아닌지 미리 확인할 수 있다. 그리고 양측이 만남에 동의하면 그때 서로 상세 정보를 교환하게 된다.

바버라는 일주일 동안 한 카우치서핑 호스트와 연락하며 지냈다. 남편과 세 아이를 이끌고 남미를 여행하다가 아르헨티나에 정착한 젊은 미국 여자였다.

"윌로우라는 여자, 정말 굉장해. 자신은 작가이고 남편은 영화감독인데 캘리포니아에서 영화 스턴트 일을 하다가 만났대. 체조와 홀

라후프, 파이어 댄스에 관심이 많고, 레드 와인과 다크 초콜릿, 브론테 자매의 책을 좋아한다는군. 둘 다 공중그네 아티스트이자 채식주의자고."

"우와, 진짜 멋진 여자 같네."

"더 좋은 건 뭔 줄 알아? 지금 전원주택에 살고 있는데 방이 세 개고 내부 수리도 마쳤대. 반려견을 키우고 수영장도 있고. 욕조도 물론 있지. 화룡점정은 위치가 와인으로 유명한 멘도사 바로 외곽이라는 거. 게다가 우리더러 원하는 만큼 머물러도 좋대. 우리 진짜 땡잡은 것 같아."

윌로우는 집까지 찾아오는 방법을 알려 주면서 몇 가지 선물을 요구했는데 초콜릿과 와인 한 병, 그리고 아이들에게 줄 장난감이 다였다. 당연히 바버라는 그러겠다고 동의했다.

몇 시간 뒤 우리는 선물 보따리를 주렁주렁 들고 멘도사에 도착했다. 하지만 버스 정류장에서 만나기로 한 윌로우가 보이지 않았다. 뭐가 잘못된 거지? 바버라가 윌로우에게 받은 이메일을 다시 읽어 보더니 말했다.

"아, 이걸 왜 이제야 봤을까? 여기 버스를 갈아타야 한다고 적혀 있네."

"그분이 멘도사에 산다고 그러지 않았어?"

"응, 멘도사 외곽이니까 마찬가지지 뭐."

화가 났지만 참을 만했다. 우리가 아르헨티나 전역을 갈지자로 헤매고 있는 건 바버라의 잘못이 아니었기 때문이다. 우리는 이메일에 적혀 있는 대로 산라파엘로 가는 승차권을 샀다. 그런데 세 시간 뒤에도 우리는 여전히 버스 안이었다. 멘도사 외곽이라고 보기엔 너무 멀리 와 버린 상태였다. 어느 순간부터인가 우리는 서로 아무 말도 하지 않았다. 하지만 그게 끝이 아니었다. 산라파엘에서 또 다른 버스로 갈아타야만 했기 때문이다. 화가 난 나는 바버라에게 짜증을 퍼부었다.

"그 여자 대체 어디 사는 거야? 칠레?"

"다음번에는 네가 검색해!"

"당연하지. 내가 찾았다면 지금쯤 멘도사에서 와인을 마시고 있었을 거야."

버스 기사가 백미러로 우리를 보며 미소를 지었다. 목적지를 묻지 않는 걸 보면 이곳까지 외국인들을 데려다주는 일에 익숙한 모양이었다. 그는 금방이라도 무너질 듯한 목조 건물 앞에 차를 세우더니 우리에게 내리라고 손짓했다. 믿을 수가 없었다. 윌로우가 말한 전원주택이 이 집이라고? 건물은 폐허에 가까웠다. 온통 진흙탕에 시든 농작물이 아무렇게나 널브러진 채였고, 울타리 기둥도 썩어 있었다. 그런데 방금 떠나 버린 버스는 그날의 막차였다.

바로 그때 저쪽에서 개들이 쏜살같이 우리를 향해 달려왔다. 듬성듬성한 털 사이로 분홍색 살갗이 그대로 드러나 보였다. 개들은 우리의 발치를 둘러싸고 무는 시늉을 했다.

"아이고, 고마워라. 내가 아직 옴이 없다 이거지."

될 대로 되라는 심정이었다. 바버라는 얼굴을 찌푸리면서 개들에게서 물러났다. 앞서 방문한 나라에서 길고양이 새끼를 만졌다가 곰팡이성 피부염에 걸려 애를 먹고 있었기 때문이다.

우리는 달리 갈 곳이 없기에 윌로우의 집 쪽으로 걸어갔다. 그러다 누런 잔디밭 위에 수건을 깔고 엎드려 있는 여자를 보았다. 바버라가 인기척을 했지만 여자는 꼼짝도 하지 않았다. 내가 살짝 찌르자 그제야 그녀가 몸을 돌려서는 우리를 올려다보았다.

"아, 안녕하세요."

그러고는 다시 엎드렸는데 비키니 상의가 흘러내렸다.

"잠깐만요! 혹시 윌로우인가요?"

"아니, 설마요. 난 애슐리예요."

"애슐리? 애슐리가 누군데요?"

"나는 그러니까, 휴, 베이비시터예요."

그러더니 그녀는 갑자기 상체를 곧게 세우고 두 다리를 쫙 벌리고는 비키니 하의와 가랑이가 만나는 부위를 손으로 문질렀다.

"있잖아요. 내가 어제 소음순에서 종기를 떼었거든요. 지금 상태가 별로 좋지 않네요. 어머, 나 왜 이러니?"

그녀는 벌떡 일어나 "실례했어요!"라는 말을 남긴 채 후다닥 집으로 뛰어 들어갔다. 그리고 잠시 후 다시 돌아와 우리에게 무언가를 내밀며 말했다.

"여기요, 마리화나예요."

이대로 부모가 될 기회를 놓치는 게 맞는 걸까?

우리는 반신반의하며 집 마당으로 들어갔다. 그런데 집에는 애슐리 말고는 아무도 없는 듯했다. 잠시 후 전쟁이라도 난 듯 요란한 소리와 함께 아이들이 등장했다. 이비와 리스, 리엄은 동화《피터팬》에 나오는 집 잃은 소년들처럼 천방지축인 꼬마 3인조였다. 아이들은 마당에 들어서자마자 흙먼지를 일으키고 잔디를 걷어차고 바닥에 나뒹구는 껌 종이를 발길질하고 서로 꼬집고 때리며 괴성을 질렀다. 그러다 금발에 나뭇가지를 사슴뿔처럼 꽂은 여자아이가 큰 소리로 말했다.

"제 이름은 리스고, 아홉 살이에요. 하지만 새프런 문블러드라고 불러 주세요!"

굳이 그러지는 않겠다고 대답하자 아이가 내 무릎을 발로 찼다. 그사이 다섯 살인 리엄은 거실 커튼을 붙잡더니 봉 근처까지 기어 올라갔다. 나는 보다 못해 물었다.

"너희 이래도 되는 거니?"

"네!"

세 아이가 이구동성으로 대답했다. 물론 그렇겠지. 엄마와 아빠가 없으니 온통 니들 세상이구나. 애슐리는 알고 보니 베이비시터가 아니라 윌로우 부부의 친구의 친구로 어느 날 갑자기 대마초 한 봉지를 들고 여기에 온 사람이었다. 그나저나 우리는 윌로우를 만나야 하는데 어디로 갔는지, 언제 돌아올지 몰라 매우 난처했다. 애슐리에게 행방을 물어봐도 "에이, 아시잖아요"라는 말을 할 뿐이었다.

두 시간 뒤 바버라가 마분지 조각 하나를 발견했다. 윌로우가 남긴 메모로, 적힌 내용에 따르면 그녀와 남편은 영화 촬영 때문에 며칠간 집을 비울 예정이라고 했다(멘도사 주변의 풍광은 그랜드캐니언과 흡사해 영화와 텔레비전 프로그램을 위한 저예산 촬영 장소로 종종 활용된다). 그러면서 집안 운영에 관한 몇 가지 규칙을 우리에게 남겨두었다. 아이들을 챙겨 먹일 것. 학교에 가겠다고 하면 보낼 것. 만약 가고 싶어 하지 않으면 억지로 보내지 말 것.

아이들을 챙겨 먹이는 일은 난제였다. 집 안에 먹을 것이 거의 없었고, 스토브용 프로판가스 통은 텅 비어 있었으며, 시내와는 제법 거리가 있는데 이미 버스는 끊긴 지 오래였다. 게다가 자칭 베이비시터 애슐리는 몽롱한 상태로 소음순만 들여다보고 있었다. 그런데 리엄이 다가와 말했다.

"괜찮아요. 제가 불을 피울 줄 알아요."

"정말이니? 난 못 하거든."

리엄은 전에도 불을 피워 본 것이 틀림없었다. 아이는 거침없이 거실에 있는 땅딸막한 소형 스토브 안에 장작을 쌓더니 너덜너덜한 마분지 책에 성냥을 홱 잡아당겨 불을 붙였다. 나는 그 위에다 물 주전자를 올렸다. 그사이 아이는 앞마당으로 가 떨어진 나뭇가지를 모아 작은 모닥불을 피웠다. 주위에 둥글게 돌을 쌓는 것도 잊지 않았다. 나는 아이를 도와 장작더미를 한데 그러모으면서 물었다.

"애, 리엄. 평소에는 집에 먹을 게 좀 있는 편이니?"

"아뇨. 그렇지 않아요. 엄마가 카우치서핑으로 찾아오는 사람들한테 먹을 것을 가져다 달라고 부탁할 때만 있는 편이에요. 가끔은 저기 옆 농장에 가서 먹을 것을 달라고 하면 정원에서 딴 채소 같은 걸 주시기도 해요. 정말 친절한 분들이에요."

오하이오에서 보낸 내 초등학교 시절이 떠올랐다. 부모님이 겨우겨우 생계를 꾸리던 시절이었다. 아빠는 자존심이 센 분이라 우리가 무상 급식을 포함해 어떠한 지원도 받는 것을 허락하지 않았다. 그렇다고 뾰족한 수가 있는 건 아니었다. 그냥 모든 걸 아껴 먹을 수밖에 없었다. 고기는 어쩌다 한 번 구경했지만 아빠가 뒤뜰에 텃밭을 가꾼 덕분에 채소는 늘 풍성했다. 엄마는 매일 그 채소들을 활용해 우리가 먹을 음식량을 부풀렸다. 스파게티에는 주키니 호박과 콜리플라워가 듬뿍 들어갔고, 캐서롤(찜 냄비 요리)에는 당근과 호박이 겹겹이 층을 이루었으며, 샐러드는 무와 슈가스냅피, 토마토로 넘칠 듯했다. 겨울에도 똑같은 채소를 먹었는데 그게 통조림에 들어 있다는 게 다를 뿐이었다. 나는 여러 해가 지나고 나서야 우리 집이 그때 얼마나 궁핍했는지를 알게 되었다. 당시 배고픈 상태로 잠자리에 든 적은 한 번도 없었기 때문이다. 엄마는 어떻게든 우리가 배를 곯지 않게 하셨다.

스토브 위에서 물이 끓기 시작했다. 바버라는 냄비에 파스타 면을 휘저어 넣었고, 나는 찬장을 뒤져서 찾아낸 토마토 통조림 한 캔과 향신료로 그럭저럭 먹을 만한 소스를 만들었다. 완성된 파스타를 접시에 덜어 주자, 아이들이 갓 죽은 동물의 사체에 달려드는 사자처럼 허겁지겁 음식에 덤벼들었다. 리엄이 셔츠를 끌어 올리고는 힘껏 배를 내밀면서 말했다.

"제 배 좀 봐요!"

옆에서 새프런 문블러드가 물었다.

"미국에 있을 때 땅콩버터 먹었어요?"

"물론이지! 내가 땅콩버터를 얼마나 좋아하는데. 지금 그게 제일 아쉬워."

내 대답에 리엄은 뭔가 골똘히 생각하더니 이렇게 말했다.

"제가 제일 아쉬운 게 뭔 줄 알아요? 칫솔이에요."

"맞아. 우리 캘리포니아에 살 때 이 닦은 거 기억나? 매일 밤?"

새프런 문블러드도 많이 아쉬운 듯 맞장구쳤고 이비와 리엄이 고개를 끄덕였다.

저녁 식사 후 우리는 앞마당의 모닥불 주변에 둘러앉아 별을 보았다. 바버라는 아이들에게 남십자성 찾는 법을 가르쳐 주었다. 내가 찬 공기에 몸을 떨자, 리엄은 금속 삽으로 뜨거운 잔불을 퍼서는 내가 앉은 플라스틱 접이식 의자 밑에 쌓아 올렸다.

"이제 따뜻해질 거예요."

리엄은 코에 주름을 만들면서 나에게 씽긋 웃어 보였다. 그 모습이 사랑스러우면서도 마음이 짠했다. 그런데 잠시 후 약간 몸이 기울어지는 느낌이 들었다. 잔불 때문에 플라스틱 의자가 녹고 있는 것이었다. 나는 리엄이 눈치채지 못하도록 살짝 의자를 빼고는 플라스틱이 식어서 다시 단단해질 때까지 기다렸다.

이후 바버라와 나는 거실 소파에 앉았고 이비와 리엄이 우리 위에 차례대로 올라왔다. 애슐리는 큰방 침실에서 완전히 곯아떨어졌는지 큰소리로 코를 골았다. 새프런 문블러드는 옷장에서 상자들을 끌어내더니 그 안에서 오래된 신문 몇 장을 꺼내 가져왔다. 아이는 내 무릎 위에 올라오며 말했다.

"이거 좀 읽어 주실래요?"

"물론이죠, 공주님."

나는 아이 머리카락에 묻어 있는 나뭇잎과 나뭇가지를 떼 내고는 신문을 읽어 주기 시작했다. 그런데 내 마음속에서 뭔가가 녹아내리는 느낌이 들었다.

캘리포니아에 있을 때, 나는 제이슨과 아이를 갖는 문제에 대해 자주 이야기를 나누었다. 제이슨은 아이를 원했지만 나는 자신이 없었다. 제이슨에게는 아이가 생기면 끈적이는 장난감과 기저귀 갈아 주기에 얽매이는 신세가 될 테니 아이는 나중으로 미루고 싶다고 얘기했던 것 같다. 아이를 언제쯤 가질 생각이냐는 물음엔 "언젠가"라고 얼버무리면서 말이다.

그런데 한 번도 입 밖으로 꺼내지 못한 진심은 겁이 난다는 사실이었다. 열쇠를 엉뚱한 곳에 두거나 차에 가방을 두고 내릴 때마다 나는 혹시나 알츠하이머병 초기 단계가 아닐까 하는 공포에 휩싸이곤 했다. 엄마가 진단을 받은 직후, 아빠는 전화로 나에게 그랬다.

"네가 걱정해야 할 정도로 나이가 들 때쯤이면 이 병도 치료법이 나올 거야. 엄마는 희망이 없을지 몰라도 너한테는 희망이 있어. 그러니 너무 걱정하지 마라."

그 뒤로 10년 가까이 흘렀지만 알츠하이머병의 치료법은 나오지 않았다. 하지만 출산을 할지 결정해야 하는 나이는 성큼 다가왔다. 내가 엄마가 될 자격이 있을까? 내 정신 건강이 온전할 수 있을까? 내가 쇠잔해지는 엄마를 지켜보았듯 아이가 무너지는 내 모습을 지켜보는 건 원치 않았다. 이 병을 물려주고 싶지도 않았다. 그래서 부모가 된다는 건 나에게 엄청난 리스크로 다가왔다.

그런데 내가 살던 캘리포니아로부터 멀리 떨어진, 벽지가 벗겨지고 지붕이 곰팡이로 내려앉은 거실에 있노라니 문득 문제가 단순하게 느껴졌다. 나는 도대체 무엇을 기다리고 있는 걸까. 이대로 부모가 될 기회를 놓치는 것이야말로 가장 큰 리스크가 아닐까.

생애 최초로 경험한 카우치서핑은 나에게 많은 생각을 하게 해주었다. 하지만 내가 기대했던 카우치서핑은 분명 아니었다. 나는 여행자이고 새로운 경험을 원했지만 베이비시터 노릇을 바란 건 아니었다.

"바버라, 우리 내일 떠나지 않으면 주말에는 버스가 다니지 않아서 월요일이나 되어야 나갈 수 있어. 그러니까 우리 내일 떠나는 게 어떨까?"

"왜 떠나야 하는데?"

"음, 여기가 너무 엉망진창이니까. 변기도 고장 났고 먹을 것도 없잖아. 덤으로 이상한 여자까지 한 명 있고. 공포 영화의 서막 같아."

"재밌잖아. 긴장 풀라고. 넌 너무 깔끔을 떨더라."

"먹을 걸 챙기는 게 깔끔 떠는 건 아니지."

"호스트가 친절하게도 자기 집을 우리에게 내줬는데…."

"무슨 호스트? 손님을 불러 놓고 집에 붙어 있지도 않은 그 사람들? 아, 애들 셋을 놔두고 가긴 했지. 나는 개들 부모가 아니야, 바버라. 세 아이 밥 먹이고 이 집이 홀랑 타 버리지 않게 살피는 일 말고 내가 대체 여기서 뭘 하고 있는 건지 모르겠다."

"우리는 카우치서퍼야. 너무 까다롭게 굴면 안 된다고."

"내 말이, 우리는 카우치서퍼지 베이비시터가 아니야."

아이들을 생각하면 마음이 아팠다. 아이들에게는 체계가 필요했다. 책과 장난감이 필요하고 학교에 다녀야 했다. 하다못해, 리엄이 지붕에서 떨어지지 않도록 돌봐 줄 책임감 있는 어른이 한 명이라도 있어야 했다.

그에 반해 바버라는 아이들의 쾌활하고 스스럼없는 생활 방식을 좋게 생각하는 것 같았다. 삶의 중요한 기술은 교실 밖에서 배우는 것이고, 아이들이 나중에 인생에서 소중하게 쓰일 요령들을 습득하고 있다고 여겼다. 물론 그런 면이 없지는 않았다. 아이들은 텔레비전이나 게임 등의 오락거리에 의존하지 않고 스스로 재미를 찾을 줄 알았다. 나무를 기어오르거나 자기 몸을 방어하는 법을 알았고 스페인어도 빨리 익혔다. 그리고 무엇보다 그들은 하나로 똘똘 뭉쳐 단단한 결속을 자랑했다. 바버라가 어깨를 으쓱하며 말했다.

"적어도 문화에 대해 배우고 있잖아."

"미국 애들 세 명을 돌보면서 무슨 문화를 배우고 있다는 거야?"

그때 침실에서 들려오는 애슐리의 목소리가 우리의 언쟁을 끊었다.

"언니들, 저 종양이 다시 생긴 것 같아요. 와서 좀 봐 주실래요?"

우리는 동시에 고개를 저었고, 비로소 바버라는 아르헨티나에서 보내는 시간을 이런 데서 허비할 수 없다는 데에 동의했다. 우리는 다음 날 아침 짐을 챙겼다. 아이들에게 작별 인사를 하고 나서는데 리엄이 내 다리에 매달렸다. 나는 쪼그리고 앉아 아이의 얼굴을 보고, 아이의 눈에서 금발 머리카락을 옆으로 걷어 내며 말했다.

"보고 싶을 거야, 친구."

"저만큼은 아닐걸요."

나는 더 이상 아무 말도 할 수 없었다. 아이에게 우는 모습을 보이기 전에 서둘러 자리를 떠야 했다.

## 친구를 위로하는 가장 좋은 방법

:

아르헨티나에서 뭔가 맛있는 음식을 먹은 적이 있다면 그것은 멘도사의 풍성한 음식 문화에서 비롯되었을 가능성이 크다. 부드러운 젤라토와 파삭파삭한 시골 빵 판 데 캄포, 레몬버베나를 넣은 알록달록한 색감의 막대 아이스크림 등등…. 또, 멘도사는 아르헨티나의 대표적인 토마토 산지로 꼽힐 만큼 토마토가 정말로 맛있다. 엠파나다는 전국에서 제일 바삭바삭하고, 올리브유는 강렬한 햇빛을 똑 닮은 맛이 난다.

당연히 와인도 빼놓을 수 없다. 아르헨티나 와인의 70퍼센트를 담당할 만큼 세계에서 가장 넓은 면적에 말벡 포도나무를 재배하는 멘도사는 감칠맛과 미네랄이 풍부한 말벡 와인으로 잘 알려져 있다.

멘도사는 해발 900~1200미터의 고지대에 위치해 있어 일조량이 풍부하고, 일교차가 크다. 그리고 사막성 기후를 가지고 있어 강수량은 적지만 안데스산맥의 녹은 눈을 저수지로 돌리는 정교한 인공 관계 시스템을 갖추고 있어서 최고의 와인을 만들기에 적합한 환경이 된 것이다.

바버라는 운동을 하고 싶어 했고, 나는 멘도사의 지역 특산품을 맛보고 싶었다. 결국 우리는 보데가 자전거 투어를 하기로 합의를 보았다. 전통적인 운동인 자전거 타기와 와인 시음을 짝지어 놓은 관광 상품이었다. 우리는 자전거 대여소로 가서 지도 한 장과 휘청휘청한 빨간 자전거 두 대를 받았다. 내 자전거에는 브레이크가 없었지만 벨은 있었다. 주인인 우고는 돌아오면 공짜 와인을 무제한으로 주겠다고 약속했다.

우리는 지도에 나온 곳들 중 제일 먼 보데가(와인 양조장)까지 자전거를 타고 갔다가 돌아오는 길에 보데가를 몇 군데 더 들르기로 했다. 그런 식으로 하면 취기가 올라온 상태에서 자전거를 타야 할 거리를 최소화할 수 있으니까. 하지만 이 멋진 계획은 순식간에 틀어지고 말았다.

자전거를 타고 출발한 지 얼마 안 되었는데 유독 한 보데가가 눈에 들어왔다. 뜰에는 쨍쨍한 햇살 아래 꽃을 피운 보랏빛 포도나무들이 아치를 이루고 있었고, 백색 도료를 바른 커다란 간판에는 '한잔 마시고 쉬어요'라고 적혀 있었다. 기분 좋은 유혹이었다. 나는 잠깐 고민하다 바버라에게 말했다.

"여기 들렀다 갈까?"

"좋아. 기왕 여기 온 김에."

몇 페소를 낸 대가로, 와인메이커가 직접 풍부한 아로마의 와인을 연신 따라 주었다. 처음으로 맛본 말벡은 기분 좋게 스파이시하고 톡 쏘는 맛으로, 잘 익은 베리와 블랙페퍼의 맛이 살짝 느껴졌다. 바버라가 "배낭여행을 위하여!"라고 건배를 청했고, 나는 "멘도사를 위하여!"라고 외쳤다.

바로 그때, 어떤 잘생긴 청년이 양팔에 여자를 한 명씩 거느리고 우리 쪽으로 걸어왔다. 순간 바버라가 놀란 듯 말했다.

“아리?”

알고 보니 그는 바버라가 볼리비아에서 잠자리를 같이한 열아홉 살 청년이었다. 그런데 무슨 일인지 바버라를 불편해하는 기색이 역력했다. 바버라가 “아리, 이쪽이야!”라고 손을 흔들자 아리는 같이 걷던 여자들에게서 팔을 빼더니 반대 방향으로 돌아섰다. 그러고는 다른 곳으로 가려는 듯 자전거에 올라탔다. 그러자 바버라가 황급히 그를 쫓아 달려나갔다. 내가 어디 가냐고 물었지만 바버라는 그 말을 미처 듣지 못한 듯했다. 아니, 바버라는 이미 아리를 따라잡으려고 열심히 자전거 페달을 밟는 중이었다.

완벽한 와인이 두 잔 가득 남아 있는 상황이었다. 대체 내가 무엇 때문에 이걸 포기해야 한단 말인가. 나는 내 와인 잔을 단숨에 들이키고는 바버라의 잔도 깨끗이 비웠다. 그러고는 자전거를 타고 바버라를 쫓아가기 시작했다. 그런데 벌써 취한 건지 머리가 어질어질했고 자전거를 똑바로 타는 게 쉽지 않았다. 1킬로미터 전방에 바버라가 보였다.

“야아아아! 혼자 가지 마!”

그런데 바버라가 아리를 놓쳤는지 교차로에 자전거를 세우는 모습이 보였다. 내가 도착했을 때 그녀는 자전거 위에 걸터앉아 있었고 뭔가 굉장히 못마땅해보이는 표정이었다. 그녀는 나에게 말했다.

“아리가 분명했어.”

“걔 없어도 되잖아. 멋모르는 열아홉 살짜리일 뿐이야.”

“그래도 내가 좋아했다고.”

“알아. 하지만 걔는 어려. 너를 감당할 만큼 성숙하지 않아.”

"내 계획이 뭔 줄 알아? 오늘 밤에 호스텔로 돌아가서 정말 못된 계집애처럼 아리에게 이메일을 보낼 거야."

"그냥 내버려 둬. 잠깐의 일탈이었잖아. 걔는 너와 진지한 관계를 원하지 않을 수도 있어."

그 말에 바버라는 잠시 뜸을 들이더니 코를 훌쩍이며 말했다.

"나도 뭘 어쩌겠다는 건 아냐. 그냥 뭐랄까, 걔도 나를 좀 좋아해 줬으면 좋겠다고 생각했나 봐."

나는 바버라를 꼭 안고는 이렇게 말해 주었다.

"좋아했을 거야."

실제로 좋아했는지는 모르지만 그 순간 그 말은 바버라에게 꼭 필요한 말이었다. 우리는 길가 옆 잔디밭에 큰대자로 드러누워 서로의 손을 잡았다. 우리는 슬펐고, 술에 취했고, 내가 할 수 있는 유일한 일은 아파하는 친구 곁에 있어 주는 것뿐이었다.

그날 저녁 우리는 당분간 떨어져 지내기로 의견을 모았다. 각자 자신의 버킷리스트를 완수하는 데에 집중하기로 한 것이다. 그러고 보면 나는 바버라가 이혼을 하고 인생을 다시 시작할 때 어떤 어려움이 있었는지 충분히 이해하지 못했다. 반대로, 바버라는 부모님이 모두 젊고 건강해서 서서히 죽어 가는 엄마를 보는 내 마음이 어떤지 헤아리지 못했다.

나는 아르헨티나의 수도인 부에노스아이레스의 북적임과 에너지, 그 외에도 그 도시가 가져다줄 모든 것을 경험하기 위해 떠날 예정이었다. 반면 바버라는 바릴로체의 스키 리조트에 눈독을 들였다. 우리는 페이스북으로 연락하며 지내다가 이달 말일쯤 부에노스아이레스에서 다시 만나기로 했다.

우리는 마지막 식사로 마을 광장인 플라자 인디펜덴시아에서 커다란 파스타 한 접시를 나누어 먹었다. 우리는 와인 잔을 들어 올렸고, 각자의 길을 위해 건배했다.

# 07

# 오래도록 머물고 싶은
# 도시를 발견하는 기쁨

부에노스아이레스로 가는 길. 여행을 하며 만난 사람들에게서 들은 그곳에 대한 흉흉한 소문 때문인지 나도 모르게 걱정이 되기 시작했다. 소매치기가 가방을 칼로 찢었다느니, 강도를 당할 뻔했다느니, 누구는 납치를 당했다느니 하는 이야기들이 떠올라 잔뜩 겁을 집어먹게 된 것이다.

**사람들은 내가 부에노스아이레스에서 죽을 거라고 말했다**

:

예전에 사람들은 내가 부에노스아이레스에서 죽을 거라고 말했었다. 내가 관두고 나온 직장의 동료들이 우스갯소리로 하던 이야기였다. 그들은 내가 어디서 최후를 맞이할 것인지를 놓고 내기를 거는 일명 데드풀 게임을 했다. 1위를 차지한 장소는 부에노스아이레스였지만 누구도 구체적인 이유를 대지는 못했다. 캘리포니아에 있을 때는 그 이야기를 대수롭지 않게 받아들였지만 막상 부에노스아이레스에 가까워지자 불길한 생각이 멈출 줄을 몰랐다.

버스에서 내린 나는 수상한 사람이 없는지 살핀 후 마요 광장 근처에 있는 한 호스텔에 체크인했다. 그런데 호스텔 주인이 동네 지도와 추천 관광지 안내서를 건네며 자못 심각한 표정으로 경고했다.

"조심하세요. 여자 혼자서 다니기에 안전한 곳은 아닙니다."

안 그래도 불안했는데 그런 경고까지 들으니 모든 것이 위험하게만 느껴졌다. 한 레스토랑 앞에서 걸음을 멈추고 유리창을 통해 내부를 구경하는데, 요리사가 파스타 한 장을 철썩 내려놓고는 칼로 썰기 시작했다. 요리사가 칼을 드는 게 당연한데도 그 순간만큼은 오싹 소름이 끼쳤다. 들어서는 골목마다 음침한 느낌으로 다가왔고, 극적인 모양의 건축물들은 거리의 사람들을 위협하듯 몸을 앞으로 숙이고 있는 것처럼 보였다.

그런데 설마 했던 일이 벌어지고 말았다. 사람들로 붐비는 거리에서 어떤 남자가 내 엉덩이를 덥석 움켜쥐고 지나갔다. 낯선 사람 모두를 잠재적 공격자로 취급하고 싶지는 않았지만 나는 혼자였고 그 도시는 내가 지금까지 혼자서 감당해 본 그 무엇보다도 컸다. 게다가 나는 누가 봐도 관광객이었고 딱 그런 취급을 받았다. 내 의지와는 달리 혼란스러움 반, 놀라움 반으로 계속 눈을 휘둥그레 뜨고 있는 탓이었다.

사건은 그게 끝이 아니었다. 사람들로 꽉 찬 지하철을 탔는데 누군가가 내 바지의 주머니 지퍼를 열고 손을 집어넣는 것이 느껴졌다. 이럴 수가, 나는 여권과 지갑이 든 작은 가방을 가슴에 꼭 끌어 안으면서 주머니에 아무것도 넣어 두지 않은 나 자신에게 조용히 박수를 보냈다.

사정이 이렇다 보니 늘 긴장해 있는 탓에 모든 일을 처음 해 보는 어린아이처럼 아주 간단한 일조차 버벅댔다. 우체국에 가서 남편에게 소포 하나를 부치는 데만 여섯 시간이 들었고, 세탁소에 옷을 맡기는데 다음 날 입을 옷까지 몽땅 넘겨주는 어처구니없는 실수를 서질렀다.

그뿐만이 아니었다. 쇼핑을 하러 갔을 때는 거절을 못 해서 너무나 괴로운 상황에 직면해야 했다. 날씬한 여자 점원이 나에게 치수가 맞지 않는 청바지를 권했는데 차마 거절을 못 하고 쭈뼛쭈뼛 탈의실로 들어갔다. 그런데 웬걸, 점원이 그 안까지 따라오더니 청바지에 나를 욱여넣는 게 아닌가. 버튼이 살 속에 파묻히고, 배 주변에 벌겋게 자국이 생기고, 숨을 제대로 쉴 수가 없었다. 키가 크고 몸집도 있는 편이어서 많은 공간을 차지해야 하는 내 몸이 야속하게 느껴졌고, 그 상황에 처한 것 자체가 속상했다. 내 몸이 완전히 다른 모습이었으면 얼마나 좋을까.

그건 엄마도 마찬가지였다. 내가 중학교에 다닐 무렵, 우리 집에서는 매주 체중 측정이 이루어졌고, 다이어트 껌과 탭(1963년에 출시된 코카콜라의 무설탕 탄산음료)을 흔히 볼 수 있었다. 엄마는 다이어트를 해야 한다며 아침을 건너뛰고 점심 먹을 때도 새 모이만큼 먹었다. 그마저도 빵 대신 35칼로리짜리 얇은 통곡물 크래커를 먹을 정도였다. 가끔 사탕이나 아이스크림을 양껏 먹고 나면 늘 후회했고, 거울을 들여다볼 때마다 불만스러운 듯 주먹으로 엉덩이를 두들겼다. 그렇게 하면 엉덩이가 작아지기라도 하는 것처럼.

점원은 선반에서 청바지를 한 벌 더 꺼내 왔다. 꼭 끼는 건 마찬가지였지만 이번에는 주머니에 모조 다이아몬드가 더 많이 붙어 있었다. 나는 그만 항복하고 그 청바지를 샀다. 무례할 정도로 집요한 점원에게 화가 나긴 했지만 결국은 거절을 못 해서 벌어진 일이었다. 그리고 어쩌면 이렇게 달라붙는 반짝이 청바지를 입으면 아르헨티나 사람처럼 보여 덜 위험하지 않을까 싶었다. 누가 봐도 관광객처럼 보여서 도둑이나 치한, 강도의 표적이 되는 건 이제 그만 사양하고 싶었다. 또, 부에노스아이레스를 이대로 너무 위험한 도시로만 기억하기엔 아쉬운 게 너무 많았다.

그래서 새로 산 청바지를 입고 시내를 돌아다니던 중 총포상을 발견하고는 가게 안으로 들어갔다. 당연히 총을 살 생각은 없었다. 그저 위험한 상황에서 나를 보호할 수 있는 최소한의 호신용품이라도 가지고 있으면 안심이 될 것 같았다. 이제는 두려움과 걱정을 내려놓고 부에노스아이레스를 제대로 경험하고 싶었기 때문이다.

가게 안 유리 진열장들에는 람보 영화에 출연하는 모든 사람에게 나누어 주고도 남을 만한 어마어마한 숫자의 총기가 진열돼 있었다. 놀라서 입을 다물지 못하고 있는데 직원이 다가와 나에게 말을 걸었다. 볼리비아에서 약국을 스페인어로 어떻게 말하는지 몰라 그 고생을 한 이후, 나는 스페인어 책자를 휴대하고 다녔다. 하지만 책에는 "안녕하세요", "화장실이 어디입니까?", "여행자 수표를 받습니까?"

아르헨티나
Argentina
엠파나다
살타
릭스튜
와인젤라토
DISENO
부에노스
아이레스
BOCA
보카주니어스
축구장

등의 기초적인 문장만 소개되어 있었다. 그래서 나는 스페인어로 일단 양해부터 구했다.

"올라! 노 아블로 무초 에스파뇰(안녕하세요! 저는 스페인어를 잘 못합니다)."

그러고는 다급하게 안내서 책장을 넘겼지만 '호신용 스프레이'라는 단어를 찾을 수가 없었다. 당황한 나는 짧은 스페인어와 영어를 막 섞어서 몇 마디 던져 보았지만 직원은 뭘 찾는지 모르겠다는 듯 연신 고개를 저었다. 어떡하지? 이제 남은 것은 바디랭귀지뿐이었다.

나는 거리를 걷는 선량한 여자를 연기하다 오른쪽으로 몇 걸음 후다닥 옮겨 간 다음 그녀를 제압하는 무자비한 공격자를 연기했다. 그가 귀중품을 빼앗아 달아나려고 할 무렵, 우리의 여주인공은 주머니에서 호신용 스프레이를 꺼내 남자의 눈에 뿌렸다. 내 바디랭귀지가 요란했는지 손님들이 우르르 몰려들었다. 평일 오후에 그렇게 많은 사람이 총을 사러 다닐 줄이야. 하지만 그걸 따지고 있을 때가 아니었다. 나는 마지막으로 내 눈에 스프레이 뿌리는 시늉을 하면서 '치이익' 하는 효과음을 냈다. 마침내 직원이 알겠다는 듯 고개를 끄덕였고, 잠시 뒤 내게 호신용 스프레이를 내밀었다.

### 머물지 않았더라면 미처 몰랐을 것들

:

내 오스카급 연기(?)가 무색하게, 부에노스아이레스에 머문 지 2주가 넘도록 호신용 스프레이를 쓸 일은 일어나지 않았다. 내가 묵고 있던 숙소에선 창을 열면 마요 거리가 한눈에 들어오는데, 도시의 건물들이 전과 다르게 장난기 넘치면서도 매혹적으로 보였다. 바로크와 보자르, 아르누보 양식이 뒤섞인 건물들에는 꽃과 덩굴, 가고일(중세 유럽의 고딕 양식 건축물의 지붕에 있는 괴수 형태의 석상), 환상의 동물들이 정교하게 새겨져 있어, 보는 것만으로도 경탄을 자아냈다.

길 건너편으로 한때 남아메리카 전체를 통틀어 가장 높은 건물이었던 바롤로 궁이 보였다. 건축가가 단테의 《신곡》에 영감을 빌어 지었다는 궁에는 층마다 지옥과 연옥, 천국의 공간이 마련되어 있었고, 건물의 높이도 딱 100미터이다(《신곡》은 「지옥편」, 「연옥편」, 「천국편」이 각각 33편의 독립된 곡으로 구성되어 있으며, 「지옥편」에만 서곡이 추가되어 총 100곡으로 이루어져 있다. ─역주). 맑은 날에는 아담한 반구형 지붕 창에서 저 멀리 우루과이까지 볼 수 있다는데 내가 갔을 때는 보이지 않았다. 꼭 보고 싶은 건 아니었기에 별로 아쉽지 않았다. 바롤로 궁 투어 이후에도 몇 번인가 더 그곳에 가서 책을 읽었다. 어쩐지 편안하게 느껴져서였다.

아르헨티나는 이민자의 나라다. 바롤로 궁뿐만 아니라 수도 전체에서 유럽의 영향이 뚜렷이 느껴졌다. 나는 카페에 틀어박혀 에스프레소와 함께 탄산수를 마시거나 젤라토 한 겁을 즐기면서 오후를 보낼 때가 많았다. 그리고 이 모든 것은 엄마가 풍겼던 유럽인다운 우아함을 떠올리게 했다.

병을 앓기 전 엄마의 얼굴은 이탈리아풍의 조각상처럼 선이 또렷하고 아름다웠다. 또 경제적으론 빠듯했지만 취향만큼은 호사스러웠다. 선택권이 주어지면 그냥 생수보다는 탄산수를, 면보다 캐시미어를, 밀크 초콜릿보다 다크 초콜릿을 선호하는 식이었다. 억양도 독일식 억양에 가까웠다. 다급하면서도 특유의 높낮이가 있어서 각 단어가 서로 앞서가려고 내달리는 것처럼 들렸다. 나는 엄마의 억양이 그렇게 센 줄 몰랐는데 처음 접하는 내 친구들은 당황하거나 웃음을 터트리곤 했다.

엄마는 어디선가 뚝 떨어진 듯했고, 어쨌든 오하이오의 작은 마을엔 어울리지 않았다. 나는 엄마를 사랑했지만 어떨 때는 엄마의 이국적인 면이 부끄럽기도 했다. 왜냐하면 다들 볼로냐 샌드위치를 먹는 학교 식당에 리버부어스트(독일식 간 소시지)를 가득 채운 도시락을 싸 가는 건 쉽지 않은 일이었기 때문이다. 어떤 아이는 우리 집에서 사워크라우트(양배추를 발효시켜 만드는 독일식 김치) 냄새가 난다고 놀리기도 했다. 엄마는 친구들의 엄마처럼 청바지를 입거나 바람머리를 하지 않았다. 캐주얼한 복장도 용납하지 않았다.

돌이켜 보면 그것은 부끄러워할 게 아니었다. 하지만 가장 비극적인 사실은 내가 엄마의 특별함을 알아볼 만큼 성숙해진 지금, 알츠하이머병이 엄마를 특별하게 만들었던 모든 요소를 빼앗아 가 버렸다는 것이다. 엄마는 틀림없이 이 도시를 사랑했을 것이다.

밤이 되면 팔레르모 주변을 산책했다. 그곳은 조약돌 길을 따라 작은 카페들과 화랑, 패션 부티크가 늘어선 트렌디한 동네였다. 자정이 되어야 사람이 가득 차는 레스토랑과 새벽 여섯 시까지 쿵쿵거리는 클럽들이 즐비한 그곳에서는 어떤 에너지가 느껴졌고 나는 그 속에 섞여 들기를 열망했다.

햇살 좋은 날이면 공원의 벤치에 자리를 잡고 앉아 사랑에 취해 있는 젊은 커플들과 변함없이 금실 좋은 노부부들을 구경했다. 그들은 손을 잡고 서로 입을 맞추고 뜨거운 마테차를 한 모금씩 나누어 마셨다.

나는 지나가는 사람들을 경이로운 눈으로 바라보았다. 그 순간 그 길을 지나가기 전까지는 나의 세계 안에 존재하지 않았던 사람들이었다. 하이힐을 신고 낙타색 머리카락을 휘날리는 여자와 밝은색 립스틱을 바른 할머니들, 나와 시선이 마주치자 윙크를 보내는 할아버지…. 한 여자는 지나가면서 내 청바지를 예쁘다고 칭찬했다. 주머니에 모조 다이아몬드가 박혀 있는 꽉 끼는 나의 청바지를 말이다.

하루는 라 봄바 데 티엠포라고 타악기 파티가 열리는 곳에 갔다. 외관은 산업용 창고처럼 보였지만 내부는 땀에 젖은 채 몸을 흔드는 수백 명의 사람들로 꽉 차 있었다. 뚬바도라(낮은 음역을 내는 쿠바의 드럼) 소리에 내 맥박이 함께 고동쳤다. 평소엔 남을 의식하느라 춤을 잘 안 추는 편이지만 그때는 아니었다. 거의 해가 뜰 때까지 춤을 추었다. 각종 타악기와 사람들이 뿜어내는 에너지가 나를 들뜨게 만들었고 웃음이 절로 흘러나왔다.

2주 넘게 이 도시에 머물렀으니 이제는 다른 곳으로 이동해야 할 때였다. 3개월 전 비행기표를 예약해 뒀기에 며칠 뒤면 남아프리카공화국의 요하네스버그로 출발해야만 했다. 비행 편을 미리 준비해 놓으면 의욕적으로 여행에 임할 수 있으리라 생각했는데 막상 닥치고 보니 후회가 되었다. 떠날 생각을 하니 벌써부터 그립고 나머지 여행을 취소하고 계속 이곳에 머물고 싶다는 욕구가 자꾸만 꿈틀거렸다. 그만큼 너무나 오랜만에 느껴 보는 편안함이었다. 정말 내 마음의 고향을 찾은 건지, 그냥 스쳐 지나가는 감정인지 알 수 없지만 아무런 연고도 없는 부에노스아이레스에서 이토록 편안함을 느끼는 건 무슨 이유일까? 생각은 꼬리에 꼬리를 물어 집의 본질에 대한 질문으로 이어졌다.

마음이 머무는 곳이 집이라는 말이 있다. 그런데 내 마음의 작은 조각들을 전 세계 곳곳에 뿌리고 다닌다면 나에게 집이란 어디란 말인가? 나의 일부분이 영원히 떠도는 중이라면 어디라도 한곳에 정착할 날이 오기는 할까? 내 마음 한 조각은 캘리포니아의 우리 집에서 남편의 품에 얼굴을 파묻고 있다. 내 마음의 또 한 조각은 오하이오의 요양원에서 엄마가 누워 있는 흰 침대 안쪽에 숨어 있다. 그리고 또 다른 한 조각은 이곳, 화려하고 복잡하면서 달콤한 부에노스아이레스에 있다. 어쩌면 처음에 너무나 두려워했기에 더욱 사랑하게 된 이 도시에 말이다.

## 떠나고 싶지 않은 도시를 떠나는 가장 멋진 방법

고민 끝에 나는 움직이기로 마음먹었다. 그런데 떠나기 전에 해야 할 일이 하나 더 있었다. 어릴 적 나는 종종 축구 중계에 푹 빠져 있는 엄마의 모습을 보곤 했다. 축구는 올림픽 피겨 스케이팅을 제외하면 엄마가 채널을 돌리지 않는 유일한 스포츠였다. 게다가 아르헨티나의 명문 축구팀인 보카 주니어스의 홈구장이 부에노스아이

140

레스에 있었기에 나는 축구 경기를 관전하기로 했다.

아르헨티나의 축구 응원 문화가 워낙 난폭하고 거칠기로 유명하다 보니 관광객들에겐 인솔자를 두고 그룹 단위로 경기를 관람하기를 권장한다. 그래서 나는 호스텔에서 새로 사귄 친구 제프와 함께 투어를 예약했다. 그는 치약 광고 모델처럼 환한 웃음이 매력적인 미국인이었다.

보카 주니어스의 홈구장 '라 봄보네라'는 다채로운 역사를 지닌 라 보카에 위치해 있었다. 라 보카는 리아추엘로강 어귀에 조선소들이 생겨나면서 거기에서 일하는 노동자들이 하나둘 정착해 만들어진 마을이었다. 조선소 노동자들이 거친 널빤지와 양철판 같은 선박 자재들로 집을 짓고 남은 페인트로 칠을 하다 보니 조각보를 이어 붙인 듯한 이색적인 풍경이 동네의 시그니처가 되었다. 그런데 알록달록한 분위기와 달리 치안 상태가 정말 안 좋은 모양이었다. 가이드는 우리에게 외국인의 경우 라 보카는 절대 혼자 가서는 안 되는 동네라며 진짜 조심하라고 경고했다.

버스는 우리를 라 보카의 카미니토 거리에 내려 주었다. 기념품 가게가 즐비해 있었고 거리 곳곳에 미술품을 전시해 놓아 야외 박물관에 온 듯했다. 가이드는 30분 뒤 버스에서 다시 만나자면서 절대 이 거리를 벗어나지 말라고 신신당부했다. 거리를 따라 늘어선 건물들은 아이들이 가지고 노는 장난감 블록을 쌓아 놓은 것처럼 형형색색의 원색으로 칠해져 있었다. 파란색 벽이 노란색 건물에 몸을 기대 있고, 빨간색 덧문이 녹색 창턱에 드리워져 있었다. 그러다 탱고를 추고 있는 한 커플을 발견했다. 노래가 한 곡 끝날 때마다 여자는 극적인 포즈를 취했고, 남자는 팁을 받으려고 군중 사이로 검은 중절모를 돌렸다. 거리 곳곳에 전시된 그림들은 아기자기하게 주변 건물들과 잘 어울렸다.

마음을 빼앗는 건 눈요깃거리뿐만이 아니었다. 레스토랑마다 테라스가 있었는데, 거기에서 흘러나오는 맛있는 음식 냄새가 나를 사로잡았다. 시선을 돌려 보니 웨이터들이 지글지글 익는 소리를 내는 쟁반만 한 스테이크를 서빙하고 있었다. 파스타에서는 오일과 마리나라 소스(이탈리아식 토마토소스)가 화산처럼 흘러내렸고 피자 위에는 잘게 썬 치즈와 구운 채소가 듬뿍 올려져 있었다. 그 순간 배에서 꼬르륵거리는 소리가 들렸고, 제프도 비슷한 소리로 응답했다. 결국 우리는 그 유혹을 뿌리치지 못하고 한 레스토랑에 들어갔다.

우리가 앉자마자 웨이터는 맥주와 갓 구운 빵 한 바구니를 테이블에 내려놓았다. 나는 이탈리아식 만두인 라비올리 한 접시를, 제프는 감자와 치즈, 밀가루를 반죽해 만든 파스타의 일종인 뇨키를 주문했다. 치즈가 잔뜩 들어간 라비올리는 세이지와 버터 소스를 듬뿍 발라 짭짤하면서도 부드러워서 한 입 베어 물 때마다 살살 녹았다. 제프도 맛있는지 말도 없이 뇨키를 먹는 데만 열중했다. 그렇게 열심히 먹다 보니 정말 시간 가는 줄 몰랐다. 모이기로 한 장소에 도착하니 버스가 이미 떠난 후였다. 제프가 탄식하듯 말했다.

"젠장, 이제 어떡하지?"

우선 우리는 경기장이 위치한 거리를 찾아보기로 했다. 어쨌든 우리 투어 그룹이 그곳을 지나갈 것이었기 때문이다. 가이드를 만나 입장권을 받아야 했다. 경기장 주변에 도착하니 저녁때의 어스름이 빠르게 사라지면서 밤이 깊어지는 중이었다. 행인들은 모두가 머리 끝부터 발끝까지 보카 주니어스를 상징하는 파랑과 금색의 옷과 스카프, 모자로 치장한 채였다. 그때, 누군가 빈 캔을 던졌고 그것은 내 가슴팍을 정통으로 명중시켰다. 하필이면 내가 별생각 없이 입고 온 옷이 검은색과 빨간색이었는데 그것이 오늘 밤 경기를 하는 상대 팀 색깔이었던 것이다.

우리는 길모퉁이 대신 가까운 은행의 계단 앞으로 이동했다. 문은 닫혀 있었지만 은행에는 보안 카메라가 있을 테고, 그러면 좀 더 안전할 거라고 생각했기 때문이다. 나는 긴장한 채 말했다.

"예감이 별로 좋지 않은데?"

그러자 제프는 관광객처럼 보이면 안 되니까 영어를 쓰지 말라고 속삭였다. 말없이 있으려니 시간은 더욱 느릿느릿 흘렀다. 콘크리트 계단의 냉기가 내 청바지를 뚫고 살갗에 고스란히 전해졌다. 나는 재킷을 단단히 여미며 빨간 셔츠를 가리려고 애썼다. 그러다 가로등 불빛 아래 유리문에 비친 내 모습을 바라보며 생각했다. 이런다고 우리가 아르헨티나인처럼 보일까. 만약 싸움에 휘말리게 되면 둘이서 몇 사람이나 감당할 수 있을까.

문득 후회가 밀려왔다. 라비올리를 먹지 않았다면 우리가 이 지경이 되지는 않았을 텐데…. 폭죽이 이글거리는 소리를 내며 경기장 위로 솟아올라 밤하늘을 수놓았고, 군중들이 함께 구호를 외치고 노래를 부르는 소리가 들려왔다. 곧 경기가 시작될 분위기였다.

그때 눈앞에 믿기 힘든 광경이 펼쳐졌다. 우리 투어 가이드가 사람들을 이끌고 길을 건너는 게 아닌가. 우리는 벌떡 일어나 그들을 향해 달려갔다. 가이드가 우리를 발견하고는 안도의 한숨을 내쉬었다. 그러나 그것도 잠시 그녀는 걱정과 화가 뒤섞인 표정으로 경기 입장권을 건네며 말했다.

"두 분 모두 오늘 밤 제 옆에 딱 붙어 계세요. 안 그러면 가만 안 둘 테니까."

경기장에 들어갔더니 계단은 알 수 없는 액체로 축축했고, 통로에는 김빠진 맥주와 오줌 냄새가 진동을 했다. 가이드는 소란스러운 보카 주니어스 팬들이 잔뜩 앉아 있는 돌출부 아래의 관람석으로 우리를 안내했다. 그러더니 위에서 함성을 지르고 응원가를 부르는 남자들을 가리키며 말했다.

"이 밑에 계셔야 해요. 팬들은 관광객들 머리 위에다 오줌 싸기를 좋아하거든요. 특히 거기 두 분, 두 분은 오줌을 좀 맞게 내버려 두고 싶지만…."

당연히 두 분은 제프와 나였다. 잠시 후 경기가 시작되었는데 경기보다 사람 구경하는 재미가 더 쏠쏠했다. 술에 취한 한 남자가 서까래를 기어오르더니 보카 주니어스 현수막을 공중으로 들어 올렸다. 비틀거리다 하마터면 떨어질 뻔했는데도 군중들은 환호했다. 사람들은 경기 내내 쉼 없이 구호를 외치거나 몇몇 노래를 반복해서 불렀다. 경기장의 활기차고 흥겨운 분위기에 들뜬 나를 보고 제프가 넌지시 말했다.

"네가 여길 떠나 모레면 아프리카에 가 있을 거라는 게 믿기지 않아."

나는 헉하고 숨을 들이마셨다. 내 폐마저 내가 여기에 더 머물기를 기원하는 것 같았다.

"그 생각은 하고 싶지 않아. 아프리카에 가 보고 싶기는 하지만 이곳을 떠나는 게 이렇게 어려울 줄 누가 알았겠어."

그 말에 우리 앞에 앉아 있던 남녀가 돌아보았다. 미국에서 온 에린과 피트 부부였는데 마침 자신들도 며칠 뒤 아프리카로 갈 계획인데 함께 다닐 동행을 찾고 있다고 했다. 교사인 피트는 헝클어진 붉은색 미리에 콧잔등의 주근깨가 인상적인 남자였다. 에린은 로비스트 겸 변호사로, 윤기 나는 갈색 단발에 친근해 보이는 얼굴이있으며, 나와 마찬가지로 자유주의적 대의를 위해 활동해 왔다. 셋 다 출신 주가 오하이오라는 공통점을 갖고 있을 뿐만 아니라, 에린은 나처럼 채식주의자였고, 피트는 나처럼 커피로 에너지를 얻는 사람이었다. 인정 많은 오하이오 출신 부부와 함께 아프리카를 여행하는 것은 꽤나 괜찮은 아이디어처럼 보였다. 우린 다음 날 다시 만나 이야기를 더 해 보기로 했다.

마침내 경기는 끝났다. 보카 주니어스의 승리를 축하하는 조명탄이 발사되자 하늘은 낙엽색으로 물들었다. 계단에서는 싸움이 벌어졌고, 남자들이 서로를 향해 오줌을 누는 바람에 사방이 오줌 천지었다. 그런에도 왜지 경기장을 떠나기가 아쉬웠다. 그러다 문득 깨달았다. 내가 생각하는 집의 개념은 이미 오래전에 바뀌었다는 것을 말이다. 이제 내게 집은 이 나라와 이 도시, 이 경기장, 이 밤을 포함하는 것으로 확장되었다. 어쩌면 나는 이제 여기에 머물 필요가 없는지도 모르겠다. 어딜 가든 이곳을 마음속에 품고 다닐 테니까.

# 08

# 지푸라기 하나는
# 끊어질 수 있지만 합치면 강하다

나는 대여한 닛산 자동차를 타고 남아공의 와일드코스트로 향하는 중이었다. 에린과 피트 부부, 그리고 나중에 합류한 바버라까지, 세 명의 친구들과 말이다.

도로는 돌투성이에 흙먼지가 날렸으며 부분부분 땅까지 패여 있어, 에린이 조심스럽게 차를 몰았는데도 타이어가 쿵 소리를 내며 도로에 빠지곤 했다. 심지어 염소가 도로에 뛰어들어 하마터면 칠 뻔하기도 했다. 염소는 자신을 매어 둔 통나무를 땅에서 뽑아 질질 끌고 다녔는데 어쩐지 마음이 갔다. 자유롭게 달리고 싶은 마음이 얼마나 간절했으면 통나무를 잡아 뽑았을까 싶었기 때문이다. 나는 그 용기 있는 염소에게 반하고 말했다.

산허리마다 파스텔 색상의 둥근 오두막이 점점이 보였다. 볏짚을 쌓은 뾰족한 지붕 때문인지 그곳에는 땅의 정령들이 살고 있을 것만 같았다. 이따금 근처 풀밭에서 노는 아이들을 지나쳤는데, 아이들은 우리 차를 쫓아오다 타이어가 일으킨 먼지구름 속에서 춤을 추었다. 아이들의 함박웃음에 나도 절로 미소가 지어졌다.

날것 그대로의 아름다운 풍광에도 마음을 빼앗겨 버렸다. 산을 넘자마자 곧바로 펼쳐지는 사납고 푸른 바다가 사랑스러웠다. 여기에 있는 게 기뻤다. 이 나라, 이 대륙에 감사했다. 나는 좌석에 머리를 기대고 이 큰 사랑 안에 편안하게 빠져들었다. 아프리카에 도착한 첫날 시작되어 줄곧 커지기만 한 사랑이었다.


## 가장 오래된 원시 인류 유적이 나에게 끼친 영향

우리는 요하네스버그에서 북서쪽으로 약 50킬로미터 떨어진 곳에 있는 '인류의 요람'을 방문했다. 유네스코 세계 문화유산인 이곳에서는 역대 가장 오래된 원시 인류 유적이 발굴되었는데, 1947년에 인근의 동굴에서 발굴된 210만 년 전의 화석 '플레스 부인Mrs Ples'도 그중 하나였다. 플레스 부인은 인류의 먼 조상으로 여겨진다.

진시관 안에는 플레스 부인을 포함한 원시 인류의 화석 모형들과 각종 관련 전시물들이 있었는데 플레스 부인의 누개골 모형을 봤을 때 순간 받은 인상은 만화 같다는 것이었다. 약간 납작한 이마에 코 아래쪽 뼈가 튀어나와 침팬지 얼굴처럼 돌출되어 있었다. 눈구멍은 깜짝 놀라 휘둥그레진 것처럼 완벽한 타원형이었다.

생전의 플레스 부인은 어떤 삶을 살았을까? 누군가의 엄마가 되고, 그 딸은 또 누군가의 엄마가 되고, 그 딸은 다시 또 누군가의 엄마가 되었을 것이다. 그러다 결국 수천 년 후에 우리 할머니가 태어나고, 우리 엄마가 태어나고, 내가 태어났다. 즉, 지금 현재 존재하는 사람들은 우리보다 먼저 왔다 간 수많은 세대를 공유하고 있는 셈이다. 내가 이제껏 알고 있던 것보다 훨씬 큰 무언가에 연결되어 있고, 족보를 어떻게 그려야 할지 알 수 없을 정도로 널리 퍼진 한 가족의 일원이라면, 나는 생각보다 큰 존재임이 틀림없었다. 그러한 생각은 여행을 하면서 느꼈던 소외감이라든가 이방인이 된 기분을 떨쳐 내는 데에도 도움이 되었다. 나에게는 어머니가 많았다.

늦은 오후, 전시관을 나서니 광활한 사바나가 엄마의 머리색과 흡사한 황금빛으로 빛났고, 흙은 조상들의 뼈와 피로 영양분이 풍성해지기라도 한 듯 진한 적갈색을 띠었다. 나무들은 우람했으며 가지를 활짝 뻗었다. 게다가 따뜻하고 건조한 공기 때문인지 고향 캘리포니아의 사막이 떠올랐다. 그날 밤, 아빠와 통화를 했다. 남아공에 잘 도착했다는 이야기를 하고 전화를 막 끊으려는 찰나 아빠가 다급하게 말했다.

"잠깐만!"

"네?"

"아프리카라고? 거기 멋지니?"

그 질문을 듣자 왠지 눈물이 나올 것만 같았다. 아빠가 내 여행에 진심 어린 관심을 보여 준 것은 이때가 처음이었다. 지난 3개월 동안 아빠는 내가 있는 곳에 대해 물어본 적이 한 번도 없었다. 아빠가 나에게 질문할 여력이 생긴 것으로 봐선 엄마의 상태가 좀 나아진 게 틀림없었다. 그런데 아프리카를 멋지다는 말 한마디로 다 표현할 수 있을까. 그곳은 내게 그 이상의 특별한 감정을 느끼게 만들었지만 아직 그것을 표현할 정확한 말은 찾지 못한 상태였다. 그래서 아빠의 질문에 이렇게 대답할 수밖에 없었다.

"네, 정말 멋져요."


### 여행을 하며 처음으로 카메라를 내려놓던 순간
:

우리는 남아공에서 가장 외딴 마을, 응킬레니에 있는 오두막 하나를 빌려 함께 썼다. 불룽굴라Bulungula라고 불리는 그곳은 친환경 숙소로 최소한의 전기만 사용할 수 있었고, 휴대 전화와 인터넷은 사용할 수 없었다. 빵을 만들어 먹으려면 전통적인 방식을 따라 진흙 아궁이로 구워야 했고, 온수를 쓰려면 샤워기 바닥에 있는 작은 파라핀 화로에 불을 때야 했는데, 그 시간은 5분 남짓으로 매우 짧았다.

밖에는 해안을 따라 조성된 숲이 끝도 없이 펼쳐져 있었고, 바다는 심장이 멎을 듯 파랬고 태고의 모습처럼 맑고 깨끗했다. 밤이 되자 하늘에 별들이 가득했는데, 난생처음 보는 장관이었다.

하지만 다음 날 아침에 일어나자 지독한 냄새가 코를 찔렀다. 가까운 곳에 쓰레기 매립지가 있나 했는데 해변 산책길에 만난 인근 마을의 남자가 내게 악취의 근원을 보여 주었다.

"죽은 고래예요."

그러면서 늘 있는 일이라는 듯 놀라울 것 없다는 표정을 지어 보였다. 하지만 그것은 이미 고래의 형상이 아니었다. 고래가 해변에 떠밀려 온 것은 3주 전인데, 인근 마을 사람들이 고래의 고기와 각종 내장 등 식용 가능한 부분들을 톱으로 잘라 간 뒤 남은 잔재만 버려져 있는 탓이었다. 짭짤하고 퀴퀴한 바다 비린내와 썩은 물고기 냄새, 흙과 오물 냄새가 뒤섞여 악취가 코를 찔렀다. 참아 보려고 애썼지만 헛구역질이 올라왔다.

고래의 버려진 지방층과 뼈들이 햇볕에 바래고 파도에 씻겨졌다. 한 조각 한 조각 천천히 바다로 돌아가는 중이었던 것이다. 그 모습을 남기고 싶어 카메라를 꺼냈다. 카메라 렌즈를 통해 본 고래는 파랑, 흰색, 갈색의 층이 겹겹이 쌓인 암석층 같았다. 그 모습을 지켜보던 남자가 말했다.

"원하시면 죽은 동물들을 더 보여 드릴게요."

우스갯소리였지만 그 말은 내가 이곳에서 구경꾼에 불과하다는 사실을 다시 한번 일깨워 주었다. 고래의 사체가 내게는 기념사진의 피사체에 불과하지만 마을 사람들에게는 생존의 수단이었기 때문이다.

문득 제2차 세계대전 때 유럽에 살았던 외갓집 식구들이 떠올랐다. 엄마와 가족들은 허기진 배를 채우기 위해 이미 수확을 마친 밭에 남은 감자를 캐러 다녔고, 이미 끓이고 남은 사골을 쪽쪽 빨아 먹기까지 했다. 굶어 죽지 않기 위해 할 수 있는 모든 것을 한 것이다. 그런데 만약 낯선 사람이 그런 모습을 카메라에 담고 있다면 엄마는 어떻게 반응했을까. 그런 생각을 하니 마음이 불편해졌다. 그래서 여행을 시작하고 나서 늘 손에 들고 다녔던 카메라를 처음으로 가방에 집어넣었다. 나는 해변에 서서 가죽과 뼈밖에 남지 않은 고래의 몸에 파도가 밀려와 부딪치는 광경을 그냥 지켜보았다. 파도가 칠 때마다 고래의 파편이 한 점 한 점 휩쓸려 갔다.

## 잊을 수 없는 응킬레니 마을의 철학

응킬레니 마을에는 이것저것 할 수 있는 활동이 많았다. 우연한 계기로 아발린이라는 이름의 마을 여자를 알게 되었는데 그녀가 여동생과 함께 살고 있는 자신의 오두막으로 나를 초대했다.

아발린은 점토 가루가 든 그릇에 물을 붓고 손가락으로 부드럽게 갠 다음 그것을 내 얼굴에 천천히 펴 발랐다. 온종일 햇빛 아래에서 보내기 위해서는 진흙을 얼굴에 발라 두는 게 좋다는 것이 그 이유였다. 진흙이 마치 화장품처럼 장식 효과는 물론이고, 흰 피부를 보호하는 천연 자외선 역할을 한단다. 그녀가 내 뺨과 이마, 코, 턱을 갈색 진흙으로 부드럽게 덮어 주는데 생각해 보니 얼굴에 다른 사람의 손길을 느끼는 것은 꽤 오래간만의 일이었다. 수줍은 연인의 머뭇거리는 첫 손길처럼 친밀하면서도 낯선 기분이 들었다. 그런데 그것도 잠시, 눈을 감고 가만히 있다 보니 엄마의 손길처럼 따뜻하고 편안했다.

문득 엄마가 요양원에 들어가기 전 있었던 일이 떠올랐다. 아빠가 출장으로 집을 비우게 되었고, 그동안 내가 대신 엄마를 돌보기로 했다. 당시 엄마의 병은 아직 초기 단계로, 내 이름은 비록 까먹었지만 내가 자신을 도와줄 사람이라는 건 인지하는 수준이었다. 하지만 엄마 스스로 샤워를 하는 건 불가능한 상태였다. 두 번인가 샤워기 물을 틀어 놓은 채 그 밑에서 헤어드라이어를 사용하려 했던 전적이 있었기 때문이다. 다행히 감전 사고로 이어지진 않았지만 엄마는 "머리가 젖어서"라는 말을 되풀이할 뿐이었다.

실제로 엄마를 목욕시키는 일은 쉽지 않았다. 엄마는 하기 싫다며 목욕물을 바닥에 쏟으면서 격렬하게 몸부림쳤고 눈물을 흘리며 울부짖었다. 내가 할 수 있는 일이라곤 엄마가 진정할 때까지 욕실 타일 바닥에 쭈그려 앉아 기다리는 것뿐이었다. 엄마가 조금 진정된 기색이 보이자, 나는 라일락 향이 나는 예쁜 비누로 엄마를 달랜 다음 목욕 수건으로 엄마의 몸을 깨끗이 닦았다. 알몸의 엄마는 아주 작게 느껴졌다. 엄마는 더 이상 울부짖진 않았지만 말 없는 흐느낌으로 몸을 들썩였다. 그 모습을 보고 있노라니 나도 가슴이 찢어질 듯 아팠다. 늘 엄마가 나를 씻겨 주었는데 이제는 내가 엄마를 씻겨 주어야 한다는 사실이 믿기지 않았기 때문이다.

이번에는 아발린의 여동생이 성냥개비 하나를 불그스름한 진흙에 담갔다가 빼더니 내 이마 주변을 시작으로 광대뼈와 콧마루에 선을 그리기 시작했다. 양쪽 뺨에는 작고 가느다란 선으로 데이지 꽃을 그렸다. 그녀는 화가, 나는 캔버스였다. 이어서 그녀는 내 머리에 빨간 두건 한 장을 두르고는 머리카락을 천 안으로 정리한 다음 정수리 근처에 매듭을 지었다.

나는 사진을 찍어 바뀐 내 모습을 들여다보았다. 그 모습은 매우 낯설지만 아름다워 보였다. 새로운 무엇인가로 변신한 내 모습이 마음에 들었고, 아발린 또한 흡족한지 환하게 미소 지었다.

우리는 함께 근처 숲으로 가서 땔감으로 쓸 나뭇가지들을 줍기 시작했다. 아발린은 천으로 만든 띠로 나무 다발을 단단히 묶더니 내 머리 위에 올렸다. 갑작스러운 무게와 묘한 압력으로 내가 휘청이자 그녀가 말했다.

"똑바로 서 보세요. 고개는 높이 들고요."

울퉁불퉁하게 튀어나온 나무 옹이가 머리에 닿는 게 느껴졌고, 나뭇가지들이 자꾸만 앞으로 쏠려서 떨어질 것만 같았다. 다행히 내 발걸음이 안정감을 되찾자 나뭇가지들도 점차 자리를 잡기 시작했다. 나는 그 상태로 조심조심 언덕을 다시 올라가 오두막 안으로 들어갔다. 아발린은 잔가지 하나 떨어뜨리지 않은 나에게 잘했다는 듯 박수를 쳐 주었다. 그러더니 이번에는 한번 물동이를 머리에 올려 보자고 말했다. 자신감이 붙은 나는 호기롭게 응했지만 중심을 잡지 못해 물동이가 떨어지면서 물벼락을 맞고 말았다. 그 덕에 얼굴 한쪽에 발라 둔 진흙까지 흘러내려 순식간에 생쥐 꼴이 되고 말았다. 나도 모르게 킥킥 웃음이 터져 나왔다. 구경하러 몰려든 마을 아이들이 장난스럽게 야유를 보냈고, 그 모습을 지켜보던 아발린도 눈가에 맺힌 눈물을 닦아 가며 깔깔 웃었다.

"이럴까 봐 작은 양동이를 올린 거예요."

아발린의 집은 그날 하루 우리 집이 되었다. 나는 흙바닥에 무릎을 꿇고서는 납작한 맷돌로 옥수수를 갈았다. 아발린은 점심으로 내가 간 옥수수 가루를 끓는 물에 개어 '우갈리'라는 음식을 만들 예정이라고 했다. 그런데 내가 우갈리를 처음 먹어 본다고 하자 그녀가 놀란 듯 물었다.

"그럼 뭘 먹어요?"

우갈리는 하루 지난 매시드 포테이토보다 단단했다. 손으로 우갈리의 일부를 떼어 내서는 콩 스튜에 찍어 먹었는데 생각보다 별미였다. 이웃집에서 놀다 온 아발린의 아들은 네 살쯤 되어 보였다. 아이는 저녁을 먹는 내내 내 곁에 바짝 붙어서는 자기 다리를 내 다리 위에 걸치고 앉아 있었다. 아발린의 남편은 서너 시간 떨어진 요하네스버그 근처의 광산에서 일하는 중이었다. 이 마을의 남자들 대다수가 그렇듯이 그 역시 몇 개월씩 집을 비웠고, 상황이 그렇다 보니 마을 운영은 자연스럽게 여자들의 몫이 되었다고 한다. 여자들은 함께 아이들을 키우고, 서로의 농장을 보살피고, 병자와 노인을 돌봤다. 누군가 소를 잃어버리면 다 같이 찾으러 나서기도 한단다.

아프리카에는 '빗자루에서 빠진 지푸라기 하나는 끊어질 수 있지만 합치면 강하다'라는 속담이 있다. 이 개념은 '우분투'라고 알려져 있는데, '우리가 있기에 내가 있다'라는 뜻을 담고 있다. 즉, 우리는 모두 연결되어 있고, 개인은 그 관계의 한 부분으로 존재하므로 다른 사람들이 슬픈데 나 혼자 행복할 수는 없다는 의미다. 인간은 혼자서는 살아갈 수 없는 존재임을 보여 주는 우분투의 철학은 응킬레니 마을에 깊숙이 뿌리 잡은 듯 보였다.

아발린만 해도 근처에서 옷을 빨고 있는 아낙네들을 부르더니 콩 스튜와 우갈리를 나누어 주었다. 그들은 그것을 먹고 돌아가는 길에 아발린에게서 빨랫감을 가져갔다. 식사를 대접받은 대신 그녀의 빨래를 해 주려는 것이었다. 아발린의 아들도 마찬가지였다. 엄마가 빵 한 조각을 건네주자 아들은 문 쪽으로 아장아장 걸어가더니 기다리고 있던 세 명의 친구에게 그것을 조금씩 나누어 주었다.

식사가 끝난 후 우리는 설거지한 그릇을 탁자 위에 쌓았다. 그제야 벽에 걸린 액자 속 흑백 사진이 눈에 들어왔다. 사진 속에는 옷을 곱게 차려입은 한 여자가 왕족처럼 고개를 꼿꼿하게 들고 있었다. 내가 유심히 보고 있는 것을 눈치챘는지 아발린이 말했다.

"제 어머니예요."

나는 아이폰을 꺼낸 다음 친구와 남편, 오빠, 언니 사진을 차례로 보여 주었다. 그러다 엄마 사진이 나왔다. 사진 속의 임마는 유럽의 어느 공원 벤치에 앉아 있었고, 살짝 다리를 꼬고 있어서 체크무늬 원피스의 밑단이 종아리 주변에서 너울거렸다. 아발린의 어머니처럼 고개를 꼿꼿하게 들고 있는 엄마는 카메라 저 너머를 응시하고 있었다. 엄마는 어디를 바라보고 있고, 무슨 생각을 하고 있었던 걸까. 상상 속의 사랑, 바다 건너의 고향, 미래의 슬픔 같은 것들을 생각하는 걸까. 한참 동안 사진을 물끄러미 보고 있는 내게 아발린이 물었다.

"어머니세요?"

내가 고개를 끄덕이자 아발린이 말했다.

"미인이시네요. 닮았어요."


## 누군가가 나를 진심으로 환영해 줄 때

늦은 오후, 태양이 기울자 하늘은 보랏빛이 되었다. 아발린은 나를 쉬빈(남아공의 전통 주점)까지 바래다주었다. 쉬빈은 기본적으로는 주점이지만 상황에 따라선 마을 공동체의 사랑방 역할을 하기도 한단다. 아발린은 저녁에 할 일이 많다며 쉬빈 앞에서 작별 인사를 했다. 그녀는 나를 다정하게 안으며 안녕을 빌어 주었다.

쉬빈의 내부는 수수했지만 생각보다 널찍한 느낌이었다. 다들 바닥에 앉아 다리를 앞으로 쭉 뻗고 있었는데, 남자는 남자끼리, 여자는 여자끼리 공간이 분리되어 있었다. 10대부터 나이 많은 노인까지 연령대는 다양했지만 유독 젊은 여자는 잘 보이지 않았다. 나중에 알게 된 사실인데, 가임기 여성들이 혹시라도 임신했을까 봐 음주를 자제하기 때문이라고 했다.

한 노파가 방 한가운데서 치맛단을 추켜올린 채 열정적으로 춤을 추었다. 메마른 얼굴은 사포처럼 거칠었으며 입가 양옆으로 깊은 주름이 패어 있었다. 그녀는 팽이처럼 빙글빙글 돌면서도 균형을 잃지 않았다. 그러다 갑자기 동작을 멈추더니 옥수수와 수수로 만든 맥주인 움콤보티를 내 쪽으로 던졌다.

캔을 입가에 대는 순간 발효한 과일과 상한 돼지고기처럼 지독한 냄새가 코를 찔렀다. 그 안에는 갈색을 띤 분홍빛의 걸쭉한 액체가 들어 있었다. 내가 난감한 표정을 짓자 노파가 킬킬대며 웃었고, 그 옆에 있던 사람들도 따라서 웃기 시작했다. 순식간에 쉬빈 전체가 웃음소리로 들썩였고, 그중 몇몇이 손뼉을 치고 소리를 지르며 어서 마시라고 나를 부추겼다.

캔을 입에 대고 기울이자 점성이 있는 맥주라 그런지 케첩처럼 꿀렁거리며 천천히 움직였다. 이러다가는 영영 맛도 못 보겠다고 생각한 순간, 맥주가 갑자기 울컥 쏟아지더니 턱을 따라 줄줄 흘러내렸다. 그중 한 모금 정도만 입안으로 들어왔는데, 그래서 오히려 다행이었다. 맥주는 씁쓸한 죽 같기도 했고 시면서도 단 토사물 맛이 났다. 내가 얼굴에 묻은 음료를 닦자 사람들이 환호성을 터뜨렸다. 마시라고 준 것을 마셨을 뿐인데 이런 반응을 얻을 수 있다니 어리둥절했다.

세상에는 여러 종류의 음주가 있고, 나는 그중 대부분을 해 보았다. 고통과 아픔을 잊기 위한 음주가 있는가 하면 지루함을 달래기 위한 음주도 있다. 때론 친해지려고 술을 마시고, 때돈 잘난 칙히기 위해 술을 마시기도 한다. 때론 즐겁게 취하려고 술을 마시고, 때론 내면의 괴물과 싸우기 위해 술을 마신다.

그런데 쉬빈에서 마신 움콤보티는 내가 한 번도 경험해 보지 못한 종류의 술이었다. 그것은 쓰고 지독하고 아찔할 정도로 복잡한 맛이 나는 문화적인 음료였다. 무엇보다 미지의 나라에서 만난 공동체가 내게 건넨 따뜻한 환영 인사였다. 얼굴이 발개졌다고 느낀 것은 그 따뜻함 때문이었을 것이다.

나는 날이 컴컴해진 다음에야 쉬빈을 나섰다. 오래 머문 건 아니지만 이미 이곳에 속한 느낌이었다. 이것이 엄마가 느끼고 싶었던 감정이었을까? 엄마는 이래서 여행을 하고 싶었던 걸까? 엄마는 어린 시절 전쟁 때문에 동프로이센을 떠나 여기서기 띠돌아디녀야만 했다. 아빠와 결혼한 후에는 공군 기지에서 다른 공군 기지로, 미국 전역을 옮겨 다녀야만 했다. 그런데 어쩌면 엄마에게는 어딘가 한곳에 정착한다는 사실보다 환대받는 느낌과 소속감 그 자체가 더 중요했던 게 아닐까. 오늘 밤처럼 말이다.

남아공에 머문 지 한 달 가까이 지났다. 그동안 나는 테이블 마운 틴에 올랐고, 항구 도시 더반에서 엄청나게 매운 카레를 맛보았고, 강풍에 머리카락을 흩날리며 아프리카 최남단에도 서 보았다. 그리 고 이제 사파리 여행을 떠날 차례였다. 사파리는 엄마가 평생 해 보 고 싶어 했던 일 중 하나였다.

에린과 피트, 바버라와 나는 크루거 국립 공원으로 갔다. 그곳에 서 5일 동안 캠핑을 하며 사파리를 할 계획이었다. 남아공 최대 국 립 공원으로 이스라엘보다 더 큰 면적이다 보니 며칠 만에 그곳을 다 둘러보기란 애초에 불가능했다. 그래서 우리는 고민 끝에 공원 내 각기 다른 위치에 있는 캠핑장 세 곳을 예약했다.

텐트 두 개 중 하나는 에린과 피트가 썼고, 다른 하나는 바버라와 내가 썼다. 텐트는 설치가 용이했지만 작고 허술해서 얼음처럼 찬 밤바람을 막는 데는 역부족이었다. 그래서 밤마다 테이프로 텐트 가 장자리의 틈새를 막느라 바빴다. 예산이 빠듯하다 보니 어쩔 수 없 는 노릇이었다.

낮에는 대여한 닛산 자동차를 타고 국립 공원의 생태 지구들을 돌아다녔다. '빅 5'로 꼽히는 사자와 아프리카코끼리, 아프리카물소, 표범, 코뿔소를 못해도 서너 번 이상 보았던 것 같다. 그뿐만 아니라 나무 아래 졸고 있는 치타, 몸집이 집채만 한 하마, 악어와 흑멧돼지, 껑충껑충 뛰어다니는 쿠두(아프리카에 서식하는 영양), 얼룩말 떼, 기 린의 사체 위에서 만찬을 즐기는 독수리 떼도 보았다.

Zimbabwe
Namibia
Botswana
인류의 요람
우갈리
크루거 국립 공원
테이블 마운틴
남아프리카
공화국
Republic of
South Africa

밤이 되면 캠핑장에서 간단한 요리들을 만들어 먹었다. 캔에 든 채소를 넣어 인스턴트 라면을 끓이거나 값싼 스파게티 소스로 파스타를 만들어 먹거나 하는 식이었는데, 전부 대학 시절 신선 식품을 구할 여유가 없을 때 먹던 음식들이었다.

매일 아침 피트와 나는 인스턴트 커피를 마시며 정신을 깼다. 따뜻한 커피를 담은 머그잔이 추위에 언 손가락을 녹여 주었다. 가끔은 커피를 들고 눈을 감은 채 제이슨과 집에서 보냈던 여유로운 아침을 떠올리곤 했다. 침대에 엎드린 채 블랙커피를 마시거나 일요판 신문을 읽던 기억들. 너무 그리워서 마음이 먹먹해지면 애써 주변의 야생 동물들에게로 주의를 돌렸다.

가끔 캠핑하러 온 이들 몇몇이 우리의 단출한 캠핑 장비를 보고 놀리기도 했다. 그들은 세련된 텐트는 물론이고 RV 차량, 안락의자, 공기 주입식 매트리스, 맥주가 가득한 아이스박스, 가스 그릴, 캠핑용 소형 냉장고까지 모든 장비를 갖추고 있었다.

하지만 기분은 별로 나쁘지 않았다. 그저 나는 내 방식대로 이 나라를 경험하는 게 좋았다. 나는 전보다 추위를 더 잘 견디게 되었고 피부 또한 조금 더 튼튼해졌다. 그리고 매일 밤 바닥에 등을 대고 누워 아프리카의 땅을 느꼈다. 견고하고도 완전하게 나를 받쳐 주는 땅이 가끔은 요람처럼 느껴지기도 했다.

이틀 뒤, 나는 야생 동물을 가까이에서 관찰할 수 있도록 만들어 놓은 은신처 안에 앉아 있었다. 책에서만 보았던 동물들이 나를 둘러쌌다. 한 무리의 코끼리들이 물웅덩이에서 진흙 목욕을 했다. 서로에게 장난스럽게 흙을 뿌리고, 코로 흙탕물을 휘젓기도 했다. 새들의 노랫소리가 들려왔고, 달콤한 풀 냄새와 햇볕에 달구어진 잎사귀 냄새, 커다란 동물들의 분비물 냄새가 복합적으로 섞인 자연의 냄새를 맡을 수 있었다. 그리고 땅은 광활함 그 자체였다. 지금까지 그토록 크고 넓은 땅은 한 번도 본 적이 없었다.

남아메리카에서는 갖가지 어지러운 감정들을 느끼곤 했다. 때론 막막했고, 때론 소외감이 들기도 했다. 그런데 이곳, 아프리카에선 그런 감정을 느껴 본 적이 없었다. 이 나라는 필요한 줄도 몰랐던 그 무엇을 내게 채워 주고 있었다. 동물이 사람을 수적으로 압도하는 환경에 머무는 것은 아주 드문 일인데, 그 상황이 오히려 내게는 매혹적으로 다가왔다. 단 한 가지, 아쉬운 점은 인터넷 서비스가 되지 않는 초원 지대였기에 가족에게 연락할 방도가 없다는 것이었다. 하지만 지금 전화를 걸 수 있다 한들 무슨 말을 할 수 있을까?

아빠가 엄마에게 전화를 바꿔 주면, 나는 늘 내가 어디에 있는지, 무엇을 보았고, 무엇을 하고 있고, 어떤 기분인지를 말했다. 보고 싶다는 말도 잊지 않았다. 하지만 엄마는 전혀 대꾸가 없었다. 전에는 중얼거리기라도 했는데 이제는 침묵으로 일관할 뿐이었다. 그렇게 일방적으로 나 혼자 떠들다가 잠시 말을 멈추면 마음이 너무 아팠다. 분명 전화로 연결되어 있는데도 단절된 기분이 들었기 때문이다. 엄마의 세상에서 내가 완전히 지워진 것만 같았다.

엄마는 우리 집 거실의 노란색 흔들의자를 기억하고 있을까? 내 불안함이 진정되고 악몽이 사라질 때까지 나를 꼭 안아 주었던 그 의자를 말이다. 내 가방에서 나온 담뱃갑 때문에 한바탕 싸움을 벌였던 일은? 내 클라리넷 연주회, 함께 쇼핑 다녔던 일, 별별 시답지 않은 이야기로 밤늦도록 깨어 있던 그 시절들은? 아니, 엄마의 머릿속 어딘가에 내 존재 자체가 남아 있기는 한 걸까? 내가 엄마의 예전 모습들을 떠올리듯 엄마도 환각 속에 내 모습을 보고 있을까? 엄마의 마음에 내가 그림자처럼 어른거리고 있을까?

가끔은 발병 전의 엄마 모습이 잘 기억나지 않을 때가 있다. 알츠하이머병이 내게서 엄마를 빼앗아 갔을 뿐만 아니라 원래 있던 기억까지 헤집어 놓은 것이다. 그 결과, 엄마에 관한 내 기억의 상당 부분은 병과 관련되어 있다. 집안에서 혼란스러워하고, 요양원에서 당혹스러워하고, 어딜 가는 길이었는지 잊어버리고, 우리가 누구고 왜 엄마 방에 있는지 몰라 노여워하던 그 무수한 시간들.

그래서 언제부터인가 발병 전의 엄마를 소환해 보려고 하면 구체적인 장면 대신 감각이 떠올랐다. 엄마가 운전하면서 나지막이 엘비스 노래를 따라 부르던 목소리, 내 머리카락을 매만져 주던 부드러운 손길, 상큼한 시트러스 향의 4711 향수 냄새. 이런 것은 본능적으로 몸에 저장된 기억들이었다. 투병 생활이 길어질수록 엄마에 관한 기억은 점점 더 희미해졌기에, 그보다 세밀한 기억을 끌어내려면 나로서는 상당한 노력이 필요했다.

발명가 토머스 에디슨은 기억이 공장이고, 그 공장에서 조그만 노동자들이 뇌의 전두엽 부위에 정보를 차곡차곡 저장한다고 생각했다. 사람이 무언가를 회상하는 데 곤란을 겪는 것은 특정 기억을 담당하는 노동자가 휴식 중이라 그 기억을 회수하지 못했기 때문이라는 것이다. 그의 말에 따르면 뭔가를 기억하기 위해서는 기억이 기록된 당시에 근무했던 노동자와 연락이 닿아야 한다. 그의 이론이 사실이 아니라는 건 알지만 가끔 내 공장의 노동자들이 단체로 점심을 먹으러 간 상상을 하곤 했다. 그렇게 보자면 엄마의 기억 공장에서 일하는 노동자들은 이미 자취를 감춘 지 오래고 공장마저 완전히 폐쇄된 상태가 아닐까.

나는 은신처에서 엄마 기린이 나뭇잎을 향해 고개를 뻗는 모습을 바라보았다. 새끼 기린 한 마리가 엄마를 향해 달려가더니 엄마의 그늘 아래에 섰다. 새끼 기린은 태어나자마자 네 발로 땅을 딛고 걷지만, 엄마 기린은 생존 기술을 가르치는 데 필요한 기간만큼, 길게는 16개월까지 새끼를 돌본다고 한다. 두 기린의 실루엣이 하나로 합쳐져 다리가 여덟 개인 조각상처럼 보였다.

엄마가 더는 나를 돌봐 줄 수 없다는 사실은 내가 혼자서 이 세상을 헤쳐나갈 준비가 끝났다는 의미일까? 그것이 자연의 법칙이라면 왜 그렇게 자연스럽게 느껴지지 않는 것일까? 내가 못났기 때문인 걸까?

## 하이에나와 함께 마지막 밤을

크루거 국립 공원에서의 마지막 밤, 바람은 송곳처럼 날카로웠다. 나무 몇 그루를 바람막이 삼아 텐트를 치는데, 근처 철조망 울타리에 하이에나에게 먹이를 주지 말라는 경고문이 붙어 있는 걸 발견했다. 아니나 다를까 밤이 깊어지자 점박이 하이에나들이 울타리 주변을 어슬렁거렸다. 사람들에게 익숙해진 건지 별로 두려워하는 기색도 없었다.

우리 텐트 주변으로 시끄럽게 술을 마시는 아프리카너(남아공에 거주하는 네덜란드계 백인)들이 자리 잡았다. 그들은 엄청나게 큰 랜드로버 위에 팝업 텐트를 쳤고 캠핑 장비들을 풀밭에 펼쳐 놓았다. 석탄에 불을 붙이곤 남아공의 전통 소시지인 보어워스와 두꺼운 스테이크, 은박에 싼 감자와 걸쭉한 콩 수프 한 솥을 요리했다. 바비큐를 하고 남은 고기 찌꺼기를 울타리 너머로 던지자 하이에나들이 앞다투어 달려들었다.

문득 우리 네 사람이 함께 보낼 시간이 얼마 남지 않았다는 사실이 떠올랐다. 바버라는 마다가스카르로 가서 여우원숭이 개체 수 조사 팀에서 일할 예정이었다. 에린과 피트는 우간다와 르완다를 거쳐 동아프리카를 빠르게 훑은 다음 이집트로 넘어갈 예정이었다. 나 역시 우간다에 갈 생각이었지만 딱히 구체적인 계획을 세운 건 아니었다. 잠잘 곳을 제공받는 대가로 농장에서 자원봉사를 하는 것도 고려 중이었다.

저녁 식사를 마치자마자 우리는 텐트로 들어왔다. 너무 추워서 밖에 머물 수가 없었던 것이다. 술 취한 아프리카너들은 여봐란듯이 우리 텐트 주변을 어슬렁거리며 비아냥거렸다.

"이 날씨에 이런 텐트는 너무 춥지 않나? 우리처럼 튼튼한 텐트로 해야지."

가뜩이나 텐트의 틈새로 들어오는 찬바람과 추위를 막기엔 턱없이 얇은 여름용 침낭 때문에 괴로운데 그들이 이죽거리는 소리를 듣고 있으려니 짜증이 났다. 옷을 더 껴입고, 모자를 뒤집어쓰고, 장갑까지 끼고서 겨우 잠을 청하려는데 거센 바람에 한 번씩 텐트가 휘청거렸다. 아직 깨어 있던 바버라가 말했다.

"바람이 우리한테 말을 거는 것 같아."

그녀의 말처럼 가만히 듣고 있자니 말소리처럼 들리기도 했다. 그러다 어느 순간 잠이 들었다. 얼마나 시간이 지났을까, 쩍 하고 무언가 날카롭게 갈라지는 소리에 놀라 눈을 떴다. 그리고 잠시 후 뭔가가 쿵 하고 부딪치고 와장창 부서지는 소리가 들렸다. 밖에서 대체 무슨 일이 벌어지고 있는 건지 짐작할 수가 없었다. 공포가 내 심장을 옥죄어 왔다. 바버라가 숨죽여 물었다.

"나가 봐야 할까?"

"모르겠어."

돌풍과도 같은 거센 바람 소리와 동물들의 울음소리가 간간이 들려왔다. 그런데 잠시 후 텐트 밖에서 손전등 불빛 하나가 나타났고, 누군가 우리 텐트를 흔들었다. 피트의 목소리였다.

"여러분들, 이리 좀 나와 봐요."

헤드램프를 쓰고 텐트 밖으로 나갔더니 아까와는 완전히 딴 세상이었다. 나는 눈앞에 펼쳐져 있는 광경을 보며 당혹스러움을 감출 수가 없었다. 거센 돌풍 때문인지 캠프장이 쑥대밭으로 변해 있었다. 사방에 나뭇가지들이 굴러다녔고, 아프리카너들이 사용하던 그릴과 야외용 가구가 있던 자리에는 웬 나무 하나가 쓰러져 있었디. 가까이 가서 보니 다행히 나무 한 그루가 통째로 넘어진 것은 아니었다. 하지만 바람이 나무를 두 동강 낸 것인지 제법 큰 나무줄기가 넘어진 것은 사실이었다.

아프리카너들이 자동차 지붕 위의 팝업 텐트에서 조심스럽게 나와 차량 옆면에 매달아 놓은 사다리를 밟고 내려왔다. 그들은 반쯤 넋이 나간 상태였지만 다친 사람은 없는 듯했다. 우리는 어지러이 흩어진 나뭇가지를 대충 치우고는 그들이 앉을 자리를 마련해 주었다. 에린이 그들에게 마실 물을 가져다주었다.

쓰러진 나무는 하마터면 그들이 자고 있던 텐트를 정통으로 때릴 뻔했다. 다행히도 나무는 텐트를 살짝 비껴 차 지붕을 때린 후 굴러떨어졌고, 사람이 다치지 않은 대신 야외용 가구들이 산산조각 났다. 나무는 자칫하면 철조망 울타리를 박살 낼 수도 있었다. 맹수들로부터 인간을 보호해 주는 유일한 울타리가 사라질 수도 있었던 것이다. 생각만 해도 끔찍했다.

하이에나 여러 마리가 울타리에 바짝 붙어서 우리를 지켜보고 있었다. 소란스러운 소리와 불빛에 이끌려 온 듯했다. 나도 그들을 바라보았다. 나에겐 그들이 낯설고 두렵기만 한데 그들은 어떤 마음으로 나를 바라보고 있는 것일까? 울타리가 마치 섬세한 금속 세공품처럼 전에 없이 약해 보였다. 우리를 야생과 분리해 준 경계는 너무나 빈약해서 그 자리에 아예 존재하지 않는 것처럼 느껴졌다.

# 09

# 엄마가 평생
# 나에게 숨겨 온 비밀

우간다의 수도 캄팔라에 도착한 지 며칠 지나지 않아서였다. 늦은 오후, 나는 묵고 있는 호스텔 베란다에서 아빠에게 전화를 걸었다. 오하이오는 아침 여덟 시였고, 아빠는 엄마에게 분말계란을 떠먹이는 중이었다.

"다음에 어디로 갈지 아직 결정을 못 내렸어요."

"그거 잘됐구나."

내 말에 아빠는 건성으로 대답했다. 나는 시선을 베란다 너머로 옮겼다. 2인용 소파만 한 돼지, 재주넘는 원숭이들, 그리고 빨랫줄에 널린 세탁물들이 보였다. 나는 계속 대화를 이어 갔다.

"사람들을 돕는 일을 하고 싶어요. 농장을 한 곳 찾았는데…."

"좋은 생각인 것 같다."

이번에도 아빠는 내 말을 듣지도 않고 건성으로 대답했다. 엄마가 식사하는 걸 돕느라 정신이 없는 것 같았다. 그러고 보면 아빠가 내 여행에 관심을 보인 것은 한 달 전, 아프리카가 멋지냐고 물었을 때가 마지막이었다.

아빠는 원래 이 여행을 탐탁지 않게 여겼다. 내가 은퇴 자금을 모을 때까지 직장 생활을 계속하기를 바랐기 때문이다. 아빠는 안전망 없이 회사를 관두는 일 따위는 절대 하지 않을 분이었다. 규칙과 체계, 보장된 월급을 믿었고 그러려면 열심히 회사를 다녀야 한다고 생각했다. 그렇지만 딸이 이미 사표를 쓰고 여행을 떠나겠다는데 어쩌겠는가. 마지못해 여행을 승낙했지만 아빠는 여전히 나를 못 미더워했다. 그러지 않아도 힘든 아빠에게 또 하나의 걱정거리를 안긴 것 같아 죄송하긴 했지만 그럼에도 여행을 멈출 생각은 없었다.

아빠가 엄마를 수발드느라 정신이 없는 것 같아 이쯤에서 통화를 마무리하는 게 좋을 것 같았다. 나는 애써 씩씩하게 말했다.

"프레디라는 사람의 농장으로 갈까 해요. 도착하면 다시 전화 드릴게요. 엄마한테 제 안부 전해 주세요."

나는 인터넷에서 자원봉사자가 필요한 동아프리카의 비영리 단체를 검색하다가 프레디의 농장을 발견했다. 그의 농장은 우간다 동부 지역 사람들에게 안정적으로 식량을 수급하기 위한 사회 개발 프로젝트를 진행 중이라고 안내되어 있었다. 전에 일했던 사람들이 좋은 후기를 남기기도 했지만, 특히나 나를 매료시켰던 것은 논에서 활짝 웃고 있는 자원봉사자들의 사진이었다.

프레디는 숙박비로 일주일에 단돈 25달러를 요구했다. 게스트하

우스에 묵는 것보다 저렴한 금액일 뿐만 아니라, 자원봉사자들과 함께 일하며 공동체의 일원이 된 듯한 기분을 느낄 수 있는 좋은 기회였다. 아프리카를 종횡무진하며 두루 돌아보는 것도 멋진 일이겠지만 이젠 여행의 속도를 늦추어 한 장소에 조금 더 오래 머물면서 친구들을 사귀고 싶었다.

도착 전 프레디와 몇 차례 이메일을 주고받았다. 밭일은 해 본 적이 없다고 말했더니 농사일에 능숙하거나 손이 빠를 필요는 없다며 프레디는 나를 안심시켰다. 그냥 와 주기만 하면 된다는 것이었다. 그러면서 밭일을 잘 못하면 아이들에게 새롭고 지속 가능한 방식으로 바나나 나무 심는 법을 가르쳐 줘도 괜찮다고 말했다. 바나나 나무 심는 법을 모른다고 하자 그는 방점을 찍듯 회신했다.

'배우면 되죠. 꼭 와 주세요.'

그의 강력한 요청에 내가 꼭 필요한 사람이 된 듯한 기분이 들었다. 그것만으로도 수도 캄팔라에서 우간다 동부에 위치한 음발레로 가는 버스에 오를 이유는 충분했다.


"아무것도 없는데, 거기는 왜 가세요?"라는 질문에 답하는 법
:

그곳은 우간다와 케냐 국경에서 얼마 떨어지지 않은 데에 있었다. 음발레에서 무언가가 나를 기다리고 있다는 확신이 들었지만 그게 무엇인지는 특정할 수 없었다. 그런데 버스에서 옆자리에 앉아 있던 남자는 내가 음발레로 간다고 하자 의아한 듯 물었다.

"음발레에는 왜 가세요? 거긴 아무것도 없어요. 누구네 집에서

머물 거예요? 무슨 일을 하게 될지 알기는 해요?”

프레디의 말만 믿고 버스에 오른 게 잘못된 걸까, 가슴 한편에 의구심이 들었지만 나는 애써 무시한 채 음발레에 대해 알고 있는 사실들을 나열하기 시작했다.

“아, 우간다의 농업 중심지라서 시장이 크고 멋지다고 들었어요. 탁월한 지리 조건 덕분에 번창하는 지방 도시이기도 하고요. 산세가 아름답고 폭포와 커피 농장이 있고….”

“확실해요?”

남자는 말했다. 우간다 억양이 섞인 그의 말투는 캘리포니아 사람이 “진심이에요?”라고 말할 때의 어조와 놀라울 정도로 비슷했다. 남자는 가족들 일만 아니었다면 음발레를 다시 찾을 일이 절대 없었을 거라고 했다. 나는 화제 전환을 하고 싶어 시내에 유명한 식당이 있느냐고 물었다.

“먹을 데가 있죠.”

“아뇨. 유명한 데요. 어느 식당이 음식을 잘해요?”

“음식을 파는 식당들은 있지만 유명한 데는 없어요.”

소통의 실패였을까, 아니면 이 남자가 진실을 말하고 있는 걸까. 정말 황량한 곳이 나를 기다리고 있을지도 모르겠다는 생각이 들었다. 버스 유리창에 머리를 기댄 채 창밖이 혼잡한 수도에서 점차 목가적인 시골 풍경으로 바뀌는 모습을 지켜보았다. 풀은 바람에 흔들렸고 흙은 붉은빛을 띠었다. 나무들은 도로 위를 지붕처럼 덮을 정도로 키가 컸고, 덩굴들이 나무의 몸통을 빼곡하게 휘감고 있었다. 그 모습을 보니 인디애나주 남부의 이모네 농장으로 가는 길목이 떠올랐다.

사람의 뇌는 낯선 것을 좋아하지 않기 때문에 언제나 패턴을 찾는다는 이야기를 남편에게 들은 적이 있다. 사람들이 구름 속에서 누군가의 얼굴과 동물 모양을 보는 것은 뇌가 무의미하고 불분명한 대상으로부터 친숙한 것을 찾아내려 애쓰기 때문이라는 것이다. 내가 지금 바깥을 내다보면서 하고 있는 일이 바로 그것이었다. 낯선 풍경에서 익숙한 길의 이미지를 애써 찾아보는 것.

음발레가 내가 생각하던 곳이 아니면 어떡하지? 혹시 안 좋은 일을 겪게 되는 건 아닐까? 불안한 마음이 들자 나는 미국에 두고 온 사랑하는 사람들을 생각하고, 애초에 여행을 시작하게 된 이유를 떠올리며 마음을 다독였다. 엄마가 우간다에 가고 싶다고 한 적은 없지만, 엄마가 추구하던 정신은 이곳에 있었다. 엄마는 좀 더 모험적인 삶을 살기를, 한 번도 가 본 적이 없는 곳을 탐험해 보기를 바랐다. 내가 지금 하고 있는 일이 바로 그것이 아니던가?

몇 시간 뒤, 흙길 위에 있는 조그만 정류장에 도착했다. 주변 건물들은 크기가 제각각 달랐지만 대체로 벽돌로 지어졌고 밝은색으로 칠해져 있었다. 오토바이들이 굉음을 내면서 거리를 질주했고, 차들이 붉은 먼지를 일으키며 내달렸다. 내가 버스 짐칸에서 배낭이 나오기를 기다리고 있는 동안, 옆자리에 앉았던 남자가 나가와 또다시 청하지도 않은 조언을 건넸다.

"캄팔라로 가는 버스가 매일 여러 번 있어요. 오늘 오후에도 있고요."

"감사합니다. 그런데 그렇게 일찍 떠날 것 같지는 않네요. 목적이 있어서 여기에 왔거든요.”

“확실해요?”

확실하지는 않았지만 가 보지도 않고 이대로 돌아갈 수는 없기에 고개를 끄덕였다.


## 우간다에서 라디오 DJ를 하게 될 줄이야

프레디의 집으로 가는 길은 생각보다 복잡했다. ‘마타투’라는 미니밴 택시로 조금 이동한 후 ‘보다보다’라는 오토바이 택시를 탔다. 그다음에는 비포장도로를 1.5킬로미터쯤 걸었다. 머리 위에 아슬아슬하게 곡식 자루를 올린 여자들과 염소 떼로 꽤나 혼잡한 길이었다.

프레디는 나를 너무나도 따뜻하고 반갑게 맞아 주었다. 그는 키가 크고 마른 체형에 나이는 서른 살쯤 되어 보였다. 머리는 짧게 잘랐고, 찌는 날씨에도 빳빳하게 다린 검은색 바지와 긴소매 셔츠를 입고 있었다.

그를 따라 집 안으로 들어서니 밝은 녹색으로 칠해진 거실이 먼저 눈에 들어왔다. 한쪽에는 꽃무늬 패턴의 소파와 작은 텔레비전이 놓여 있었고, 반대편에는 빗물 받는 통이 몇 개 있었는데, 모두 쌀이 가득 차 있었다. 복도를 따라 자원봉사자용 침실 두 개가 나란히 자리해 있었는데, 방마다 2단 침대가 놓여 있었다. 프레디는 집 뒤쪽에 자리한 침실에서 잠을 잔다고 했다. 작은 부엌에는 곡식 자루들과 소형 파라핀 스토브, 대학 기숙사 방에 있을 법한 미니 냉장고가 하나 있었다. 욕실에는 변기가 있었지만 물을 내리는 형태가 아니었고, 샤워를 할 때는 양동이에 물을 받아서 해야 했다. 더운 날씨 때문인지 실내였음에도 목덜미에 송골송골 맺힌 땀방울이 등골을 타고 흘러내렸다. 내가 농장에 대해 묻자 프레디는 농장까지 거리가 좀 있다며 다음에 가 보자고 했다.

그의 집에서 숙식 중인 자원봉사자는 케이티라는 캐나다인 한 명뿐이었다. 그녀는 여섯 달 동안 르완다에서 생활했으며, 소규모 자영업자들을 위해 웹사이트를 만들어 주고 마련한 자금으로 아프리카 전역을 여행 중이라고 했다. 이곳에는 연구차 왔고, 동아프리카에서 할 수 있는 자원봉사 안내서를 쓰고 있다는 설명도 덧붙였다.

나는 프레디에게 언제 벼를 수확하러 가는지 물었다. 너무 더운 날씨였고 온종일 이동하느라 지친 상태다 보니 오늘부터 시작한다는 말이 나오지 않길 은근히 바랐다.

"아뇨, 벼는 없어요. 추수가 끝났거든요."

"아, 그러면 저는 아이들에게 바나나 나무 심는 법을 가르쳐 주면 되는 건가요?"

"아이들은 방학 중이에요. 작물을 추수할 시기다 보니 방학을 맞이한 아이들은 일손을 거들곤 하죠."

"학생들도 없다고요?"

추수할 벼도 없고 가르칠 학생도 없다면 나는 왜 여기에 온 거지? 프레디는 파라핀 스토브에서 데운 밀크티를 내게 내밀며 말했다.

"일단 편하게 계세요. 어떤 일을 하실 수 있죠?"

당황스러웠다. 내가 과연 무엇을 할 수 있을까? 나는 집을 짓거나 아픈 사람을 돌볼 능력이 없었다. 그렇다고 마땅히 전문적인 기술을 가지고 있는 것도 아니었다. 내가 할 줄 아는 일이라곤 기삿거리를 취재하고 매일 마감 시간에 맞추어 기사를 쓰는 일뿐이었다. 그런데 내가 기자였다는 얘기를 듣고는 그가 물었다.

"혹시 라디오에 출연한 적 있으세요?"

있었다. 지역 방송국의 토크쇼에 몇 번 초대 손님으로 나간 게 전부였지만.

"남부 사람처럼 말할 수 있어요?"

"우간다 남부 사람처럼요?"

"아뇨, 미국 남부 사람처럼요."

내가 미국 남부 사투리를 잔뜩 섞어 말을 하자, 프레디가 단어를 과장해서 발음하고 남부식 코맹맹이 소리를 더 도드라지게 해 줄 수 있느냐고 했다. 내가 얼추 돌리 파튼(미 남부 테네시주 출신의 컨트리 가수)의 말투를 흉내 내자 그가 완벽하다고 얘기했다.

알고 보니 그는 농장을 운영하는 일 외에 인기 라디오 디제이로도 활동 중이었고, 그 지역에서 가장 큰 FM 라디오 방송국의 오후 편성을 관리하고 있었다. 나는 우간다에서 미국 컨트리 음악이 그렇게 인기 있는 줄 미처 몰랐다. 프레디는 컨트리 가수들의 이름을 줄줄이 읊으며 말했다.

"케니 체스니, 샤니아 트웨인, 팀 맥그로, 윌리 넬슨, 가스 브룩스…. 전부 우리가 좋아하는 가수들이죠. 특히 가스 브룩스요."

그는 음발레 사람들이 영어는 할 줄 모르더라도 미국 남부인의 부드러운 말소리를 엄청 좋아한다고 설명했다. 그러면서 나에게 아주 색다른 자원봉사 일을 제안했다. 자신이 일하는 라디오 방송국에서 컨트리 담당 디제이 역할을 맡아 달라는 것이었다.

다음 날 나는 방송국을 둘러보았다. 프레디의 동료들이 내가 할 일을 차근차근 설명해 주었다. 그러고는 바로 녹음을 시작했는데 크게 어려운 작업은 아니었다. "여러분께서는 컨트리 음악 전문 방송 스텝 FM을 듣고 계십니다"라고 말한 뒤 내슈빌(테네시주의 주도로 컨트리 음악의 본고장)의 새로운 노래들을 소개했다. 실은 오래된 노래지만 음발레 사람들에게는 처음 들어보는 새로운 노래임이 분명했다. 오크 릿지 보이즈와 앨라배마의 곡을 튼 다음, 클린트 블랙의 〈얼티미트 클린트 블랙Ultimate Clint Black〉 앨범에 수록된 곡으로 마무리했다. 라디오에서 내 목소리가 흘러나오고 그것이 낯선 이들의 집 안을 채운다고 생각하니 기분이 묘했다. 말소리가 누군가의 귓가에 스며들어 그와 나를 하나로 엮어 준다는 게 신기하고 놀라울 따름이었다.

내 일은 그게 끝이 아니었다. 기자로서의 역량을 발휘할 기회도 얻었는데, 한 탄산음료 회사가 개최한 전국 콘테스트에서 오토바이를 경품으로 받은 남자를 인터뷰하는 일이었다. 본격적인 뉴스를 다루기에 앞서 가볍게 소개할 만한 기사 같았다.

그는 젊은 청년이지만 비자발적인 실업 상태였다. 어쩌다 일자리를 구하더라도 보수가 낮은 임시 노동직이라 장기적인 미래를 내다볼 수 없었다. 하지만 이제는 달라질 거였다. 그는 경품으로 받은 오토바이를 오토바이 택시인 '보다보다'로 전용해서 자기 사업을 할 거라고 했다. 보다보다 운전사는 자영업자로, 보통 하루 일당으로

7~12달러 정도를 번다. 그러니까 그에게 오토바이는 단순한 경품이 아니라 인생을 바꿀 기회를 제공한 어마어마한 물건이었다.

지금껏 택시와 버스, 자동차를 주로 타 왔고, 교통 법규 속에서 곱게 살아온 나는 보다보다가 무서웠다. 우간다에서는 아무도 헬멧을 쓰지 않는 데다가, 도시에서 10분만 오토바이를 타도 위기일발의 상황을 여러 번 맞이하게 된다. 여기저기 움푹 팬 비포장도로를 내달리는가 하면 뒤엉킨 차와 통제 불능의 가축들 사이를 누비고 다니기 때문이었다.

우간다에 처음 왔을 때, 병원에 있는 사람들 태반이 오토바이 사고로 입원한 거라는 얘기를 듣고 나서 보다보다를 절대 타지 않겠노라고 다짐했었다. 그런데 어느 날, 어댑터를 사러 시내에 나갈 일이 생겼는데 그것 말고는 다른 교통수단이 없었다.

'좋아, 이번 한 번만. 다시는 안 돼.'

막상 타 보니 보다보다는 미니밴 택시인 마타투보다 빠르고 저렴하고 편리했다. 훨씬 편안한 것은 말할 필요도 없었다. 마타투는 원래 한 번에 열네 명까지만 태우도록 되어 있는데 실제로는 더 많은 인원을 태우는 경우가 많았다. 언젠가 총 탑승 인원 스물여섯 명에 살찐 염소 몇 마리까지 올라타는 바람에 이동하는 내내 더위와 끈적임으로 불쾌했던 적도 있었다.

그러다 청년의 오토바이 당첨 사례를 취재한 뒤로는 왠지 모르게 보다보다 기사들이 친근하게 느껴졌다. 뜨거운 날씨, 좋지 못한 도로 상황에도 불구하고 하루 종일 다른 교통편으로는 가기 힘든 곳까지 손님들을 데려다주는 그들에게 새록새록 고마운 마음이 샘솟았다. 그들은 하루에도 몇 번씩 지역 전체를 뱅뱅 돌면서 가족을 부양하고 있었다.

## 여행지에서 친구를 만드는 방식

:

음발레에 있는 동안은 집 생각이 별로 나지 않았다. 엄마에 대한 걱정, 내 미래에 대한 의문, 남편에 대한 그리움이 모두 들판과 벽돌색 거리 속으로 사라진 듯했다. 이 도시는 걷기 좋고 사람들은 친절했으며, 하루하루가 달걀 노른자색 햇빛과 구름 한 점 없는 하늘로 채워졌다.

상냥하고 호기심이 많은 음발레 사람들은 내가 어쩌다 이곳에 오게 됐는지 궁금해했다. 그만큼 타지인이 드문 지역이었기 때문이다. 내가 백인이라는 이유로 한 스웨덴인과 서로 아는 사이일 거라고 짐작해 "당신 오빠를 봤어요! 저쪽으로 가던데요"라고 말하는 사람도 있을 정도였다. 처음에는 그 남자를 모른다고 설명하다가 얼마 후에는 그냥 웃으며 고개를 끄덕였다.

어느 날 오후 라디오 방송국으로 가던 중이었다. 평소와는 다른 길로 가고 싶어 큰길 대신 집 사이사이를 통과하며 가고 있었다. 어느 집 앞에 쪼그리고 앉아 양동이 안에 담가 둔 냄비를 닦고 있던 여자가 나를 빤히 보더니 갑자기 서 보라며 소리쳤다.

"이름이 뭐예요, 아줌마?"

분명 심술궂은 말투는 아니었다.

"매기예요."

그녀는 따뜻한 육즙을 입안에서 굴리듯이 내 이름을 천천히 여러 번 되풀이했다.

"매기. 마거릿의 애칭인가요?"

"네, 맞아요."

나는 그녀가 그것을 알고 있다는 사실에 깜짝 놀랐는데, 그녀는 마치 중요한 걸 발견했다는 듯 나에게 말했다.

"어쩌면 이런 우연이. 마거릿이라는 친구가 생겼으면 했는데."

그러더니 여자는 집 안에 있던 가족들을 소리쳐 불렀다. 그들은 다들 밖으로 나와 나에게 손을 내밀어 악수를 청했고, 콩 수프와 포쇼를 대접하겠다며 나를 집 안으로 안내했다. 포쇼는 끓는 물에 맷돌로 간 옥수수 가루를 넣고 되직해질 때까지 끓인다는 점에서 남아공의 우갈리와 비슷했지만, 카사바 가루를 넣는다는 점이 달랐다. 한 시간 안에 라디오 방송국에 복귀해야 해서 오래 머물 수는 없었지만 그들의 따뜻한 초대를 거절하면 안 될 것 같았다. 낯선 이를 친히 집으로 초대해 준 그들에게 큰 고마움을 느꼈기 때문이다.

여자의 집은 인디애나주에 있는 이모네 시골집과 전혀 다른 외관을 가지고 있었지만 냄새는 놀라우리만치 비슷했다. 소금과 육수, 그리고 효모와 따뜻한 향신료 냄새가 가득했다. 흙바닥이 차갑겠다 싶었는데 누군가가 작은 겨자색 방석을 내어 주었다.

여자가 나에게 음식 접시를 건넸다. 포쇼를 먹는 방식은 우갈리와 비슷했다. 손으로 포쇼를 조금 떼어 낸 다음 수프에 찍어 먹어야 했다. 왼손은 무릎에 올려놓은 접시의 균형을 잡고 오른손은 음식으로 지저분해진 상태였는데, 머리카락이 흘러내려 얼굴을 가렸다.

그 모습이 불편해 보였는지 열 살쯤 되어 보이는 여자아이가 내 머리카락을 쓸어 올려 귀 뒤로 넘겨 주었다. 그 손길이 너무나 부드러워서 눈물이 나오려 했다. 잠깐이지만 그 가족의 일원이 된 기분이 들었다.

그때 처음으로, 엄마가 돌아가시면 내가 줄곧 익숙해져 있었던 형태의 우리 가족이 영영 사라질 거라는 생각이 퍼뜩 들었다. 엄마가 돌아가신 후에도 우리는 삶을 계속 이어 가겠지만, 우리 가족은 온전했던 예전 모습의 잔재에 불과하겠지. 그리고 온전했던 그 시절을 그리워하겠지.

이제 그만 일어서려는데 여자가 내 뺨을 쓰다듬고 이마에 입을 맞추었다. 그 집을 나서면서 생각했다.

'어쩌면 이런 우연이. 나도 새 친구를 찾고 있었는데.'

## 우간다 왕과의 인터뷰, 그리고 대관식

라디오 방송국에서 일하던 중, 일생일대의 인터뷰를 맡게 된 적도 있었다. 프레디의 주선으로 새로 선출된 바마사바(마사바의 후손이라는 뜻-역주) 부족의 왕 우무쿠카 윌슨 와밈비를 인터뷰하게 된 것이었다. 우간다는 기본적으로 대통령이 통치하는 나라시만 각 문화권을 관장하고 부족의 전통을 지키는 왕들이 존재한다. 대통령이 전반적인 국정 운영의 책임자로서 그 역할을 하고, 왕들은 실질적인 정치적 권한은 없지만 전통의 수호자라는 상징정인 역할을 담당하는 것이다.

공식적인 대관식을 이틀 앞둔 시점에 취재는 와밈비의 집에서 이루어졌다. 우리는 테라스의 벤치에 등을 기대고 나란히 앉았다. 그는 감색 버튼다운 셔츠와 카키색 바지를 입고 있었는데, 갓 세탁하여 다림질한 듯한 옷차림이었다. 이마에 깊은 주름이 팬 그의 얼굴은 온화해 보였다. 그리고 그는 가지런히 손을 모은 채 내가 입을 떼기를 기다렸다. 나는 숨을 깊게 들이쉰 다음 몇 가지 가벼운 질문부터 던졌다. 분위기가 부드러워지자 본격적인 인터뷰가 시작되었고, 나는 그에게 예전부터 왕이 되고 싶었는지를 물었다. 그러자 그는 조심스럽게 '왕' 대신 '전통의 수호자'라고 불러 달라고 부탁하고선 이렇게 대답했다.

"아니요. 제게 이런 일이 일어나리라고는 전혀 예상하지 못했습니다. 사람들을 이끌 책임을 맡는다는 것은 큰 영광이죠. 대가족의 어머니가 되는 것처럼 말이에요."

문화권의 왕은 중요한 역할을 담당한다. 우간다는 미래를 향해 나아가는 동시에 과거를 고수하는 나라다. 예를 들면 병원 옆에 주술사 사무실이 버젓이 운영되는 모습을 볼 수 있다. 그러다 보니 과거와 미래라는 두 세계 사이에서 미묘한 균형을 유지하면서도 양쪽을 함께 발전시켜 나가는 숙제에 관한 심도 있는 대화가 오갔다. 한 시간 정도의 인터뷰 후, 나는 그에게 마지막 질문을 던졌다.

"왕이 되시면 왕관을 쓰시나요?"

그는 소리 내어 웃으며 아주 특별한 행사 때만 쓴다고 대답했다.

며칠 뒤, 대관식에서 그는 정말로 왕관을 썼다. 엷은 색 조개껍데기로 장식한 기다란 깔때기 모양의 왕관이었다. 올리브색 제복을 입은 경찰들이 행사장 주변을 따라 세워진 나무 울타리의 입구를 지켰다. 나를 포함해 초대장이 있는 사람들은 안으로 들어가서 천막 아래 플라스틱 의자에 앉았고, 초대장이 없는 사람들은 울타리를 따라 늘어선 인파의 틈바구니에 자리를 잡았다. 수수한 회색 양복을 입은 와밈비는 동물 가죽으로 만든 방패와 창을 들고 있었다. 방패는 사람들의 보호자라는 의미였고, 창은 권력을 상징했다. 그는 공정하고 관대한 지도자가 되겠다고 서약했다. 또, 우간다의 공식 언어인 영어와 스와힐리어로 진행된 연설에서 그는 문화유산 보존의 중요성을 강조하며 다음과 같이 말했다.

"우리는 오랜 세월에 걸쳐 이미 너무 많은 전통을 잃어버렸습니다. 저는 그 전통을 복원하고 보존하는 일에 힘쓸 것입니다. 문화가 없다면 우리는 아무것도 아닙니다."

연설이 끝나고 와밈비가 행사장을 순회하기 시작하자 부족의 연장자들과 춤추는 군중들이 그의 주위에서 밀물과 썰물처럼 움직였다. 발 구르는 소리와 북을 두들기는 소리가 우레와 같아서 마치 수천 개의 말발굽이 붉은 흙길을 내달리는 듯했다. 우렁찬 사람들의 함성이 탁하고 습한 공기를 산산조각 냈다.

왕의 대관식을 지켜보고 있자니 나의 혈통에 대해서도 다시 한번 생각하지 않을 수 없었다. 엄마가 아빠와 결혼했을 딩시의 상황은 어땠을까? 엄마에게 결혼은 사랑을 위해 감행한 커다란 모험이었다. 당시 엄마는 영어를 거의 못했고, 유럽 밖으로 나가 본 적도 없었다.

그런데 결혼식을 올리자마자 아빠는 뉴멕시코주의 공군 기지에 배치되었다. 엄마가 자라난 곳과 극명하게 다른 환경이었다. 엄마는 곧 언니를 임신했는데 아빠가 일 때문에 집을 비우는 날이 많다 보니 말이 통하지도 않는 곳에서 엄마 혼자 모든 것을 처리해야 했다. 모래 폭풍이 잦고 관목이 듬성듬성한 뉴멕시코주의 황량한 지형 탓에 엄마는 더욱 고립된 기분이었을 것이다. 엄마는 산부인과 의사에게 진료를 받으러 갔다 올 때마다 울었다고 했다. 몸에 너무나 많은 변화가 일어나고 있는데 그걸 표현할 방법을 몰랐기 때문이다.

1963년에는 모니카 언니가, 그로부터 2년 뒤에는 마크 오빠가 태어났다. 그 후 아빠는 1년 동안 베트남에 파견되었다. 아빠는 하루도 빼놓지 않고 엄마에게 편지를 썼다는데, 그 안에는 온통 무더운 정글과 부대 식당 스파게티에 관한 장황하고 일방적인 이야기뿐이었다. 덕분에 엄마는 운전도 못 하고 의사소통도 거의 불가능한 상태로 혼자 두 아이를 키워야 했다. 뉴멕시코의 사막 지대에서 엄마가 외로움을 어떻게 극복했을지 나로서는 상상하기 어려웠다.

나는 그로부터 한참 뒤에 태어났다. 아빠의 발령에 따라 우리 가족이 조지아주에 살 때였다. 그러다 보니 언니와 나는 열세 살, 오빠와는 열한 살의 터울이 난다. 어쨌든 그 무렵 엄마의 영어는 흠잡을 데 없이 완벽해졌다. 엄마가 나를 낳으려고 병원에 갔을 때, 병원 측은 병실이 없다는 이유로 입원을 거절하며 마을 건너편에 있는 더 큰 병원으로 가라고 했다. 하지만 엄마는 단호하게 말했다.

"아이가 곧 나오려고 해요. 여기서 낳겠어요."

그렇게 해서 나는 일반 병실이 아닌 환자복과 침대 시트를 보관하는 리넨실에서 태어나게 되었다.

한참을 가족 생각에 빠져 있다가 정신을 차려 보니 어린 여자아이들이 춤을 추면서 북 치는 사람들과 전사들의 무리에 소용돌이처럼 섞여 들어가고 있었다. 긴 쪽빛 치마를 입고 나무껍질로 만든 듯한 벨트와 머리띠를 한 아이들은 새로운 왕의 칭호를 외치면서 노래를 불렀다. 고난과 역경을 극복하고 끝내 승리를 쟁취한다는 이야기를 담고 있는 노래였다.



사실 나에겐 이름도 모르는 형제가 있었다. 그걸 알게 된 건 엄마가 알츠하이머병 진단을 받고 1년 뒤쯤 애팔래치아의 작은 마을에 살 때였다. 아빠는 인디애나주에서 열리는 고등학교 동창회에 가 봐야 한다며 나더러 주말에 집에 와서 엄마를 돌봐 달라고 부탁했다. 엄마를 혼자 둘 수는 없었기 때문이다.

당시 엄마는 혼자 식사하고, 옷을 입고, 누구의 도움 없이도 화장실 사용이 가능했지만 곁에서 누가 그렇게 하라고 이야기해 주어야만 했다. 현관문에는 굵은 글씨로 '멈춤'이라고 적힌 표지판을 붙여 엄마에게 집 밖에 나가서는 안 된다는 사실을 주지시키기도 했다. 그래도 엄마가 바깥을 배회하게 될 때를 대비해, 어디에 있는지 추적할 수 있는 전자 팔찌를 손목에 채워야만 했다.

아빠가 도움을 청했는데도 사실 그 주말에 집에 가고 싶지 않았다. 나는 그때 화로 가득 찬, 형편없는 20대 딸일 뿐이었다. 엄마를 생소한 사람으로 바꾸어 놓은 병이 원망스럽고, 분명 엄마의 잘못이 아닌데도 나를 기억하지 못하는 엄마가 미웠다. 엄마에게 버림받은 것만 같았다. 어느 때부터인가 엄마에게선 퀴퀴한 꽃과 암모니아, 그리고 시큼털털한 노인 냄새가 나기 시작했다. 엄마의 향수 냄새가 그리웠다. 한때는 그 찌르는 듯한 향을 싫어했다는 사실이 무색할 정도로 말이다. 그리고 낯설기까지 한 핏기 없는 엄마의 모습을 보고 있는 게 너무 힘들었다.

내가 엄마와 교감한 시간은 고작 24년이었다. 지금은 엄마가 있는데, 엄마가 없는 것이나 다름없었다. 나에겐 아직도 엄마가 간절히 필요한 데 말이다. 그래서 도망쳤다. 적절치 못한 데이트 상대를 만났고, 알코올에 절어 살았다. 헛구역질로 하루를 시작하는 것이 일상이었다. 그 어떤 것이든 잠시라도 현실을 잊을 수만 있다면 상관없었다. 술에 취해 빙글빙글 돌아가는 천장을 보고 잠들면서 내 인생 따위 잊고 싶었다. 당시 그런 나에게 제일 가고 싶지 않은 곳은 아이러니하게도 엄마가 있는 집이었다.

그럼에도 그 주말에는 아빠의 부탁으로 집에 가서 엄마를 돌봐야 했다. 시간 때울 방법을 찾던 나는 엄마를 서점에 데려갔다. 그런데 엄마가 속이 터질 정도로 천천히 차에서 내렸다. 답답했지만 꾹 참고 엄마가 안전띠를 풀고 일어날 수 있게 도와줬다. 그런데 엄마는 주차장에서도 아주 조금씩 발걸음을 내딛더니 출입문 앞에 다다르자 아예 걸음을 멈추어 버렸다. 사람들이 투덜거리며 우리를 피해 지나갔다. 엄마는 나를 향해 몸을 돌리고는 내 눈을 빤히 쳐다보았다. 엄마가 내 얼굴을 그렇게 바라본 것은 몇 달만이었다. 엄마의 의식은 또렷해 보였고, 나는 어쩐지 울고 싶어졌다.

"네가 알아야 할 게 있어."

나는 엄마의 팔을 잡아당겨 옆으로 비켜서게 했다. 그런데 엄마는 다급한 목소리로 다시 한번 내게 알아야 할 것이 있다고 말했다.

"뭔데요, 엄마?"

나는 조바심이 나 한숨을 쉬었다. 지나가는 사람들이 우리를 빤히 쳐다봐서 나는 얼른 서점 안으로 들어가고 싶은 마음뿐이었다.

"너한테 오빠가 한 명 더 있다."

나는 다시 한숨을 쉬었다. 말도 안 되는 소리라고 생각했기 때문이다. 알츠하이머병이 엄마의 뇌를 갉아먹으면서 엄마로 하여금 온갖 망상을 하게 만들었는데, 얼마 전만 해도 그랬다. 엄마는 집 앞을 지나가는 빨간 자동차들에 패턴이 있다고 주장했다. 근처 공군 기지에 착륙하는 비행기들이 공중에서 아빠한테 신호를 보내고 있다고, 이웃집들의 옥상은 비밀 암호를 송수신하는 장소로 쓰인다고, 그리고 아빠가 그 암호를 이용해서 바람피우는 것을 들키지 않는 거라고 했다. 물론 엄마의 주장은 사실이 아니었다. 그래서 내게 오빠가 한 명 더 있다는 얘기 또한 엄마의 망상인 줄만 알았다.

나는 엄마의 손을 잡고 서점 안으로 들어갔다. 입구에서 가까운 곳으로 앉을 만한 자리를 찾은 다음, 마음을 가라앉히고 인내심을 잃지 않으려 최선을 다했다. 어쨌거나 병은 엄마 잘못이 아니니까.

"엄마, 나한테 오빠가 한 명 더 있다고 생각하는 건 알겠어요. 그런데 엄마는 알츠하이머병을 앓고 있잖아."

엄마는 가만히 나를 바라보다가 핸드백에서 무언가 꺼내려 했다. 하지만 지퍼를 열지 못해 끙끙거렸고 내가 도와주자 엄마는 핸드백

안에 있는 지갑을 꺼내 들었다. 그 안에는 각종 빛바랜 영수증들과 만료된 신용 카드가 들어 있었다. 적어도 2년간 사용한 적이 없는데도 늘 엄마가 습관처럼 가지고 다니던 지갑이었다. 그런데 지갑에는 비밀 칸막이가 하나 있었고, 엄마는 거기에서 작은 흑백 사진을 꺼내 내게 보여 주었다.

남자아이였다. 엄마를 쏙 닮은 엷은 머리칼과 연한 눈, 특유의 경사진 콧날, 똑같은 얼굴형. 너무나 친숙하지만 한 번도 본 적 없는 남자아이였다. 엄마는 말했다.

"이게 네 오빠야."

말도 안 돼. 어떻게 우리 엄마를 이렇게나 닮을 수가 있지?

"강간을 당해서 임신이 됐지. 나는 아이를 포기했고, 이 아이는 어느 미국 가정에 입양됐어. 이게 내가 유일하게 가지고 있는 그 애 사진이야, 유일하게."

"그건 엄마 아들이 아니에요."

마크 오빠가 엄마 아들이지, 저 엷은 머리칼의 생면부지인 아이가 엄마 아들일 리 없었다. 우리는 서로 말 못 할 이야기가 있는 가족이 아니었다. 특히나 엄마와 나 사이에는 비밀이 없었다.

"얘는 내 아들이야."

엄마는 다시 중얼거렸다. 그 말을 끝으로 엄마의 의식은 마치 누군가 촛불을 끈 것처럼 다시 사라져 버렸다. 눈빛이 멍해지고 어깨가 구부정해졌다. 알츠하이머병을 앓는 이들에게 종종 일어나는 일이었다. 하지만 나는 방금 엄마가 한 말을 도저히 믿을 수가 없었다. 엄마가 말해 준 이야기는 너무 끔찍했고, 너무 슬펐고, 너무 아팠다.

지갑의 비밀 칸막이 안에 이런 어마어마한 사실이 숨겨져 있었다고? 우리는 항상 3남매였는데 이제 와서 4남매라고? 나는 혼란스러운 마음을 추스르고 엄마의 팔을 부축해 서점에서 나왔다. 그날 저녁, 나는 주방에서 디카페인 커피를 끓이며 낮에 있었던 일을 아빠에게 그대로 말했다.

"정말 말도 안 되는 소리였어요. 엄마가 나한테 오빠가 한 명 더 있다고 말씀하셨다니까요. 믿어지세요?"

아빠는 멈칫하더니 결심한 듯 말했다.

"음, 그건 사실이다."

아빠의 목소리는 흔들림이 없었고 명료했다. 충격이었다. 나는 순간 머리를 얻어맞은 듯 아무 말도 할 수가 없었다.

"엄마는 자기가 고통스러웠던 걸 네가 모르길 바랐다. 그 정도로 강한 사람이었으니까."

엄마가 강하다는 것은 전부터 알고 있었다. 단지 얼마나 강한지 몰랐을 뿐이었다. 그 오랜 세월 동안 엄마는 한 번도 언니나 오빠나 나에게 그 이야기를 언급한 적이 없었다. 강간과 임신과 입양이라는 끔찍한 일을 겪으며 엄마는 얼마나 힘들었을까. 그럼에도 자식들이 전혀 눈치채지 못할 만큼 꿋꿋하게 홀로 고통의 바다를 건너며 엄마는 과연 무슨 생각을 했을까. 늘 나의 든든한 울타리가 되어 준 엄마가 짊어지고 있는 삶의 무게가 그렇게까지 무거운 줄 몰랐다. 그런 엄마를 내가 잠시나마 원망하고 미워했다는 사실이 부끄러웠다.

그 사실을 알게 된 후, 나는 엄마의 병을 핑계 삼아 더 형편없는 인간이 되지는 말자고 다짐했다. 엄마는 내가 강한 사람이 되길 바랐을 것이다. 그래서 내가 원하는 것들을 나열해 보았다. 새 직장, 여러 방면에서의 성취, 진지한 관계를 맺을 수 있는 남자 친구. 조금 시간이 걸리긴 했지만 나는 내 인생을 새로운 궤도에 올렸다. 엄마의 분투를 통해 내 삶의 새로운 경로를 찾은 것이다.

태양이 이글거리는 우간다의 더운 날씨 속에 전사들은 새로운 왕의 주변을 맴돌며 춤을 추고 있었다. 춤은 부족의 역사에 관한 이야기를 담고 있었다. 그들은 부족을 위한 서사를 지어냈고, 세상에 보여 줄 모습을 규정했다. 그들의 외침은 깊고도 친숙했다. 갈망의 소리, 애도의 소리, 통합의 소리, 부족의 소리였다. 나는 그 소리를 이해했다. 우리 엄마도 전사였기 때문이다. 그리고 나는 전사의 피를 이어받았다.

# 10

# 내가 나일강 급류 래프팅에
# 도전한 이유

음발레를 떠난 나는 수도 캄팔라로 돌아가 며칠 머물렀다. 그리고 그 도시가 시들해지기 시작할 무렵 다음 모험을 위해 다시 버스에 올랐다. 진자로 가기 위해서였다.

진자는 나일강의 수원이자 익스트림 스포츠의 성지로, 카약과 산악 사파리, 번지점프를 즐기기 위해 세계 곳곳에서 모여든 사람들로 늘 붐비는 곳이다. 나는 그중에서 급류 래프팅에 도전할 계획이었다. 진자에 도착하자마자 웃통을 벗어젖힌 남자늘이 오토바이 뒷자리에 기다란 카약을 싣고 신나게 달려가는 모습이 눈에 들어왔다. 급류 래프팅도 재미있겠지?

나는 한 번도 급류 래프팅을 해 본 적이 없었다. 다만 어릴 적 가장 좋아하는 놀이기구가 오하이오주 메이슨에 있는 놀이공원 킹스

아일랜드의 화이트 워터 캐니언이었고, 무슨 이유에선지 래프팅도 기본적으로 그와 비슷할 거라고 상상했다. 우거진 숲 사이로 흐르는 강물에서 굽이치는 물살을 타고 오르락내리락 신나게 래프팅을 할 테고, 끝나고 나면 놀이공원에서 파는 퍼널 케이크를 먹게 될지도 모른다고 생각했다.

### 엄마라면 이럴 때 어떻게 했을까?

:

내가 묵는 호스텔은 나일강이 내려다보이는 언덕 위에 자리 잡고 있었다. 같은 방을 쓰는 사람들은 다들 모험 애호가로 나보다 경험이 많은 사람들이었다. 해가 질 무렵 시원한 터스커 라거를 마시며 래프팅을 위한 권리 포기 각서를 읽어 내려가기 시작했다. 서류에는 진자의 급류가 '1급부터 6급까지의 척도에서 5급에 해당한다'라고 적혀 있었다. 1급은 초보자에게 적합한 난도이고, 6급은 전문가들도 가까스로 빠져나올 만큼 극도로 위험한 난도란다. 그렇다면 5급은? 맙소사, 험난한 물살과 거대한 장애물, 가파른 낙차에 솜씨 있게 대처해 나가는 기술이 필요하다고 적혀 있었다.

덜컥 겁이 났다. 첫 래프팅인데 5급에 필요한 기술을 가지고 있을 리 만무했다. 사실 신청하기 전에 5급이라는 것은 알고 있었지만, 그때만 해도 척도가 1급에서 10급까지 있고, 중간 정도라면 괜찮겠지 하는 마음이었다. 하지만 그렇다고 이제 와 포기하고 싶지는 않았다. 고민 끝에 그날 밤 스카이프로 제이슨에게 전화를 걸었다. 그에게 래프팅에 대해 설명하며 장난스럽게 덧붙였다.

우간다
Uganda
보다보다
스텝FM
라디오미
포쇼
음발레
급류 래프팅

"그러니까 이게 작별 인사가 될지도 몰라."

은연중 그가 나를 자랑스럽게 여겨 주리라 기대했던 것 같다.

"그럼 왜 하려는 건데? 당신한테 억지로 래프팅을 강요한 사람은 아무도 없어."

그는 매섭게 쏘아붙였다. 그렇게 화가 난 목소리는 처음이었다. 스카이다이빙을 하기 전 내 손을 꼭 잡으며 긴장을 풀라고 말해 주던 그 사람이 맞나 싶었다. 나는 변명을 하듯 말했다.

"나이 들면 이미 한 일이 아니라 하지 않은 일을 후회한다고들 하잖아."

"그거야 무사히 나이가 들 경우의 이야기지."

남편은 계속 나를 만류했고, 나는 그런 그를 안심시켜 주려 애썼지만 이후의 대화 역시 편치 않았다. 인터넷 접속이 불안정해서 영상마저 뚝뚝 끊기는 바람에 결국 입장 차이만 확인한 채 전화를 끊어야 했다.

마음이 너무 무거웠다. 엄마라면 이럴 때 어떻게 했을까? 엄마는 전업주부로 살아가는 것을 자랑스러워했고, 언제나 안전하고 따뜻한 집을 만들기 위해 열심히 노력했다. 아빠도 마찬가지였다. 엄마가 진단을 받은 이후 아빠는 가능한 한 오래 집에서 엄마를 돌보기 위해 공군에서 퇴직했다. 그리고 정말 엄마를 돌보는 데 최선을 다했다.

하지만 결국 엄마는 화장실 쓰는 법을 잊었다. 그다음은 먹는 법을 잊었다. 음식을 입에 넣어 주면 씹어야 한다는 것을 잊고 입에 문 상태로 가만히 있곤 했다. 한밤중에 불안해하고 초조해하는 경우도

빈번했다. 옆에서 자는 아빠가 누군지 잊어버리고 폭력적으로 행동할 때도 있었다. 입원 서류를 작성하고 엄마를 요양원에 남겨 놓고 혼자서 집으로 돌아오던 날, 아빠는 너무나 가슴 아파했다. 하지만 엄마에게는 이제 아빠가 제공할 수 있는 수준 이상의 보살핌이 필요했다.

엄마는 조용한 요양원에서 여생을 보내게 될 것이다. 그 생각을 하면 항상 마음이 시리고 두려웠다. 지금이라도 선택권이 주어진다면 엄마는 어떻게 할까? 매일 조금씩 자신을 잃어 가느니 뉴류를 마주하지 않을까. 엄마는 분명 위험을 감수했을 것이다. 엄마가 그럴 수 없는 상황이기에 나라도 해야 했다. 그래서 나는 권리 포기 각서에 서명했다.

다음 날 아침, 버스를 타고 래프팅 출발 지점으로 이동했다. 심장이 너무 뛰어서 결제를 요청하는 직원의 목소리가 들리지 않을 정도였다. 50달러를 결제하고 나니 직원은 기다란 노를 건넸다. 얼떨결에 받아 들었지만 평지에서도 어떻게 잡아야 할지 알 수가 없었다. 마치 제3의 팔이 생긴 것처럼 어색하고 다루기 어려울 따름이었다.

래프팅 출발 지점에서 만난 나일강은 다듬어지지 않은 원시의 모습 그대로였다. 아침 안개 사이로 강물이 반짝였다. 나는 강물에 발을 살짝 담가 보았다. 나일강이 세계에서 가장 긴 상이나 보니 지금 내 발에 닿은 물이 지중해에 다다르려면 3개월 동안 장장 6,700킬로미터를 이동해야 할 터였다.

사람들이 하나둘 보트에 오르기 시작했다. 나 또한 모르는 사람 다섯 명과 함께 보트에 올랐다. 우리 보트의 캡틴인 제인은 팔다리가 길쭉길쭉한 근육질의 여성이었다. 금발을 팽팽하게 여러 갈래로 땋아 햇볕에 탄 두피가 드러나 보였다. 그녀의 터프한 호주식 억양을 듣다 보면 그녀가 맥주를 꿀꺽꿀꺽 들이켜고 악어와 격투를 벌이는 장면이 저절로 연상되었는데, 주변에 실제로 악어가 있었기 때문에 그것은 어쩐지 위안이 되었다. 제인이 고함쳤다.

"강하게, 약하게?"

우리 조는 반반이었다. 절반은 좀 더 과감한 경험을 원했고, 나머지 절반은 차분한 경험을 원했다. 제인은 미간을 찌푸리더니 못마땅하다는 듯 고개를 흔들었다. 그녀는 야성이 살아 있는 사람이었고, 그 순간 나는 뭔가 거친 상황이 우리를 기다리고 있음을 직감했다.

## 나일강 급류와 싸우며 한 생각들

마침내 보트가 출발했다. 공기는 뜨거웠고 곤충들은 강의 수면을 우아하게 미끄러져 나아갔다. 어느 순간 육지는 수평선 너머의 신기루처럼 아득하고 닿을 수 없는 곳에 있는 것처럼 느껴졌다. 제인은 우리에게 노 잡는 법과 노 젓는 법을 가르쳐 주면서 보트를 전진시켰다. 나는 물을 깊이 뜨지 않고 수면만 걷어 낸다고 야단을 맞았다. 그렇게 10분 정도 갔을까. 제인이 갑자기 보트를 기울여 우리를 급류 속에 빠뜨렸다.

강에 빠지는 순간, 어릴 적 물에 빠졌던 기억이 떠올랐다. 어린 시절 나는 데이턴 YMCA의 수영 교실에 착실하게 다녔다. 엄마는 수영을 배운 적이 없었는데 그걸 너무 아쉬워했고, 딸이라도 꼭 수영을 배우기를 바랐다. 처음에는 빠져 죽지 않을까 하는 두려움이 컸지만 초급반인 올챙이 반을 지나 구피 반, 송사리 반까지 차근차근 올라갔다. 나중에 상어 반에 도달했을 때는 옷을 다 입은 채로 선혜엄(물속에서 서서 치는 헤엄)을 칠 수 있어야 했다. 테스트를 통과하기 위해선 수심이 깊은 구역에서 30분을 버텨야 했는데, 나는 막판에 지쳐 버리고 말았다.

그러다 어느 순간 정신을 잃었다. 물속으로 가라앉았고, 물을 잔뜩 먹었고, 간신히 수면 위로 올라왔던 것 같다. 콜록거리자 소독약 냄새가 나는 물과 함께 뜨거운 눈물이 뺨을 타고 흘러내렸다. 수영장 옆에 서 있던 엄마가 큰소리로 도움을 요청했던 기억이 난다. 뭐라고 했는지는 기억나지 않지만 물속에서 버둥대는 와중에도 엄마가 완벽해 보였더랬다.

그리고 지금, 우간다에서 다시 한번 물에 빠졌다. 돌에 부딪히며 작은 타박상을 입고 나일강 물을 잔뜩 먹은 후 물 위로 올라왔다. 손가락이 하얘지도록 구명조끼를 꽉 붙잡은 채 수면 위로 고개만 간신히 내민 상태였다. 무사했지만 바짝 약이 올랐다. 제인에게 내 목숨을 맡겼는데 정작 그녀는 일말의 망설임도 없이 나를 보트 밖으로 내던져 버렸기 때문이다.

보트에 다시 올라타니, 제인은 우리 조원들에게 선택하라고 했다. 급류에 맞서 싸울지, 아니면 포기하고 구명보트로 강을 내려갈지. 내 두뇌의 이성적인 부분은 '돌아가, 바보야! 당연히 돌아가야지'라고 소리쳤지만 그럴 수 없었다. 지금 돌아가면 나는 언제고 나자신을 미심쩍게 여길 것이다. 데이턴 YMCA 수영장에서 물속에 가라앉은 열한 살 여자아이로 영원히 머물게 되는 것이다. 그럴 수는 없었다.

그래서 두렵지만 급류에 맞서 싸워 보기로 했다. 몇 차례 급류를 겪어 보니 의외로 재미있어서 깜짝 놀랐다. 바위와 으르렁거리는 물살에 접근할 때마다 제인은 정확한 타이밍에 적절한 구령을 외쳤고, 우리는 충실히 그녀의 지시를 따랐다. 그러다 '이탄다'라고 불리는 지점에 도달했다. '나쁜 곳'이라는 의미의 이탄다는 거센 급류가 연달아 나타나는 매우 위험한 곳이었다. 아니나 다를까 우리가 모두 손을 놓고 있는 것처럼 아무리 노를 저어도 보트가 같은 자리를 맴돌기만 했다.

그럼에도 우리는 포기하지 않았다. 어떻게든 뚫고 앞으로 나아가고야 말겠다는 불굴의 의지와 결연함으로 급류에 맞서 싸웠고 마침내 승리했다. 기어코 우리가 해낸 것이었다. 우리는 기뻐서 함성을 질렀고 제인은 자랑스러운 듯 우리를 흐뭇하게 바라보았다. 그러나 위험한 지점은 그게 끝이 아니었다.

우리는 얼마 안 가 '실버백'이라는 급류를 만났다. 제인이 굳이 말을 안 해도 급류가 곧 눈앞에 나타나리란 것을 알 수 있었다. 이곳에서 알게 된 사실이지만 급류는 소리로 먼저 다가온다. 녹색 강물이 맹렬히 휘도는 소리, 강물이 뾰족한 바위에 부딪히는 소리가 들려오자 몸이 떨릴 정도였다. 나는 눈을 감았다. 앞으로 일어날 일을 보고 싶지 않았기 때문이다.

배낭여행을 떠나기 전 마지막으로 엄마를 보러 갔을 때였다. 1층에서 엘리베이터를 탔는데 아빠가 익숙한 듯 보안 코드를 입력했다.

196

환자들이 다른 층을 돌아다니거나 건물 밖으로 나가는 걸 막기 위해
만들어진 시스템이었다. 그런데 아빠는 걱정스러운 눈길로 나를 바
라보며 말했다.

"네가 엄마를 못 알아볼 수도 있어. 지난 몇 달 동안 그 병이 엄마
의 몸을 많이 망가뜨렸거든."

나는 마음의 준비를 하며 눈을 질끈 감았다. 두려움으로 명치가
낙떡해길 지경이었다. 엘리베이터가 열리자 아빠는 방 저쪽을 향해
손짓했다.

"저기 있네."

화장기 없는 얼굴에 힘없이 늘어진 회색 머리카락, 예쁜 구석이
라곤 없는 셔츠에 고무 밴드를 높이 끌어 올려 입은 바지. 엄마가 확
실했다. 나를 낳고, 기르고, 자신이 하지 못했던 모든 일을 해 보라고
나에게 도전 정신을 불어넣어 준 사람. 엄마는 나를 알아보지 못했
지만 나는 온몸으로 엄마를 기억했다.

순간 물살이 보트를 통째로 집어삼켰고 나는 여전히 눈을 감은
상태였다. 몇 초간 몸이 붕 뜨는 듯하더니 금세 사나운 물살에 잡아
먹히고 말았다. 머리가 수면에 닿기도 전에 너울이 다시 한번 내 머
리를 내리쳤다. 시큼한 강물이 코를 통과해 목구멍 뒤로 바로 넘어
갔다. 수면 위로 고개를 내밀고 입을 벌리니 향긋한 공기와 떡한 거
품이 동시에 입안으로 들어왔다. 어푸어푸 첨벙거리다 보니 어쩌다
오른손이 보트에 닿았다. 보트에 매달려 있으려는데 팔이 한쪽으로
왹 당겨졌다. 또 급류였다. 바위와 물살로 정신없는 가운데 보트를
놓치고 말았다.

문득 악어가 떠올랐다. 맙소사, 악어가 나타나면 어떻게 하지? 동물적 본능에서였는지 몸을 공처럼 둥글게 말았다. 나름 최대한 나를 보호하기 위해서였다. 거센 물살에 떠밀려 정신없이 굴러 내려갔다. 악어가 근처에 있다 해도 내가 너무 빠르게 움직이고 있어서 잡힐 염려는 안 해도 될 정도였다. 그러다 정신을 차리고 수면 밖으로 머리를 다시 내밀었는데 얼마나 오랜 시간이 흘렀는지, 얼마나 멀리 왔는지 알수가 없었다. 다만 물은 잔잔했고, 보트는 사라졌고, 나는 혼자였다.

눈에서 물기를 닦아 내고 몇 분간 수면에 떠서 하늘을 올려다보았다. 강은 나를 부드러운 손처럼 안고 있었다. 잠시 후 구명 카약한 대가 미끄러지듯 나에게 다가왔고 나를 더 큰 구명보트로 옮겨주었다. 몇 분 뒤 콧속이 개운해졌고 먹먹하던 귀도 뻥 뚫렸다. 마침내 고른 호흡을 되찾았고 맥박도 정상 수준으로 떨어졌다. 수면 위로 사람들의 머리가 하나씩 올라오는 것을 보니 안심이 됐다. 우리조 사람들이었다. 그들은 구명보트를 향해 헤엄쳐 왔고, 나는 그들을 끌어 올렸다. 그중 한 여자가 물살에 떠밀려 내려올 때 다친 듯피가 났지만 상처가 그리 깊어 보이진 않았다. 모두 무사하다는 사실을 확인하고 우리는 감격의 포옹을 나누었다. 강은 우리에게 연대감을 심어 주었다. 더는 서로가 낯설게 느껴지지 않았다.


나는 더 이상 혼자서는 아무것도 못 하는
열한 살짜리 여자애가 아니야

:

잠시 뒤 제인이 우리 보트를 가지고 나타나자 우리는 모두 환호성을 질렀다. 나는 일등으로 물에 뛰어들어 보트를 향해 헤엄쳐 갔다. 그 보트를 다시 탈 수 있어서 진심으로 기뻤다. 우리는 한 시간 정도 잔잔한 강물을 따라 내려갔다. 제인은 나에게 오렌지 하나를 건넸고, 나는 껍질을 까서 강물에 던졌다. 오렌지 껍질은 잠시 떠 있더니 물살을 타고 흘러가 버렸다. 여기서 흘러간 오렌지 껍질이 새로 세워진 나라 남수단을 통과하고, 나일강의 지류인 청나일강과 백나일강의 퇴적물과 뒤섞이고, 이집트의 농경지와 무덤들 앞을 빠르게 지나 지중해 어딘가의 해변에 도착하는 상상을 했다. 어쩌면 누군가가 그것을 발견하고는 어디서부터 온 건지 궁금해할지도 모른다.

한창 스카이다이빙에 빠져 있던 시절, 최악의 사태가 발생할 때를 대비해 부모님과 언니, 오빠 앞으로 쓴 편지 한 통을 책상 안에 남겨 두었더랬다. 그 편지에 나는 가족들로 인해 내 삶이 더욱 풍성해졌고, 이런 식으로 생을 마감하기를 바랐으니 너무 슬퍼하지 말라고 적었다. 위험하긴 해도 하늘을 날면서 죽는 것은 뭔가 고귀하고 멋진 방식이라고 믿었다.

하지만 이번 여행을 떠나면서는 어떠한 편지도 쓰지 않았다. 그 사실이 줄곧 의아하게 느껴졌는데 이제는 그 이유를 알 것 같다. 내가 살아서 돌아가리란 걸 스스로 확신했던 것이다. 나는 '나쁜 곳'을 무사히 통과했고 살아남았다. 만약 제이슨의 말만 듣고 급류 래프팅을 하지 않았더라면 나는 계속 나 자신을 미심쩍어했을 것이다. 하지만 용감하게 급류에 맞서 싸우고, 그 싸움에서 결국 승리함으로써 알게 되었다. 나는 혼자서 아무것도 할 수 없는 사람이 아니었다. 더 이상 수영장 물속에 가라앉아 누군가의 구조만 기다려야 했던 열한 살짜리 여자아이가 아닌 것이다. 아니, 엄마의 말처럼 나는 생각보다 강한 사람인지 모른다. 위험한 상황에 처해도 어떻게든 위기를 헤쳐나갈 용기를 낼 수 있는 사람. 어쩌면 그 믿음을 스스로 증명해보이고 싶어서 이곳에 온 게 아닐까.

다리가 아팠고 살갗은 햇볕에 그을었다. 저 멀리 소용돌이치는 물살이 보였다. 다시 노를 저어야 할 때였다. 물살이 거칠게 부딪쳐도 더 이상 눈을 감지 않았다. 이제는 내 방식대로 급류에 다가갔다. 마지막 몇 차례의 급류에서는 제인의 지시를 듣지 않아도 어떻게 대처해야 할지 감이 왔다. 우리 보트는 두 번 다시 뒤집히지 않았고, 장장 25킬로미터에 이르는 래프팅을 성공적으로 끝마쳤다.

이른 저녁, 보트에 있다가 물에 뛰어들었다. 나무들 뒤로 해가 지고 있었고, 강은 깊은 상처처럼 넓고 시커맸다. 공기는 확연히 서늘해졌고 물도 차가웠다. 몸이 식을라치면 헤엄을 쳐서 체온을 따뜻하게 유지했다. 내가 움직일 때마다 빛나는 물결이 만들어졌다. 새로 사귄 친구들이 진흙투성이 강둑에서 나를 불렀지만 나는 조금만 더 강 속에 머물고 싶었다.

학교 다닐 때 나일강은 고대 이집트인이 부활의 상징으로 여겼던 연꽃 모양을 하고 있다고 배웠던 게 기억났다. 나일강이 남쪽에서부터 꽃의 줄기처럼 흘러나오다 북쪽 끝 삼각주 지대에 이르면 활짝 편 연꽃잎과 같은 형상을 하고 있기 때문이다. 나는 지금 연의 줄기에서 꽃을 향해 나아가고 있었다.

# 11

# 감히 이해한다는 말조차
# 건넬 수 없는 아픔에 대하여

우간다를 떠나 지금 나는 르완다의 수도인 키갈리에 와 있다. 어디에 묵을지 숙소를 알아보던 중 가이드북에서 마음에 드는 호스텔을 하나 발견했다. 정확하게는 그곳에 대한 설명이 내 마음을 확 사로잡았다.

'평온과 조화의 정신을 추구하는 여행자라면 이 작은 피난처야말로 당신이 찾는 곳이다.'

평온과 조화, 피난처의 조합은 과연 어떤 모습일까. 숙소를 향해 발걸음을 옮기는데 의수족 제작소들이 눈에 들어왔다. 그 앞에는 주인 없는 나무 팔다리가 어지럽게 흩어져 있었고 그중 몇 개는 부러져 있기까지 했다. 마음이 좋지 않았다.

# 르완다, 대학살이 벌어졌던 땅에 서서

1994년 르완다에선 대학살이 있었다. 토착 부족인 후투족과 소수 민족 투치족의 해묵은 종족 갈등이 폭발한 것이다. 100일 남짓한 시간 동안 르완다 인구의 10퍼센트에 해당하는 80만 명 이상이 사망했고 50만 명 이상이 심각한 부상을 입었다. 의수족 제작소는 그때 팔과 다리를 잃은 이들을 위해 만들어진 곳이었다.

무거운 마음으로 호스텔에 도착했는데, 내가 너무 큰 기대를 한 걸까. 호스텔을 둘러싼 콘크리트 담장과 거대한 철제 대문, 입구에 세워진 초소는 감옥을 연상시켰고, 앞마당의 식물들은 제대로 돌보지 않아 웃자란 상태였다. 사무실 용도로 사용하는 작은 방에는 테이블 하나와 그 위에 올려둔 금고가 전부였고 비쩍 마른 고양이들이 내 주위를 맴돌았다.

우간다에서 르완다로 넘어올 때 나는 환전을 하지 않았다. 환율이 안 좋았던 탓이었다. 그 결과 내 주머니에는 쓸모없는 우간다 실링과 비상용 달러 몇 장뿐이었다. 호스텔 직원은 달러로 결제하려면 보통 수준보다 높은 환율을 적용시킬 수밖에 없다고 엄포를 놓았다. 실랑이를 벌이기엔 너무 피곤하고 지쳐 있던 나는 달라는 대로 돈을 내주었다. 방문을 열고 나서야 이 천장 높은 감방에 묵겠다고 1박에 35달러를 낸 건가 싶었다.

르완다 하면 '천 개의 언덕이 있는 나라'로 알려진 만큼, 이곳에 도착했을 때만 해도 멋진 풍광을 기대했었다. 하지만 이 방에서는 바깥이 아무리 아름답다 한들 아무것도 보이지 않을 것이 틀림없었다. 콘크리트 벽의 높이가 4.5미터쯤 되어 보였는데, 창이라고는 천장 가까이에 있는 작은 창문 하나가 전부였기 때문이다. 방은 침대와 의자 하나가 놓여 있는 회색의 정육면체에 지나지 않았다. 낮은 돌벽으로 구분해 놓은 화장실에는 샤워기 하나와 꽉 막힌 배수구, 그리고 물이 내려가지 않는 변기가 있었다. 샤워기에서는 역시나 차가운 물만 나왔다. 체크인할 때 직원이 1박에 10달러를 추가로 내면 온수를 꺼 주겠다고 했지만 너무 비싸 포기했기 때문이다. 내 빠듯한 예산을 생각하면 온수는 사치나 다름없었다.

그런데 심각한 문제는 따로 있었다. 방에 모기가 우글거리고 있는데 안 그래도 조악한 모기장이 찢어져서 구멍이 나 있었다. 얼른 접착테이프로 구멍을 막긴 했지만 모기는 어떻게든 구멍을 뚫고 모기장 안으로 들어왔다. 모깃소리가 끊임없이 귓가에 메아리쳤다.

우간다와 국경을 접하고 있는 나라라 저렴한 비용과 짧은 이동 시간으로도 르완다에 올 수 있다는 사실에 이끌렸었다. 하지만 이곳에서 무엇을 할지 확실히 정해 놓은 건 아니었다. 자원봉사할 곳을 찾아봐야겠다는 막연한 생각뿐이었다. 르완다의 면적이 미국 메릴랜드주보다도 작다는 사실 때문에 너무 만만하게 본 걸까. 그래도 도착하면 방향이 잡힐 거라 생각했는데 무엇을 해야 할지 막막하기만 했다.

어두컴컴한 밤, 나는 책 한 권을 가지고 침대 위에 쪼그려 앉았다. 남편의 목소리가 그리웠지만 전화를 걸 수도 인터넷을 쓸 수도 없는 형편이었다. 그런데 잠시 후 유일한 조명이었던, 전선을 그대로 드러낸 채 천장에 매달려 있는 전구마저 꺼져 버렸다. 딱히 놀랍지도 않았다. 단지 눈물이 나왔을 뿐이다. 절망스러울 정도로 방이 컴컴해서 울었고, 모기들이 귓속으로 달려들어서 울었다. 욕실 바닥에 간간이 악취 나는 물을 토해 내는 변기 때문에 울었다. 그리고 알 수 없는 죄책감 때문에 더 서럽게 흐느꼈다. 나는 대학살이라는 말할 수 없는 공포를 겪었던 땅에 와 있었다. 만난 적 없고 만날 일도 없는 사람들을 위해 울었고, 감히 이해할 수 없는 아픔 때문에 울었다. 내가 어쩌지도 못하는 사이 죽어 가고 있는 엄마를 떠올리며 울었고, 내 주위의 모든 불완전한 가족들을 생각하며 울었다.

그날 밤 나는 말라리아와 몸에서 떨어져 나간 신체 부위들에 관한 꿈을 꾸었다. 잠을 제대로 못 잔 탓인지 잠시 눈만 붙였다 일어난 것처럼 느껴졌다. 이윽고 아침이 밝아 왔고, 문을 열고 해가 뜬 것을 확인하니 감사한 마음이 들었다. 길거리는 여전히 의족들로 어지러웠지만 말이다.

다음 날 주머니에 르완다 프랑을 충분히 확보했다. 근처 뷔페식당에서 고구마와 콩, 카사바로 든든히 배를 채웠지만 이상하게도 막막하고 외로운 느낌은 가시지 않았다. 무엇이든 해야겠다는 생각에 인터넷 카페로 가서 두어 시간 동안 자원봉사할 곳을 검색했다.

한 여성 쉼터에서 교사를 구한다고 해서 한참 동안 이메일을 주고받았는데 알고 보니 그들은 프랑스어가 가능한 에어로빅 강사를 구하는 것이었다. 나는 그들이 글쓰기 교사를 찾고 있다고 생각했는데 말이다. 실망스럽기도 하고 우중충한 호스텔로 돌아가기가 싫어서 키갈리 시내를 산책했다. 크고 위풍당당한 집들, 창가에 늘어선 꽃 화분, 가로수가 줄지어 심어진 깨끗한 거리, 깔끔하게 다듬어진 잔디. 이런 곳에서 대학살이 일어났다니 상상하기가 어려웠다. 내가 발 디디고 있는 바로 이 땅에서 사람들이 죽었다는 사실을 의식한 채로 계속 걸었다.

1994년 4월 6일, 르완다 대통령 쥐베날 하비아리마나가 전용기 격추 사건으로 숨을 거두었고 그것은 르완다 대학살의 촉발제가 되었다. 당시 쥐베날 하비아리마나 대통령은 후투족으로, 후투족과 투치족은 오랫동안 갈등 관계에 있었다. 진실 여부와 상관없이 비행기 추락 사고의 배후로 투치족이 지목되었고, 대통녕 경호원들을 중심으로 한 후투족 강경파가 투치족을 무자비하게 학살하기 시작했다. 투치족이 가만있을 리 없었다. 결국 사람들은 거리로 몰려나와 서로를 때려죽이기 시작했다.

내전은 100여 일 뒤인 1994년 7월 중순에 이르러서야 끝이 났다. 르완다 전체 인구의 10퍼센트에 달하는 80만 명이 사망하고, 너무나 많은 사람들이 불구가 된 다음에야 말이다.


## 영어 교사가 되다

그로부터 며칠이 흘렀다. 나는 시내와 좀 더 가까운 유스호스텔로 숙소를 옮겼다. 그곳은 장기 투숙 배낭여행객들과 르완다에 살면서 대학살을 연구하는 대학원생, 비영리 단체에서 일하는 주재원들로 가득했다. 저녁이 되면 나는 그들과 함께 테라스에 앉아 차가운 맥주를 마시며 많은 대화를 나누었다.

숙소를 옮긴 후 르완다에 있어야 할 이유도 찾았다. 성인 여성들을 위한 직업 학교에서 자원봉사를 하기로 한 것이다. 학생들은 모두 대학살 이후 가족을 잃거나 다른 곤란한 상황에 맞닥뜨려 어쩔 수 없이 성매매에 발을 들였던 여성들이었다. 그들은 장신구 만들기, 직물 짜기, 바느질과 같은 생활 기술을 배우러 이 학교에 왔다. 그리고 내가 그들에게 가르치게 될 것은 실용 영어였다. 정확하게는 간단한 인사말과 자기소개, 직접 만든 물건을 관광객들에게 파는 데에 도움이 될 만한 표현을 가르치는 것이었기에 충분히 할 수 있을 것 같았다.

나는 오토바이 택시를 타고 평일 오후 똑같은 시간에 학교로 출근했다. 대부분 경비인 앙드레가 철제 대문을 열어 나를 안으로 들여보내 주었지만 그가 드라마를 보느라 자리를 비울 때는 학생 중 하나가 내 목소리를 들을 때까지 기다려야 했다.

우리 반은 정원이 대략 스물다섯 명이었는데 반드시 출석해야 할 의무가 없었기 때문에 대개는 열두 명 정도와 수업을 했다. 나는 일상적인 표현과 자기소개를 가르치는 것으로 수업을 시작했다. 하지만 학생들의 반응이 없어도 너무 없었다. 질문에 답하거나 내 말을 따라 해 보라고 애원해야 할 정도였다. 어려운 표현이면 또 모르겠는데 "Good morning", "What is your name?" 등 인사를 하고 이름을 묻는 아주 기본적인 표현을 가르치는 데부터 막히니까 수업을 이끌어 나가는 게 너무 괴로웠다.

애초에 교사 자격증도 없고, 교육 쪽으로는 아무런 경력도 없는 내가 수업을 맡은 게 잘못이었을까? 선생님도 아니면서 학생들에게 나를 선생님이라고 부르게 하는 것이 옳은 일일까? 내가 학생들에게 도리어 피해를 주면 어쩌지? 나보다 더 자격 있는 누군가가 해야 할 일을 빼앗고 있는 건 아닐까?

며칠이 지난 후, 나를 인터뷰했던 관리자 톰에게 이런 우려를 털어놓으면서 의견을 물었다. 톰은 12년 넘게 직업 학교와 비영리 기관의 운영을 도운 영국인이었다. 그동안 수많은 자원봉사자를 상대해 왔고, 이 학교가 여성들의 취업과 실무에 어떤 도움이 되었는가를 지켜봐 온 사람이었기에 그의 의견은 나에게 매우 중요했다.

"잘 들으세요. 선생님은 중요한 사람이에요. 학생들이 선생님 수업에 관심이 없었다면 아예 듣질 않았을 거예요."

나는 그의 대답을 듣고 용기를 내보기로 했다. 하지만 다음 날 수업이 끝나 갈 무렵 나는 다시 고민에 빠졌다. 수업 때 늘 구부정한 자세로 앉아 있던 리베레가 칠판 위의 분필 가루를 손으로 쓱 문지르더니 내 등을 툭툭 두드렸다. 내 검은색 티셔츠에 선명한 흰색 손자국을 남긴 것이다. 나머지 학생들은 리베레에게 박수를 보내면서 나를 보고 낄낄댔다. 악의적 의도 없이 한 짓궂은 장난이었겠지만 이 교실에서 권력이 누구에게 있는지 알 수 있었고, 확실한 건 그 권력자가 나는 분명 아니라는 것이었다. 나는 얼굴이 상기되는 걸 느끼며 황급히 자리를 떴다. 모두가 보는 앞에서 울음을 터뜨릴 수는 없었다.

호스텔로 돌아와 보니 룸메이트들은 이미 음악을 틀어 놓고 주말을 즐길 준비를 하고 있었다. 하지만 나는 클럽에 가지 않을 작정이었다. 교실에서 학생들을 장악할 방법을 찾아야만 했기 때문이다. 나는 제2외국어로서의 영어를 가르치는 방법과 학생들의 주의를 끄는 방법, 유익하고 실용적인 학습 경험을 만드는 방법들을 조사하기 시작했다. 어떻게든 우리 반 학생들의 호감을 얻고 싶었고, 그들이 나를 받아들이길 원했다.

그다음 월요일, 나는 학창 시절에 선생님들이 썼던 방법을 시험해 보았다. 학생들에게 사탕이라는 뇌물을 준 것이다. 정답을 맞힐 때마다 사탕을 하나씩 주었다. 그런데 깜짝 놀랄 정도로 학생들의 태도가 달라지기 시작했다. 질문을 할 때마다 십여 명이 손을 번쩍 들었다. 신이 난 나는 책상과 의자를 뒤섞어 교실 뒤편에서 앞쪽까지 이어지는 미로를 만들었다. 그런 다음 천으로 눈을 가리고는 학생들에게 내가 미로를 통과할 수 있도록 길을 안내해 달라고 했다. 방향과 관련된 단어들을 가르친 직후였다. 누군가가 '오른쪽' 대신 '왼쪽'이라고 말하면 나는 벽을 향해 걷기도 하고 책상에 걸려 비틀거리기도 했다. 바보 같아 보이는 것쯤이야 아무렇지 않았다. 그런 내 행동에 학생들은 즐거워하면서 깔깔 웃어 댔고 그중 몇몇은 "안 돼요!"라고 소리치면서 의자에 걸려 넘어지지 않도록 나를 붙잡아 주기도 했다.

그날은 모두가 사탕을 받았다. 그리고 나는 학생들에게 처음으로 교실 밖에서 함께 시간을 보내자는 초대를 받았다. 로즈와 클로딘이 산책을 하자고 제안한 것이었다. 나는 날아오를 듯이 기뻤다.

### 2주간의 수업이 내게 남긴 가슴 아픈 질문

:

2주간 수업을 하고 나니 르완다에서는 모든 질문에 추가적인 질문이 필요하다는 것을 깨닫게 되었다. 가족에 관한 수업을 하던 중 언니, 아버지, 남편 같은 단어를 가르치면서 발견한 사실이었다. 가령 내가 학생들에게 "형제자매가 있나요?"라고 질문하면 학생들은 나를 멍한 눈으로 바라보기만 했다. 그러다가 "형제자매가 있었나요?"라고 추가로 질문하면 비로소 학생들의 이야기를 들을 수 있었다. 시간은 대학살 전과 후로 구분되어 있었다.

나로서는 그런 고통을 헤아릴 수조차 없었다. 내가 졸업 무도회에 신고 갈 신발을 고를 때 그들은 끔찍한 대학살을 겪어야만 했다. 사랑하는 이들이 누군가가 휘두른 마체테에 맞아 죽는 모습을 눈앞에서 지켜봐야만 했고, 살아남기 위해 미친 듯이 도망가거나 숨어야만 했다. 내가 요양원 침대에 누워 있는 엄마 때문에 힘들어했을 때 그들은 그래야 했다.

대학살은 르완다 사람들의 모든 대화와 모든 소통에 영향을 끼쳤다. 서로를 바라보는 눈빛을 바꾸었고, 낯선 사람을 판단하는 기준을 바꾸었으며, 언제든 경계를 늦추지 않게 만들었다. 대학살의 후유증으로부터 자유로운 사람은 아무도 없었다.

어느 날 수업 후, 같이 동네를 걷던 클로딘이 불쑥 자기 이야기를 꺼냈다. 대학살 때의 일이었다. 후투족 이웃들이 투치족인 클로딘의 가족들을 잡으러 온 날, 그녀의 아버지는 두들겨 맞아서 움직이지 못할 지경이 되었다. 그런데 이웃 한 명이 기어코 침대 밑에 숨어 있던 그녀를 찾아내서는 마체테를 건네며 아버지를 베라고 윽박질렀다. 클로딘은 그때 겨우 열여섯 살이었다.

클로딘이 도망치려고 하자 그들은 마체테로 그녀의 다리를 베었고 몽둥이로 온몸을 때렸다. 그녀가 살려 달라고 빌자 그들은 큰소리로 웃었다. 그와 동시에 그녀는 정신을 잃었다. 그다음에 무슨 일이 벌어졌는지, 자신이 어떻게 살아남았는지는 기억에 없다고 했다. 하지만 대학살 전의 그녀는 가족이 있었고 HIV(에이즈 바이러스)에 감염되지 않았던 반면, 그 후의 그녀는 강간을 당해 HIV에 감염되었고 혼자 살아남았다는 사실만큼은 분명했다.

나는 사람은 천성적으로 선하다고, 세상이 나쁜 짓을 하게 만들 뿐이라고 줄곧 믿어 왔었다. 하지만 르완다 대학살은 기존의 내 신념을 완전히 뒤흔들어 놓았다. 르완다의 현실을 보면 절대악은 분명히 존재했다. 클로딘을 비롯한 내 학생들이 바로 그 증거였다.

뇌는 이해하지 못하는 대상을 분류하려고 노력하기 때문에 우리는 구름을 보면서도 익숙한 것을 찾으려 애쓴다고 한 제이슨의 말이 떠올랐다. 하지만 대학살이라는 구름은 아무리 바라보아도 내 앞에서 그냥 흩어져 버렸다. 나의 뇌는 이해되지 않는 대상을 이해하려고 애썼지만 여전히 낯설 뿐이었다.

직접 겪어 보지 않고서는 감히 이해한다는 말조차 건넬 수 없는 일들이 있다. 르완다 대학살이 그렇다. 그런데 내가 르완다 대학살을 겪은 이들에게 그 고통과 슬픔을 충분히 이해한다고 말할 수 있을까? 다만 그들 앞에서 내 사망 확률 따위로 힘들어하는 일이 부끄럽게 느껴졌고, 그들의 고통에 나까지 숟가락 얹을 권리는 없다는 생각이 들었다. 여기서 내가 외국인이라는 것은 피할 수 없는 사실이고, 나는 앞으로도 외국인으로 남을 테니까 말이다.

## 내 걱정들은 그저 사치에 불과했다

학생들의 이야기를 듣다 보니 대학살 희생자 추모관 몇 군데를 가 봐야겠다는 생각이 들었다. 그들의 이야기를 더 많이 듣고 싶었고, 대학살에 희생된 모든 어머니들을 애도하고 싶었다.

나는 혼자서 버스를 타고 무람비 추모관으로 향했다. 버스에서 내려서 추모관까지는 가볍게 걸을 만한 길이었다. 하지만 근처에 다다르자 발걸음을 늦추지 않을 수가 없었다. 발밑에서 나뭇가지가 부러지는 소리가 났기 때문이다. 풀이 무성한 평지에서 왜 이런 소리가 나는 거지? 쪼그려 앉아서 살펴보니 흙 속에 작은 뼈들이 파묻혀 있었다. 손으로 집어서 들어 보니 새의 골격처럼 작고 가벼웠다. 추모관 현관에 서 있던 자원봉사자가 나에게 다가와서는 말했다.

"아이들이에요."

나는 떨리는 손으로 뼈들을 원래 자리에 되돌려 놓았다. 달리 어찌해야 할지 몰랐다.

추모관 건물은 예전에 기술 학교로 쓰이던 곳이었다. 대학살 때 투치족들은 정부 관료들의 안내에 따라 이곳에 몸을 숨겼다. 그런데 피신처를 제공한 관료들의 속셈은 따로 있었다. 그들은 투치족을 일부러 한곳에 모아놓고는 물과 음식을 주지 않았다. 배고픔으로 쇠약해진 투치족이 도주할 기력조차 없는 상태가 되자 그들은 본색을 드러냈다. 투치족을 모두 학살한 것이다. 대략 45,000명이 지금 이 땅에 잠들게 된 경위였다.

자원봉사자는 추모관 문을 열어서 나를 안으로 들여보내 주었다.

그녀는 대학살의 생존자라고 자신을 소개했다. 지금껏 살면서 몇 번인가 시체를 본 적이 있다. 일간지인 〈신시내티 인콰이어러〉에서 야간 범죄 순찰에 관한 취재를 하고 있을 때였다. 어느 날 흰 시트 밑으로 비스듬히 나온 팔다리와 뚝뚝 흘러내리는 핏물, 들것에 실려 가는 시신을 보게 되었다. 순간 나는 너무 놀라 눈을 감았고, 한동안 눈을 뜰 수가 없었다.

그런데 지금 나는 수만의 망자가 잠들어 있는 추모관에 와 있다. 예전에 교실로 쓰였던 공간에는 나무 테이블이 여러 개 놓여 있었고, 그 위에는 희생자들의 시신이 누워 있었다. 집단 매장지에 묻혔다가 파내어진 시신들은 이제 횟가루를 뒤집어쓰고 하얗게 석회화된 상태였다. 그리고 고통으로 얼굴이 일그러지고 몸이 뒤틀린 채 죽음의 순간을 고스란히 드러내고 있었다. 녹아내리거나 너무 뒤틀려 사람의 형태라고 보기 힘든 시신도 있었다.

좀 더 가까이 가 보니 몇몇 시신에는 마체테에 베인 자국이 아주 선명하게 남아 있었다. 또 손가락에 여전히 결혼반지를 끼고 있는 시신이 있었고, 아이를 안심시키려는 듯 요람에 손을 얹고 있는 어느 어머니의 시신도 보였다. 시신 위로 뿌려 둔 횟가루는 악취를 빨아들이는 역할을 했지만 여기서 벌어진 일을 완전히 은폐할 정도로 강하지는 않았다. 그래서 숨을 들이쉴 때마다 썩는 냄새 때문에 속이 울렁거렸다.

나는 화가 나고 슬펐으며 그런 감정은 죄책감으로 인해 더욱 심해졌다. 예전에는 미래를 당연히 올 시간으로 여기며 살았다. 하지만 엄마가 알츠하이머병 진단을 받고 난 뒤 깨달았다. 미래는 당연히 오는 게 아니었다. 엄마가 없는데 엄마와 함께하는 미래가 어떻게 있을 수 있겠는가. 그리고 때때로 엄마에게 물려받았을지도 모르는 유전자가 내 남은 인생에 어떤 제약을 가져올지 걱정스러웠다. 어떻게 될지 모르는 불투명한 미래가 자꾸만 나를 움츠러들게 만든 것이다. 하지만 내가 보고 있는 망자들에게는 그런 걱정을 할 사치조차 주어지지 않았다. 그들이 약속받은 미래는 거짓이었다.

희생자의 유골을 숨기는 것보다 드러내는 편이 더 낫다는 것은 알지만, 그렇다고 해서 그 광경을 편안한 마음으로 볼 수 있는 건 결코 아니었다. 나는 남은 스물세 개의 교실을 빠르게 통과해 명상과 기도를 할 수 있는 방에 도착했다. 그곳에 한참을 앉아 있었더니 자원봉사자가 고개를 내밀어 별일이 없는지 확인했다. 혼자 있고 싶어서 괜찮다고 손짓했지만 그녀는 그래도 나와 함께 있어 주었다.

## 세상에서 가장 멍청한 싸움

:

이후 나는 키갈리에서 남쪽으로 한 시간 거리에 있는 냐마타로 향했다. 또 다른 추모관을 방문하기 위해서였다. 가는 길이 상당히 험했는데, 버스가 울퉁불퉁한 갓길로 밀려났다가 깎아지른 듯한 벼랑 쪽으로 주르륵 미끄러지는가 하면 다시 아스팔트 위로 돌아오기를 반복했다. 다행히도 도로에는 차량이 거의 없었다.

내 옆에 앉은 남자는 무릎 사이에 머리를 떨군 채 괴로워했다. 그는 몇 분에 한 번씩 코에 라임을 대고는 숨을 크게 쉬곤 했는데, 강한 라임 향으로 멀미를 가라앉히려는 듯 보였다. 나도 속이 울렁거렸지만 멀미 때문이 아니었다. 사방에 죽음이 있다는 사실이 내 마음을 어지럽게 만들었다.

아빠는 엄마의 상태에 대해 극도로 말을 아꼈다. 하지만 최근 통화에서 뭔가를 감추고 있는 듯한 느낌을 받았다. 지난 몇 달간 엄마의 병세가 급속도로 나빠진 건 알고 있었다. 주변 환경을 인식하지 못했고, 이름을 불러도 대답하는 일이 드물었다. 다른 사람의 도움 없이는 식사, 옷 입기, 용변을 포함해 아무것도 할 수 없었고, 더는 걸을 수 없는 상태였다. 즉 엄마의 몸 전체가 기능을 멈추게 되기까지 얼마 남지 않은 것이다.

냐마타에 도착해 버스에서 내리자마자 호객꾼들이 우르르 내 주위로 몰려들었다. 그들은 추모관까지 괜찮은 가격으로 안내하겠다며 서로 경쟁하듯 호객 행위를 했지만, 나는 못 들은 척 그들 사이를 뚫고 앞으로 나아갔다. 추모관은 언덕에 있었는데 대학살 이전에는 성당으로 쓰이던 건물이었다.

대학살이 시작되었을 때, 냐마타의 주민들 다수가 성당으로 피신했다. 투치족인 그들은 성당 철문 안에 자물쇠를 걸어 잠갔지만 후투족 민병대는 보란 듯이 철문을 부수고 안으로 밀고 들어왔다. 민병대는 권총과 마체테, 쇠망치, 수류탄 등의 무기로 투치족을 무자비하게 죽이기 시작했다. 이틀 동안의 살육으로 희생된 투치족은 만 명이 넘었다. 그들의 시신은 또 다른 희생자 3만5천 명과 함께 성당 뒤 집단 매장지에 안치되었다. 성당에 도착해 안으로 들어가려는데 출입구 위쪽에 키냐르완다어로 다음과 같은 문구가 적혀 있었다.

'당신이 나를 알고 자신을 진정으로 알았더라면 나를 죽이지 않

았을 것이다.'

성당 내부는 희생자들의 옷가지와 피비린내로 가득했다. 신자석에는 붉은 피가 스민 천이 높다랗게 쌓여 있었고, 미사를 드리는 단위에 깔아 놓은 하얀 천도 피로 얼룩져 있었다. 천장에는 군데군데 총탄 자국도 남아 남았다. 세례식 때 성수를 담는 세례대는 새로 태어난 생명보다 더 많은 죽음을 목격하지 않았을까. 성당 지하는 납골당으로 비껴어 줄지어 배치한 선반 위에 유골들이 가득했다. 누구의 것인지 모를 두개골과 다리뼈와 팔뼈들이었다.

다른 방으로 들어가니 한쪽 벽이 피로 얼룩져 있었다. 아이들이 숨어 있던 방이었다. 학살자들은 몸집이 작은 아이들을 벽에다 던져 살해했다고 한다. 굳이 마체테를 사용할 필요조차 없다고 생각한 것이다.

사람들은 흔히들 비극을 목격하면 차마 말을 잇지 못한다. "그런 일은 상상조차…", "이렇게 안타까운 일이…". 나 또한 그런 심정이었다. 내 영혼이 산산이 부서지는 느낌이 들었고, 모든 것이 공허하게 느껴졌으며, 제대로 숨을 쉴 수가 없었다. 숨을 쉬려면 폐에 공기를 집어넣어야 했지만 죽은 이들이 마지막으로 호흡한 공기, 강제로 빼앗겨 버린 순겹이 녹아 있는 공기를 마시기란 정말 어려운 일이었다.

현기증이 났다. 그리고 단단한 물질들로 이뤄진 공간 안에서 니 혼자 붕 뜬 느낌이 들었다. 유골과 벽돌, 내 발밑의 바닥, 머리 위 양철 지붕 모두 다 단단한 것들이었다. 하지만 우리를 인간답게 하는 요소는 부드럽고 찐득찐득하다. 피와 살, 마음과 정신, 눈에 보이지 않는 것들, 삶이 어떤 식으로 끝나든 절대로 남지 않는 것들.

그곳을 떠나기 전 희생자들의 소지품을 전시해 놓은 곳을 둘러보던 중 신분증 하나가 눈에 들어왔다. 신분증에는 갈색 핏자국이 말라붙어 있었는데 이름과 생년월일을 보니 1965년 5월 25일생으로, 우리 오빠와 같았다. 어쩌면 우리 오빠도 피해자가 될 수 있었다. 아니 우리 중 누구라도 그들처럼 될 수 있었다.

추모관에서 키갈리로 돌아오는 길에, 엄마가 갑작스럽게 돌아가신다면 어떤 기분일까 생각해 보았다. 누군가를 빨리 잃는 게 더 나을까? 서서히 빼앗기는 편이 더 나을까? 상처 위 반창고를 확 떼어내는 것 같은 슬픔이 오히려 극복하기 수월하려나?

몇 년 전 제일 친한 대학 친구와 이에 관한 언쟁을 벌인 적이 있었다. 어쩌다 시작하게 됐는지는 기억나지 않지만 요지는 자신이 더 괴롭다는 것이었다. 친구의 어머니는 유방암으로 3년간 투병하다 세상을 떠났는데 친구는 자신의 엄마가 우리 엄마보다 더 가엾다고 주장했다. 이에 내가 알츠하이머병이 질병 중에서 가장 잔인하다고 반박하자, 친구는 말했다.

"우리 엄마는 고통스러워하셨어."

"우리 엄마는 고통스럽다는 사실조차 알 수가 없어."

"그래도 넌 엄마가 아직 살아 계시잖아."

"하지만 엄마는 날 알아보지도 못하시는걸?"

"나를 못 알아보더라도 엄마가 살아 계신다면 그것만으로도 감사할 것 같아."

하지만 내겐 그렇게 간단한 문제가 아니었다. 내가 누군지, 그리고 자신이 누군지도 모르는 엄마에게 딸 노릇을 어떻게 해야 할지 정말 알 수가 없었다.

돌이켜보면 멍청한 싸움이었다. 당연히 고통에는 위계가 없다. 상실로부터 퍼져 나간 슬픔의 잔물결을 측정할 방법은 존재하지 않는다. 친구와 나는 둘 다 고통스러웠다. 그리고 둘 다 자기 슬픔에 눈이 멀어 자신이 더 아프다고 우기며 말싸움을 벌였다. 애초에 승자가 있을 수 없는 싸움이었다. 그 싸움에서 이긴다고 한들 그게 무슨 소용이란 말인가?

도로는 텅 비어 다니는 차가 없다시피 했다. 운전기사는 오늘이 '우무간다'라서 버스가 거의 다니지 않는다고 설명해 주었다. 우무간다는 매월 마지막 토요일에 전국적으로 진행되는 지역 봉사의 날이었다. 동네마다 집 페인트칠, 쓰레기 줍기, 농작물을 심기 위한 밭갈이 같은 프로젝트를 정하면 18~65세 사이의 모든 국민이 의무적으로 그 프로젝트에 참여해야 한다.

르완다 정부는 대학살 이후 후투족과 투치족을 통합하고 공동체 의식을 키우기 위한 목적으로 우무간다를 시행해 왔다. 말하자면 화합의 날인 것이다.

르완다는 어쨌거나 사형 제도가 없는 작은 국가다. 유죄 판결을 받은 학살자들은 형을 다 살고 감옥에서 풀려났고, 그 수는 매년 점점 더 늘어났다. 그리고 그들의 대다수는 대학살 전에 살았던 마을로 돌아갔다. 내 가족을 살해한 이가 옆집에 버젓이 살게 되는 형국이었다.

엄마는 언제나 나에게 용서야말로 인간이 기를 수 있는 가장 중요한 삶의 기술이라고 강조했었다. 하지만 과연 내가 그런 관대함을 보여 줄 수 있을지 의문이 들었다.

## 아름다운 거짓말이 필요한 순간

며칠 뒤 호스텔에 머물고 있는데 전기가 나갔다. 누군가가 도시의 멈춤 버튼을 누른 것 같았다. 음악이 끊기고 천장에 달려 있는 선풍기도 마지막으로 빙그르르 한 바퀴 돌더니 멈춰 버렸다. 모든 것이 고요했다.

나는 복도를 더듬으면서 테라스로 나갔다. 사람들이 모여 있었다. 성냥을 긋는 소리가 들렸고 곧이어 시트로넬라 향초의 흔들리는 불빛이 보였다. 모두 향초 주위로 둥글게 모여들었고, 누군가가 테이블 위에 병 하나를 탁 내려놓았다. 바나나로 증류한 우간다의 전통주 '와라기'였다. 서로를 잘 알지 못하더라도 와라기 한 병이면 친구가 되는 것은 이제 시간문제였다. 그중 누구보다 르완다 생활을 오래 한 새넌이 말했다.

"전기가 금방 돌아오지는 않을 거예요. 술이나 마시는 게 낫겠네요."

잔이 없어서 술병을 시계 방향으로 돌렸다. 내 차례가 되어 한 모금 마셔 보았더니 목이 타는 것만 같았다. 와라기는 독하고 떫었으며 쓴맛이 났다. 내가 정신을 못 차리자 새넌이 입가심하라며 미지근해진 포도 맛 환타를 건넸다. 다시 내 차례가 돌아왔을 때 특유의 쏘는 맛을 예상했지만 이번에는 목이 타는 듯한 느낌은 들지 않았다. 두 시간 후, 전기가 파티의 불청객처럼 무례한 기세로 갑자기 들어왔다. 때마침 술병은 거의 바닥을 드러내고 있었다.

기분 좋게 취기가 오른 우리는 이대로 자리를 정리하기 아쉬워 클럽에 가기로 했다. '패서디나'라는 클럽이었는데 생각보다 사람이 많았다. 번쩍거리는 조명 때문에 하이힐, 딱 붙는 미니드레스, 반짝이는 셔츠, 꼭 끼는 바지가 현란한 만화경처럼 눈에 들어왔다. 그리고 안이 습해서인지 벽면의 거울을 따라 맺혀 있던 물방울들이 또르르 흘러내렸다.

누군가가 나에게 마티니를 사 줬다. 건네받은 마티니는 그 어떤 기준으로 따져 봐도 내가 아는 마티니와 달랐지만 어쨌든 그것을 홀짝홀짝 마셨다. 디제이는 쿵쿵거리는 레게 음악에다 프린스와 샤키라, 샤카 칸 등 대중적인 가수의 노래를 뒤섞었고, 그에 맞춰 나는 신나게 춤을 추었다. 클럽 안은 에너지로 고동쳤고 달달한 머스크 향이 공기에 감돌았다. 얼마쯤 지났을까, 슬슬 졸음이 오기 시작했다. 고개가 나도 모르게 까딱였고 자꾸만 눈이 감겨 왔다. 숙소로 돌아가고 싶은데 친구들은 더 놀고 싶은 기색이었다. 먼저 가겠다고 인사를 하고선 밖으로 나갔다.

12월의 공기는 선선했고, 그사이에 비가 내렸는지 울퉁불퉁 팬 도로에 괴어 있는 물웅덩이가 반짝였다. 자욱한 안개 때문에 앞이 잘 보이지 않았고, 지나가는 택시도 없었다. 게다가 낯선 곳이라 호스텔이 어느 쪽인지 분간이 되지 않았다. 이런 날씨에 오토바이 택시를 타는 건 너무 위험한데 어떡하지?

바로 그때 근사한 슈트 차림의 체격 좋은 남자가 내 어깨를 톡톡 두드렸다. 그러더니 자신의 고급 SUV로 집에 데려다주겠다고 제안했다. 얼마냐고 묻자 그가 돈은 내지 않아도 된다고 답했다. 그가 내 얼굴에 피어오른 의심을 읽은 게 분명했다. 곧바로 자신이 이 클럽의 사장이라고 소개했기 때문이다. 그는 동그스름한 얼굴에 상냥한 미소를 머금고 말했다.

"제 손님이니까 안전하게 귀가할 수 있도록 돕는 것도 제 책임이죠."

낯선 남자의 차를 얻어 타는 게 맞는 걸까? 엄마의 가르침대로라면 당연히 거절하는 게 맞지만 그러기엔 안개가 너무 자욱했고 도로가 미끄러워 오토바이 택시를 타면 너무 위험할 것 같았다. 머릿속으로 바쁘게 계산기를 두들기고 있는데, 남자가 차 문을 열고 타라고 손짓했다.

나는 결국 SUV를 선택했다. 내가 안전띠를 매자 그가 문을 잠갔다. 가는 동안 우리는 가벼운 대화를 나누었다. 그는 클럽이 어땠는지 물었고, 나는 음악이 끝내줬으며 흥겨운 분위기가 아주 마음에 들었다고 대답했다. 그는 뿌듯해하면서 자기 형을 기리기 위해 클럽의 이름을 패서디나로 지었다고 말했다.

"형님 성함이 패서디나였나요?"

그는 아니라고 대답했다. 오래전 그의 형이 캘리포니아에 간 적이 있었는데, 돌아와서는 패서디나라는 도시의 사랑스러움에 대해 유독 자세하게 이야기했단다. 꽃과 친절한 사람들과 가볍게 주고받는 미소를 칭송하며 패서디나가 세상에서 가장 아름다운 곳이라고도 했다. 그 후 얼마 지나지 않아 대학살 사태가 벌어졌고, 그의 형은 수많은 희생자 중 한 명이 되었다.

우리는 호스텔을 둘러싼 철제 울타리 앞에 다다랐다. 그에게 나도 캘리포니아에서 왔고 패서디나에서 그리 멀지 않은 곳에 산다고 말했다. 그는 도로변에 차를 세우고는 진지한 표정으로 물었다.

"어때요? 거기가 우리 형 말대로 정말 멋진 곳인가요? 형의 추억에 누가 되지 않을 이름이냐고요?"

나에게 패서디나는 꽉 막힌 도로와 체인형 음식점들, 주차 위반 딱지와 같은 것들을 상기시키는 곳이었다. 러쉬 매장에서 입욕제를 산 적이 있었고, 이름이 기억나지 않는 휘황찬란한 술집에서 수제 맥주를 맛본 적이 있었다. 꽃들이 있긴 했지만 너무 촌스럽다고 생각했다. 한마디로 패서디나는 내게 그리 인상적인 도시가 아니었다.

하지만 패서디나의 사장이라는 이 남자에게서 형의 이야기를 들은 지금, 대수롭지 않은 듯 패서디나에 대해 함부로 떠들면 안 되겠다는 생각이 들었다. 반드시 제대로 된 답을 내놓아야 했다. 그가 형의 빈자리를 메울 수 있게 도와주어야 했고, 나에게 베푼 친절을 되돌려 줘야 했다. 나도 그에게 어둠을 밝히는 빛이 되어 주어야 했고, 집으로 돌아가는 길을 알려 줘야 했다. 그래서 나는 그의 눈을 똑바로 보며 말했다.

"패서디나는 세상에서 가장 아름다운 곳이에요."

# 12

# 엄마가 데려간다고 약속했던
# 피라미드 앞에 서서

엄마의 버킷리스트에서 다음으로 올려 둔 항목은 바로 고릴라 트래킹이었다. 나는 트래킹을 하러 가는 날로 일요일을 골랐다. 왠지 성스러운 느낌이 들었기 때문이다.

트래킹 당일, 이슬비가 내렸고 비룽가산맥은 솜사탕처럼 고운 안개에 싸여 있었다. 트래킹을 하려면 르완다 북쪽 국경 지역에 있는 화산 국립 공원으로 가야 했다.

도착해서 보니 화산 국립 공원은 꽃들과 우거진 초목이 장엄한 경관을 이뤘고, 새와 곤충들은 끊임없이 합창했고, 화산들이 지평선을 압도하고 있었다. 그리고 무엇보다 지구상에 마지막으로 남은 산악 고릴라들이 서식하고 있는 곳이라 그런지 벌써부터 기대가 되었다.

## 나도 어미 고릴라처럼 할 수 있을까?

고릴라는 인간이 가족을 이루고 사는 것처럼 나이 많은 수컷이 무리를 이끄는 군집 생활을 하는데, 대체로 열 마리 안팎이 한 무리를 이룬다. 산악 고릴라도 마찬가지인데 개체 수가 워낙 적다 보니 고릴라 트래킹은 정부에 의해 철저하게 통제되고 있었다. 공원에서 볼 수 있는 고릴라 가족은 열 가족으로, 한 가족당 하루에 여덟 명만 견학이 허용됐다. 어떤 고릴라 가족들은 멀리 살고 있어서 그들을 보려면 서너 시간 힘든 산행을 해야 하는 반면, 산기슭 근처에 살고 있어서 어렵지 않게 찾을 수 있는 가족들도 있었다. 고릴라들은 매일 위치가 추적되기 때문에 가이드들은 어디로 가야 하는지 제법 소상히 알고 있었다.

나는 조금 힘들어도 상관없었기에 트래킹 신청을 할 때 산행을 하는 그룹을 택했다. 대신 새끼 고릴라들을 보게 해 달라고 요청했는데, 가이드는 장담할 수 없다고 했다. 그래도 기대해 보기로 했다. 배정받은 그룹의 가이드 이름이 페이스(Faith, 믿음)였기 때문이다.

무장한 삼림 경비원들이 동행했다. 트래킹 자체가 위험하다기보다는 외부적인 요소 때문이었다. 이를테면 밀렵꾼들이나 고릴라 이외의 야생 동물, 그리고 근처 콩고 민주 공화국 국경에 있는 반군 단체 등을 만날 위험이 있었다. 저명한 동물학자이자 《안개 속의 고릴라》를 쓴 다이앤 포시가 살해된 곳도 바로 여기였다.

산행은 녹록지 않았다. 각자 마체테를 한 자루씩 받았고, 무릎까지 빠지는 진창과 빽빽이 얽힌 쐐기풀을 뚫고 힘겹게 걸어갔다. 아무리 조심조심 나뭇가지와 덩굴을 피하려 해도 입은 옷이 그리 두껍지 않다 보니 가시에 뜯기고 찔리기 일쑤였다. 가파른 오르막길에서는 마체테로 진창을 파내 발 디딜 자리를 만들어야 했고, 급경사를 만나면 고릴라처럼 네 발로 기어오르면서 미끄러지지 않게 대나무 줄기를 붙잡아야 했다. 그러다 몸을 일으키면 장화를 신은 두 발이 끈적한 당밀에 빠진 것처럼 무겁게 느껴졌다.

하지만 고릴라를 만난 순간 모든 것이 괜찮아졌다. 고릴라들은 덤불로 둘러싸인 작은 공터에 웅크리고 앉아 있었다. 숨소리가 들릴 만큼 가까운 거리였다. 고릴라 몇몇은 까불대고 장난치며 뛰놀았고, 몇몇은 먹는 데 열중하고 있었다. 어느 고릴라는 가시 많은 덩굴을 낚아채더니 우걱우걱 열매를 뜯어 먹었다. 내가 마체테로 베어 내느라 애먹었던 것과 같은 종류의 덩굴이었다.

그들은 우무바노 가족이었다. 우무바노는 '이웃 사랑' 또는 '더불어 살기'라는 뜻인데 속사정을 알고 보면 다소 얄궂었다. 이 가족은 원래 '아마호로'라는 그룹에 속해 있었다. 그런데 수컷 고릴라 찰스가 나이를 먹으면서 가장 연장자인 수컷 고릴라에게 도전했고, 결국 암컷 두 마리를 데리고 나와 자신의 무리를 일궜다. 지금은 우무바노 가족에 속해 있는 고릴라가 열 마리가 넘는다고 한다.

나는 기쁘게도 새끼들을 볼 수 있었다. 검은 털 뭉치 같은 사랑스러운 새끼 고릴라들은 인간의 아기처럼 아직 팔다리를 가누는 데 익숙하지 않다 보니 모든 움직임이 서툴고 우스꽝스러웠다. 새끼 한 마리는 머리를 긁다가 꽈당 옆으로 넘어졌다. 또 다른 새끼 고릴라는 한 나무에서 다른 나무로 건너가려다 실패해서 수풀에 처박히기

비룽가 산맥
고릴라 트래킹
로완다
Rwanda
화산국립공원
VOLCAN
DES
NATIONAL
PARY
Hello!
키갈리
우유간다
우랑비, 냐마타
대학살 추모관

도 했다.

이어서 어미 고릴라들이 새끼들을 등에 업거나 팔에 안아서 돌보고 있는 모습을 지켜보았다. 어미 고릴라 한 마리가 낙엽을 평평하게 깔고는 거기에 새끼를 눕혀서 재웠다. 아이가 편안하게 잠든 것을 확인한 어미는 근처의 높은 곳으로 올라가 자리를 잡고 주변을 감시했다. 너무나 애틋하고 다정한 풍경이었다. 문득 나도 저 어미 고릴라처럼 아낌없는 모정을 베풀 수 있을지 궁금해졌다. 다정함을 표현하는 일에 지극히 서툰 내가 말이다. 고릴라가 제 새끼를 돌보듯 아이를 지극정성으로 돌볼 자신이 없다는 게 내 솔직한 심정이었다.

그때 수컷 고릴라 찰스가 거드름을 피우며 내 옆을 지나갔다. 침착하게 있어야 한다는 것이 본능적으로 느껴졌다. 찰스가 야구 글러브처럼 큼직한 손을 내 어깨에 얹었다. 그러자 가이드인 페이스가 "가만히 계세요"라고 속삭였다. 잠시 후 찰스는 아무 일 없었다는 듯 나를 지나쳐 가더니 산이 내려다보이는 공터의 끝자락에 서서 주변을 살피기 시작했다. 나도 찰스처럼 앙상한 나무들, 지저분한 덤불, 울퉁불퉁한 녹색 구릉 저 너머를 지긋이 응시했다. 구름이 머리 위로 지나갔다. 그리고 내 심장 박동 소리 외에는 아무것도 들리지 않았다. 이 순간의 고요함과 신성함을 깨뜨릴까 봐 눈을 깜박이는 것조차 조심스러웠다. 그렇게 가만히 있는것만으로도 여기까지 오느라 한 고생이 사르르 녹아 없어지는 느낌이 들었다. 내 팔뚝은 진흙과 이곳저곳에 긁혀 생긴 상처, 그리고 말라붙은 핏자국으로 얼룩덜룩했지만 상관없었다. 이 한마디면 충분하지 않을까. 나는 그곳에서 살아 있음을 느꼈다.

## 화장실 같이 가 주는 친구에 대하여

:

르완다에서의 마지막 날이었다. 내 배낭은 가족들에게 줄 선물로 가득 차 있었다. 종이 비즈로 엮은 목걸이와 손바느질로 만든 인형, 그리고 컴컴한 시장에서는 예뻐 보였지만 실은 네모난 바닥 타일과 플라스틱 덩어리 몇 개가 전부인 작은 체스판과 같은 것들이었다.

수업 또한 마지막이었다. 얼마 전 수업 시간에 학생들에게 빙고 게임을 가르쳐 주었는데, 그날도 내가 직접 영어 단어를 써넣은 보드로 게임을 했고, 학생들은 녹슨 병뚜껑으로 네모 칸을 가렸다. 수업이 끝나자 학생 몇 명이 나에게 식사를 대접하겠다고 나섰다. 우리는 버스를 타고 옆 동네의 작은 식당으로 갔다. 다른 테이블에 앉은 손님들이 나를 힐끔힐끔 쳐다보았다. 거기서 르완다인이 아닌 사람은 나뿐이었기 때문이다.

테이블에 앉자 프랑수아가 주머니에서 우노 카드 한 벌을 꺼내면서 게임 방법을 가르쳐 줄 수 있는지 물었다. 내가 카드를 섞어서 학생들에게 일곱 장씩 나누어 줄 무렵 종업원이 다가왔다. 리베레가 맥주 서너 잔과 함께 나누어 먹을 프렌치프라이, 미즈즈(요리용 바나나인 플랜틴을 튀긴 요리), 염소 브로셰트(꼬치)를 주문했다.

우리는 연습 삼아 패를 서로에게 내보인 채 우노 카드 게임을 시작했다. 색깔, 방향, 숫자 등 그동안 우리 반 학생들이 열심히 배운 어휘가 이 게임에 총동원되었다. 와일드 카드의 개념에 대한 설명이 필요했고, 스킵 카드에 대한 약간의 혼란이 있었다. 학생들이 '스킵 skip'을 깡충깡충 뛰는 신체 동작으로만 알고 있었던 탓이었다. 그것 말고는 다들 게임을 완벽하게 이해했다.

음식이 나왔다. 감자튀김은 잘 튀겨져 지글거렸다. 우리는 음식을 먹으며 게임을 계속했고, 어느새 우리 테이블 주위로 사람들이 모여들었다. 종업원은 어깨 너머로 패를 보면서 어느 카드를 버릴지 훈수를 뒀고, 한 명이 "우노!"를 외칠 때마다 다 함께 웃었다.

예닐곱 차례 게임을 했을 무렵 비가 오기 시작했다. 처음에는 가벼운 보슬비였다. 테이블이 살짝 젖고, 흙냄새가 느껴지고, 내 붉은 곱슬머리가 한층 더 꼬불꼬불해지는 정도였다. 하지만 프랑수아가 우노 카드를 챙겨서 주머니에 집어넣을 즈음에는 폭우가 쏟아지기 시작했다.

식당 내부는 워낙 작아서 발 디딜 틈이 없었다. 클로데트는 내 손을 잡고는 근처의 작은 파란색 차양 아래로 데려갔다. 리베레와 프랑수아가 내 옆에 바짝 붙었다. 빗줄기가 점점 거세어지는데 나는 점점 용무가 급해졌다. 화장실에 가고 싶어 죽을 지경이었다.

"화장실은 저쪽에 있어요."

리베레는 이렇게 말하면서 폐금속을 망치로 두드려 만든 작은 대피소를 가리켰다. 지붕도 없었다. 처음에는 농담이라 생각했지만 나머지 학생들도 농담이 아니라는 듯 시선을 떨구고 고개를 흔들었다. 하늘은 갤 조짐이 전혀 보이지 않았고 근처에 다른 건물도 없었다. 난감했다. 그런데 그 순간 리베레가 사람들을 뚫고 식당 안으로 들어가더니 각기 다른 색의 우산 세 개를 들고 나타났다. 하나는 클로데트에게, 하나는 프랑수아에게 주고 남은 하나는 자기가 들었다. 그런 다음 화장실을 향해 까딱 고갯짓하면서 나에게 말했다.

"같이 가요."

세 사람은 몸으로 벽을 만들어 나를 둘러쌌다. 우리는 하나의 생명체처럼 뭉쳐서 진창길을 걸어갔다. 진흙이 철벅거려서 하마터면 미끄러질 뻔했지만 학생들이 나에게 바싹 달라붙어 내가 넘어지지 않게 노와주었다. 화장실에 이르러 작은 손전등으로 내부를 살폈다. 문이 있어야 할 공간이 완전히 뚫려 있었고, 바닥은 더러운 오물로 질퍽거렸다. 여전히 화장실이 급했지만 아슬아슬해 보이는 발디딤대 위에서 똑바로 몸을 가눌 수 있을지 자신이 없었다.

그때 클로데트가 화장실 위쪽에 우산을 갖다 대서 지붕을 만들었다. 프랑수아는 주변에 아무도 없었지만 몸으로 입구 쪽을 막아서서 내 프라이버시를 지켜 주었다. 리베레는 나를 마주 보고 서서 손을 내밀었다.

"저를 붙잡으세요."

나는 바지와 속옷을 허벅지까지 끌어내리고 질척질척한 발디딤대 끄트머리에 쪼그리고 앉았다. 캘리포니아에 있는 여자 친구들이 생각났다. 우르르 화장실로 몰려가 잡담을 나누고 화장을 고치던 일이 떠올랐다. 우리는 거울 앞에서 몸치장을 하며 비밀을 함께 나누곤 했다. 이 짧은 친밀함의 순간도 그와 별반 다르지 않았다. 나는 손을 뻗어 리베레의 손을 붙잡았고, 리베레는 손가락으로 단단히 깍지를 꼈다.

학생들이 나를 해치고 싶다면 이 순간이야말로 완벽한 기회였다.

내가 모르는 동네에 있는 이 식당에 나를 버려두고 갈 수도 있었다. 비에 흠뻑 젖게 할 수도, 조롱하거나 비웃을 수도 있었다. 무슨 짓이든 할 수 있었다. 수업 초반에 못되게 굴었던 걸 생각하면 충분히 있음직한 일이었다. 하지만 그들은 곤란한 상황에 처한 나를 위해 앞장서 주었고, 내 손을 꼭 잡아 주었고, 나를 든든히 지켜 주었다. 르완다의 마지막 밤, 나는 그렇게 그들과 친구가 되었다.

## 제이슨에게 '안녕'이라는 말밖에 하지 못한 이유

이집트로 가는 날이었다. 버스와 비행기, 택시를 타고 수도인 카이로에 도착하기까지 꼬박 하루가 걸렸다. 예약해 둔 호스텔은 카이로에서 대표적인 랜드마크로 꼽히는 타흐리르 광장 근처에 있었다.

호스텔은 허름한 건물의 5층에 있었다. 건물 안으로 들어갔더니 벽마다 낙서가 난무했고, 돌과 벽돌, 쓰레기가 여기저기 쌓여 있었다. 폭격이라도 맞은 듯했다. 계단은 테이프로 막혀 있어 하는 수 없이 위태로워 보이는 엘리베이터를 사용했다. 오래된 엘리베이터는 온갖 소리를 내며 느리고 요란스럽게 움직였고, 나는 5층에 도착할 때까지 눈을 꼭 감았다.

호스텔 정문은 누아르 영화의 세트장 같기도 했고, 탐정 사무실 같기도 했다. 나무문을 열고 들어가니 은행 창구처럼 높은 나무 책상 뒤에 갈색 로브(상·하의가 하나로 된 뒤집어써서 입는 겉옷)를 입은 퉁퉁한 남자가 앉아 있었다. 내 이름을 말하자 남자가 한쪽 눈썹을 들어 올렸다. 예약 인원은 둘인데 혼자 온 게 의아했던 모양이다.

"남편은 나중에 올 거예요."

말하면서도 감격스러운 말이었다. 제이슨을 마지막으로 본 게 무려 여섯 달 전이었다. 우리는 함께 보낸 시간보다 떨어져 지낸 시간이 더 긴 결혼 생활을 하고 있었다.

제이슨은 크리스마스에 이집트로 나를 만나러 오기 위해 돈을 모았다. 교사인 그에겐 겨울 방학 덕분에 2주 가까이 되는 휴가가 있있다. 비행시간과 시차 적응에 필요한 며칠을 빼면 일주일 남짓 함께 보내는 셈이지만 나는 그것만으로도 한껏 들떠 있었다.

퀸사이즈 침대가 있는 방을 예약했는데 방문을 연 순간 싱글 침대 두 개가 보였다. 나는 프런트 데스크로 돌아가서 뭔가 착오가 있었던 것 같다고 따지자 남자가 나를 따라 방으로 와서는 말했다.

"침대 두 개면 퀸이죠."

"그게 어떻게 같아요. 남편을 몇 달 만에 만나는 거라고요."

"아하, 알겠어요."

남자는 음흉하게 웃더니 내 등을 찰싹 때렸다. 그러고는 왼손 손가락으로 원을 만들고 오른손 검지로 원을 찌르며 물었다.

"응응, 그거죠?"

민망함에 얼굴이 새빨개졌다.

"문제없어요. 붙여 놓으면 되니까."

남자는 싱글 침대 두 개를 붙여 주면서 담배를 질겅질겅 씹었는데, 그 찌꺼기가 얇은 밤색 침대보 위에 튀었다. 그 순간 남편과의 로맨틱한 재회에 대한 내 기대감은 산산조각이 나고 말았다. 크고 고급스러운 침대에서 한 몸이 되어 잠들었다가 서로의 팔에 안겨 눈

뜨고 싶었는데 웬걸 따로 이불을 덮고 잠들게 생겼다.

그나마 다행인 것은 창밖으로 도시의 경관이 잘 보인다는 것이었다. 저녁 일곱 시쯤 되었는데 다들 어디론가 이동 중인 듯했다. 모든 도로가 정체 중이었고, 사람과 당나귀, 자동차, 버스, 전차까지 모든 것이 한데 뒤엉켜 있었다.

그런데 병아리콩에 허브, 달걀, 빵가루를 넣고 튀긴 팔라펠을 사려고 노점상 앞에 줄을 선 사람들을 보니 갑자기 허기가 몰려왔다. 황급히 밖으로 나가 그 줄에 합류했다. 거리는 시끄럽고 지저분했지만 동시에 활기차고 생동감이 넘쳐흘렀다. 이곳에서 뭔가 엄청난 일이 벌어질 것 같다는 느낌을 떨칠 수 없었다.

잠에서 깼을 땐 새벽 네 시였다. 이불이 걷혀 있었고 누군가가 내 몸을 손가락 끝으로 가만히 만져 보고 있었다. 기다리던 남편이 드디어 온 것이었다.

"보고 싶었어."

제이슨은 이렇게 말하고 나서 몸을 굽혀 나에게 입을 맞추었다. 나는 어떻게 반응해야 할지 몰랐다. 누군가의 입술에 내 입을 대어 본 것이 여섯 달 만이었다. 남자의 목덜미에 얼굴을 묻고 살내음을 맡는 것도, 누군가의 품에 안겨 본 것도 여섯 달 만이었다. 제이슨은 내 옆의 싱글베드에 편안히 자리 잡고 있었다.

"침대는 미안해. 원래는 내가⋯."

나는 말했다. 왠지 방금 만난 사이처럼 긴장되고 부끄러웠다.

"쉿, 난 당신을 만나서 기쁘기만 해."

그는 내 머리카락 한 타래를 끌어다가 손가락에 감고는 가만히 나를 바라봤다. 나도 그를 응시했다. 마치 추상화의 숨은 의미를 알아내려는 사람처럼.

"안녕."

나는 그냥 '안녕'이라고 말할 수밖에 없었다. 그런데 그가 모두 안다는 듯 미소를 지었다. 달빛이 그의 얼굴을 환하게 비추었다. 침대와 침대 사이의 경계선은 또렷했지만 우리가 넘을 수 없는 거리는 아니었디.


## "피라미드, 엄마가 나중에 데려다줄게"

:

내 몸이 제이슨에 대한 기억을 되찾기까지는 며칠이 걸렸다. 하지만 일단 그 감각을 되찾자 한 번도 떨어져 지낸 적이 없는 것처럼 일심동체가 되었다.

우리는 카이로를 시작으로 이집트 전체를 훑기로 했다. 우리가 들른 첫 번째 장소는 이집트 박물관이었다. 설명이 되어 있는 전시물은 거의 없었고, 가끔 노랗게 바랜 카드에 이름이나 날짜가 입력되어 있을 뿐이었다. 그럼에도 우리는 시간 가는 줄도 모르고 신원 미상의 미라들, 바닥의 석판에 새겨진 상형 문자, 깨진 조각상 사이를 누비고 다녔다.

나는 수천 년 전 누군가에 의해 음각이 새겨진 돌을 손가락으로 만져 보았다. 그러다가 이집트가 실존하는 곳임을 처음으로 알게 되었던 때를 떠올렸다. 어릴 적 교회에서였다. 엄마는 독실한 루터교 신자로 늘 근사한 학습용 성경책을 들고 다녔다. 고급스러운 가죽

커버에 황금색 글자들이 돋을새김되어 있었는데, 거기에는 성경에 등장하는 지역의 지도도 끼워져 있었다. 모세가 이동하고 예수가 걸었을 것으로 추정되는 경로를 화살표로 표시하고, 주석으로 성경 구절까지 달아 놓은 지도였다.

말하는 뱀과 죽었다가 살아난 사람 등 성경 속 이야기는 수도 없이 들어 왔지만 그냥 꾸며낸 이야기일 뿐이라고 생각했다. 하지만 성경책에 삽입된 사진들은 진짜였고, 그중에는 기자의 피라미드 사진들도 있었다. 널따랗게 펼쳐진 황금색 사막을 배경으로 완벽한 대칭의 거대한 피라미드들이 하늘을 향해 솟아 있었고, 낙타들은 피라미드에 압도돼 조그만 점처럼 보였다. 내가 피라미드에 대해 묻자 엄마가 대답했다.

"그건 대피라미드란다. 세계 불가사의 중 하나지. 엄마가 나중에 데려다줄게."

엄마가 나와 함께 보고 싶어 했던 그 피라미드를, 오늘 보기로 했다. 엄마는 없었지만 그 대신 내 옆에는 제이슨이 있었다. 기대를 많이 했는데 막상 기자에 도착하니 마음이 심란해졌다. 고운 모래 카펫 위의 피라미드 자체는 웅장했다. 파라오들은 내세에 신이 되기를 기대했고, 다음 생에 필요한 모든 것을 담아서 거대한 무덤을 세웠는데 그것이 바로 피라미드였다. 그리고 나는 이렇게 입장료를 내고 그들의 묘지를 거닐고 있었다. 거대한 무덤 사이를 걷고 있으려니 자꾸만 엄마가 떠올라 기분이 묘했다. 엄마의 죽음이 가까이 와 있다는 사실을 자꾸만 의식하게 되었기 때문이다.

캘리포니아로 처음 이사 왔을 때 라이프 코치를 고용한 적이 있었다. 내 삶에 대해서 올바른 조언을 해 줄 만한 사람이 필요했기 때문이다. 그녀는 주머니에서 아껴 두었던 버터스카치 사탕을 꺼내 나에게 줄 것만 같은 은발의 푸근한 인상의 할머니였다. 그녀는 인생이란 고무찰흙처럼 말랑말랑한 것이고, 삶을 자신이 원하는 모습으로 빚어 나가는 것은 각자의 책임이라고 믿었다. 상담 중에 나는 엄마를 떠나보내는 게 괴롭지만 한편으론 엄마의 고통이 이제 그만 끝나기를 바란다고 말했다. 내 이야기를 듣곤 코치가 말했다.

"때가 된 거예요. 가실 때가 됐는데 어머님이 아직 그걸 깨닫지 못하신 거죠. 나가는 길이 명확하게 보이지 않기 때문에 몸이 이 세상에 아직 머물고 있는 거랍니다. 어머님께 말씀드려야 해요. 떠나도 된다는 따님의 허락이 필요한 거죠. 어머니에게 가서도 괜찮다고 말씀하세요."

코치는 그래야 엄마의 영혼이 자극을 받아 다음 단계를 향해 나아갈 수 있다고 덧붙였다.

"이 고통이 끝나야만 당신이 비로소 진정한 자아를 찾게 될 거예요."

나는 몇 달 뒤에나 엄마가 있는 오하이오에 갈 예정이었기에 먼저 언니에게 전화를 걸어 코치가 한 말을 그대로 전했다. 우리들의 허락이 엄마의 영혼에 가닿을 거라고도 했다. 나는 매미처럼 불필요한 껍데기를 벗어 버리고 하늘로 자유롭게 날아오르는 엄마의 모습을 상상했다. 언니는 다음번 엄마를 만나러 갔을 때, 우리는 잘 지낼 테니까 걱정하지 말라고, 이제는 떠나도 된다고 말했다. 하지만 엄마는 묵묵부답이었다. 4년 전 그 일이 있고 나서 라이프 코치만 내 세계를 떠났다. 내가 계약을 해지했기 때문이다.

제이슨과 나는 피라미드 안으로 들어가 비좁은 복도와 환기가 안 되는 방들을 힘겹게 통과해 나갔다. 내부는 덥고 갑갑했다. 스핑크스를 보기 위해 엽서와 기념품을 코앞에 들이대는 행상인들을 뚫고 지나가는데, 낙타 타기 체험만 스물일곱 번쯤 제안받았다. 특별가에 폐쇄된 피라미드 안으로 데려다주겠노라고 은밀히 제안하는 경찰들도 있었다. 단돈 5달러만 내면 세계 7대 불가사의 위에 올라가 볼 수 있고, 10달러를 더 내면 사진까지 찍어 주겠단다.

제이슨은 호객꾼들이 우리를 단순히 돈으로만 보면서 끈질기게 따라오고 사정하는 모습에 당황해서 어찌할 바를 몰라 했다. 나는 남편을 조금이라도 편하게 해 주려고 행상인들이 다가올 때마다 단호한 목소리로 거절했다. 또 앞장서서 버스표를 사고, 시장에서 가격을 흥정하고, 택시를 불러 세우고, 지하철을 누비고 다녔다. 먹을 곳을 찾고, 방향을 알아내고, 환율도 재빨리 암산했다. 제이슨은 달라진 내 모습에 놀란 듯 말했다.

"이런 걸 다 어디서 배웠어? 이렇게 일을 착착 처리하는 모습은 처음 봐."

대수롭지 않은 일이라는 듯 어깨를 으쓱했지만 속으로는 뿌듯했다. 지난 6개월은 나를 더 주체적이고 자신감이 넘치며 단단한 사람으로 만들어 놓았다. 엄마가 예전처럼 주변 세상을 인지할 수 있다면, 그래서 이런 내 모습을 봤다면 뭐라고 말했을까?

제이슨과 나는 밤 기차를 타고 룩소르로 향했다. 룩소르는 고대 이집트의 수도로 카이로에서 남쪽으로 6백여 킬로미터 떨어진 나일강 상류에 있었다. 우리는 기차에서 2단 침대가 있는 개인실에 묵었는데, 창문에 작은 총탄 구멍이 나 있었다.

"우리 위험한 상황에 처한 거 아냐?"

제이슨이 걱정스러운 듯 물었고 나는 그의 긴장을 풀어 주고 싶어서 말했다.

"그냥 애거사 크리스티 소설 속에 들어왔다고 생각해."

실제로 걱정되지 않기도 했다. 위험 요인이 있었다 해도 한밤중에 이미 지나쳤을 테니까.

룩소르를 시작으로 에스나, 에드푸, 아스완, 아부심벨까지 우리는 며칠 동안 나일강을 따라 여러 도시들을 구경했다.

## 이집트에서 메리 크리스마스

크리스마스에는 비행기로 샤름엘셰이크까지 이동한 다음 택시를 타고 다이버들의 성지인 다합에 도착했다. 그제야 나는 비로소 제이슨의 품 안에서 긴장을 풀 수 있었다. 투어 가이드가 아닌 배우자로서의 내 정체성을 되찾았다고 해야 할까.

다합은 시나이반도 남동쪽에 위치한 작은 휴양 도시다. 1년 내내 온화한 날씨를 자랑하고, 푸른 바닷물과 암청색 신호초가 너무나 아름다운 곳이기도 하다. 제이슨이 말했다.

"여기 오니까 벌써 행복해져."

"나도 그래."

나는 그의 손을 꼭 쥐었다. 남성들은 대부분 반바지에 티셔츠 차림이었고, 여성들은 수영복이나 사롱(하반신에 두르는 천) 혹은 얇게 비치는 해변용 원피스를 입고 있었다. 나도 이집트에 온 이후 처음으로, 줄곧 두르고 다녔던 헤드 스카프를 마음 편히 벗을 수 있었다. 스쿠버 다이빙을 하러 온 사람들은 바다까지 뒤뚱뒤뚱 걸어가더니 깊은 물속으로 사라졌고, 몇몇은 밝은 비키니 차림으로 태닝에 여념이 없었다. 그나마 크리스마스 분위기를 내는 건 간간이 보이는 반짝이 장식 줄뿐이었다.

엄마에게 크리스마스는 늘 중요한 행사였다. 그래서 군 지휘관에 버금가는 열의와 헌신으로 준비에 몰두했던 반면, 나는 시키니까 마지못해 도울 뿐이었다. 인조 트리에 가지를 배치하다 보면 온몸이 근질근질해졌고, 트리 장식들은 낡고 보기 흉했다. 나무 꼭대기의 천사도 머리카락이 몇 가닥 남지 않은 상태였다. 게다가 엄마가 트리에 잊지 않고 걸었던 은색 가짜 고드름이 어찌나 싫던지!

트리를 만들고 나면 이어서 우리는 집 안을 장식했다. 리본과 양초는 기본이고, 예수 탄생 장면을 표현한 장식품과 호랑가시나무 잎사귀 모양의 사탕 접시, 빨강과 녹색 장식을 단 크리스마스 분위기의 식탁보도 있었다. 식탁 중앙에는 엄마가 주워다가 반짝이로 꾸민 커다란 솔방울들을 놓았고, 창유리에는 스프레이를 뿌려서 눈이 내리는 것처럼 만들었다. 엄마는 그게 재미있다고 생각했지만 나는 볼품없다고 생각했다.

크리스마스이브가 되면 엄마의 들뜬 기분은 최고조가 되었다. 매년 엄마와 나는 심야 예배에 참석했는데 교회에서는 신자들에게 불을 붙이지 않은 작은 양초를 하나씩 나누어 주곤 했다. 우리는 어두운 성전에서 예배 내내 그 양초를 들고 있어야만 했다. 그러다 마지막 찬송가 〈고요한 밤〉이 시작되면 목사님이 제단의 양초를 하나 뽑아서 앞줄에 앉아 있는 누군가의 초에 불을 붙여 주었다. 그러면 그는 다음 사람에게 불을 붙여 주었고, 의식은 교회 전체가 깜박이는 불빛으로 고동칠 때까지 계속되었다.

그때의 기억은 유독 내 머릿속에 또렷이 남아 있다. 내 쪽으로 몸을 숙인 엄마의 부드러운 뺨과 붉은 입술, 촛농이 쏟아지지 않도록 양초를 살짝 기울인 엄마의 모습, 숨죽인 채 엄마의 불이 내 초의 심지에 옮겨붙기를 기다리던 시간…. 엄마는 불꽃이 세질 때까지 기다렸다가 다음 사람에게 전달하라고 나에게 이야기하곤 했다.

제이슨과 나는 바다가 내려다보이는 어느 작은 카페에 자리를 잡았다. 테라스에 두툼한 방석을 깔고 앉자 점원이 "메리 크리스마스!"라고 따뜻하게 인사하며 우리를 맞이해 주었다. 그는 피타(중동에서 먹는 둥글넓적한 빵)와 후무스(병아리콩을 삶아 만드는 중동 지방의 대표 음식 겸 소스), 팔라펠, 얇게 썬 오이, 납작한 머그잔에 담은 커피를 가져다주었다. 그사이 앙상한 오렌지색 길고양이 한 마리가 내 발치에 자리를 잡았다. 피타 빵을 몇 조각 떼어 주니 힘차게 가르랑거렸디.

그날 오후, 제이슨과 나는 인터넷 카페를 찾아가 스카이프로 가족들과 통화를 했다. 아빠는 언니네 집에 가 있었는데, 형부가 컴퓨터 환경 설정을 해 준 덕분에 영상으로 온 가족을 볼 수 있었다. 대학생 조카들은 뒤쪽에 서 있었고, 형부는 잠깐 손을 흔들어 인사했다. 언니와 나는 그동안 밀린 이야기들을 나누었다. 언니는 이집트의 햇빛에 보기 좋게 그을린 내 피부를 부러워했다. 마지막으로 아빠가 안락의자를 끌고 와서 컴퓨터 앞에 앉았다.

아빠는 집에 있는 컴퓨터로 화상 통화 하는 법을 몰랐다. 그래서 목소리는 계속 들어 왔지만 얼굴을 본 것은 몇 달 만에 처음이었다. 화면 속 아빠는 눈꺼풀이 처지고 뺨이 움푹 꺼져서 야위어 보였다. 걱정스러운 마음이 들었다. 그런데 아빠는 잘 지낸다고, 엄마는 별일 없고 요양원에서 편안하게 연말을 보내고 있다고 말했다. 하지만 단조롭고 기운이 없는 목소리에 방금 한 얘기가 사실이 아니란 걸 직감할 수 있었다. 그래서인지 뭔가 찜찜한 기분을 떨칠 수가 없었다.

## 시나이산 정상에서 눈물을 흘린 까닭

두 시간쯤 잤을까, 제이슨이 나를 흔들어 깨웠다. 시나이산 정상까지 오르는 트레킹을 하기 위해서였다. 트레킹은 베두인족 가이드의 인솔 아래 새벽 한 시에 시작되었다. 낯선 사람들과 함께 밴을 타고 사막을 빠르게 이동했다.

해발고도 760미터로 이집트에서 두 번째로 높은 시나이산의 정상까지 가는 경로는 두 가지가 있었는데, 우리는 그중 일명 낙타 코스라 불리는 길을 택했다. 낙타를 타고 갈 수 있을 만큼 넓은 길을 따라 정상까지 올라가는 코스로, 3,750개 속죄의 계단을 가파르게 올라가야 하는 다른 코스에 비하면 완만했다.

우리는 잉크처럼 새까만 어둠 속을 뚫고 한 걸음 한 걸음 나아가기 시작했다. 기분이 좋았다. 등산은 제이슨과 내가 유독 손발이 잘 맞는 분야였다. 그가 발을 잘못 디뎌 균형을 잃으면 나는 본능적으로 팔을 내밀어 그를 잡아 주었다. 내가 숨쉬기를 버거워하면 별다른 얘기를 하지 않아도 그는 잠시 멈춰 서서 나를 기다려 주었다.

정상까지 가는 마지막 구간은 700개의 돌계단으로 이루어져 있었다. 산기슭에서보다 등산객과 순례자들이 많아지고 있었다. 노약자들은 낙타에서 내려 천천히 계단 하나하나를 밟아 올라갔다. 젊은 이들도 녹록지 않은 듯 커다란 바위에 몸을 기댄 채 쉬고 있었다. 가쁜 숨을 헐떡이는 소리 외에 아무것도 들려오지 않았다.

트레킹을 시작한 지 세 시간 후, 제이슨과 나는 정상에 도착해 평평한 자리를 찾아 앉았다. 공기가 쌀쌀했다. 우리는 서로를 팔로 꼭 감싸 안았다. 남색 하늘에 내 입김으로 작은 구름이 만들어졌다.

어릴 적 교회에 가면 예배 시간에 중보 기도 쪽지에 하나님께 보낼 편지를 쓰곤 했다. 하지만 나는 다른 사람들처럼 기도 쪽지를 헌금과 함께 내지 않았다. 대신 그 편지를 가지고 있다가 우리 집 뒤뜰에 묻거나 개울에 흘려보냈다. 돌 밑에 숨겨 놓거나 나무 사이에 끼워 두기도 했다. 왠지 자연이 하나님과 연결된 직통 전화처럼 느껴졌기 때문이다. 그래서 나는 자연에 편지를 두면 하나님이 바로 그것을 읽고 내 편지에 응답해 주리라 믿었다.

그리고 지금, 나는 시나이산 정상에 있었다. 모세가 신으로부터 십계명이 적힌 돌판을 받았다는 바로 그 장소였다. 이 세상에 내 말이 신에게 곧장 가닿을 수 있는 곳이 있다면 바로 여기가 아니고 어디겠는가. 나는 두 손을 모으고 기도했다. 사랑과 자비를 청했고, 우리 가족의 건강을 청했으며, 엄마가 평온 속에 머물기를 청했다. 그런 다음 감사를 표했다. 사랑하는 남자와 산 위에서 맞이한 이 신성한 새벽에 감사했고, 여행 중 만난 사람들과 그들이 나에게 베푼 분에 넘치는 친절에 감사했으며, 매일 한 바퀴를 돌고도 어김없이 태양을 다시 찾는 이 지구에 감사했다.

칼로 검은 천을 가르듯 하늘에 틈새가 생기면서 먼동이 텄다. 찢긴 자리가 점차 넓어짐에 따라 하늘은 부드럽고 엷은 주황빛에서 분홍빛으로, 그리고 마지막엔 노란빛으로 물들었다. 근처에는 이슬람교의 예배당인 모스크와 그리스 정교회 교회가 있었다. 이슬람교도들은 기도문을 읊었고 이와 동시에 기독교의 찬송가가 울려 퍼졌다. 그렇게 만들어진 찬미의 합창은 다른 세상의 하모니처럼 들렸다. 태양이 저 아래 황량한 사막 풍경을 노란빛으로 물들이고 있는 이 아침에 꼭 맞는 배경 음악이었다.

나는 종교 활동을 열심히 하지는 않지만 영적인 존재를 믿는다. 컴컴했던 땅이 풍성하고 활기찬 세상으로 서서히 열리는 모습은 내가 지금껏 목격한 것 중 가장 초월적인 현상이었다. 모세와 하나님이 이곳을 만남의 장소로 이용한 것은 조금도 놀랄 일이 아니었다. 그곳이 마치 시간을 가로지르는 다리, 두 세계를 잇는 가교처럼 느껴졌다.

제이슨과 나는 꼭 껴안은 채 그대로 있었다. 그의 가슴에 머리를 기대자 그는 내 머리카락을 쓰다듬었다. 나도 모르게 눈물이 흘러나왔다. 이유를 알 수 없는 눈물이었다.

그때 내 몸의 일부는 이미 알고 있었던 게 아닐까. 이제 산에서 내려가면 하늘이 맞닿는 곳에 자리 잡은 이 신성한 장소를 뒤로하고 냉혹한 현실에 직면해야 한다는 사실을. 저 아래 사막에 다시 도착할 무렵이면 남편과 함께할 날이 이틀밖에 남지 않고, 아빠가 좋지 않은 소식을 전해 올 것이며, 다시는 무엇도 예전 같지 않으리라는 것을.

## chapter 2

# 죽음

: 누구나 모두 죽는다는 사실에 대하여

# 사람은
# 누구나 죽어요

카이로에 돌아오자마자 제이슨을 떠나보냈고, 그가 없는 이 도시는 한 편의 슬픈 영화 같았다. 게다가 아침에 일어나자마자 호스텔 주인은 예약 손님을 받겠다며 방을 비워 달라고 통보해 왔다. 12월 31일이 다가오고 있었고 다른 호스텔은 이미 예약이 다 찬 상태였다. 호텔을 찾아볼까 싶었지만 비싼 숙박료를 감당하기엔 내 예산이 너무 부족했다. 어디로 가야 하나 망연자실한 상태였지만 그래도 지구는 돌고 있었고, 배는 고파 왔으므로 나는 호스텔을 나섰다.

### 카이로에서 길을 건너는 법

그러나 거리에 나서자마자 한숨이 나왔다. 먹을 것을 사려면 건너편 시장에 가야 하는데 도무지 길을 건널 수가 없었다. 두리번거리며 건널목과 신호등, 교통경찰, 아니면 교통 표지판이라도 없나 찾아보았지만 허사였다. 길을 건너는 데에 도움이 될 만한 것은 아무것도 없었다. 끊임없이 늘어서 있는 차들은 멈출 줄을 몰랐다. 어떻게든 앞으로 나아가려는 차와 그 사이를 비집고 길을 건너는 사람들로 뒤엉킨 도로는 혼돈과 무질서 그 자체였다.

그런데 희한하게도 다른 사람들은 난장판 같은 도로를 잘만 건너다녔다. 가벼운 갈라베야 차림의 남자들, 히잡을 쓴 여자들, 심지어 어린아이들도 용감하게 길을 건넜다. 그들은 운전자들과 눈을 맞추고 일관된 속도로 한 번에 한 차선씩 천천히 건너갔다. 그럼에도 나는 감히 엄두를 내지 못하고 있는데 한 남자가 다가와 말했다.

"요령이 있어요."

"정말요?"

반짝이는 민머리와 함께 미소 때문에 뚱뚱한 백열전구처럼 보이는 그는 내 옆에 나란히 서더니 키득거리며 말했다.

"눈을 감고 알라신께 기도하세요."

그 말과 동시에 그는 내 팔을 잡고는 성큼성큼 도로 속으로 나를 안내했다. 그리고 그 덕분에 무사히 길을 건널 수 있었다. 우리는 길거리 카페에 함께 앉아서 박하 차를 홀짝이고 후카(이슬람권에서 흔한 물담배 흡연 도구의 일종)로 사과 향 나는 담배를 피웠다.

내가 숙소 때문에 곤란해하는 걸 듣고는 그가 원한다면 자기 집에 머물러도 좋다고 말했다. 자신의 이름은 라미이며, 가족들과 함께 기자에 살고 있다고도 했다. 나는 그러겠다고 대답했다. 달리 갈 곳이 없기도 했고, 거리에서 만난 이방인에게 기꺼이 호의를 베푸는 그에게 고마웠기 때문이다. 나는 호스텔로 돌아가 배낭을 챙겼고, 그사이 라미는 삼촌 사바르를 불렀다. 삼촌의 차를 타고 이동하기 위해서였다.

잠시 후 강단 있는 체구의 30대 남성이 낡은 세단을 몰고 우리 앞에 나타났는데 그가 바로 사바르였다. 나는 그와 간단히 인사를 한 뒤 차에 올랐다. 유난히 차가 막히는 구역에 이르자 사바르는 수동으로 손잡이를 돌려 창문을 내리더니 가짜 비상 경고등을 자 시붕에 붙였다. 버튼을 두어 개 누르자 맹렬하게 사이렌이 울리고 불빛이 번쩍이기 시작했다. 그는 껄껄 웃으며 말했다.

"이러면 차들이 길을 비키지!"

교통 체증 때문에 카이로에서 기자까지는 보통 30분이 걸렸지만 우리는 10분 만에 돌파했다. 사바르는 어느 다리 밑에 차를 세웠고 우리는 또다시 미로 같은 길을 계속 나아가야만 했다. 여섯 달 동안 혼자 여행하면서 세상 구석구석을 헤집고 다니다 보니 이제는 지레 겁먹는 일은 없어졌다. 미국에 있었더라도 느꼈을, 여성으로 살아가면서 항상 느끼는 두려움 정도만 있을 뿐이었다. 그래서 라미와 함께 가는 것이 두렵지는 않았다.

우리는 위태로운 시내버스를 타고 두어 블록 가서 내린 다음 탈탈거리는 인력거에 올라탔다. 인력거는 스쿠터와 당나귀 수레로 붐비는 거리를 요리조리 누볐고, 똑같이 생긴 콘크리트 건물들이 줄줄이 늘어선 그늘진 뒷골목을 지나갔다. 마지막 1킬로미터 남짓한 거리는 걸어야 했다. 너무 좁아서 인력거가 다닐 수 없었기 때문이다.

흙길 옆으로 하수가 흘렀는데, 쓰레기 때문에 수로가 막혀 있었고, 동물의 사체가 쓰레기 더미 위에서 썩어 가고 있었다. 우리는 짙은 파리 떼 구름을 뚫고 간판 없는 가게와 카페를 지나 계속 걸었다. 도로 표지판 따위는 전혀 보이지 않았다. 라미가 물었다.

"괜찮으세요?"

"그럼요, 그럼요."

의구심을 감춘 채 대답했다. 나는 휴대 전화 인터넷 서비스에 가입하지 않았고, 이 근방이라면 노트북으로 인터넷에 연결이 될지 의심스러웠다. 아무도 내가 어디에 있는지 모르는 상태였다. 나조차도 몰랐다.

## 불행한 예감, 그리고 아빠의 이메일
:

라미가 산다는 3층 주택은 외관상 버려진 집처럼 보였다. 꼭대기에는 콘크리트 보강용 철근이 튀어나와 있고 창문은 깨져 있었다. 라미의 가족들은 2층에서 생활하고 있었는데 콘크리트 바닥에 얇은 양탄자를 되는 대로 깔아 놓았고 가구도 거의 없었다.

라미의 어머니는 깔때기 모양으로 둘둘 만 신문지 두 장을 손에 들고 나를 맞이했다. 신문지 안에는 갓 튀긴 팔라펠이 따뜻한 피타 빵에 싸여 있었다. 신문지에 기름이 배어 나와 양손이 뜨겁고 미끈거렸다. 팔라펠은 부드럽고 따뜻했으며, 뿌린 파슬리 가루는 갓 딴 듯 너무나 신선했다. 라미는 어머니를 가리키며 말했다.

"이집트 최고의 주방장이시랍니다!"

나는 그 말에 동의했다. 그동안 팔라펠을 꽤 많이 먹었지만 내가 먹어 본 것 중 가장 맛있었다. 다 먹고 나자 라미는 음식을 쌌던 기름진 신문지를 음식 찌꺼기, 시든 채소, 뼈다귀와 함께 공처럼 둥글게 말았다. 그러고는 옥상으로 올라가서 그 찌꺼기를 염소들에게 먹였다. 감자칩 봉지처럼 염소가 먹지 못하는 것은 휙 옥상 밖으로 던졌고, 그것은 다른 쓰레기들과 함께 거리를 뒹굴었다.

땅거미가 내려앉았고, 옥상에서 내려다본 거리에는 조명이 거의 없었다. 한 소년이 자루 하나를 들고 걸어갔다. 자세히 보니 자루 안에는 강아지들이 꼼지락대며 낑낑거리고 있었다. 나도 모르게 목소리가 높아져서는 물었다.

"어디로 데려가는 거죠?"

"물에 빠뜨릴 거예요. 하지만 걱정하지 말아요. 기자에 사느니 죽는 편이 더 나으니까."

사느니 죽는 편이 더 나은 삶. 지난 10년간 엄마를 지켜보며 삶을 이어 가는 것보다 끝내는 편이 더 자비로울 수 있다는 사실을 이해하게 되었다. 엄마의 몸에는 엄마가 부재하고 있었다. 우리는 어째서 활력 넘치고 아름답던 여인이 자신의 쇠락을 방관하는 대신 존엄성을 가지고 떠나도록 허락할 수 없는 걸까. 어쩌면 미국 문화는 딱히 연민의 문화가 아닐지도 모른다. 스스로는 참고 견디길 원히지 않으면서도 참고 견디는 사람을 영웅시하니까 말이다.

엄마를 호스피스 병동으로 옮긴 후 하루가 지났다. 제이슨과 나는 시나이산 등반에서 돌아온 다음 날 그 소식을 전해 듣게 되었다. 아빠는 이메일로 다음과 같은 사실을 전했다.

우리 가족은 엄마에게 급식관을 끼우지 않기로 오래전에 결정했기 때문에, 엄마가 굶주림에 쓰러지는 것은 이제 시간문제였다. 다가온 엄마의 죽음은 내게 카이로의 교통처럼 혼란스럽고 위협적이었다. 나는 차도를 지나가는 요령조차 없어서 건너편으로 갈 수가 없었다. 과연 그런 내가 엄마의 죽음을 감당할 수 있을까?

라미는 느닷없이 친구들을 만난다고 나갔고, 나는 라미의 어머니와 그녀의 세 자매, 친척 한 명과 함께 남겨지게 되었다. 그들 중 영어를 할 줄 아는 사람은 아무도 없었다. 라미의 어머니는 텔레비전을 켜고 화면이 잘 보이도록 토끼 귀처럼 생긴 안테나를 조정했다. 극적인 표정과 과장된 음악으로 미루어 아랍 드라마를 보는 것 같았다.

나는 다섯 명의 여성들에게 둘러싸여 텔레비전을 보고 있었지만 너무나 외로웠다. 엄마와 함께 〈더 영 앤 더 레스트리스The Young and the Restless〉나 〈가이딩 라이트Guiding Light〉와 같은 드라마를 다시 볼 수 있다면 더 바랄 게 없을 텐데. 나를 제외하고는 모두 드라마에 흠뻑 빠진 듯 텔레비전 앞으로 더 바짝 붙어 앉았다. 뒤에 남겨진 나는 그저 외롭고 쓸쓸할 뿐이었다.

252

"사람은 누구나 죽어요"

:

그날 밤 우리는 거실 바닥에서 잤다. 라미와 그의 어머니, 그녀의 자매들, 딸들, 가족의 친구 몇 명, 그리고 친척 한 명까지, 마치 서랍 속에 마구잡이로 넣어 둔 포크와 나이프, 숟가락처럼 모두가 한데 뒤섞여 잠자리에 들었다. 각자 까슬까슬한 양모 이불을 몸에 둘둘 말고 잠들었다. 나는 스웨터 한 벌을 둥글게 뭉쳐서 베개로 삼았다. 라미의 여동생 레이나는 내 옆에서 담요를 텐트처럼 뒤집어쓰고 몸을 웅크린 채 남자 친구와 통화를 계속했다.

모기들이 귓가에서 윙윙거렸다. 원래는 입과 코를 밖으로 내놓고 담요를 덮었지만 모기가 입술을 물자 하는 수 없이 머리끝까지 담요를 뒤집어썼다. 아침에 일어나 보니 피부가 여기저기 부풀어 오른 상태였다. 얼굴과 팔, 다리가 온통 물린 자국으로 가득했다.

나는 팔다리에 줄줄이 생긴, 벌겋게 화끈거리는 모기 자국을 가리켜 보였다. 라미네 가족들은 어깨를 으쓱거릴 뿐이었다. 이상하게도 그들에게는 모기 물린 자국이 하나도 없었다. 레이나는 웃으며 농담을 했다.

"언니가 너무 달콤한 사람이라서 그래요."

붓기를 가라앉히는 데 도움이 될 만한 로션이나 크림도 없었다. 내 배낭에 있는 약품이라고는 여섯 달 전 아마존 열대 우림에서 무속인에게 받은 '상그레 데 그라도', 즉 용의 피 한 병뿐이었다. 용의 피는 용혈수라는 나무의 검붉은 송진으로 피부 질환과 감염에 치료 효과가 있다고 했다.

나는 용의 피를 몸에 덕지덕지 발랐다. 내 피부는 생리혈 같은 적갈색으로 얼룩졌다. 얼굴은 입술 세 군데를 포함해 총 스물일곱 군데를 물렸고, 왼팔은 열일곱 군데, 오른팔은 열두 군데를 물렸다. 다리는 물린 곳을 셀 수조차 없었다. 나중에 장식용 항아리에 비친 내 모습을 보곤 깜짝 놀랐다. 흠씬 두들겨 맞아 피투성이가 된 것처럼 보였다.

레이나는 경악스럽다는 듯이 나를 바라보았다. 그녀는 독실한 이슬람교 신도로, 터틀넥 스웨터에 바닥까지 닿을 정도로 긴 치마를 입었다. 하지만 10대답게 유행을 추구할 줄도 알아서 터틀넥 스웨터 위에 레이스 달린 탱크톱을 겹쳐 입고, 치마 아래에 밝은색 타이츠를 신고, 검은색 히잡 위에 장식용 스카프를 걸쳤다. 게다가 반짝이는 장신구를 좋아하는지 목에는 목걸이를 겹겹이 늘어뜨리고 손목에는 팔찌를 몇 개씩 겹쳐서 꼈다. 그녀가 다가오더니 내게 넌지시 말했다.

"엄마가 언니 때문에 화나셨어요."

"왜? 내가 뭘 잘못했는데?"

"모기 물린 것 때문에 우리를 탓했잖아요. 우리가 더럽다고 생각하는 거 아녜요? 우리랑 함께 지내는 것도 싫어하고."

"아냐, 너희 가족을 탓한 적 없어. 더럽다고 생각하지도 않고. 물린 자리가 너무 아파서 그래. 정말 괴롭거든."

"언니는 우리가 밉죠?"

"아니, 그렇지 않아. 그냥 슬플 뿐이야."

나는 열심히 항변했다. 레이나는 그럼 다행이라는 듯 표정을 풀고는, 나에게 기분이 좋아질 거라며 샤워를 권했다. 샤워기에서 나오는 따뜻한 물을 맞아 본 지가 벌써 몇 달 전이었다. 특히 아프리카에선 주로 양동이를 이용해 목욕을 했다. 몸에 비누칠을 한 다음 양동이에 준비해 둔 물을 작은 컵으로 떠서 전신에 끼얹는 방식이었다. 그것은 친환경적이고 효율적이긴 했지만 어딘가 개운하지가 않았다. 샤워기에서 쏟아지는 뜨거운 물을 세차게 맞고 싶었고, 샴푸로 거품을 내어 머리를 감고 싶었다. 흐르는 물로 먼지와 상처를 깨끗이 씻어 내고 싶었던 것이다.

레이나는 곧 샤워가 준비될 테니 조금 참으라고 말했다. 다른 가족들은 외출 중이어서 나는 혼자서 기다렸다. 약 한 시간 뒤 레이나는 내 손을 잡고 욕실로 데려갔다. 욕조가 있는데 그 안에는 플라스틱 의자와 접시, 갖가지 잡동사니들이 가득 들어 있었다. 나는 물었다.

"샤워기는 어디 있어?"

"여기에 서 보세요."

레이나가 나를 양변기 근처에 세우면서 말했다. 타일 바닥은 배수구를 향해 경사져 있었다. 그녀는 욕실에서 나가더니 뚱뚱한 금속제 물 주전자를 가지고 돌아왔고, 바닥에 주전자를 놓고 문을 닫으면서 나에게 옷을 벗으라고 했다. 나는 다시 물었다.

"그런데 샤워기는?"

"이게 샤워기예요."

레이나는 긴 손잡이가 달린 계량컵을 들고 좌변기 위에 올라가 중심을 잡았다. 그리고 한 컵씩 내 머리에 물을 부었다. 물이 펄펄

끓을 정도로 뜨거워서 살갗이 따끔따끔했다. 그러면서 그녀는 아랍어로 노래를 불렀다. 감미로우면서도 구슬픈 곡조였다. 그래서일까, 나도 모르게 중얼거렸다.

"엄마가 곧 돌아가실 것 같아."

"사람은 누구나 죽어요."

레이나는 이렇게 말한 다음 노래를 계속했다.

"아니, 내 말은 지금 이 순간 엄마가 임종을 맞고 계신다고. 오하이오의 병원에 계시거든."

"사람은 누구나 죽어요. 산다는 건 고통이죠."

레이나의 말이 다 맞는데 왜 나는 이렇게 힘든 걸까. 잠시 후 나는 말했다.

"난 엄마를 진작에 잃었다고 생각했는데… 내가 틀렸어."

레이나가 내 머리에 샴푸를 똑똑 떨어뜨리고는 곱슬머리를 꼼꼼하게 문질렀다. 그런 다음 향이 강한 막대 비누를 내 몸에 칠하고 거품이 나도록 피부를 문질렀다. 비누를 헹궈 내니 연분홍색 피부가 드러났다. 살면서 그렇게 발가벗겨진 기분이 든 것은 처음이었다. 샤워 후 그녀는 내 손을 잡고 자기 방으로 데려가더니 골판지 상자 위에 나를 앉혔다. 헝클어진 머리카락을 빗어서 나지막한 말총머리로 팽팽하게 묶은 다음 머리에 회색 히잡을 씌웠다. 그 위에 보라색 실크 스카프를 두르고 모조 다이아몬드가 박힌 브로치로 고정했다.

"어머나, 너무 잘 어울리네요."

레이나는 만족스러운 듯 고개를 끄덕이며 말했다. 이어서 그녀는 내 얼굴의 모기 물린 자리를 컨실러로 가리고 파운데이션을 여러 겹

듬뿍 발랐다. 올리브색 피부용이다 보니 옅은 내 피부에는 엄청나게 튀는 색이었다. 나머지 치장은 내가 어릴 적 엄마 화장대 앞에서 했던 식으로 진행되었다. 아이브로우 펜슬로 눈썹을 따라 그리고, 자홍색 볼연지를 쓱쓱 칠하고, 파란색 아이섀도를 겹겹이 덧바르고, 입술은 두툼하게 분홍색으로 칠했다. 그러니까 나는 레이나의 실사판 아메리칸걸(미국의 인형 브랜드)이었다. 그녀는 말했다.

"언니 지금 너무 예뻐요. 아, 진짜 너무 아름다워요."

마지막으로 레이나는 가짜 보석으로 나를 치장했다. 보라색 징이 박힌 팔찌를 채우고, 녹색 플라스틱 비즈 목걸이를 걸고, 탁구공처럼 생긴 스톤이 달린 빛바랜 금속 반지를 끼웠다. 그녀는 뒤로 물러서서 작품을 감상하듯 나를 봤다.

"언니를 밖에 데리고 나갈 수가 없겠네요. 온 세상 남자들이 다 쳐다볼 테니까."

그때쯤 나머지 식구들이 집으로 돌아와 있었다. 바로 옆 주방에서 다양한 소리가 교향곡처럼 뒤섞여 들려왔다. 라미의 어머니가 다른 가족들과 함께 음식을 준비하고 있었는데, 나무 도마에 탁탁탁 칼이 닿는 소리, 무거운 냄비가 끓으면서 달그락거리는 소리, 절구에 재료를 가는 소리 등이 정겹게 느껴졌다.

식사 시간, 식탁이 없는지라 온 가족이 바닥에 깐 신문지 위에 쪼그려 앉았다. 라미의 어머니는 한쪽 다리를 오므리고 다른 쪽 다리는 쭉 뻗은 자세로 앉아서는 내 꾸밈새를 보고 만족스럽다는 듯 고개를 끄덕였다. 그녀는 내게 흰밥, 누에콩, 잘게 썬 오이 샐러드를 첩첩이 쌓은 그릇을 건넸다. 그릇 가운데에는 내 손바닥보다 크고 두

톰한 고기구이가 뜨겁게 육즙을 내뿜고 있었다. 그제야 내가 채식주의자라는 이야기를 한 적이 없다는 걸 깨달았다. 실례를 하고 싶지 않아서 고기 가장자리를 조금 떼어 먹곤 말했다.

"아, 제가 별로 배가 고프지 않아서요. 이건 다 못 먹겠네요. 제 고기 좀 드실래요?"

나는 한 손으로 배를 문지르면서 이렇게 말하고 라미에게 고기를 권했다. 하지만 오늘은 12월 31일이었다. 이 베두인 가족에게는 이 날이 명절은 아니었지만 미국 문화에서는 중요하게 생각하는 날임을 알고 있었고, 그래서 나를 위해 특별히 낙타 고기를 준비한 것이었다.

라미는 식구들이 삼촌의 낙타를 도축했고 나를 위해 간을 준 거라고 말했다. 그러면서 간이 아랍권의 별미라고 덧붙였다.

"어서 들어요, 어서."

라미의 어머니는 열심히 권했다. 기대감에 찬 눈길들이 일제히 나를 향했다. 그 순간 문득 엄마가 떠올랐다. 나를 먹여 기른 엄마는 지금 굶어 죽어 가고 있는데, 라미네 가족은 커다란 접시에 음식을 잔뜩 담아 나에게 주었다. 지금 이 음식을 먹을지 거부할지는 내 선택이지만 엄마에게는 그런 선택권조차 없었다.

나는 고기를 한입 베어 물었다. 낙타 고기는 누가 얼굴에 펀치를 제대로 한 대 날린 듯한 맛이었다. 어둡고 무거운 금속과 피의 맛이 났다. 원시적이면서도 복합적이었다. 어찌 보면 인생 그 자체와 비슷하다는 생각이 들었다.

"작별 인사 외에 네가 할 수 있는 일은 없어"

:

라미의 집을 떠난 후, 다합으로 돌아갔다. 당분간 머물 곳을 빌려 부서진 영혼과 피곤한 육신이 치유될 때까지 그곳에 틀어박힐 작정이었다. 글도 좀 써야겠다고 생각했다.

그러던 중 '엘 살람(El Salam, 평화)'이라는 이름의 작은 요가원에 머물게 되었는데 아빠에게서 뜻밖의 이메일을 받았다. 독일에 계신 외할머니가 돌아가셨다는 소식이었다. 메일은 꼭 아빠저림 요점만 간략히 적혀 있어서 어떻게 돌아가셨는지 자세한 내용은 담겨 있지 않았다. 그런데도 나는 크게 동요했다. 요가원 사람들은 나를 다정하게 보듬어 주고 상실의 아픔을 딛고 일어설 수 있도록 따뜻하게 챙겨 주었다.

어느 날 요가원에서 만나 친해진 케이티와 함께 스노클링을 하러 갔다. 그녀가 저 멀리서 나에게 소리쳤다.

"나랑 물에 떠 있자. 얼른!"

그때 나는 무릎 높이까지만 바닷물에 들어간 상태였다. 나는 대여한 스노클링 마스크를 들어 올리며 말했다.

"물이 너무 차가워. 산호에 발바닥이 베일 것 같고. 그리고 어떤 사람이 이 스노클을 썼는지 알 게 뭐야."

그사이 케이티는 해류에 몸을 맡기고 앞으로 떠밀려 왔다가 다시 뒤로 떠밀려 갔다. 그 모습은 조수에 떠다니는 황금색 해초를 연상케 했다. 그녀가 왼쪽 팔뚝 아래쪽에 물고기 비늘을 문신으로 새긴 이유를 알 것 같았다. 그녀는 웃으며 말했다.

"물이 정말 깨끗하고 아름다워. 네가 만약 지금 스노클링을 하지 않으면 나중에 분명 후회할 거야. 어서, 마지막 기회라고."

뭐라 대답하기도 전에 케이티는 두 다리를 허공으로 차올리며 물속으로 잠수해 들어갔다. 잠시 뒤 그녀의 이름을 불러 봤지만 대답이 없었다. 어떡하지? 그냥 해변으로 돌아갈 수도 있었지만 혼자 있기는 싫었다. 그래서 나는 울며 겨자 먹기로 그녀를 뒤따라갔다. 얼마쯤 갔을까. 그녀를 만났고, 우리는 다시 신나게 수십 미터를 헤엄쳤다.

어쨌든 우리는 장어 정원이라 불리는 인기 있는 다이빙 성지에 이르렀다. 장어들이 모래 사이로 빼꼼 몸을 내밀고 먹이가 지나가기를 기다리는 곳이었다. 쉼표 모양으로 구부러진 장어들이 해저에 밭을 이루고 있었다. 케이티가 장난기 가득한 목소리로 말했다.

"우리 장어들 앞에서 쇼 한번 해 볼까?"

설마, 아니겠지. 그런데 그녀가 수영복의 하의를 벗기 시작했다. 알몸 수영을 하려는 것이었다. 잠깐 망설이긴 했지만 이때 아니면 또 언제 해 볼까 싶어 나도 킥킥거리며 수영복을 벗어서 손목에 감았다. 케이티가 신이 나서 말했다.

"알몸 수영이 최고야."

정말이지 이보다 더 기분 좋을 수가 없었다. 그래서 나는 이렇게 대답했다.

"나는 갓 태어난 기분이야."

우리는 몇 분 동안 물속에서 제자리걸음을 걷다가 바위투성이 해변을 향해 나아갔다. 거기서 나는 케이티에게 허리에 두르라며 수건을 건넸다. 점점 날이 어두워지고 있었다. 그녀는 돌을 들어 올려 거미불가사리를 잡아 보여 주었다. 크기는 우리 손만 하고 다리가 긴 불가사리였다. 겁을 주면 몸에서 스스로 다리를 떨구기도 했다.

나는 가방에 있던 카메라를 꺼내어 노을이 지는 풍경을 담기 시작했다. 그리고 잠시 후 일몰이 무르익자 붉은빛이 하늘을 가르며 선명한 상처를 냈다. 순간 눈물이 얼굴을 타고 흘러내렸다. 나는 무릎을 감싸 안은 채 그 지리에 앉았다. 케이티가 옆으로 오더니 내 어깨에 머리를 기대었다. 나는 바다를 바라보며 말했다.

"엄마가 곧 떠나실 것 같아."

"네 말이 맞을 거야. 하지만 작별 인사를 하는 것 외에 네가 할 수 있는 일은 없어."

케이티가 옳았다. 하고 싶은 일은 너무나 많았지만 할 수 있는 일은 하나도 없었다. 내가 겁을 주는 바람에 다리를 떨굴 수밖에 없었던 불가사리들이 떠올랐다. 불가사리들은 다치기 쉬운 존재가 되어 버렸다. 이제는 버둥거릴 다리조차 없기 때문이다. 그 생각을 하니 다시 눈물이 쏟아졌다.

케이티는 내 손을 잡더니 산책로 쪽으로 끌고 갔다. 거기에는 찻집과 베누인 카페가 늘어서 있었고 닭고기구이, 기름에 살짝 볶은 마늘, 옻을 넣고 삶은 병아리콩 냄새가 풍겨 왔다. 어디에나 시람들이 많았다. 하지만 그중에 우리 엄마는 없었다.

이집트의 인터넷 환경은 형편없었다. 다합도 마찬가지였다. 요가원에서는 인터넷 연결이 불가능했기에 밖으로 나와 어느 골목의 벽돌담에 기대어 섰다. 비밀번호가 설정되지 않은 근처의 네트워크를 찾기 위해서였다. 아이폰으로 접속이 가능한 네트워크를 찾으며 무의식중에 담뱃불을 붙였다. 엄마의 상태가 심각하다는 아빠의 메시지를 받은 이후 나는 담배를 피우기 시작했다. 천식이 있는 사람이 하면 안 되는, 너무나 멍청한 짓이었지만 나를 말릴 사람은 아무도 없었다.

잠시 후 인터넷 연결이 되어 서둘러 새로 들어온 메시지가 없나 살펴봤는데 없었다. 혹시나 전화를 걸어 보았지만 아무도 받지 않았다. 아빠와 언니, 오빠, 내가 거는 전화는 모두 곧장 자동 응답기로 연결되었다. 결국 나는 그날 엄마가 살아 계신지, 돌아가셨는지 모르는 상태로 잠자리에 들었다. 잠이 쉬이 오지 않는 밤이었다.

# 이제 나는
# 엄마 없는 사람이 되었다

다음 날 아침, 나는 일어나자마자 뱀부 하우스로 갔다. 와이파이 신호가 강해서 여행자들이 자주 찾는 곳이었다. 나는 아메리카노와 레몬 팬케이크를 주문한 뒤 테라스 한편에 앉아 노트북으로 인터넷에 접속했다. 듣던 대로 연결은 빠르고 안정적이었다. 받은 편지함으로 이메일 한 통이 들어왔다. 발신자는 아빠였다. 나는 떨리는 손으로 이메일을 클릭했다.

"마거릿, 엄마가 어젯밤에 돌아가셨단다."

가슴이 쿵 하고 내려앉았다. 울음이 터져 나왔다. 그 와중에도 바닷물은 왜 그리 파랗고, 햇살은 왜 그리 눈부시고, 레몬 팬케이크는 왜 그리 먹음직스러워 보이는지. 왜 세상이 멈추지 않는 거지?

## 고통이 끝남과 동시에 희망도 사라져 버렸던 날

:

지난 10년간 엄마를 지켜보면서 끝이 있다면 그 끝에서 나는 안도감을 느끼리라 생각했었다. 긴 병의 유일한 희망은 상황이 종료되는 것이고, 그것이야말로 축복이 아닐까 싶었다. 그런데 막상 엄마의 죽음을 접하고 보니 마음이 너무 참담했다. 엄마가 있지만 없었던 10년 동안 너무도 괴로워 고통이 빨리 끝나기만을 바랐는데, 내 안에 있던 것은 고통만이 아니었다. 어쨌든 엄마는 살아 있었기에 잠시라도 정신이 들어 나를 기억해 주기를 바랐다. 희망의 씨앗을 품고 있었던 것이다. 그런데 고통이 끝남과 동시에 그 모든 희망도 사라져 버렸다.

잠시 후 울음을 멈추고 카페 주위를 둘러보았다. 유럽과 러시아에서 온 관광객들이 눈에 들어왔다. 꼭 엄마처럼 금발인 사람들. 엄마가 여기에 있을 리 만무하지만 마지막으로 나를 보러 왔다면? 어제저녁의 노을, 그게 혹시 엄마였을까?

순간 새끼고양이 한 마리가 내 무릎으로 뛰어올라 왔다. 그럴 리 없는 줄 알면서도 그것이 어떤 신호인 것 같아 마음이 아팠다. 우연인지, 고양이의 눈이 엄마와 같은 파란색이었다. 나는 고양이를 쓰다듬으며 팬케이크를 조금 먹였다. 녀석이 갈빗대가 들썩거릴 정도로 허겁지겁 음식을 씹는 모습을 바라보다 자리에서 일어났다. 더 이상 음식을 삼키기가 힘들었기 때문이다.

음식값을 치르고 가게를 나선 다음 정처 없이 걷기 시작했다. 산책로에서 만난 사람들이 간간이 말을 걸어왔지만 아무런 대꾸도 할

수 없었다. 엄마가 돌아가셨다. 엄마가 돌아가셨다. 엄마가 돌아가
셨다. 나는 모스크에서 기도문을 방송하는 메가폰으로 그 소식을 크
게 알리고 싶었다. 세상 사람 모두가 알았으면 했다. 그래서 있는 힘
껏 소리쳤다.

"우리 엄마가 돌아가셨어요! 젠장, 우리 엄마가 돌아가셨다고
요!"

다합에서는 모든 길이 결국 홍해로 이어진다. 나 또한 홍해로 향
했다. 그리고 무언가에 이끌리듯 바닷물과 모래가 만나는 경계선까
지 나아갔다. 그대로 물속으로 걸어 들어가면 어떻게 될까. 옷이 물
에 젖고 바다 깊숙이 발을 디디면 생명이 얼마나 바람 앞의 등불 같
은지 알 수 있을 것만 같았다. 그런데 그대로 물에 들어가려는 찰나
정신이 번쩍 들었다. 나는 그렇게 죽음의 충동을 뒤로하고 또 발길
닿는 대로 걷기 시작했다.

걷다 보니 엘 살람이었다. 주인은 다키니 러닝베어라는 미국 여
자였는데, 나를 보자마자 무슨 일이 있는지 알아차렸다는 듯 두 팔
을 벌려 나를 꼭 안아 주었다. 나의 엄마가 돌아가셨다는 소식은 빠
르게 퍼져 나갔고, 숙소에 머물던 사람들이 얼른 달려와 내 아픔을
함께해 주었다.

영국에서 온 에이미는 약에 취한 상태로 한 시간 동안 내 빌을 문
질러 주었고, 아일랜드에서 온 패트릭은 "이게 필요할 것 같아서"라
며 신경 안정제를 나에게 주었다. 덴마크에서 온 토마스는 졸린 새
끼 고양이를 내 무릎에 앉혔고, 다키니는 요가원에 있는 도구와 재
료로 라테를 만들어 주었다. 나처럼 엄마의 부고를 전해 들은 딸이

있다면 엘 살람이야말로 세상에서 가장 완벽한 위로의 장소가 아닐까 싶었다.

자칭 '집시퀸'인 독일 여자는 타로 점을 봐 주겠다고 나섰다. 그녀는 나에게 카드를 펼치더니 한 장을 고르라고 했다. 나는 'CLOSURE(종료)'라고 적혀 있는 카드를 뽑았다. 세상은 이미 나에게 종료를 선사했는데, 그걸 눈으로 한 번 더 확인하는 건 도저히 참을 수가 없었다. "젠장"이라고 말하고는 그 방을 뛰쳐나왔다. 마치 심장을 칼로 도려내는 듯한 아픔이 느껴졌다.


## 나는 엄마 없는 사람이 되었다

엄마가 돌아가시던 날, 오하이오는 매우 추웠고 폭설까지 내렸다고 한다. 아빠는 집에 있다가 간호사의 전화를 받고 정신없이 집을 나섰다. 언니도 마찬가지였다. 두 사람은 675번 주간 고속 도로를 타고 반쯤 정신 나간 사람처럼 차를 몰았다. 엄마의 임종을 지켜보기 위해서였다. 병실에 들어서자 단조로운 노란 방에 엄마가 누워 있었다. 간호사가 아빠에게 말했다.

"곧 떠나실 거예요."

아빠는 엄마의 손을 잡은 채 바닥을 내려다보면서 "불쌍한 하이데, 불쌍한 우리 하이데"라는 말만 되풀이했다. 언니는 침대 옆에 서서 엄마의 이마를 쓰다듬으며 얼굴에서 머리카락을 쓸어내렸다. 목사님은 방 한구석에 그림자처럼 조용히 서 있었다.

엄마는 몇 분간 격렬하게 숨을 들이마셨다. 방 안에 있는 모두가 소스라칠 만큼 둔탁한 소리였다. 그런데 어느 순간 소리가 멈추더니 잠잠해졌다. 이어 엄마는 부르르 몸을 떨었고 얕은 숨을 한 번 들이쉰 다음 내뱉고는 그대로….

엄마는 더 이상 이 세상 사람이 아니었다. 생전에 몸무게가 80킬로그램이 넘었는데 마지막 몸무게는 54킬로그램밖에 되지 않았다. 엄마가 어떻게든 얻고 싶어 했던 바로 그 몸무게였다. 잠시 후 아빠가 말했다.

"끝인가 보다."

정말 끝이었다. 그리고 나는 엄마 없는 사람이 되었다.

치킨집에서 배달 일을 하는 앳된 얼굴의 소년인 알리는 밤이 되면 음식물 가방을 들고 요가원에 오곤 했다. 식당에서 쓰고 남은 닭뼈와 껍질, 기름, 연골, 감자 껍질 등 음식물 쓰레기를 요가원에 있는 개들에게 주기 위해서였다. 나도 요가원에 꽤 오래 숙식하고 있는 터라 그와 친분이 있었다.

그날 밤도 그는 요가원 울타리 너머로 가방을 던진 후 주방 근처의 바닥에다 음식물을 늘어놓았다. 십여 마리의 개들이 달려와 닭뼈를 놓고 다투는 사이 그는 야외용 소파에 털썩 앉았다. 우리 요가원 식구들이 밍밍한 이집트 맥주를 마시고 사과 향 담배를 채운 후 카에 불을 붙이는 곳이었다. 그가 나에게 반갑게 아는 체를 했지만 나는 화답하지 않았다. 그가 무슨 일이 있냐고 물었고 나는 엄마가 돌아가셨다고 말했다. 오랫동안 끔찍한 병에 시달렸다고도 설명했다. 그가 물었다.

"연세가 많으셨어요?"

"일흔."

"아, 오래 사셨네요."

이집트에서는 그 나이까지 살면 운이 좋은 것으로 친단다. 그 말이 맞을 수도 있었다. 하지만 엄마가 좋은 곳에 갔을 거라는 그의 말에는 동의하지 못했다. 더 좋은 곳이 있다는 것을 믿을 수가 없었기 때문이다. 그러자 그가 말했다.

"안 믿어도 상관없어요. 인나 틸라 히 와 인나 일라이히 라지운 Inna Tillah hi wa inna ilaihi rajioon. 우리는 그분께 속해 있으니 그분에게로 돌아가리라."

나는 엄마가 내 인생에서 사라질지도 모른다는 상상을 했었다. 단, 자동차 사고라든가 심장 마비처럼 뭔가 이해할 수 있고 수긍할 만한 이유로. 그런데 이런 식으로 엄마를 빼앗기는 것은 상상조차 해 본 적이 없었다. 엄마처럼 우아한 여인이 이렇게나 품위 없는 방식으로 목숨을 잃다니. 그래야 할 이유가 없었다. 어떤 신이라도 그래서는 안 되는 것이었다.

내 머리는 온갖 생각들로 무거웠고 쏟아 내지 못한 눈물로 축축했다. 슬픈지 화가 나는지 혼란스러운지 피로한지 명확히 표현할 수조차 없었다. 모든 감정이 뒤죽박죽 섞여 있었다. 알리가 나를 쳐다보며 말했다.

"나이 많은 사람들이 세상을 떠나야 젊은 사람들이 나이 들 공간이 생기는 거예요."

우리는 그렇게 한참을 앉아 있었다. 나는 눈을 감고 몸을 웅크린 채로, 열세 살 소년인 그는 내 어깨에 팔을 얹은 채로. 파도가 해안에 부딪혀 철썩이는 소리를 빼면 밤은 고요했다.

생각해 보면 나는 전직 신문 기자로서 죽음이 낯설지 않았다. 금속에 끼이고 파편이 되어 부서진 시신을 본 적이 있고, 부패 중인 시신을 강에서 끌어내는 모습도 본 적도 있다. 장의사가 체액을 빼낸 뒤 입을 실로 꿰매어 닫고 안구 위에 가짜 콘택트렌즈를 붙인 다음 눈꺼풀을 끌어내려 눈을 감기는 광경도 목격했다.

그런 일들을 경험하면서 어느 순간 깨닫게 되었다. 몇 개의 단어로 간추려지는 것이 인생이라는 사실을 말이다. 우리 엄마도 크게 다르진 않았다. 하이데 마리 다운스, 1940년 8월 30일 출생, 2011년 1월 12일 영면.

나는 지금부터 엄마의 시신에 무슨 일이 벌어질지 알고 있다. 내가 사랑했던 엄마는 오래전에 사라지고 없다는 것도 알고 있다. 엄마는 내가 너무나 형편없는 인간이었을 때 치매에 걸렸고, 지금의 내 모습은 영원히 보지 못할 것이다. 죽음이란 그만큼 절망적이고 최종적인 것이다. 나는 필사적으로 이 잔인한 공허함에서 벗어나고 싶었지만 방법이 없었다. 흘러나오는 눈물조차 어쩌지 못하는 내가 무엇을 할 수 있을까. 열세 살 이집트 소년은 그런 나의 곁을 한참 동안 지켜 주었다.


엄마의 장례식

:

이제 엄마의 장례를 치르러 집으로 돌아갈 시간이었다. 압둘라가 차를 몰고 나를 데리러 왔다. 그는 요가원에 같이 머물었던 다키니의 베두인족 남자 친구의 친구로, 나를 공항까지 데려다줄 사람이었다. 처음 봤지만 베두인족이 워낙 충직한 사람들로 알려져 있기 때문인지 안심이 되었다.

호리호리한 체격의 그는 긴 갈라베야 위에다 홍해의 갈팡질팡한 바람을 막아 줄 보머재킷(미 공군의 비행사들이 입는 짧은 허리길이의 상의를 응용하여 디자인한 재킷)을 걸치고 있었다. 머리에 두른 금색과 상아색의 셰마그(사막의 모래바람과 햇빛으로부터 얼굴을 보호하기 위해 착용하는 스카프)는 똬리를 튼 뱀처럼 보였다.

가볍게 인사를 나눈 뒤, 그는 내 큰 배낭을 대신 들더니 차를 세워 둔 어두운 골목길 쪽으로 성큼성큼 걸어갔다. 그의 빠른 걸음걸이에 보조를 맞춰 나도 걸음을 빨리 옮겼다. 계단과 낮은 문턱에 기대어 늘어져 있던 너저분한 술꾼들이 손을 들어 인사하자 그는 가볍게 고개를 까딱하며 받아 주었다.

차를 타자 압둘라는 히터를 튼 다음 와이팟이라는 싸구려 짝퉁 MP3 플레이어를 만지작거렸다. 에이콘과 이글스 노래를 번갈아 틀던 그가 부드럽게 물었다.

"어느 쪽이 좋아요?"

나는 고개를 저었다. 어느 쪽도 듣고 싶지 않았다. 그런데 그가 잠시 뭔가를 생각하더니 이글스 노래를 틀었다. 딱히 선호하지 않더라도 끝까지 듣게 되는 곡이었다. 잠시 후 그는 나에게 물방울이 송골송골 맺힌 구아바 주스를 한 팩 건넸고, 나는 감사한 마음으로 받았다. 지치고 갈증이 난 상태였기 때문이다.

엄마의 마지막 모습을 지켜보기 위해 길을 나서긴 했지만 결정을 하기까지 고민이 없는 것은 아니었다. 엄마는 미국 오하이오에 있고, 나는 지구 반대편에 있었다. 게다가 나는 장례식만 보고 다시 이 집트로 돌아올 계획이었다. 여행을 계속할 생각이었기 때문이다. 가족들도 여행을 모두 마치고 오는 게 아니라면 굳이 장례식장에 올 필요는 없다고 만류했다.

하지만 그래도 가야 한다는 이끌림을 떨쳐 버릴 수가 없었다. 엄마를 직접 보고, 엄마에게 못다 한 작별 인사를 건네고 싶었다. 엄마와의 마지막 시간을 이대로 끝낼 수는 없었다. 그래서 인터넷 카페에서 급하게 오하이오주 콜럼버스행 항공권을 구입했다.

파란색 큰 배낭은 일부러 요가원에 맡겨 두었다. 이곳으로 돌아올 이유를 만들기 위해서였다. 나는 나 자신을 잘 알고 있었다. 슬픔에 파묻히고 현실에 안주하다가 미국에 그대로 눌러앉기가 얼마나 쉬운지도 알고 있었다. 하지만 나는 어떻게든 이 여행을 계속하고 싶었다. 엄마도 그러기를 바랄 거라고 생각했다. 계속 나아가는 유일한 길은 계속 움직이는 것뿐이었다.

몇 시간 뒤 칠흑 같은 사막을 지나 샤름엘셰이크 공항에 도착했다. 새벽 네 시쯤 되었는데 내가 탈 비행기는 일곱 시나 되어야 떠날 예정이었다. 늦을까 봐 서둘렀는데 너무 일찍 도착한 것이었다. 체크인도 두 시간은 더 지나야 할 수 있었다. 난감했다. 추위에 떨면서 낯선 사람들에게 담배나 얻어 피우는 것 말고는 방법이 없을까.

어쨌든 차에서 내리려고 하는데, 갑자기 압둘라가 "여기 계세요"라고 하더니 내 자리 옆의 손잡이를 휙 잡아당겨 좌석을 뒤로 제쳤다. 그가 몸을 숙이자 그의 체취 섞인 향수 냄새가 훅 다가왔다. 차

안이 비좁게 느껴졌다. 순간 나는 겁에 질려 꼼짝할 수가 없었다. 주변엔 아무도 없었다. 공항이 보이기는 하지만 걸어가기엔 먼 길가에 차가 주차되어 있는 상태였기 때문이다. 나는 완전히 경계심을 풀어 둔 상태였고, 그 덕분에 어떤 대가를 치르게 될지 전혀 알 수 없었다.

그런데 그가 재킷을 공처럼 뭉친 다음 내 머리 뒤에 받쳐 주면서 나직하게 말했다.

"아직 시간이 안 됐어요. 좀 더 자 둬요."

바싹 긴장했던 근육이 이완되면서 제자리를 찾았다. 내가 왜 그의 차에 타고 있는지, 내가 왜 공항에 와 있는지 그가 이미 알고 있다는 사실을 깨달았다. 그는 나를 최대한 배려해 주고 있는데 나는 왜 겁을 집어먹었을까. 부끄러움이 몰려왔다.

그는 모든 송풍구를 내 쪽으로 돌려 온기가 잘 가게 한 다음 와이팟을 돌려서 느린 노래를 선곡했다. 그리고 음악이 나오기 시작하자 나지막한 목소리로 노래를 따라 불렀다. 이 베두인 남자는 셀린 디옹의 팬임이 분명했다. 이후 두 시간 동안 셀린 디옹의 히트곡 사운드트랙과 그의 노랫소리에 맞추어 잠이 들었다 깨기를 반복했기 때문이다. 나는 셀린 디옹의 팬은 아니었지만 노래들은 놀라울 정도로 차분하고 편안하게 나를 감쌌다. 시간이 되자 그가 나를 가볍게 흔들어 깨우며 말했다.

"매기, 집에 갈 시간이에요."

보안 검색대를 통과해 비행기에 탑승하기까지 그리 오랜 시간이 걸리지 않았다. 비행기가 공중으로 날아올랐고 잠시 후 희끄무레하고 우중충한 하늘을 벗어나 새로운 아침이 시작되는 공간으로 진입했다.

나는 창밖으로 태양이 세상을 환하게 비추는 모습을 물끄러미 지켜보았다. 햇빛이 구름과 비행기 날개, 그리고 내 얼굴 위로 흘러내렸다.

## chapter 3

# 삶

## : 엄마의 말처럼 나는 강한 사람이니까

# 이집트에서 목숨을 걸고
# 탈출을 감행하기까지

엄마의 장례식을 치르고 일주일 후 나는 다시 이집트로 가는 비행기에 올랐다. 배웅 나온 아빠가 국제 전화 카드를 사라며 반으로 접힌 20달러짜리 지폐 한 장을 내 손에 쥐여 줬다. 아빠 이마의 주름은 근심 때문인지 유독 깊어 보였고, 숱이 많이 빠져서 얼마 남지 않은 머리카락들은 허옇게 세서 안쓰럽게 느껴졌다.

"간단하게 안부 전화 한 통만 해라. 안전하게 도착했는지만 알려 주렴."

아빠의 작별 인사는 지극히 짧았지만 걱정하는 마음이 오롯이 느껴져서인지 마음이 무거웠다. 그래서 나는 카이로 공항에 도착하자마자 공중전화 부스 먼저 찾았다. 아빠에게 전화를 걸기 위해서였다.

## 아랍의 봄 발발 – "카이로에 머물지 마십시오"

:

 그런데 웬일인지 늘어서 있는 공중전화 부스에 사람이 거의 없었다. 나는 중간 기착지인 뉴욕 존에프케네디 공항에서 산 플라스틱 전화 카드를 꺼내 수화기를 들었는데 먹통이었다. 다음 전화기로 옮겨 가 수화기를 집어 들었다. 이 전화기도 먹통이었다. 다음 전화기도 마찬가지였다. 모든 전화기가 다 먹통이었다. 당혹스럽기 그지없었다.

 고민하던 나는 공항 안에 있는 인터넷 카페로 갔다. 전화는 못 하더라도 스카이프를 하거나 가족들에게 이메일은 보낼 수 있겠지. 마음 둘 곳 없이 사별의 아픔으로 비통에 젖어 있는 아빠가 떠올랐다. 아빠는 지금도 내 전화를 기다리고 있을 게 틀림없었다. 나는 되도록 빨리 아빠의 근심을 덜어 주고 싶었다. 엄마도 없는데 나의 안전을 걱정하며 전전긍긍하게 만들고 싶지 않았다.

 그런데 인터넷 카페마저 문이 닫혀 있었다. 잠긴 문 위에 손글씨 메모가 붙어 있었다. 아랍어로 쓰여 있어서 무슨 말인지 알 수 없었지만 통상적인 유지 보수 관련 안내문이겠거니 생각했다. 이집트는 원래 인터넷 사정이 매우 좋지 않음을 익히 알고 있었기 때문이다.

 나는 얼른 안내 데스크로 가서 인터넷 접속이 가능한 장소가 있는지 물어보았다. 그런데 데스크에서 근무하는 여자가 굳은 표정을 지어 보였다.

 "아뇨, 인터넷 쓰기엔 안 좋은 날이네요."

 "모든 인터넷이 다운되었다는 말인가요?"

Egypt
이집트
카이로
시나이산
기자
대피라미드
룩소르
다합
에스나
아스완
아부심벨

“네. 좋지 않은 날이에요.”

답답한 마음으로 주위를 둘러보는데 비로소 창밖에 주둔해 있는 군인들이 눈에 들어왔다. 그들은 검은색 긴소매 셔츠와 바지 제복 차림으로 자동 화기를 들고 서 있었다. 팔을 서로 엇걸고 다리를 넓게 벌린 채 총을 대기해 놓은 그들의 모습은 마치 플라스틱 장난감 병정들을 일렬로 배치해 놓은 것처럼 보였다. 그 외에도 제복 입은 남자들이 더 있었는데, 그들은 해군 함장처럼 빳빳한 흰색 제복을 입고 있었다. 나는 다시 안내 데스크 직원에게 물었다.

“무슨 일 있어요?”

그때 마침 텔레비전에서 나오는 BBC 뉴스가 눈에 들어왔다. 화면에 빨간색 굵은 글씨로 헤드라인이 번쩍였다. ‘위기의 이집트!’ 그 자막을 보는 순간 숨이 턱 막혔다. 누군가가 화면에 뿅 하고 나타나 제발 농담이라고 말해 주기를 기대했다. 어떻게 이집트가 위기일 수 있지? 여길 떠난 지 보름이 채 안 되었는데 그동안 이 나라에 무슨 일이 벌어진 거지?

나는 단지 괴로울 때 힘이 되어 준 사람들을 찾아왔을 뿐이었다. 나를 보듬어 준 요가원 사람들이 있는 이집트, 고대의 유적과 현대의 친절이 공존하는 이집트를 말이다. 그런데 더 이상 그런 이집트는 없었다.

원래는 며칠간 카이로에 머물면서 애도의 시간을 가질 계획이었다. 기자의 피라미드로 다시 가서 오래전에 죽은 사람들이 묻혀 있는 묘지 사이를 걸으며 엄마를 추모하고 싶었다. 그런데 예상치 못한 상황, 그것도 나라 전체가 혼란에 빠진 이집트를 마주하고 보니 어찌해야 할지 몰랐다. 무슨 일이 벌어지고 있는지 알 수가 없었고, 나는 어떠한 결정도 내릴 준비가 되어 있지 않았다. 고민하던 나는 우선 타흐리르 광장에 있는 호스텔로 가기로 했다. 하지만 공항 문을 나서는데 한 경호원이 내 어깨를 붙잡으며 제지했다.

"카이로에 머물지 마십시오. 여길 떠나시는 편이 좋습니다."

엄숙하고 단호한 그의 목소리에 나는 발걸음을 멈출 수밖에 없었다. 나는 안전하고 질서 정연한 장소를 원하는데 카이로 시내의 호스텔이 그 답이 될 수 없다면 가지 않는 게 옳았다. 지난 한 달 동안 우주가 가르쳐 준 교훈이 하나 있다면 세상을 내 마음대로 통제할 수 있다는 착각을 버려야 한다는 사실이었다.

결국 나는 샤름엘셰이크로 가는 항공권을 사서 다합으로 가기로 했다. 요가원의 친구들이 있고 배낭을 맡겨 둔 곳이기도 했다. 두어 시간 뒤 다시 비행기에 탑승했다. 다합에서 무엇이 나를 기다리고 있을지, 상황이 얼마나 위험한지 전혀 모르는 채로. 직접 가서 알아보는 수밖에 다른 방법이 없었다.

아랍의 봄(2010년 말 튀니지에서 시작해 아랍 중동 및 북아프리카로 확산된 민주화 운동-역주)은 빠르고 맹렬히 불붙었다. 이집트 전역에서도 호스니 무바라크 대통령의 사임을 요구하는 반정부 시위가 잇달아 발생했고, 일촉즉발의 분위기였다. 정부는 인터넷을 차단하고 나섰고, 전화 이용도 제한되었다. 가족들에게 연락을 해야 하는데 방법이 없었다. 애가 탔다. 벌써 며칠째 연락을 하지 못한 상태였다.

불과 이틀 사이 다합 시내에 있는 모든 현금 지급기의 현금이 동났다. 나는 그래도 자꾸 그걸 이용하려고 노력했다. 제이슨은 내 모든 은행 정보에 접근이 가능한데, 내가 현금 지급기를 쓰려고 시도할 때마다 그 내역이 계좌에 표시된다면 내가 살아 있다는 뜻이니까 조금은 안심하지 않을까 해서였다.

일주일 후 상황은 더 나빠졌다. 식량과 식수, 연료 부족으로 사람들이 난리였다. 만약 상황이 더 심각해지면 이 나라를 빠져나갈 기회도 없겠다 싶었다. 가장 큰 문제는 언제까지 이 상황이 계속될지 아무도 모른다는 것이었다.

요가원 친구인 다키니는 동요하는 마음을 가라앉히는 방법은 하나뿐이라고 믿었다. 요가와 스트레칭을 더 많이 하고, 아픔이 느껴지는 부위로 더 깊은 호흡을 보내는 것. 그녀는 나에게 돌봄과 성장을 지향하면서 카이로의 갈라진 시멘트 사이로 평화가 꽃피어 나기를 기원하자고 말했다.

우리는 야외에서 햇빛을 받으며 몇 시간이고 요가 수련을 했다. 〈락 더 카스바Rock the Kasbah〉와 비틀스의 〈레볼루션Revolution〉을 배경 음악으로 깔아 놓고 동작을 취했다. 아수라장이 된 카이로로 돌아가지 못하고 요가원에 머물고 있던 이집트의 한 헤비메탈 밴드도 우리와 함께 요가 수업에 참여했다. 다키니는 밝은 목소리로 말했다.

"세상 밖으로 치유의 에너지를 발산하세요."

나도 그러고 싶었지만 요가를 시작한 이후 처음으로 나무 자세가 무너졌다. 다리가 후들거려서 휘청이다 결국 넘어졌고, 손을 잘못 짚는 바람에 타박상까지 입었다. 나는 강하지도 안정적이지도 못했다. 그냥 서 있기도 힘든 마당에 나에게 이 혼란스러운 사태를 견딜 재간이 있을 리 없었다.

나는 점점 줄어드는 그래놀라 바와 인스턴트 오트밀 봉지를 세어 보았다. 먹을 것이 얼마 남지 않았다. 일주일쯤 버틸 수 있으려나. 시나이반도로 식료품 배송이 안 되는 상태라 상황이 더 안 좋아질 수도 있었다.

반면 플랫브레드(밀가루와 소금, 물을 반죽해 납작한 모양으로 굽거나 튀긴 빵)와 통조림 콩 등의 식량을 어느 정도 사재기해 놓은 친구들은 상황이 곧 좋아지리라 확신하면서 크게 걱정하지 않았다. 나에게도 마음을 편히 가지라고, 함께 있어야 더 안전하다며 요가원에 같이 머물자고 했다. 친구들은 버티면서 이 난국을 돌파할 준비가 되어 있는 듯했지만 나는 아니었다. 가족들에게 연락만 할 수 있어도 상황은 달랐겠지만 통신이 불가한 상태는 나를 너무 힘들게 했다. 불안감이 역대 최고조에 달했다. 혼란이 진정될 분위기가 보이지 않았기 때문이다.

## 이집트를 탈출하기까지

나는 어떻게든 이집트를 빠져나가기로 마음먹었다. 그런데 내 얘기를 들은 압둘라가 누웨이바 마을 항구까지 데려다주겠다고 나섰다. 거기에 가면 안전하게 이집트를 탈출할 수 있다는 것이있다. 니는 좋다고 대답했다. 그는 베두인이었기 때문에 정부가 시행하는 통행금지 조치를 피해 일몰 후에나 떠날 수 있었고, 우리는 그날 밤 바로 출발했다.

이번에는 흰색 지프로 이동했다. 검문소를 지나갈 때마다 압둘라는 경찰들에게 주스와 담배를 건넸고, 그러면 그들이 웃으면서 지나가라고 손짓했다. 얼마쯤 갔을까. 누웨이바 외곽의 해변에 있는 베두인 캠프에 도착했다. 공기에서 짠내가 느껴졌고 밤바람은 으르렁거렸다. 압둘라는 나를 친구 하킴에게 맡기고 곧 떠날 예정이었다.

떠나기 전 우리는 다 같이 저녁을 먹기로 했다. 핫도그 번처럼 생긴 빵과 포일에 싸인 가공 치즈, 감자칩 한 봉지, 통조림에 든 과일 칵테일 등이 식탁 위에 올라왔다. 압둘라는 식사를 시작하기 전에 미소를 지으며 말했다.

"베이나나 아이시 와밀라(baynana aish wamilah, 우리 사이에 빵과 소금이 있다)."

이집트에서 유명한 격언으로, 내가 당신과 빵을 나누었다면 나는 당신을 믿는다는 의미가 담겨 있단다. 그래서 우리도 한 식탁에서 배를 채웠으므로 우리끼리는 어떠한 싸움이나 적개심이 있을 수 없으며 오로지 선함만 있을 것이라고 덧붙였다.

식사를 마치고 난 후 언제 그랬냐는 듯 바람은 잠잠해졌고 맑은 밤하늘엔 달이 훤하게 떠 있었다. 바다 건너편에는 내가 내일쯤 갈 수 있기를 바라는 도시가 있었고, 수많은 불빛들이 반짝이고 있었다. 저기 어딘가에서 아빠에게 전화를 걸어 괜찮으니 걱정하지 말라는 말을 할 수 있겠지? 남편에게도 전화해서 사랑한다고 말할 작정이었다. 너무나 소박한 꿈인데도 아득히 멀게 느껴졌다.

압둘라가 물을 끓이기 위해 자리를 비운 사이 하킴이 처음으로 내게 말을 걸어왔다.

"질문 하나 해도 될까요?"

"그럼요."

"생리가 뭐예요?"

"문장 끝에 찍는 점이에요. 문장이 끝났다는 의미로요(영어 단어 period에 마침표와 생리 두 가지 의미가 있어서 생긴 오해-역주)."

"아뇨, 그거 말고 여자들 생리 말이에요. 여자들이 하는 생리가 뭐죠?"

낯선 남자에게 갑자기 생리에 대해 설명하려니 난감하기 그지없었다.

나는 열세 살 때 처음 생리를 시작했다. 언니네 집에 놀러 갔을 때였는데 우리는 다같이 외출할 예정이었다. 그런데 화장실에 갔다가 속옷에 피가 묻어 있는 걸 보게 되었다. 가족들은 나를 집에 놔두고 가는 편이 낫겠다고 판단했고, 그래서 나 혼자 집에 남게 되었다. 나는 자부심과 공포심이 번갈아 부풀어 오르는 상태로 소파에 누워 있었다. 앞으로 내 몸이 어떤 마법을 부릴지, 내 몸 안에 무엇이 담길지 생각하니 신기하기도 하고 충격적이기도 했다. 나는 그날의 기억을 떠올리며 조심스럽게 하킴에게 말했다.

"어떤 사람들은 '월경'이라고도 불러요. 여자들에게만 찾아오는 신성한 때라고들 하죠. 오래된 에너지를 배출하고 생식 능력을 되찾을 준비를 하는 기간이니까요."

하킴은 내 말을 잠시 곱씹더니 이해가 안 된다고 말했다. 이해 못하는 게 당연했다. 생리에 대해 실질적으로 설명한 게 아무것도 없었으니까. 고민하던 나는 내 아랫배 위를 손으로 둥글게 그리며 이렇게 말했다.

"가끔, 어… 여자들은… 피를 흘려요. 여기서."

"아, 알겠네요. 그래서 여자들이 상어한테 잡아먹히는 거예요."

나는 담뱃갑에서 담배를 하나 꺼낸 다음 빠르게 담배 연기를 뿜어내며 어색한 침묵을 위장했다. 그러나 그는 아랑곳하지 않고 불쾌한 이야기를 계속 이어 갔다.

"남자는 다치지 않는 한 피를 흘리지 않아요. 생리라는 것은 신이 여자를 싫어한다는 증거예요. 여자를 허약하고 딱한 존재로 만들었잖아요. 여자들은 그런 대우를 받아 마땅해요. 그냥 핏덩이에 불과하니까."

나는 피우다 만 담배를 불 속에 던지고는 내가 지금 이 순간 여기에 오기까지 한 결정들을 뒤돌아보았다. 세상을 둘러보기 위해 직장을 그만두었고, 엄마와 작별 인사를 하기 위해 12,800킬로미터를 날아갔고, 1월의 차가운 땅속에 엄마를 묻고 나서 다시 여행을 하고 있다. 나는 왜 여행을 계속하고 있는 걸까?

그냥 핏덩이에 불과하다는 말이 자꾸만 머릿속을 맴돌았다. 나는 스스로 핏덩이 그 이상의 존재라고 믿었지만 조상들과 나를 연결해 주는 이 피가 없었다면 나에게는 대체 무엇이 남을까? 내 혈관을 타고 흐르는 피야말로 나를 살게 하고 가슴 두근거리며 무언가를 찾아 나서게 만드는 요인이 아닐까? 피는 또한 내 파멸의 원인, 즉 언젠가 내 기억을 훔쳐 갈 수도 있는 유전자의 저주를 담고 있다.

그렇지만 나는 하킴에게 그런 이야기를 하나도 하지 않았다. 그냥 그가 싫을 뿐이었다. 다행히 그때 압둘라가 돌아와 나를 나지막한 오두막이 모여 있는 곳으로 안내했다. 가까이에서는 찰싹거리는 파도 소리가, 저 멀리서는 총성이 들려왔다.

"압둘라, 저 겁나요."

"별일 없을 거예요."

"저 소리, 총소리 아니에요?"

그러자 압둘라는 양손의 검지를 총처럼 뻗어서 하늘에 대고 쏘는 시늉을 하며 말했다.

"아니에요. 저건 베두인들이 춤추고 노는 소리예요. 탕탕탕, 장난으로 저러는 거죠."

설령 거짓말일지라도 나를 안심시켜 주려는 압둘라가 너무 고마웠다. 그는 나에게 네스카페 인스턴트 카푸치노 세 봉지와 초콜릿 쿠키 한 팩, 자신의 머리에 두르고 있던 셰마그 스카프를 선물로 주었다. 그리고 마지막이라며 조심스럽게 무언가를 내밀었다. 대마초 한 봉지였다. 나는 그걸 들고 국경을 통과하고 싶지 않았다. 그런데 그가 필요할지도 모르니 꼭 챙겨 가라며 말했다.

"날 믿어요."

그래서 나는 믿기로 했다. 나는 그와 이미 빵을 나누어 먹은 사이니까 말이다.

다음 날 나는 성경에 나오는 바다에서 불과 몇 미터 떨어진 곳에서 눈을 떴다. 이곳에서 모세는 노예들의 이집트 탈출을 도왔고, 나는 신이 여자를 싫어한다는 소리를 들었다. 해변까지 걸어가서 소금물로 얼굴을 씻는데 저 너머로 사우디아라비아의 붉은 산들과 요르단의 아스라한 해변, 이스라엘 땅의 작은 한 자락이 보였다.

그런데 문득 내가 요가의 나무 자세를 완전히 곡해했다는 생각이 들었다. 내가 힘이 약하기 때문에 자세를 유지하지 못하고 넘어진 게 아니라 바닥에 닿은 후 다시 일어날 만큼 내가 유연하다고 보는 게 맞지 않을까. 부러지지 않고 휘어졌다가 다시 일어났으니 말이다.

하킴은 페리 출발 예정 시간보다 두 시간 전에 나를 항구까지 태워다 주었다. 그러고는 웬일로 내 배낭을 들어 주겠다고 나섰다. 그런데 잠시 뒤 길가의 카페에 나를 앉히더니 배낭을 끌어안고는 1,000달러를 주기 전까지 배낭을 주지 않겠다고 협박했다.

너무나 터무니없는 요구에 기가 찼다. 기자 시절 나는 탄저균의 위협과 살해 협박, 스토커들의 횡포를 다 견디어 냈다. 여자 청소년들에게 속옷을 선물한 고등학교 풋볼 코치에 관한 기사를 썼을 때는 퇴근 후 집에 갔더니 코치의 지지자들이 엽총을 들고 나를 기다리고 있었다. 어머니날 칼럼을 썼을 때는 어떤 독자가 우리 집 음성 사서함에 메시지를 남겼는데, 내가 꼭 알츠하이머병으로 죽기를 바란다는 내용이 담겨 있었다. 어느 해인가는 '갈보년'이라는 단어만 달랑 적힌 발신인 없는 엽서를 매주 받은 적도 있었다. 그러다 보니 본의 아니게 어떤 협박이 진짜고 어떤 협박이 잡음에 불과한지 판별할 수 있는 전문가가 되었다. 분노를 삭이고 친절한 미소를 잃지 않으며 불필요한 말을 삼가는 법도 잘 알고 있었다.

하킴이 원하는 돈은 어차피 내게 없었다. 페리를 탈 돈을 빼면 2~3이집트 파운드 정도밖에 남지 않았다. 어쨌거나 1,000달러를 내어 주지는 않을 작정이었다. 차라리 소지품을 모두 포기하고 떠나면 몰라도. 그러면 그는 어떤 기 센 여자의 잔존물을 그대로 떠안게 될 것이었다. 그런데 굳이 그럴 필요는 없었다. 내가 그에게 압둘라가 준 대마초를 넘기자 기분이 좋았는지 배낭을 돌려주더니 큰소리로 음식까지 주문하기 시작했다.

프렌치프라이와 팔라펠, 그리고 천천히 익힌 누에콩에 향신료를 넣고 끓여 만든 푸울이 나왔다. 하킴은 피타를 둘로 잘라서 절반을 내게 건넸고 나는 그걸로 푸울을 싹싹 긁어먹었다.

이제 요르단으로 떠날 시간이었다. 하킴과 헤어지며 작별 인사 따위는 하지 않았다.


## 말없이 나를 위로해 준 고대의 도시, 페트라

:

요르단 남부에 있는 고대 나바테아 왕국의 수도, 페트라에 들어선 것은 밤이었다. 사막의 한가운데에 붉은 사암으로 이루어진 바위산 틈새에 만들어진 도시이기 때문에 그곳으로 가려면 반드시 좁고 가파른 절벽으로 둘러싸인 협곡 '시크'를 통과해야만 한다. 길이가 1.2킬로미터에 달하는 시크는 지각 변동에 의해 거대한 바위가 갈라져 만들어진 틈새길이다.

기원전 312년경 유목민인 나바테아인이 페트라를 건설했을 때 시크는 낙타 대상(사막이나 초원에서 낙타나 말 등에 짐을 싣고 떼 시어 다니며 특산물을 교역하는 상인의 집단)의 중요한 통로였고, 상인과 무역상, 로마 병사들이 왕래하는 길이기도 했다.

직접 시크에 들어서니 생각보다 양쪽 벽이 더 거대하게 느껴졌다. 벽은 최대 180미터에 달할 정도로 높았다. 시크를 밝히는 작은 초들은 협곡 벽에 영롱한 불빛을 드리웠고, 머리 위로 별들이 조금씩 보였다. 베두인 가이드가 모두 침묵 속에 이동해 달라고 부탁한 덕분에 메아리치는 발소리와 간간이 들리는 당나귀 울음소리, 가냘픈 고양이들의 울음소리 빼고는 아무 소리도 들리지 않았다. 하지만 시크는 묘하게 위안이 되었다. 가차 없이 갈라진 존재도 계속해서 생명력으로 고동칠 수 있다는 생각이 들어서였다.

나는 오랜 세월 동안 얼마나 많은 어머니들이 이 바위틈 사이를 지나갔을지, 얼마나 많은 가족이 식량과 물, 정신적 자양분을 찾아 이곳을 다녀갔을지 궁금해졌다. 수십만, 아니 수백만 명에 이를 수도 있었다. 내가 절대 만날 수 없는 그들의 이름은 이미 과거에 묻혀 버렸다. 목소리와 이름과 피는 땅속 깊이 사라졌지만 모든 길은 이곳으로 이어졌고 세상은 여전히 비밀을 간직한 채 서 있다.

어느덧 탁 트인 길이 나타나고 알 카즈네가 위용을 드러냈다. 페트라에서 가장 눈에 띄는 2층짜리 신전 형태의 건물로 기원전 1세기 나바네안 왕의 무덤으로 추정된다. 기둥과 벽을 세우지 않고 오로지 장밋빛 사암 암벽을 깎아서 만들었고, 이집트의 파라오가 이곳에 보물을 숨겨 놓았다는 전설이 전해지고 있었다. 엄마의 버킷리스트 중 거의 마지막으로 남은 리스트이기도 했다.

베두인 음악가들은 알 카즈네 앞에서 곡을 연주하고 경쾌한 억양의 아랍어로 노래를 불렀다. 나를 포함해 전 세계에서 모여든 관광객들은 바닥에 깔려 있는 양탄자 위에 쪼그려 앉아 그들의 노래를 감상했다. 가사는 하나도 알아듣지 못했지만 왠지 한마디 한마디가 내 마음을 파고드는 듯했다. 나는 눈을 감고 음악에 맞추어 몸을 흔

들었다. 숨을 들이쉴 때마다 코에 스치는 강한 사막 냄새가 캘리포
니아에 있는 우리 집을 연상시켰다.

아랍의 봄 시위가 중동 곳곳을 흔들고 있었지만 나는 이집트를
무사히 탈출해 안전한 장소에 있었다. 게다가 아는 사람들과 함께였
다. 요르단으로 넘어오는 페리에서 다합에서 만난 친구 로즈와 휴를
우연히 마주쳤고 우리는 잠시 함께 여행하기로 했다. 페리가 아카바
항구에 도착하자마자 와이파이가 있는 호스텔부터 찾았고, 나는 거
의 2주 만에 가족들에게 연락했다. 먼저 아빠에게 전화를 걸었다.

"아빠?"

"오, 마거릿, 마거릿, 마거릿."

내 목소리를 확인한 아빠는 목이 메었는지 아무 말도 하지 못했
다. 이토록 오랫동안 연락을 하지 못한 경우는 없었기에 그저 죄송
할 뿐이었다. 아빠는 위험하다며 이제 그만 집으로 돌아오라고 소리
치기까지 했다. 아빠의 마음을 이해하지 못하는 건 아니었지만 이대
로 여행을 끝내고 싶지는 않았다. 아빠는 내 고집을 꺾을 수 없다는
사실에 절망했지만 전화를 끊기 직전 나에게 사랑한다고 말해 주었
다. 평소 감정 표현을 절대 하지 않는 아빠에게서 실로 오랜만에 들
어 본 말이었다.

이어서 제이슨에게 전화했다. 남편은 현금 지급기 인출 기록을
지켜보고 있었기 때문에 내가 무사하다는 사실을 알고 있었다. 다행
히 내가 보낸 신호를 잘 알아들은 셈이었다. 나는 뉴스를 예의 주시
하면서 최대한 안전한 여행을 하겠다고 약속했다.

내가 요르단에 머무는 것을 다들 걱정스러워했다. 가족들은 아랍

의 봄이 쉽게 끝나지 않을 것 같다며 너무 위험하니 제발 집으로 돌아오라고 했지만 나는 그러고 싶지 않았다. 아직은 아니었다. 페트라의 완만한 사막과 흐르는 모래, 줄무늬 바위 속에 엄마가 함께 있음을 느꼈다.

문득 열두세 살쯤 되었을 때 서부로 떠났던 자동차 여행이 생각났다. 아빠와 엄마, 나 셋이서만 밤색 뷰익 자동차를 타고 2주 동안 여행을 했는데, 우리는 오하이오에서 출발해 오리건 트레일(19세기 중반 미 서부 개척 시대 이주자들의 이동로가 된 약 3,200km의 산길)을 따라가다가 마을 몇 군데에 들렀고, 배들랜즈 국립 공원을 중심으로 사우스다코타를 한 바퀴 돌았다. 우리의 목표는 미국을 빛낸 대통령 네 명의 얼굴이 조각되어 있는 석상으로 유명한 러시모어산에 가는 것이었지만 내게는 그보다 오히려 배들랜즈가 진정한 경이로움으로 다가왔다.

나는 그곳에서 난생처음 풍경이 내게 말을 걸어오는 것을 느꼈다. 그 어떤 경관에서도 느껴 본 적 없는 감정이었다. 나는 사진을 수십 장 찍었다. 기상천외한 노두(광맥이나 지층이 흙으로 덮이지 않고 지표에 노출된 부분), 날카로운 돌출부, 침식된 지층을 볼 때마다 셔터를 눌러 계속해서 프레임을 채워 나갔다. 그 모든 면이 매혹적이었다. 단계적으로 서서히 변하는 색깔과 황량함, 쓸쓸함까지도 말이다. 무엇이 침강하고 무엇이 융기하는 중인지 구분하기 어려웠지만 어떻게 변할지 알 수 없다는 점이 오히려 좋았다.

"놀랍지 않아요?"

내가 엄마에게 묻자 엄마는 동의한다는 듯 내 손에 깍지를 끼었다. 스스로 다 컸다고 생각하던 시기라 엄마 손을 잡고 있으려니 왠지 쑥스러웠지만 기분은 좋았다. 우리는 광활한 공간을 응시하면서 잠시 조용히 서 있었다. 그러다 내가 침묵을 깨뜨렸다.

"왜 여기를 배들랜즈Badlands라고 부르죠?"

"굿랜즈Goodlands라고 부르면 이상하잖아."

엄마의 말은 물론 농담이었지만(아메리칸 원주민인 라코타족이 이 땅에 붙인 이름이 '마코 시카Mako Sica' 즉 '나쁜 땅'이라는 의미였다) 페트라의 숨 막힐 듯 아름다운 바위산 경관에 둘러싸여 있는 지금 그때의 농담을 떠올리지 않을 수 없었다.

시간과 비극을 견디고 나서도 여전히 특별한 아름다움으로 남을 수 있다는 것. 페트라는 나에게 그걸 보여 주고 있었다. 마치 페트라가 말없이 나를 위로해 주는 느낌이었다. 끝내 눈물이 터졌다. 고대의 도시는 그 후로도 한참 동안 나의 슬픔을 보듬어 주었다.


사막에서의 밤 그리고 최고의 만찬
:

다음 날도 페트라에서 보냈다. 협곡을 오르고, 걸어서 유적을 둘러보고, 가능한 한 모든 전망 포인트에서 도시를 경험했다. 페트라 고고학 공원은 1985년 유네스코 세계 유산으로 지정되었다. 고고학자들은 도시의 극히 일부분만 발굴된 것으로 추측하지만 지금 드러난 유적만으로도 장관이었다.

온종일 관광을 마친 후, 와디무사라는 마을로 갔고, 호스텔에 짐을 풀었다. 그리고 고맙게도 호스텔 소유주 중 한 명인 아브라함이 친구들과 함께하는 정통 요르단식 만찬에 나를 초대해 주었다.

아브라함은 랜드 크루저로 혼잡한 도시의 비좁은 갓길을 요리조리 빠져나갔다. 조그만 마을을 지나니 사막이 펼쳐졌다. 나는 두 남자 사이에 낀 채 뒷자석에 앉았는데 어디로 가는지 모르는 상태였다. 궁금해진 나는 아브라함에게 물었다.

"우리 어디로 가는 거죠?"

"가 보시면 압니다."

그는 라이터에 불을 붙이고는 뻐끔뻐끔 담배를 피우기 시작했다. 그의 친구들은 아랍어로 농담을 주고받는 듯했다. 물론 나는 무슨 말을 하는지 알아들을 수 없었다. 그사이 날은 어두워졌고, 30분 뒤 차는 텅 빈 사막 한가운데에 끼익 소리를 내며 멈추었다. 주위에는 키 작은 관목 몇 그루와 울퉁불퉁한 바위뿐이었다. 아브라함이 나를 보며 말했다.

"멋지죠? 우리는 여기서 요르단식 바비큐를 할 겁니다."

주방도, 그릴도, 심지어 불도 없는 사막에서 바비큐 요리를 한다고? 그게 가능한 건가 싶었지만 더 이상 묻지 않았다. 그런데 곧이어 신기한 장면들이 펼쳐졌다. 그와 친구들은 나뭇가지들을 주워 와서는 땅을 파서 불구덩이를 만든 다음 그 위에 석쇠를 올렸다. 한 친구는 트렁크에서 도구를 꺼냈고 아브라함은 빠르게 재료를 다듬었다. 나도 돕겠다고 나섰지만 가볍게 거절당했다. 불길이 뜨거운 석탄에 골고루 붙자 아브라함은 가지와 통마늘을 빨간 잔불 사이에 파묻었고, 석쇠 위에는 닭고기와 감자, 양파 등을 올렸다. 20대 초반의 깡마른 청년 아합은 닭 다리 수십 점을 꼬챙이에 꿰더니 공중에 들어

올리며 의기양양하게 말했다.

"날 봐라! 사냥꾼이다!"

친구들은 환호했다. 아합은 닭꼬치에 갖가지 향신료를 발라 조심스럽게 불 위에 올렸다. 그런 다음 구덩이 입구 위로 담요 두 장을 펼쳤고, 다른 친구 한 명이 모래를 삽으로 퍼 담요 위에 올렸다. 이제 음식이 익기만을 기다리면 되는 것이었다. 그때 아브라함이 차에 시동을 걸더니 라디오를 켰다. 전통적인 요르단 음악을 예상했는데 의외로 잭 존슨(미국의 싱어송라이터)의 음악이 흘러나왔다. 우리는 음악에 맞추어 조금씩 몸을 흔들며 노래를 따라 불렀다. 아브라함이 미소를 지으며 나에게 물었다.

"이러면 좀 캘리포니아에 있는 것 같아요?"

"조금요."

신기했다. 사막에서 요리를 하고 식사하는 건 처음이었지만 이상하게도 캘리포니아를 떠올리게 했다. 아니, 내가 갔던 전 세계 곳곳을 떠올리게 했다. 친구와 음식과 음악이 있던 곳들을 말이다. 그러고 보면 이 세 가지는 내가 가진 추억마다 거의 빠지는 법이 없는 구성 요소였다.

내 기억 속의 엄마는 저녁 준비를 하면서 부엌 싱크대 앞에 서 있을 때가 많았다. 그러다 라디오에서 좋아하는 노래가 흘러나오면 볼륨을 높인 후 박자에 맞추어 엉덩이를 흔들곤 했다. 나에게 함께 춤추자고 손짓을 하기도 했다. 하루를 무사히 마치고 음식을 준비하며 엄마와 함께 흐르는 음악에 맞추어 즐겁고 자유롭게 몸을 흔들었던 기억은 유난히 잊히지 않았다. 너무나 따뜻했고, 너무나 행복했던 추억이기 때문이다. 사막에서 요르단식 만찬을 기다리는 지금도 왠지 행복하다는 생각이 들었다. 그런 나를 흐뭇하게 바라보던 아브라함이 말했다.

"이제 접시를 들어요."

그는 잔불 속에서 가지를 파내어 접시 위에 휙 올려놓았다. 검게 탄 껍질이 단번에 홀랑 벗겨졌다. 그는 가지 속에 구운 통마늘을 밀어 넣은 다음 그 위에 요구르트를 얹고 소금을 치고 레몬즙을 뿌렸다. 그런 다음 포크로 이 모든 재료를 짓이기더니 그 위에 올리브유를 넉넉하게 뿌렸다. 생전 처음 보는 가지 요리였다.

그는 빵 위에 가지 요리를 샐러드처럼 발라 먹으라며 시범을 보였다. 너무 배가 고픈 상태라 뭐든 맛있었겠지만 그가 만들어 준 요리는 정말 최고였다. 불맛 나는 매끄러운 식감에 한 번도 맛본 적 없는 깊은 풍미가 느껴졌다. 밥과 구운 감자, 맛있게 익은 닭꼬치, 토마토 등 나머지 음식들도 훌륭했다. 눅눅해진 그래놀라 바와 인스턴트 오트밀로 보름 가까이 연명해 온 내가 아브라함 덕에 이런 호사를 누릴 줄이야. 배 속은 빠르게 채워졌다. 하지만 그는 웃으면서 내가 40조각 정도는 거뜬히 더 먹을 수 있겠다고 말했다.

불 위에 손을 녹이고, 데운 맥주로 목을 축이고, 노래를 부르고, 접시를 여러 번 비우다 보니 시간이 얼마나 흘렀는지도 생각지 않았다. 완전히 배가 찼다고 생각할 때마다 어떻게든 배 속에 여유 공간이 생겼고, 나는 그 공간을 열심히 채웠다. 최고의 만찬이었다.

# 어느 누구도 내 슬픔을 대신해 줄 수 없다는 사실

에티오피아의 수도 아디스아바바에서 국립 박물관을 둘러보고 있었다. 그곳에는 약 300만 년 전 인류의 유골이 전시되어 있었는데, 이름은 '루시'였다. 고고학자들이 그 유골을 발견했을 때 마침 비틀스의 〈다이아몬드와 함께 하늘에 있는 루시Lucy in the Sky with Diamonds〉가 흘러나왔고, 그래서 이름을 루시로 정했다고 한다. 인류의 할머니에 붙인 작명이라고 하기엔 다소 장난기가 느껴지는 대목이었다.

### 유일한 선택지는 정면 돌파뿐

:

2011년 2월 중순, 여행을 다닌 지 일곱 달째였다. 엄마가 돌아가

신 지 한 달 가까이 지났다. 매일 불쑥불쑥 상실의 아픔이 고통스럽게 다가왔지만 슬픔의 심연에 서서히 적응해 가는 중이었다. 요르단에서는 고대 유적의 아름다움과 새로운 친구들 덕에 고통에서 잠시나마 멀어질 수 있었다. 하지만 이곳, 에티오피아에서 깨달은 것은 아무리 고통을 외면하고 다른 곳으로 신경을 돌린다 해도 그 고통이 사라지지는 않는다는 사실이었다. 몸을 움직이면 침잠해 있는 나자신에게서 벗어날 수 있지 않을까 싶어 거리를 걸었지만 그것은 내그림자를 앞지르려는 시도만큼이나 무의미했다. 어디를 가든 그 끝에는 슬픔이 있었다.

이달 하순에 바버라와 합류해 에티오피아 남부 지방을 여행할 예정이었기에 그때까지는 오롯이 고통을 견디는 수밖에 없었다. 국립박물관에 가면 기분 전환에 도움이 될 거라 생각했지만 오히려 가족, 조상, 그리고 우리가 삶을 떠날 때 남기는 것에 대한 생각으로 우울해졌다. 에티오피아에서 사용하는 율리우스력도 내 기분에 적잖이 영향을 끼쳤다. 율리우스력에 따르면 30일로 이루어진 열두 달에다 5일만으로 이루어진 한 달이 더 있다. 한 해가 서양 역법과 같은 속도로 흐르지 않는 것이다. 그래서 세상의 다른 곳은 대부분 2011년이었지만 나는 2003년의 아디스아바바를 지나는 중이었다. 현재의 내가 여기에 있는데도, 나는 과거에 매여 있었다.

심리적으로 힘든 와중에도 내게 위로가 되었던 건 결국은 누구나 죽는다는 사실이었다. 루시 이후 모든 인간이 죽음에 동참해 왔다. 내 증조부모님과 조부모님도 동참해 온 일이었다. 엄마도 선례를 따랐을 뿐이고 언젠가 나도 그럴 것이다.

하지만 그렇게 당연한 죽음이 왜 나에게는 이토록 가슴 아픈 걸까? 내가 엄마의 죽음을 경험한 지 얼마 되지 않았기 때문일까? 상실의 슬픔이 너무 큰 탓에 외면해 보려고도 했지만 아무 소용이 없었다. 이제 유일한 선택지는 정면 돌파뿐이었다. 지금의 내 상태를 똑바로 마주하는 것. 어느 누구도 내 고통을, 내 슬픔을 대신해 줄 수 없다. 루시 전시실에서 나오려는데 경호원이 나를 막아 세우고는 물었다.

"혼자이신가요?"

나는 가만히 고개를 끄덕일 수밖에 없었다.

## 최악의 상황에서도 할 수 있는 일은 분명 있다

:

사실 에티오피아는 내가 무척이나 기대했던 여행지 중 하나였다. 리프트밸리의 호수와 험준하지만 천혜의 아름다움을 지닌 시미엔 산까지, 자연 경관이 아찔할 정도로 아름다운 나라이기 때문이다. 또 랄리벨라 암굴 교회, 다나킬 사막의 화산호와 유황천, 곤다르의 궁전들은 이 세상에 둘도 없을 만큼 진귀하다.

음식 문화도 특별하다. 식사는 대부분 인제라에 스튜를 곁들이는 방식이었는데, 인제라는 테프(에티오피아에서 주식으로 먹는 볏과 식물) 가루를 발효시켜서 만든다. 팬케이크보다는 조금 얇게 만드는데, 사워도우처럼 시큼한 맛이 났다. 인제라를 조금씩 찢어서 손으로 스튜를 적셔 먹다 보니 종종 따끈한 소스가 손가락을 타고 흘러내렸고, 그때마다 먹는 일에 온 감각이 동원되는 느낌이었다.

하지만 깊은 슬픔에 빠져 허우적대다 보니 아름다운 경관과 특별한 음식 문화를 좀처럼 즐기지 못했다. 게다가 예상치 못한 곤란한 상황들은 나를 더욱 우울하게 만들었다. 우선 현금 지급기에서 돈을 뽑을 수가 없었다. 들고 다니던 비자 카드가 문제인가 싶어 다른 카드를 사용해 보려 했지만 예비로 챙겨 간 마스터 카드는 에티오피아에서 아예 쓸 수 없었다. 남편에게 부탁해 현금을 송금받았지만 수수료가 턱없이 비쌌다. 내가 숙박비를 제때 지불하지 못하자 호스텔은 숙박비와 식사 대금에 이자까지 매겼다. 그런데 갑자기 호스텔에 단수 사태가 터졌다. 마냥 물이 나오기를 기다릴 수 없어서 숙소를 옮길까 했더니 숙박비를 정산하기 전엔 다른 곳으로 옮기지 못한다는 대답이 돌아왔다.

최후의 일격은 따로 있었다. 팜스프링스의 신문사에서 얼마간 들어오던 정기적인 수입이 끊기고 말았다. 새로 부임한 편집국장이 내 여행기를 더는 싣지 않겠다고 통보해 온 것이다. 그쯤 되자 더 이상 놀랄 일은 없었다. 경악스러운 일을 만나도 무덤덤하게 대처할 뿐이었다. 이를테면 거리의 걸인이 나를 건물 벽에 몰아세우고 돈을 요구했는데 놀라지 않았다. 다행인지 불행인지 내어 줄 것이 아무것도 없기도 했다.

그러던 어느 날 타냐를 만났다. 르완다에서 사귄 친구였는데 운 좋게 에티오피아에서 우연히 다시 만나게 되었다. 그녀는 호주 출신의 사회 복지사로, 남편 폴과 함께 랜드 크루저에 팝업 텐트를 싣고 아프리카 대륙을 여행 중이었다.

그녀와 거리를 함께 걷다가 당나귀를 지나쳐 가게 되었다. 당나귀의 회색 털에는 땀과 오줌, 흙이 엉겨 붙어 있었고, 다리는 길게 찢겨 붉은 살점이 고스란히 드러난 상태였다. 부르르 떠는 입가에 점점이 분홍색 병변이 있었고, 눈에서는 고름과 눈물이 흘렀다. 몸을 떨며 숨을 헐떡이던 당나귀는 죽기 전 마지막 숨을 들이쉬는 듯이 보였다. 우리가 할 수 있는 일은 없어 보였다. 미동도 없는 당나귀의 모습에 나는 고개를 저으면서 시선을 돌렸다. 또 다른 죽음을 받아들일 여력이 없기 때문이었다.

그런데 타냐는 안쓰러운 표정으로 당나귀에게 다가갔다. 그녀는 괴로워하는 동물을 그냥 지나치지 못하는 사람이었다. 그녀는 배낭에서 비닐봉지와 생수병을 꺼낸 다음 당나귀 주둥이 아래에 봉지를 깔고 거기다 물을 조금 부었다. 그러자 당나귀의 눈꺼풀이 실룩거렸다. 당나귀는 더 이상 움직일 기력이 없어 보였지만 어떻게든 물을 마시려고 애썼다. 그렇게 천천히 고여 있던 물을 핥아서 비웠다. 그녀는 다시 한번 봉지에 물을 부었고, 이번에는 당나귀가 마시기 쉽도록 봉지를 기울여 주었다. 어느새 지나가던 사람들이 우리 주위로 모여들었고, 그중 한 남자가 말했다. 당나귀가 누워 있었던 사흘 동안 지나가던 사람이 걸음을 멈추고 도움을 준 것은 처음이라고.

삼시 뒤 당나귀가 한쪽 다리를 발길질하더니 다른 다리도 발길질했다. 구경하던 누군가가 소리쳤다.

"당나귀가 물 마시고 살아났네!"

그러자 사람들이 움직이기 시작했다. 한 남자는 풀과 잡초를 한 움큼 뜯어 와 당나귀 머리 옆에 놔주었다. 몇몇 사람은 당나귀를 들어 올려 조금 더 평평하고 돌이 적은 자리로 옮겼다. 충분히 물을 마서서 그런지 당나귀의 상태가 눈에 띄게 좋아졌다. 스스로 일어설 수는 없었지만 크게 괴로워하는 기색도 없었다. 내가 당나귀의 털을 쓸어 주며 곁을 지키는 동안 타냐는 당나귀 구조 협회에 전화를 걸어서 위치를 설명했다.

당나귀가 얼마나 오래 살지는 알 수 없지만 타냐의 작은 행동이 당나귀를 살려 낸 것은 분명했다. 그녀의 행동이 거리를 바쁘게 지나가던 사람들을 멈추게 만들었고, 그들로 하여금 당나귀를 돕기 위해 기꺼이 나서게 만들었다. 당나귀를 보며 내가 할 수 있는 일은 아무것도 없다고 생각했지만 실은 있었던 것이다.

부끄러웠다. 그리고 당나귀가 죽어 가고 있다는 사실을 알면서도 그냥 지나치려 했던 나 스스로에게 소름이 끼쳤다. 고통스러워하는 동물에게 물을 부어 줄 아량마저 없다면 나는 이 세상에 왜 살아 있는 걸까? 우리가 서로에게 어깨를 내어 주지 못한다면 달리 무엇에 기대야 할까? 그러다 엄마가 아팠던 10년 동안 내가 할 수 있는 일인데 지레 포기한 일은 없었는지 생각해 보게 되었다. 엄마가 요양원에서 생활한 지 1년이 지났을 때였다. 엄마는 구부정한 자세로 휠체어에 앉아 있었다. 나는 엄마의 가느다란 회색 머리카락을 쓸어넘기며 "엄마?" 하고 불러 보았다. 그런데 엄마는 나를 보지 않았다. 한 번도 나와 시선을 마주치지 않았다.

존재하는 동시에 부재한 상태에 있었던 엄마. 엄마의 몸이 그렇게 오랜 시간 고집스럽게 존재했던 이유는 무엇이었을까. 당나귀는 왜 발차기를 멈추지 않았을까.

## 책임감 있는 지구 여행자가 되는 법

오모밸리 깊숙한 곳, 하마르 부족이 사는 케냐 국경선 근처의 마을에서였다. 머리에 스카프를 쓴 어린 소녀가 내 손을 잡아당겼다. 그 순간 갑자기 돌풍이 불어와 스카프가 벗겨졌고 덕분에 나는 아이의 얼굴을 온전히 볼 수 있었다. 왼쪽 눈은 풍성한 속눈썹과 큰 갈색 눈동자가 뚜렷한 아름다운 눈이었다. 하지만 오른쪽 눈은 붉게 충혈되어 있었고 녹색 고름이 흘렀다. 아이는 나에게 1비르(에티오피아의 화폐 단위)만 달라고 말했다. 1비르는 4센트에 해당하는 돈이었다.

오모밸리에는 신체 개조(문신, 피어싱, 절개 등 신체의 일부를 변형하는 행위), 보디 페인팅, 성인식과 같은 다채로운 문화적 전통을 가진 토착 부족들이 살고 있다. 여성들이 장식용 접시로 아랫입술을 늘리는 풍습이 있는 무르시족도 이곳에 산다. 카라 부족 사람들은 분쇄한 광물을 물에 개어 만든 염료를 사용해 몸을 장식한다. 하마르족 소년들은 일렬로 서 있는 황소들의 등을 밟고 여러 번 왕복하는 성인식을 치르고, 이때 소녀들은 남자에 대한 지지와 충성심을 보여주기 위해 자진해서 채찍을 맞는다.

오모밸리는 수천 년 동안 인류의 교차로 역할을 해 왔다. 인류의 진화에서 중요한 연결 고리라 할 만한 화석들이 발굴된 곳이기도 하다. 그리고 아직까지 근대 문명의 손길이 거의 닿지 않은 곳이다 보니 오모밸리로 가려면 가이드와 함께 사륜구동 차를 타고 꼬박 사흘을 달려야 했다. 나는 그 비용을 충당하려고 비상금으로 숨겨 놓은 마지막 미국 달러를 썼다.

부족들은 수백 년 동안 오모밸리에 삶의 터전을 일구고 전통을 지키며 생활해 왔지만, 상황은 빠르게 달라지고 있다. 새로 생긴 수력 발전 댐은 오모강의 지형과 범람 주기를 바꾸어 놓았다. 정부는 부족의 땅을 빼앗아 농가에 임대했고, 일부 부족민들은 재정착촌에 강제 수용되었다. 또한, 오모밸리를 찾는 관광객이 늘어나면서 부족민과 방문객 사이에 부자연스러운 권력 구도가 형성되었다.

부족민들은 방문객들에게 전통적인 삶의 모습을 보여 주어야 하기에 늘 살아오던 방식을 고수할 수밖에 없다. 편리한 기술 문명을 받아들이고 싶어도 관광 수입이 줄어들까 봐 그러지 못하는 것이다. 나는 그곳에서 책임감 있는 방문객이 되는 법을 알아내지 못했다. 내 존재 자체가 약탈적으로 느껴졌기 때문이다. 그 어느 때보다도 멀리, 오지 중의 오지까지 여행을 왔건만 세상이 나에게 보어 준 것은 더 많은 고통이었다.

한쪽 눈이 감염된 아이에게 비르를 한 줌 주고 돌아서는데 마음이 편치 않았다. 옆에 있던 사람이 그 아이는 곧 치료를 받게 될 거라고 말해 주었지만 너무 늦어질까 봐 걱정됐다. 에티오피아는 세계에서 실명률이 매우 높은 나라 중 하나다. 그 주요 원인으로 꼽히는 것은 트라코마 감염인데, 방치할 경우 시력 장애나 실명에 이르기도 한다. 트라코마는 접촉을 통해 빠르게 전파되는데 이를테면 감염된 아이 한 명이 어머니의 치맛자락이나 아버지의 손수건에 눈을 비비기만 해도 마을 전체가 감염되어 버린다. 그런데 왠지 그 여자아이도 트라코마에 감염된 게 아닌가 싶었다. 눈 치료에 보태라고 돈을 줬는데 정말 치료에 쓰일지도 의문이었다.

소녀와의 만남을 뒤로하고 나는 현지 시장을 방문했다. 하마르족 사람들이 채소와 가축, 벌꿀, 술, 테지 등을 물물교환하거나 사고파는 곳이었다. 여자들은 짧게 땋은 머리를 유지방을 발라 손질하고 붉은 점토로 염색했다. 남자들은 머리를 짧게 깎거나 말끔히 면도했다. 그런데 그들 모두가 공통적으로 가지고 있는 게 있었다. 그것은 바로 회초리와 가시로 매질을 해서 생긴 피부 흉터였다. 어떤 흉터는 아름다움을, 어떤 상처는 용맹함을 상징한다고 했다.

내가 여행을 사랑하는 가장 큰 이유는 다른 공동체에 대한 호기심 때문일 것이다. 하지만 이곳에선 마음 놓고 문화적인 차이를 즐길 수 없었다. 내가 이곳에 여행 온 것이 공동체가 새로운 방향으로 나아가고 발전하는 걸 저지하는 건지, 마땅히 지켜야 할 문화의 보존에 도움을 주는 건지 판단이 서지 않았다. 오모밸리의 부족들에게 화폐가 도입된 것은 비교적 최근의 일인데, 돈은 이곳에서 내가 경험한 거의 모든 상호 작용에 그림자를 드리웠다. 그들은 같이 사진을 찍어 주는 대가로 돈을 요구했고, 사진을 찍고 싶지 않다고 하면 내가 떠날 때까지 돌을 던졌다.

한 번은 시장에서 중년의 부인이 내게 다가온 적이 있었다. 여자는 염소 가죽과 천으로 만든 치마를 골반에 헐렁하게 걸치고 상의는 입지 않았지만 별보배고둥 껍데기와 구슬을 꿴 줄을 여러 겹 목에 늘어뜨리고 있었다. 그녀는 미소를 지으며 내 손을 잡더니 자기 젖가슴 바로 아래의 맨살에 갖다 댔다. 나는 깜짝 놀라서 물러났다. 장식용 흉터가 여자의 몸을 나선 모양으로 감싸고 있었는데, 그보다는 남의 몸에 손이 닿았다는 사실 자체에 놀란 것이었다. 나는 여자의 권유로 테지를 몇 병 샀고, 그 자리에서 한 병을 일행과 나누어 마셨다. 취기가 급하게 올라왔다. 장사 수완으로 생각할 수도 있겠지만 낯선 이가 내게 상처를 공유한 드문 경험으로 기억에 남았다.

그날 밤 숙소는 나뭇가지와 거름으로 벽을 만들고 양철 지붕을 얹은 오두막이었다. 다음 날도 종일 숙소에서 나가지 않았다. 머리는 열이 나서 몽롱했고 속도 안 좋았다. 폭우로 지붕에 비가 새는 바람에 이부자리 주변에는 물웅덩이가 생기고 말았다. 몸이 너무 안 좋아서인지 모든 게 힘들게만 느껴졌다.

식물들은 추위를 고마워하고 어떤 꽃들은 진흙 속에서만 꽃을 피운다는 이야기를 들은 적이 있다. 혹독한 환경이 아름다운 것들을 길러 낸다는 의미를 담고 있다. 고통은 성장의 필수 요소다.

시장에서 만난 여자에 대해, 그리고 수십 개의 자잘한 상처로 형성된 아름다우면서도 심란한 흉터들에 대해 생각했다. 그 상처는 아물기 전까지 몹시 고통스러웠을 테지만 지금은 그녀가 얼마나 강한 사람인지를 보여 주는 증거가 되었다. 그것이야말로 고통의 본질이 아닐까. 고통 없는 삶은 없다. 그런데 고통에 무너지지 않으려면 고통을 외면해선 안 된다. 지금 당장 고통에서 벗어나려 아무리 애써 봐야 고통은 사라지지 않는다. 우리가 할 수 있는 일은 그 시간을 잘 견뎌 내는 것뿐이다. 언젠가 상처는 아물게 되어 있으니까. 흉터가 남으면 좀 어떤가. 어쩌면 고통의 시간을 잘 견뎌 낸 사람만이 가질 수 있는 삶의 훈장, 그것이 바로 흉터일지도 모른다. 그만큼 강한 사람이 되었다는 뜻일 테니까.

# 03

# 고통에 슬기롭게
# 대처하는 법

전 세계에서 유일하게 가고 싶지 않았던 나라가 있다. 바로 인도였다. 왠지 무시무시한 느낌이 들었기 때문이다. 인도에 대해 아는 것은 뉴스를 보고 배운 게 전부였지만 그것만으로도 그만 질려 버리고 말았다. 국토의 면적과 인구수, 질병, 가난의 깊이 등 모든 것이 다 상상 밖의 영역이었다.

### 그럼에도 인도에 가야 하는 이유

:

내가 오모밸리에서 아디스아바바로 돌아온 후, 바버라는 나를 만나러 왔다. 열은 나지 않았지만 몸 상태가 그리 좋은 편은 아니었다. 바버라는 인도는 모든 배낭여행자가 반드시 가 봐야 할 곳 중 하나

307

라며 같이 가자고 나를 꼬드겼다.

"인도에 가기 전까지는 진정한 배낭여행자라고 말할 수 없지."

그녀의 말을 들으니 왠지 인도가 궁금해졌다. 그동안 혼자 다녔으니 길동무가 있으면 좋겠다는 생각도 들었다. 게다가 바버라가 딱히 관심 없었던 에티오피아에 가자고 꼬드긴 사람이 바로 나였다. 그래서 나는 친구의 소원을 들어주기로 결심했다. 인도에 가기로 한 것이다. 우리는 바로 비자를 신청하고 항공권을 구매했다. 그런데 출발 전날 밤 바버라가 조심스럽게 다가와 말했다.

"있잖아. 화내지 말고 들어…. 어떤 남자를 만났는데 그 사람이랑 같이 베를린에 가기로 했어. 비행기가 세 시간 뒤에 출발이야."

너무나 충격적이고 실망스러웠지만 나에게는 말다툼할 기력조차 남아 있지 않았다. 그래서 그냥 바버라에게 행운을 빌어 주었다. 물론 속으로는 화가 치밀어 올랐고, 좀 더 다니기 수월한 곳으로 항공편을 바꿀까도 생각해 보았다. 호주에 가서 서핑을 배울 수도, 뉴질랜드 시골에서 며칠 동안 하이킹을 할 수도 있었다. 아니면 발리의 해변을 탐험해 본다든가.

그러다 인도에 가야 할 다른 이유가 있는지 생각해 보았다. 어쩌면 이런 상황에 놓인 건 운명이 아니었을까. 호스텔 바에서 알게 된 저널리스트 카즈는 내가 속상해하는 걸 보고 맥주를 한잔 사 주었다. 자초지종을 들은 그는 종이에 두 가지 정보를 적어 주었다. 하나는 뭄바이에서 머물기 좋은 저렴한 숙소의 이름이었고, 다른 하나는 내가 틀림없이 마음에 들어 할 거라는 어떤 마을의 이름이었다. 나는 그 종이를 지갑에 고이 접어 넣었다. 지갑에 들어 있는 그 어떤 지폐보다 더 소중하게 느껴졌다. 마치 보물 지도를 얻은 기분이었다.

새벽 네 시, 과거에는 봄베이라고 불렸던 인도의 뭄바이에 도착했다. 혼자였고 고단했으며 무섭고 아팠다. 폐에 염증이라도 생긴 건지 몸을 움직일 때마다 발작적으로 기침이 나왔다. 온몸이 쑤셨다. 나는 지갑에 챙겨 둔 파란색 종이쪽지를 꺼내 택시 운전사에게 건넸다. 뭄바이를 대표하는 노랑과 검정이 섞인 프리미어 파드미니(인도 프리미어사에서 1964~2000년까지 생산한 세단형 자동차) 택시가 공항을 출발했다.

공항 주변을 에워싼 고층 호텔들을 벗어나자마자 당혹스러울 정도로 빈곤하고 제멋대로 방치된 동네가 펼쳐졌다. 인도에서 가장 유명한 빈민가 안나와디였다. 수천 명이 공항 부지에 쭈그리고 앉아 있었고, 그 옆으로 하수가 덮개도 없이 흘렀고, 도로변에는 쓰레기가 산더미처럼 쌓여 있었다. 그레고리 데이비드 로버츠는 소설《샨타람》에 다음과 같이 썼다.

"봄베이에 도착한 첫날, 내가 처음으로 느낀 것은 냄새가 다른 공기였다."

그 냄새가 내게도 훅 다가왔다. 택시 창문을 열어 두었더니 답답하고 매캐하면서 습기를 잔뜩 머금은 공기가 밀려들었다. 향유와 훈향(태워서 향기를 내는 향료), 쓰레기와 진한 향신료 등 나재로운 냄새가 뒤섞여 있었다.

택시는 먼동이 틀 무렵 빈민가를 통과했다. 창밖으로 보이는 집들은 비좁아 보였고 살림살이가 거리로 쏟아져 나와 있었다. 어디에나 사람이 있었다. 수백, 아니 수천 명이 하루의 일과를 시작하는 중이었다. 그들은 물 주전자를 옮기고, 불을 지피고, 차를 내렸다. 이웃끼리 서로 소리를 질렀고, 아이들은 세수를 했고, 여자들은 아침 준비로 분주했다.

이윽고 택시는 뭄바이 시내에 도착했다. 내리자마자 입이 떡 벌어지는 건축물과 휘황찬란한 건물, 번쩍이는 간판들이 보였다. 주변의 모든 차가 경적을 울리며 불협화음을 만들어 내는 중이었고, 길모퉁이마다 이상하고 아름다운 무언가가 모습을 드러냈다. 그 모습에 나는 정신을 홀딱 빼앗기고 말았다.

살면서 어떤 장소에 가서 첫눈에 반한 적이 드물게 있었다. 볼리비아 수크레가 그랬고, 일전에 제이슨과 함께 자동차 여행을 갔던 애리조나주 세도나가 그랬다. 그리고 이번에는 뭄바이가 그 위엄과 색깔과 소음으로 내 마음을 빼앗아 가 버렸다. 내면의 스위치를 딸깍 올린 듯 내 안에 불이 환하게 켜진 것만 같았다.

택시 운전사는 한 건물 앞에 나를 내려 주었다. 건물은 원래 흰색이었지만 그을음과 곰팡이로 얼룩져 있었고, 위에서 엉킨 전선까지 늘어져 그늘졌다. 문을 두드리니 반백의 노인이 방 열쇠를 내어 준 다음 발을 끌며 사라졌다. 숙박비 결제조차 요청하지 않았다. 나는 침대 옆에 배낭을 내려놓고 다시 밖으로 나갔다. 폐렴 때문에 숨쉬기가 힘들었지만 뭄바이에 홀려 있었기에 어디든 가 보고 싶었다.

인도문(1911년 영국 국왕 조지 5세 내외의 인도 방문 기념으로 세워진 상징적인 건조물)은 숙소에서 충분히 걸어갈 만한 거리에 있었다. 아치 형태의 거대한 인도문은 뭄바이 항구를 내려다보는 위치에 우뚝 서 있어서, 아침 햇빛을 받은 항구를 볼 수 있었다. 보랏빛 솜사탕

인도문
함피
원숭이사원
뭄바이
TAXI
고아
아시람
India
인도
카냐쿠마리

같은 안개가 물에서 피어올랐고 새들은 떼 지어 하늘로 날아올랐다. 눈부셨다.

노점들은 이제 막 장사 준비를 하는 참이었다. 나는 튀긴 쌀에 양파와 감자를 얹고 새콤한 타마린드 소스를 뿌린 벨푸리 한 접시를 사고 작은 머그잔으로 짜이(홍차에 설탕과 우유, 인도 특유의 향신료를 넣고 끓이는 인도식 밀크티) 한 잔을 마셨다. 짜이는 따뜻하고 부드러워서 따끔따끔한 목을 진정시키기에 제격이었다. 그런 다음 약국을 찾아가 폐렴약과 흡입기를 샀고, 숙소에 돌아와서는 약을 먹고 이틀 동안 잠만 잤다.

다시 눈을 떴을 때는 기침이 줄었고, 내가 두려워하던 나라는 더 이상 존재하지 않았다. 긴장했던 마음이 탁 풀렸다. 여기는 변화와 마법의 땅 인도였고, 나는 이곳을 경험하고 싶은 마음이 간절했다.

## 인도를 경험하는 최고의 방법

:

다음 며칠 동안 뭄바이 곳곳을 걸어서 쏘다녔다. 크리켓 경기를 관전했고, 한낮의 열기를 피해 영화관에 처박혀 있다가 세련된 나이트클럽에서 봄베이 사파이어 진을 홀짝였다. 날씨에 걸맞게 헐렁한 옷을 사 입었고, 업무차 뭄바이에 와 있는 친구의 올케 말리니를 만나 여행과 욕망, 인생의 의미에 관해 으슥한 밤까지 깊은 대화를 나누었다.

그리고 차트라파티 시바지 마하라지 역 앞을 지나가다가 인산인해를 이룬 사람들에게 홀려 안으로 들어갔다. 다른 여행자들로부터

인도를 경험하는 최고의 방법은 기차를 이용하는 거라는 조언을 들은 적이 있었지만 기차표를 구하기가 만만치 않을 거라는 경고도 함께 들은 터였다. 그런데 한 시간 뒤 운이 좋게도 그날 밤 출발하는 고아행 침대칸 기차표를 구할 수 있었다.

과거 포르투갈 식민지였던 고아로 가는 길. 사실 북쪽의 정신없는 뉴델리로 가는 것보다는 훨씬 덜 부담스러워 택했을 뿐, 고아에 대해 아는 것은 별로 없었다. 해변과 느긋한 파티로 유명하며 히피들이 많이 찾는 도시라고 들었을 뿐이다.

나와 침대칸을 함께 쓰는 나머지 사람들도 모두 여행자였다. 영국인 커플과 귀여운 동안의 독일 청년 데니스. 우리는 빠르게 친구가 되었고, 그들이 안주나 비치에서 내리자 나도 따라서 내렸다. 데니스와 나는 호스텔에서 딱 하나 남은 방을 나누어 쓰기로 했다. 스쿠터도 빌렸다. 스쿠터는 야자수가 늘어선 혼잡한 도로를 누비기에 가장 효율적인 교통수단이었다.

고아는 해안 도시다 보니 해산물로 만든 요리들이 주를 이루었다. 또 열대 과일의 산지이자 캐슈너트 농장과 향신료 플랜테이션이 들어서 있어 모든 요리에 코코넛유, 견과류, 갖가지 진한 향신료가 듬뿍 들어갔다. 요리마다 칠리 고추의 화끈함과 식초 혹은 특산물인 코쿰 열매나 타마린드에서 나오는 톡 쏘는 맛이 좋은 균형을 이루고 있었다. 예전에 인도 음식을 먹어 본 적이 있었지만 이렇게 얼얼하고 짜릿하면서도 풍성한 맛은 아니었다.

고아를 구경할 때 데니스와 동행하는 경우가 많았는데, 그의 장점은 나이가 어려서 그런지 세상에 대한 기대감이 크다는 사실이었다. 세파에 찌든 기색도, 상처도 없었다. 우리는 같이 퍼레이드를 보러 갔고, 향신료 플랜테이션을 견학하고, 요가를 했다. 따뜻한 아라비아해에 둥둥 뜬 채 차가운 맥주를 마시며 매일 오후를 보냈고, 저녁이 되면 사람들과 어울려 모래사장을 걸어 다녔고, 넘어진 야자수들 위에 걸터앉아 머리 위에 뿌려진 별들을 올려다보기도 했다.

여행 중에는 시간이 평상시와 다르게 흘러간다. 시간에 구애받지도, 달력을 따르지도 않는다. 며칠 낮이 눈 깜짝할 사이에 지나가는가 하면 며칠 밤이 우주처럼 무한하게 이어지기도 한다. 아무도 날짜를 세지 않는다. 데니스는 이와 관련해 자신만의 이론을 정립했다. 여행하는 동안에는 하루하루가 토요일이라는 이론이었다. 그는 스쿠터를 타고 거센 바람을 맞을 때나 달을 보며 맥주를 마실 때 이렇게 소리 질렀다.

"하루하루가 토요일이다!"

어느 날 밤 우리는 무음 디스코 파티에 참석했다. 음악을 틀어 줬지만 헤드폰을 쓰지 않으면 들을 수 없었다. 정말 신기한 경험이었다. 모두가 똑같은 전자음에 맞추어 춤을 추지만 음악은 각자 따로 들으니 함께 있으면서도 고립된 기분이었다.

그 고립감은 고아에 머물면서 내가 느낀 감정과 상당히 비슷했다. 사람들과 친밀한 인간관계를 쌓았고 몇 주 동안 혼자 지낸 적이 없었다. 일반적인 배낭여행자처럼 시간을 보냈지만 여전히 보이지 않는 슬픔의 요새가 나를 둘러싸고 있었고, 그 벽은 허물어질 줄을 몰랐다. 슬픔의 벽을 세우고 있으면 기쁨 또한 가까이 다가오지 못한다는 것을 알고 있었지만 방법이 없었다.

엄마가 돌아가시기 전, 슬픔이란 눈물과 우울에 젖어 시간을 죽이는 상태라고 생각했었다. 하지만 슬픔은 이런 모습일 수도 있었다. 여전히 슬프지만 낮에는 햇살과 함께하고, 밤에는 파티를 하며, 시간 자체를 의식하지 않고, 어떻게든 이 세상과 연결되어 있음을 상기하려고 두 발을 단단히 땅에 디딘 상태. 그렇게 보면 슬픔은 나 말곤 아무도 듣지 못하는 음악 같았다.

## 고통에 슬기롭게 대처하는 법

함피로 가는 길은 험난했다. 고아에서 일곱 시간 넘게 기차를 탄 다음 다시 버스를 타고 가야 했다. 다행히 데니스가 함께해 주었다. 우리는 기차에서 침대칸을 썼다. 침대가 두 개 있고 미닫이문을 잠가 각자의 공간을 확보할 수 있는 형태라 어떤 괴짜와 함께 쓰더라도 상관은 없었지만 그 괴짜가 데니스라서 감사했다. 우리는 여행 내내 농담을 주고받았고, 김빠진 콜라에 캐슈너트로 빚은 지역 술을 섞어 칵테일을 만들어 마셨다. 딱히 우울한 기색을 내보인 적이 없었기에 데니스는 내가 실제로 어떤 상태인지 짐작하지 못했을 것이다.

인도에서 만난 배낭여행 친구들은 나를 '여행자 매기'로만 알고 있었다. 그들에게 나는 오토바이 뒷자리에 올라타서 고대 유적을 관광하거나 밤늦게까지 물담배를 피우며 두런두런 이야기를 나누는 사람이었다. 그들에게 내 부서진 마음을 보여 준 적이 없었기 때문에 그들은 나의 온전함만 보았다. 그들 앞에서 나는 슬퍼하는 매기도, 엄마 없는 매기도 아니었다. 새로 사귄 친구들은 나를 나로서만 알고 있었고, 그것이 오히려 좋기도 했다. 가끔 나는 다른 정체성을 입기도 했다. 나는 애완견에게 서핑을 가르치는 강사가 되었다가, 포춘쿠키 작가가 되었다가, 지나 데이비스가 되었다. 원하는 사람 누구든 될 수 있었다.

함피에 도착하니 완전히 다른 세계가 펼쳐졌다. 14~17세기 남인도를 지배했던 비자야나가르 제국의 수도 함피는 뭄바이보다 덜 복잡했고 안주나보다도 더 느렸다. 위풍당당한 힌두교 사원들과 거대한 암석층이 있었으며 불그스름한 황톳빛 땅 사이사이 생기 있는 푸른 초원이 자리 잡고 있었다. 인도 땅 한 덩어리를 뚝 떼어서 다른 행성으로 보낸 건가 싶을 정도였다. 함피를 종이쪽지에 적어 준 카즈가 고마웠다. 그가 아니었다면 이 신성한 힌두교 성지를 둘러볼 생각을 아예 하지 못했을 테니까 말이다.

호스텔에 짐을 내려놓은 후, 데니스와 나는 안자네야 언덕을 올라 하누만 사원에 갔다. 그곳에 가려면 산허리를 따라 뼈처럼 새하얀 575개의 가파른 계단을 지그재그로 올라가야 했다. 도착해 보니 원숭이들이 바위 위에서 재주를 넘고, 계단을 따라 깡충깡충 뛰어오르며 사원 지붕까지 기어올랐다. 실제로 원숭이가 살아서 원숭이 사원이라는 별칭이 있나 보다 했는데 알고 보니 그게 아니었다.

하누마 사원은 힌두교 신이자 원숭이 형상으로 표현되는 하누만의 탄생지였다. 신화시대에 하누만은 인도의 왕 라마의 헌신적인 숭배자였다. 라마의 동생이 전쟁터에서 다쳤을 때, 히말라야 산악 지대에서만 자라는 약초가 유일한 치료제였지만 시간이 너무 촉박했다. 그 상황에서 하누만은 인도 남부 지방에서 북쪽의 히말라야까지 단숨에 건너 뛰어갔다. 그런데 어느 약초가 필요한지 몰라 산을 통째로 가지고 왔단다. 어쨌든 덕분에 라마의 동생을 살릴 수 있었다. 하누만의 확고부동한 헌신은 그 후로 수 세기 동안 힌두교도에게 본보기가 되었다.

사원은 하얗게 빛이 바랜 채 산꼭대기에 자리 잡고 있었고 빨간 첨탑이 유독 눈에 띄었다. 그곳에서 내려다보는 함피의 전경은 숨이 멎을 듯 아름다웠다. 곡식이 익어 가는 녹색 들판과 거친 돌무성이 땅 사이로 물줄기가 여러 갈래로 갈라지며 흐르고 있었다.

흰 수염을 기른 남자가 나직한 목소리로 하누만에 관한 이야기를 들려주었다. 나는 신성한 공간에 들어가기 위해 신발을 벗었다. 발바닥에 닿은 자갈이 불타는 듯 뜨거웠다. 남자는 사원의 시원한 그늘 쪽으로 안내했고, 거기서 나는 짜이 한 잔을 대접받았다. 이어서 내부를 시계 방향으로 돌면서 구경했다. 제단 한 곳에서 힌두교 승려가 연지색 가루를 손가락으로 꾹 눌러서 내 이마에 점 하나를 그려 주었다. 내면의 지혜가 자리해 있다는 제3의 눈을 위한 축복이었다. 최근의 나는 지혜와 상당히 거리가 멀었기에, 이마에 그런 점을 그리고 다닌다는 데에 죄책감이 들었다. 고통에 슬기롭게 대처하지 못하고 있었기 때문이다.

요즘 집 생각을 많이 하지 않았다. 아예 생각 자체를 안 하고 지냈다는 표현이 맞을 것이다. 아무 목적 없이 오토바이를 타고 이 마을 저 마을을 쏘다녔다.《프리티 리틀 라이어스Pretty little liars》시리즈처럼 쉽게 읽히는 소설책을 넘기면서 나 자신의 이야기보다 남의 이야기에 골몰했다. 잠들기 직전까지 술을 마셨고 잠에서 깨면 또 마셨다.

술은 불편한 마음을 쫓아내기 위한 마취제였다. 이 여행을 시작했을 때만 해도 더 생기 넘치고 충만한 삶을 살길 원했지만 막상 엄마가 세상을 뜨고 나니 전부 다 관두고 싶어졌다. 고통을 똑바로 마주하고 싶었지만 뜻대로 되지 않았다. 여전히 나는 고통을 외면하는 중이었다. 최선을 다해 슬픔을 옆으로 밀어 두고 있었던 것이다.

어느 순간 정신을 차려 보니 엄마가 병을 얻은 초기에 그랬던 것처럼 나는 자기 파괴적이고 제멋대로인 사람으로 후퇴해 있었다. 고통을 외면하면 없어질 줄 알았는데 고통은 여전히 그 자리에 있었다. 그리고 고통을 외면하는 한 상처는 더 곪아 썩어 갈 것이 분명했다. 깊은 슬픔이 나를 잠식해 나를 더 망치기 전에 방법을 찾아야 했다. 더는 이렇게 살 수 없었다.

그곳을 떠나기 전, 승려는 나를 불러서 하누만이 마음에 평화를 가져다줄 거라고 이야기했다. 내가 어떤 사람인지를 들킨 기분이 들어 얼굴이 빨갛게 달아올랐다. 어쩌면 그는 직감적으로 나를 간파했는지 모른다. 아니면 모든 인간이 감추어 둔 번민으로 마음이 괴롭다는 사실을 알고 있었는지도 모르고.


## 깨달음의 과정은 원래 지루하기 마련이죠

:

함피를 둘러본 후, 데니스와 나는 고아로 돌아왔다. 그는 정해 놓은 기간 없이 그곳에 머물 계획이었다. 나는 떠날 생각이었지만 아직 목적지를 정하지 못한 상태였다. 앞으로의 행선지를 고민하며 모래를 이부자리 삼아 해변에 누워 있던 때였다. 근처에 있던 여자가 한마디 툭 던졌다.

"다들 아시람(힌두교의 수도장)에는 가 봐야 한다던데요."

그녀가 플레이보이 로고가 인쇄된 비키니를 입고 잔뜩 취해 비틀거리고 있어서인지 그녀의 말도 신뢰가 가지 않았다. 심지어 아시람이 영적 수련을 추구하는 장소가 아니라 막상 가 보면 별것 없는 아주 진부한 관광 명소처럼 느껴졌다. 그래서 그냥 흘려 버렸는데 시간이 지나도 이상하게 그녀의 말이 잊혀지지 않았다. 밤에는 아무 생각 없이 술 마시고 춤을 추고, 낮에는 일광욕하고 비디 담배(인도의 전통 손 담배)를 피우는 나날들을 오래도록 보내고 나니, 아시람에 가면 오히려 기분 전환이 될 것 같았다. 인생에 약간의 방향성이 필요할 때 플레이보이 비키니를 입은 누군가가 그 방향성을 알려 줄 수도 있는 일 아니겠는가.

그렇게 해서 선택한 '시바난다'라는 아시람은 인도 남부의 산속에 자리해 있었다. 주변으로 논밭과 안개 자욱한 산꼭대기들밖에 보이지 않았다. 가장 가깝게 이웃한 건물은 사자 보호 구역이었다.

그 무렵 나는 긴 여행과 슬픔의 여파에 시달리고 있었다. 몸은 멍들고 머리는 무거웠다. 우리 집안의 여자 어른들이 모두 이 세상을 떠났다. 나 혼자 남은 것이다. 물론 남편과 형제자매, 아빠와 친구들이 여전히 내 곁에 있었지만 왠지 모르게 외롭고 막막한 기분이 들었다.

시바난다에서의 일과는 엄격했다. 새벽 다섯 시에 명상으로 하루를 시작해 수업, 영성 훈련, 자원봉사가 종일 이어졌다. 식사는 하루에 두 차례 채식으로 제공되었는데, 대나무 돗자리에 앉아 기도를 마치면 자원봉사자들이 돌아다니며 들통에서 음식을 넉넉하게 덜 어 주었다. 고기나 생선이 없을 뿐 아니라 달걀, 마늘, 양파도 재료로 사용하지 않았고 소금을 치지 않아 모든 요리가 담백했다. 자주 나 왔던 식단은 차파티 빵, 바나나, 렌틸콩, 그리고 잘게 썬 비트와 당 근, 양배추로 만든 샐러드였다.

지금까지 내 여행은 끝없는 선택의 연속이었다. 볼리비아에 머물 러야 할까, 아르헨티나로 가야 할까? 2주 머물까, 3주 머물까? 자원 봉사는 학교에서 할까, 농장에서 할까? 도시와 시골 중 어디에 머무 는 게 좋을까? 버스를 타야 할까, 걸어야 할까? 요금을 흥정해야 할 까, 말아야 할까? 이 모든 것을 선택해야 했다.

하지만 아시람에 있으면 아무것도 선택할 필요가 없었다. 통제가 도리어 해방감과 안도감을 주었다. 언제 일어날지, 언제 명상할지, 언제 목욕할지, 언제 밥을 먹을지, 언제 요가를 할지, 시키는 대로 하 기만 하면 됐다.

요가는 정말 많이 했다. 하루에 다섯 시간씩 요가를 했다. 그런 데 아시람에서 하는 요가는 전에 다른 곳에서 배운 요가와 많이 달 랐다. 우선 소리가 없었다. 배경 음악도 없었고 놋쇠로 된 싱잉볼(막 대로 문지르거나 두드려 신비로운 소리를 내는 명상 도구)을 두드리지도 않았다. 하다못해 인도의 전통 악기인 시타르 연주 CD조차 없었다. 게다가 지루할 새 없이 다른 동작들로 넘어가는 요가 수업들과 달 리, 한 자세를 몇 분씩 고통스럽게 유지해야만 했다. 땀 흘리며 하는 운동이라기보다 몸으로 하는 명상이었다. 일주일이 지난 후 나는 요가 지도자에게 다가가 조심스럽게 물었다.

"요가 수업에 약간 변화를 주면 어떨까요. 여러 가지 동작을 섞어서요."

"당연히 안 되죠. 우리는 더 높은 차원의 마음 챙김 상태에 도달하려는 거예요. 깨달음의 경지에 다다르기 위해서요."

"그렇군요. 그런데 조금 지루해서요."

"깨달음을 얻기까지 그 과정은 원래 지루하기 마련이죠."

뜻밖이었다. 깨달음을 얻으려면 지루한 일들을 견뎌 내야 한다니. 나는 엄마가 알츠하이머병 진단을 받은 이후 지난 10년 동안, 모험이야말로 인생을 충실하게 살 수 있는 유일한 길이라고 생각해 갖가지 활동과 여행에 몰두해 왔다. 세상 곳곳을 터벅터벅 걸어 다녔고, 심지어 아무 이상 없는 비행기에서 스스로 몸을 던져 뛰어내리기까지 했다. 그런데 깨달음이 지루한 일들 속에 숨어 있다고? 깨달음이 따분하기 그지없는 매일의 일상 속에 감추어져 있다면 어떻게 해야 할까?

어쩌면 나는 지극히 평범한 하루하루 속에서 의미를 찾아야 했는지도 모른다. 이 생각은 온종일, 그리고 밤늦게까지 내 머릿속을 떠나지 않았다. 잘 준비를 하고 매트리스에 누워서도 마찬가지였다. 기숙사 밖에서 소등 시간을 알리는 징 소리가 들려왔다. 눈꺼풀이 무겁게 내려오는 가운데 한 가지 생각이 다급하게 튀어 올랐다.

'엄마의 인생이 내가 넘겨짚어 생각했던 것처럼 지루하고 생기 없는 여정이 아니었다면?'

그 순간 잠이 완전히 달아나 버렸다. 지금껏 나는 엄마가 특정한 목적지에 가지 않았다는 이유로 이루고 싶었던 바를 끝내 이루지 못했다고 생각했다. 목표를 달성하지 못한 건 사실이다. 하지만 그 목표라는 것이 단지 내 마음대로 생각해 낸 엄마의 목표였다.

인생을 살아간다는 것은 우선순위를 정하는 행위다. 어쩌면 사람들은 모두 자기가 살고 싶은 대로 살고 있는지 모른다. 그리고 엄마가 세상 구경보다 더 원했던 것은 내 곁에 함께 있어 주는 것이었는지도 모른다. 그 사실을 깨닫는 순간 왠지 마음이 울컥했다. 엄마가 돌아가시고 나서 처음으로 슬픔이 가셨다. 앞으로는 잘 지낼 수 있겠다는 생각까지 들었다.

나는 알몸으로 고아의 해변에서 산 얇은 사롱 하나만 덮고 있었다. 옷을 입기에는 날씨가 너무 덥기 때문이었다. 기숙사에 머무는 다른 여자들도 마찬가지였다. 지난 며칠 동안 체면을 지키려 옷을 입고 자던 사람들도 이제는 모두 옷을 벗어 버렸다. 그처럼 우리에게 불필요한 껍데기를 벗겨 내자 신선하고 새로운 본질이 드러났다. 엄마의 인생에 관한 새로운 깨달음처럼 말이다. 사롱이 살에 닿는 촉감이 아주 가벼운 입맞춤 같았다. 살갗에 송골송골 땀이 맺혔다. 어느 순간 잠이 들었다. 밤이 나를 데려가기까지 얼마나 오래 걸렸는지는 알 수 없었다.

다음 날 아침 특별한 행사가 있었다. 사원에서 기도문을 읊는 대신 우리는 깜깜한 어둠 속에서 조용히 명상 산행에 나섰다. 보이지 않는 등산로를 따라 걸음을 옮길 때마다 신발 아래서 자갈이 자박자박 소리를 냈다. 잠을 많이 못 잤는데도 피곤하거나 졸리지 않았다. 오히려 몸 안의 세포 하나하나가 생기로 가득 차는 느낌이었다. 이렇게까지 깨어 있다는 느낌을 받은 적이 없었다.

정상에 도착한 우리는 자리에 앉아서 해가 뜰 때까지 기도문을 읊었다. 우리의 기도에 응답하듯 마침내 해가 떠올랐다. 감귤 같은 태양이 하늘을 주황빛으로 물들이는 모습은 장관이었다.

"자야 가네샤!(Jaya Ganesha, '승리의 가네샤'라는 뜻. 가네샤는 인간의 몸에 코끼리 머리를 한 힌두교 신을 말한다. -역주)"

아시람 친구들은 환희에 차서 노래했고, 몇 사람은 돌을 심벌즈처럼 맞부딪혔다. 멀리서 사자들이 포효하는 소리가 낮게 들려왔다. 우리는 깨어나는 하늘을 배경으로 요가를 했는데, 햇빛에 땅이 천천히 데워지는 것이 느껴졌다.

깨달음을 얻으려면 지루한 과정을 견딜 수 있어야 한다. 그것은 어쩌면 발밑에 길이 있다고 믿으며 어둠 속을 더듬더듬 헤쳐 나가다가 결국 빛과 기쁨을 만나게 되는 과정과 비슷할지도 모른다. 나는 이것을 배우려고 이 멀리까지 여행을 온 것일 수도 있었다.

사랑하는 이의 죽음을 받아들이는 법
:

그다음 2주 동안 인도 이곳저곳을 혼자 돌아다녔다. 그 과정에서 친구들도 많이 만났다. 사흘은 동양의 베니스라고 불리는 알레피에서 배낭여행자인 제시, 데이브와 함께 배를 타고 수로를 유유자적 유람했다. 차를 재배하는 밭들이 넓게 펼쳐져 있는 문나르에서는 독일에서 온 등산 애호가를 만났고, 우리는 아침마다 푸르른 산비탈을 함께 등반했다.

마이소르에서 알게 된 한 가족은 나에게 마이소르 궁을 구경시켜 주고 저녁을 사 주었으며, 사원에 데려가 기도하는 법도 가르쳐 주었다. 그들은 나에게 아무런 대가도 요구하지 않았다. 이렇게 만난 것도 인연이라며 그저 내가 그 시간을 즐기기를 바란다고 했다. 콜카타에서는 29세 변호사의 집에서 카우치서핑을 했다. 한번은 그의 친구들과 함께 크리켓 월드컵 준결승 경기를 보는데 파키스탄 팀을 상대로 인도 팀이 이겼다. 우리는 거리로 나가 사람들과 함께 춤을 추고 양동이를 작은북처럼 두드리고 불꽃놀이를 즐기면서 승리를 기념했다.

기차에서 만난 말라얄리족 남자는 중매결혼을 설명하면서 인도에는 '사랑은 결혼 후에 생기는 것'이라는 말이 있다고 했다. 처음에는 말도 안 된다고 생각했는데, 나중에는 그게 가능할 수도 있겠다는 생각이 들었다. 아무리 열렬히 사랑해서 결혼을 했어도 시간이 지나면 초반의 열정은 시들해지게 마련이다. 그래서 결혼 생활에는 노력이 필요하다. 아니, 노력하지 않으면 결혼 생활을 유지하는 것 자체가 어렵다. 그러므로 진정한 사랑은 결혼 후 서로 노력해야지만 얻을 수 있는 것인지도 모른다.

제이슨을 사랑하면서도 이렇게 떨어져 지내는 것은 묘한 일이었다. 엄마 장례식 때 만난 이후로 남편을 만난 적이 없었다. 결혼 1주년도 스카이프로 기념했다. 나는 아마존에서 영화 한 편과 박스에 포장된 인도 요리를 구입해 그에게 보낸 다음, 어느 레스토랑 구석에 앉아 노트북을 켜고 병아리콩 커리인 차나 마살라를 함께 먹었다. 물론 우리 사이에는 14,500킬로미터의 거리가 있었다.

우리는 떨어져 있는 동안 각자 새로운 경험들을 하며 그만큼 성장하고 있었다. 어떤 사람이 자신의 전 파트너에 대해 '같은 강이지만 물은 다르다'라고 표현하는 것을 들은 적이 있다. 제이슨을 다시 만났을 때 어떤 느낌이 들지 궁금했다. 두 사람이 성장할 때 그것이 반드시 같은 방향이라는 보장은 어디에도 없기 때문이다.

며칠 밤은 항만 도시 첸나이에서 혼자 사는 51세 아주머니 집에 묵었디. 자녀들은 다 성장해 독립하고 남편도 자리를 비울 때가 많아 배낭여행자들에게 방을 내어 주고 그들의 이야기를 듣기를 즐기는 분이었다. 아주머니는 검은 렌틸콩으로 부드러운 달 마카니(인도 콩에 크림을 넣고 만드는 커리) 만드는 법을 가르쳐 줬다. 즐겨 이용하는 시장에 나를 데려가거나 여행자들이 많이 찾는 명소들을 안내해 주기도 했다. 떠날 때는 공항까지 직접 차로 데려다주었다. 아주머니는 나를 두 팔로 꼭 안고서는 안전하게 여행하고 부디 건강히 지내라고 했다. 그 품이 엄마를 떠올리게 해 나는 아주머니의 어깨에 얼굴을 묻고 울었다.

인도에서의 여행이 얼마 남지 않은 어느 날, 나는 인도 최남단에 위치한 마을 카냐쿠마리로 향했다. 카냐쿠마리는 벵골만과 아라비아해, 인도양, 세 개의 바다가 합류하는 지점에 위치해 있었다. 각기 다른 조류가 각기 다른 지역에서 진홍색, 검은색, 황토색 모래를 떠밀고 와 해변이 온통 알록달록했다. 단지에 보관해 오던 마하트마 간디의 유골을 뿌린 신성한 장소이기도 했다.

전설에 따르면 젊은 여신 데비 카냐쿠마리는 이곳에서 시바 신과 짝이 되게 해 달라고 기도했다고 한다. 하지만 결국 결혼은 무산되었고, 분노와 모멸감을 느낀 여신은 결혼 피로연을 위해 준비된 음식에다 분풀이했다. 여신이 화가 나서 사방으로 집어 던진 쌀과 곡물이 무지갯빛 해변으로 변했다는 것이다.

나는 하늘색 파도에 맨발을 담갔다. 물이 발목까지 차오르면서 발을 밀고 당기기를 반복했다. 내 안에서도 자연의 힘이 합류하는 느낌이 들었다. 여러 개의 바다가 만나는 이곳처럼 나도 하나의 길이 아니라 여러 개의 길이 합쳐진 결과물이었다.

노년이 되어서야 여행을 시작한 우리 할머니를 떠올렸다. 할머니는 이웃집 부부와 함께 여행을 다니며 그 추억을 코닥 필름 카메라에 담았다. 열세 살 생일 날 할머니 댁에 놀러 갔을 때, 할머니는 저녁 내내 스핑크스, 타지마할, 아크로폴리스 등 세계의 불가사의를 보여 주느라 열심이었다. 나는 할머니가 만든 쇠꼬리 수프를 후루룩거리면서 콜로세움 안과 밖에서 포즈를 취한 할머니를 보았다. 사진 자체는 형편없었다. 인물이 프레임에 너무 크게 잡혀 있거나 너무 작아 안 보였고, 거의 모든 것이 기우뚱해 있었다. 단, 피사의 사탑만큼은 이상하리만치 똑바로 서 있었다.

할머니가 무엇에 자극을 받아 여행을 시작했는지 모르고 앞으로도 알 길이 없지만 왠지 지금은 할머니와 전에 없이 가까워진 기분이 들었다. 우리의 발자국이 얼마나 많은 장소에서 겹쳤을지, 내 발을 훑고 지나간 물이 할머니가 갔던 나라의 해안에 가닿았을지 궁금해졌다. 엄마에 대해서도 마찬가지였다. 내가 담그고 있는 물이 예전에 엄마의 목욕물로 쓰였고, 엄마의 이마에 비로 내렸을지도 모른다.

카냐쿠마리는 해가 물에서 떴다 물로 지는 곳이다. 그곳에 있는 동안 세상 만물의 시작과 끝이 내 안을 스쳐 지나갔다. 그리고 죽음이 모든 것의 끝을 의미하지 않는다는 것을 깨달았다. 엄마는 더 이상 이 세상에 없지만 이 바닷물, 무지개색 흙, 그리고 저무는 해는 모두 엄마를 거쳐 나에게로 왔다.

# 04

# 두 코끼리와
# 개에게서 배우다

나는 태국 북부, 치앙마이에서 차로 한 시간 반 거리의 시골에 왔다. 이 오지에는 길가에 띄엄띄엄 자리 잡은 카페와 조그마한 잡화점이 전부였다. 간간이 나무에 못 박아 놓은 표지판에는 집라인과 트레킹, 근처 매탱강에서의 래프팅을 안내하는 광고 문구가 손글씨로 적혀 있었다.

## 코끼리 보호 자원봉사를 신청한 이유

하지만 나는 아드레날린이 상승하는 경험을 하기 위해 여기 온 것이 아니었다. 자원봉사에 나선 사람들 십여 명과 함께 길을 닦고 있었다. 우리는 양동이에 콘크리트를 배합해서 도로의 갈라진 틈과

코끼리
자연공원
Laos
치앙마이
송끄란 축제
방콕
TAXI
V.I P 24
캄보디아
검문소
Cambodia
태국
Thailand

파인 구멍에 발랐다. 어떤 구간은 너무 심하게 훼손되어 도로 전체를 메워야 했다. 힘든 작업이었지만 주변 경관은 아름다웠다. 도로 양쪽으로 우거진 밀림에는 녹색 잎이 무성한 나무와 땅딸막한 야자수, 길게 자란 잡초가 뒤엉켜 있었다.

물론 내가 여기에서 이런 일을 하게 될 거라고는 예상하지 못했다. 엄마가 유독 코끼리를 좋아했기 때문에 코끼리 공원에 자원봉사를 신청했을 뿐이었다. 엄마라면 온순한 거대 동물들을 돌보고 가까이 지낼 기회를 선물로 여겼을 것이다. 해 보니 과연 그랬다.

트럭에 가득 실은 농산물을 내리고, 축사의 코끼리 똥을 삽으로 치우고, 급식에 쓸 수박, 바나나, 호박을 준비하고, 부지 청소를 거드는 것이 평소의 일과였다. 하루 중 가장 즐거운 시간은 코끼리들을 이끌고 강에 가서 목욕하게 놔두고 다른 봉사자들과 양동이로 물장난을 치며 놀 때였다.

코끼리 자연공원은 렉이라는 여성이 설립했다. 인간 때문에 다치거나 학대받거나 고문받은 코끼리들을 위해 보호 구역 겸 재활 센터로 공원을 조성한 것이다. 1989년 벌목 산업에 코끼리 이용이 금지된 이후, 코끼리들은 강제로 서커스단에서 일하거나 사람들에게 탈 것으로 이용되었고 길거리에서 하는 구걸 행위에 동원되기도 했다. 그로 인해 코끼리는 관광업에 있어서 없어서는 안 될 존재가 되었지만 코끼리 처지에서 보자면 벌목에 이용당했을 때보다 나아진 점은 조금도 없었다. 사람들은 코끼리를 조련한다며 회초리와 사슬, 화살 등을 거리낌 없이 사용했고, 코끼리가 밤새 잠을 안 자고 거리에서 구걸할 수 있도록 각성제를 투약하기도 했다.

렉이 보호 구역을 조성하고 코끼리들에게 가해진 폭력에 대해 목소리를 높이기 시작하자, 일부 고위 공무원들은 관광 산업의 위축을 우려하며 보호 구역으로 이어지는 도로의 보수 공사를 중단해 버렸다. 무더운 4월에 도로의 구멍을 메우게 된 것은 그러한 연유에서였다. 나는 자원봉사자들과 동물 애호가들이 코끼리들을 도우러 더 많이 올 수 있게 길을 닦고 있는 셈이었다.

## 두 코끼리와 개에게서 배우다

도로 보수 작업을 마친 후, 우리 자원봉사 팀은 오후의 휴식 시간을 즐겼다. 광활한 강에 고무 튜브를 띄우고, 거기에 탄 다음 튜브가 흘러가는 대로 달라지는 주위의 풍경을 눈에 담았다. 푸른 농지와 논두렁이 물가까지 펼쳐져 있었고, 야생의 밀림에는 제멋대로 자란 야자수가 지붕을 이루고 있었다.

코끼리 똥은 섬유질이 많아 물에 잘 뜬다. 나는 샌들로 물을 저어 농구공 크기만 한 코끼리 똥을 친구 쪽으로 보내면서 장난을 치기도 했다. 둥둥 뜬 채 계속 가다 보니 강물의 유속이 빨라졌다. 우리는 마을을 발견하고 그쪽으로 다가갔다. 몇 사람이 플라스틱 방수 주머니에 챙겨 온 돈으로 송골송골 물방울 맺힌 장 맥주를 사서 모두에게 한 병씩 돌렸다.

그날 밤은 코끼리 자연공원에서 보내는 마지막 날이었다. 더 오래 머물러도 즐거웠겠지만 나는 여기에 온 목적을 이미 다 이룬 뒤였다. 바라던 대로 삶의 속도를 늦추고, 자연 속에서 시간을 보내고,

나보다 큰 존재를 돌보는 경험을 할 수 있었다. 무엇보다 코끼리에게 도움이 된 것 같아 기뻤고, 엄마도 자랑스러워했을 거라는 생각이 들었다.

엄마에게 이야기해 줄 수 있으면 좋겠다 싶은 코끼리가 둘 있었다. 오랜 세월 절친한 친구로 지낸 메이펌과 조키아였다. 메이펌은 벌목 노동을 계속하다가 1989년 코끼리 벌목 금지 조치 이후 애완용으로 길러졌지만 열악한 식사 때문에 여러 가지 건강상의 문제를 겪게 되었다. 주인이 1992년에 메이펌을 팔기로 하면서 렉이 구조한 첫 번째 코끼리가 되었다.

조키아 역시 벌목 코끼리로 학대받다가 1999년 보호 구역에 왔다. 조키아는 임신한 몸으로 벌목 노동을 계속했고 밀림에서 새끼를 낳았지만 새끼가 비탈 아래로 굴러떨어져 죽어 버렸다. 슬픔에 빠진 조키아는 매질을 해도 빌목 일을 하지 않으려 했고, 화가 난 조련사는 새총을 쏴서 한쪽 눈을 멀게 했다. 그런데도 계속 거부하자 조련사는 반대쪽 눈까지 칼로 찔러서 시력을 완전히 잃게 만들었다.

구조된 두 코끼리는 공원에서 빠르게 친해졌다. 메이펌은 절대 조키아의 곁을 떠나려고 하지 않았다. 앞장서서 조키아를 이끌고 공원 이곳저곳을 다녔고, 가끔 거대한 코를 뻗어서 부드럽게 토닥여 주는가 하면 낮게 부르릉거리는 소리로 친구를 안심시켰다. 둘이 서로를 아끼고 챙기는 모습은 너무나 감동적이었다.

코끼리는 동료가 죽으면 슬퍼하며 한동안 그 곁을 지킨다는 이야기를 들은 적이 있다. 그 얘기를 들었을 땐 동물에게 그런 감정까지 있을까 의구심이 들었지만 이곳에 와서 코끼리가 얼마나 다정하고 서로를 잘 돌보는 동물인지를 직접 보고 나니 절로 고개가 끄덕여졌다. 메이펌과 조키아의 관계는 어머니와 딸 같기도 하고 오랜 친구 같기도 했다. 서로를 보살피는 것이 두 코끼리의 본능처럼 느껴질 정도였다.

그곳에 머무는 동안 코끼리 외에 내가 돌보았던 동물이 한 마리 더 있었다. 털이 짧은 개였는데 땅바닥에서 자다 보니 마찰로 분홍색 관절이 그대로 드러나 있었다. 삼각형 모양의 작은 귀는 쫑긋 하늘을 향했고, 혓바닥은 회색 점들로 얼룩덜룩했다. 항상 30센티미터 정도 되는 두툼한 나뭇가지를 물고 다녀 사람들이 스틱독Stick Dog, 즉 막대기 개라고 불렀다.

스틱독은 내가 온 첫날부터 나를 따라다니기 시작했다. 이틀 후부터는 내 방갈로 문 앞에서 잠을 잤다. 방을 함께 쓰는 다른 두 여자가 없었더라면 방갈로 안으로 들였을 것이다. 그래서 나는 스틱독을 위해 파란색 플라스틱 물그릇을 문밖에 마련해 놓고 점심 배식 때 숨겨 온 음식을 거기에 두곤 했다. 그러면 스틱독은 늘상 물고 다니는 막대기를 내려놓고 음식을 먹곤 했다. 다 먹고 난 다음엔 막대기를 다시 물었다. 궁금해진 나는 직원 한 명에게 물어보았다.

"왜 저렇게 막대기에 집착하는 거예요?"

코끼리 보호 구역의 동물들 대부분이 그렇듯이, 스틱독에게도 트라우마가 있었다. 스틱독의 전 주인은 걸핏하면 주변에 있는 막대기를 집어 들어 개를 때렸다. 개는 여기저기 찢어지고 멍든 채로 이 공원에 왔다. 잘 먹지도 못했는지 삐삐 말랐던 스틱독은 구조된 후 서서히 자신감을 되찾았고 안정된 상태가 되었다. 막대기를 물고 다닌

건 그때부터였다. 절대 놔두고 다니는 법이 없었다. 그러면 아무도 다시는 자신을 해치지 못할 거라는 듯이.

스틱독과 코끼리들은 강자가 약자에게 고통을 가한 한 가지 사례였다. 하지만 그들은 생명체가 어떻게 고난을 딛고 다시 일어설 수 있는지, 상처가 어떻게 아무는지, 아픔 뒤에 삶이 어떻게 다시 시작될 수 있는지를 보여 주는 사례이기도 했다. 나도 그들만큼 강인해질 수 있을까.

밖에 자줏빛 땅거미가 졌다. 거미 한 마리가 테라스를 에워싼 난간 주변에 거미줄을 치고 있었다. 스틱독은 모기 물린 자리가 벌겋게 달아오른 내 다리에 몸을 기대고 누웠다. 어느 순간 개는 막대기를 내려놓고 내 손에 주둥이를 맡겼다. 콧잔등을 시원하게 긁어 주었더니 기뻐하며 꼬리로 바닥을 탁탁 두드렸다. 착한 녀석이었다.


## 여행지에서 새해를 맞이하는 특별한 방법

나는 태국의 설날이자 물 축제가 열리는 송끄란에 맞추어 치앙마이로 돌아갔다. 송끄란은 이동과 변화의 시기, 즉 오래된 해가 새로운 해로 바뀌는 것을 기념하는 신년 맞이 행사를 말한다. 송끄란 축제에서 가장 유명한 것은 지나가는 행인들에게 물을 뿌리는 것인데, 그것은 불교 국가인 태국에서 부처의 축복을 기원하기 위해 불상을 청소하는 행위에서 유래했다.

송끄란 축제에 가면 너나없이 서로에게 물세례를 퍼붓는 모습을 볼 수 있다. 물은 정화의 의미를 담고 있어 지난 한 해의 불운을 모

334

두 쫓아내고 다가오는 새해에 축복을 기원하는 의미로 물을 뿌리는 것이다. 태국 대부분 지역에서 축제는 4월 13일부터 15일까지 열리지만 치앙마이에서는 6일 동안 행사가 이어진다.

축제 시작 날 나는 아무 생각 없이 얇은 비닐 우의만 입고 길을 나섰다. 그런데 호스텔 문을 열고 밖으로 나가자마자 물벼락을 맞았다. 티셔츠와 바지는 물론이고 속옷까지 젖는 건 순식간이었다. 애초에 얇은 비닐 우의가 나를 지켜 줄 거라고 생각한 게 오산이었다. 사람들은 트럭에 물통을 싣고 거리를 달리면서 삽으로 물을 퍼 올렸다. 마치 가라앉는 배에서 물을 퍼내듯 말이다. 어떤 사람들은 도시를 둘러싼 해자에 호스를 설치해 놓고 지나가는 사람들 모두에게 이끼 낀 녹색 물을 분사했다.

잠시 후 뚱뚱한 승려 한 명이 거대한 물총을 들고 나를 향해 전속력으로 달려왔다. 짙은 노란색 승복이 젖어서 몸에 착 달라붙은 상태였다. 가까스로 도망친 나는 편의점에 들어가 숨을 돌렸다. 호스텔을 나선 지 채 10분도 안 된 때였다. 나는 즉석식품 몇 가지와 맥주 한 캔을 사서 방으로 돌아갈 참이었다. 하지만 돈을 내려고 점원 앞에 선 순간, 그는 계산대 밑에서 작은 물총을 꺼내더니 내 얼굴에 물을 쏘았다. 그러고는 따뜻한 목소리로 행복한 새해와 새로운 시작을 빌어 주었다.


만약 그 친구들이 없었더라면

:

태국의 수도 방콕에서 미국에서 온 친구 앤지를 만났다. 앤지의 호의로 나는 수영장, 에어컨, 스프링이 있는 매트리스까지 모든 편의 시설이 갖추어진 근사한 호텔 방에 묵을 수 있었다. 며칠간의 관광을 마친 후 우리는 캄보디아로 향했다.

아시아 방문이 처음이라는 앤지에게 정말 멋진 시간을 선물해 주고 싶었다. 하지만 무사히 캄보디아에 갈 수 있을지부터가 의문이었다. 국경 부근에서 계속되는 충돌 때문이었다. 그간 폭력 사태가 일어난 곳이 우리의 목적지인 포이펫 근처라는 사실이 마음에 걸렸다. 또 다른 이유는 다른 배낭여행자들에게서 들은 소문 때문이었다. 국경 검문소 사기가 워낙 만연하다 보니 경험 많은 여행자들마저 별수 없이 돈을 뜯긴다는 것이다.

역시나 캄보디아로 향하는 길은 출발부터 순탄치 않았다. 우리를 버스 터미널까지 데려다주기로 한 택시 운전사는 미터기 사용을 거부하며 턱없이 비싼 요금을 불렀다. 내가 미터기를 켜자고 고집하자 운전사는 택시를 세우더니 우리를 차에서 내리게 했다.

우여곡절 끝에 버스 정류장에 도착했다. 이 무렵에는 나도 배낭여행 경험이 웬만큼 쌓여서 차표를 사기 전에 버스를 확인해야 한다는 것쯤은 알고 있었다. 확인해 보니 버스는 푹신한 좌석에 에어컨이 달려 있고 텔레비전까지 있는 좋은 차였다. 하지만 미처 예상치 못한 부분이 있었다. 한 시간쯤 지났을까 운전사가 버스를 시골길에 세우더니 다른 버스로 승객 전원을 갈아타게 한 것이다. 에어컨도 없고 유리창은 깨진 데다 딱딱한 플라스틱 좌석만 있는 버스였다.

가는 동안 가장 기억에 남는 것은 내 앞자리에 엄마와 함께 앉은, 두 살 정도 되어 보이는 캄보디아 여자아이였다. 꼬마는 호기심 어린 눈빛으로 좌석 틈새를 통해 나를 쳐다봤다. 내가 웃어 보이니 꼬마는 킥킥거리면서 고개를 돌렸다. 아이는 잠시 후 다시 나를 돌아보았지만 나는 고개를 수그려 좌석 밑으로 숨었다. 이 숨바꼭질은 태국의 시골길을 달리는 내내 이어졌다. 꼬마가 결국 지쳐서 엄마 품에 기댄 채 잠들었을 때, 왠지 모르게 가슴 한구석이 뻐근하게 아파 왔다. 나를 그렇게 편안한 쉼터로 여겨 주는 아이가 있다면 어떨까 생각했던 것 같다.

몇 시간 뒤 버스는 멈춰 섰지만 목적지에 다다른 건 아니었다. 국경 검문소로 가려면 인력거로 7킬로미터를 더 가야 했다. 그런데 인력거 운전사는 국경이 아니라 간이 식당처럼 생긴 어느 사무실 앞으로 우리를 데려다 놓았다. 앤지가 말했다.

"매기, 여기 느낌이 좋지 않아."

나 역시 마찬가지였다. 그래도 상황의 주도권을 잃지 않으려고 애썼다. 나는 인력거에서 내리기를 거부하며 운전사에게 태국 출국 도장을 받을 수 있는 진짜 국경 검문소로 데려다 달라고 말했다. 운전사가 알겠다고 대답했고, 인력거는 탈탈거리며 조금 더 달려 작은 집들과 소, 도로변 가게와 수레를 미는 행상인들을 지났다. 그러다가 마분지 간판에 'VISA BOARDER('BORDER'라고 쓰는 게 맞다. ―역주)'라고 철자를 잘못 적어 놓은 건물 앞에 섰다. 마치 유괴범이 쓴 편지처럼 잡지에서 한 글자씩 오려 낸 표지판이었다. 앤지와 나는 동시에 고개를 저었다. 여기도 진짜 국경 검문소가 아니었다.

화가 난 나는 다시 운전사와 실랑이를 벌였다. 그러자 이번에는 커다란 문에 공식적인 느낌의 인장이 붙은 건물로 우리를 데려다주었다. 지금까지 본 건물 중에서 제일 그럴 듯했지만 막상 들어가 보니 안에는 장기를 두는 두 노인뿐이었다. 책상도, 출국 도장을 받기 위해 줄을 선 사람들도, 컴퓨터도 없었다. 노인 중 한 명이 캄보디아 비자를 받고 싶으면 50달러를 내라고 말했다. 나는 거절했다.

믿기지 않는 일이지만 인력거 운전사는 아직 밖에서 앤지와 나를 기다리고 있었다. 더 이상 운전사와 가짜 검문소의 농간에 놀아나고 싶지 않았다. 나는 그에게 이번이 마지막 기회라고 말했다. 우리를 진짜 국경 검문소로 데려다주지 않으면 돈을 내지 않겠다고 못을 박았다.

우여곡절 끝에 도착한 진짜 국경 검문소에서는 절차가 매끄럽게 진행되었다. 태국 출국 도장을 받고 20달러를 내고 캄보디아 비자도 받았다. 이어서 경찰관 한 명이 여권을 살펴보더니 우리에게 둘 중 하나를 선택하라고 했다. 자신에게 여권을 받으러 다음 날 다시 오든지, 3달러를 내고 지금 받든지 하라는 것이었다. 거의 빈 지갑이었지만 서슴없이 돈을 건넸다.

우리는 앙코르와트의 미니 버전처럼 생긴 아치 밑을 걸어서 국경을 건넜다. 드디어 캄보디아에 도착한 것이다. 이어서 셔틀이 모든 관광객을 교통 센터로 데려다주었다. 캄보디아의 모든 교통수단이 비교적 비싼 편이었지만 아무래도 상관없었다. 앤지와 나는 국경을 넘는 데만 이미 여덟 시간 이상 소요한 상태였고, 숙소가 있는 시엠레아프 근처에 가려면 최소 두 시간은 더 가야 했다.

우리가 부른 택시는 마을 외곽에 우리를 내려 주고 무료 인력거를 알선해 주었지만 실제로 무료는 아니었다. 인력거 운전사가 어느 카페 앞에 멈추고는 우리에게 내리라고 하더니 운임을 요구했다. 돈이 있으면 줬겠지만 현금도 다 떨어진 상황이었다. 우리에게 묵을 곳을 마련해 주기로 한 친구 질에게 전화를 걸어 보니 계속 통화 중이었다. 나는 카페에 들어가 엉엉 울었다. 악몽이 끊이지 않고 계속되는 느낌이었다. 하루 종일 사기꾼들에게 시달리며 너무 지친 상태였고, 앤지에게 미안한 마음이 들었으며, 계속 이동하는 것도 지긋지긋했다. 그냥 모든 걸 멈추고 싶었다. 그만하고 싶었다.

앤지는 나에게 맥주를 한 캔 사 주었다. 내 어깨에 팔을 두르고 아무 말도 하지 않았다. 좋은 친구 사이에는 굳이 말이 필요하지 않는 법이다. 우리는 시엠레아프의 분주함 속에 둘러싸여 그렇게 앉아 있었다. 반짝거리는 꼬마전구들, 물건을 사러 나온 사람들과 카프탄을 파는 노점들과 술 취한 관광객들, 파인애플이 가득한 수레를 미는 남자들과 실크 작업복을 입고 발 마사지를 해 주는 여자들, 그 사이에서 우리의 정적은 일종의 반항 행위처럼 느껴졌다.

시간이 얼마나 흘렀을까 질과 드디어 전화가 연결되었다. 질은 차를 타고 나타나 우리를 낚아채듯 태운 다음 자기 집으로 데려가서는 침실로 안내했다. 그 이후로 캄보디아 여행은 순탄했다.

내가 질과 그녀의 남편 빌을 처음 만난 곳은 팜스프링스였다. 부부는 타고난 모험가들이라 여행 인솔자로 활동하며 중국, 태국, 페루, 이스라엘, 뉴질랜드, 심지어 에베레스트산 베이스캠프까지 전 세계를 돌아다녔다. 그런데 우연히 갔던 캄보디아 여행이 그들의 인생을 완전히 바꿔 놓았다.

빌은 우연한 기회에 크메르루주(캄보디아의 급진적인 좌익 무장단체로 '붉은 크메르'라는 뜻) 밑에서 지뢰를 매설했던 소년병 아키라에 관한 이야기를 듣게 되었다. 성인이 된 아키라는 과거에 대해 속죄하기를 원했다. 그래서 별도의 전문 장비 없이 막대기를 사용해 지뢰를 찾아내고 제거했으며, 지뢰의 참상을 알리는 박물관을 지었다. 그리고 지뢰 폭발로 다친 아이들 수십 명을 돌보기 위한 시설을 만들었다. 충돌은 오래전에 끝났지만 여전히 600~1,000만 개의 지뢰가 밀림, 들판, 농지에 흩어져 있는 것으로 추정되었기 때문이다. 매년 수천 명의 어린이와 농부, 여타 민간인들이 지뢰 때문에 불구가 되거나 목숨을 잃는다.

빌은 시엠레아프를 여행하던 중 아키라를 만났고 그에게 깊은 감명을 받았다. 더 나아가 아키라가 하는 일들에 힘을 보태고 싶다는 생각을 하게 되었다. 그는 지역 사회와 이웃들의 삶을 개선하는 데 기꺼이 자기 목숨을 걸고자 했다. 더 나은 미래를 만들어 나가는 일에 앞장서겠다고 결심한 것이다.

빌은 마라톤을 열한 번 완주하고 킬리만자로산을 등반했을 정도로 한번 목표를 세우면 거침없이 밀고 나가는 사람이었다. 그는 팜스프링스에서 운영하던 마케팅 컨설팅 업체를 매각한 다음, 아키라가 적절한 인증서와 장비를 갖추고 지뢰를 합법적으로 안전하게 제거할 수 있도록 지원하기 시작했다. 폭발물 탐지와 해체에 관해 알아야 할 모든 것을 배웠고, 지뢰 해체 팀을 육성할 계획을 세웠다. 그리고 그에 필요한 비용을 마련하기 위해 비영리 기구인 지뢰 지원 기금을 설립했다.

마침내 빌과 질은 살던 집을 처분한 다음 캄보디아로 이주해 여생을 보내기로 했다. 대다수의 사람들이 은퇴 후 노후를 즐길 나이에 그들은 새로운 삶을 시작했다. 이타적인 일을 하는 친구가 곁에 있을 때의 장점은 그들의 활동을 목격하는 것만으로도 나까지 고무된다는 사실이다. 나는 과연 잘하고 있는지 의구심을 품게 된다는 단점이 있긴 하지만.

# 05

# 1년 전 여행을 시작할 때는 몰랐던,
# 하지만 이제는 알게 된 것들

나는 지금 앙코르와트에 와 있다. 앙코르와트를 처음 봤던《내셔널 지오그래픽》잡지가 기억난다. 일곱 살 무렵이었는데 표지 사진을 보고 놀라서 할 말을 잃어버렸다. 바위에 조각된 얼굴이 여기저기 갈라져 있고 녹색 덩굴 한 줄기가 그 얼굴에 뻗어 내린 사진이었다. 조각상 오른편에는 '앙코르의 사원들: 살아남을 것인가?'라는 표제가 적혀 있었다.

### 앙코르와트, 그리고 시간의 신

:

앙코르와트는 12세기 초 크메르 제국이 만든 사원으로 '앙코르'는 왕이 있는 도읍을, '와트'는 사원을 뜻한다. 당시 캄보디아는 크메르 루주에 의해 세워진 민주 캄푸치아 정부가 집권 중이었다. 크메르 루주가 정권을 장악한 이후 사찰 경내는 정부군이 통제하고 있었다. 사원을 본 사람이 거의 없었기에 사원이 심각하게 손상된 상태이거나 완전히 허물어졌을 거라는 추측이 나돌기 시작했다. 그러자 《내셔널 지오그래픽》의 기자와 편집자, 사진작가는 출입 허가를 받아 72개에 달하는 앙코르와트의 주요 유적들을 돌아보고 그것을 생생히 기록으로 남겼다. 앙코르와트는 전쟁과 고의적 훼손, 자연적인 쇠퇴 등의 이유로 손상을 입긴 했지만 여전히 그 자리에 있었고 여전히 웅장했다.

기사에는 앙코르와트의 지도와 항공 사진, 삽화, 근접 촬영 사진이 곁들여져 있었고, 페이지를 넘길 때마다 점점 더 매혹적인 내용이 이어졌다. 엄마와 나는 앙코르와트의 웅장함에 압도되어 입을 다물 수가 없었다. 동경하는 마음이 담긴 엄마의 목소리, 집중한 듯 살짝 젖힌 고개, 머리카락을 귀 뒤로 넘기던 모습이 생생히 기억난다. 그 뒤로 엄마는 앙코르와트를 실제로 보고 싶어 했지만 1980년대에는 실현되기 힘든 일이었다. 앙코르와트는 대서양에 있었다고 하는 전설상의 대륙 아틀란티스만큼이나 닿기 어려운 곳에 있었다.

그런데 지금 내가 바로 그곳에 와 있는 것이다. 내 앞에 모습을 드러낸 사원은 경이로움 그 자체였다. 장엄한 첨탑, 우아하게 돋을새김으로 새겨진 석벽, 광활한 경내. 중심 건물의 다섯 탑은 메루산의 다섯 봉우리를 상징하는데, 메루산은 몇몇 종교에서 우주의 중심이자 영적 세계와 물질세계 양쪽 모두에 존재한다고 여겨지는 신성한 황금산이다. 탑에 햇빛이 부딪히는 모습을 보니 내가 마치 그 신화

속 장소에 서 있는 듯한 기분이 들었다.

시엠레아프주에는 수십 개의 불교와 힌두교 사원이 있고, 그 역사가 대부분 12세기까지 거슬러 올라간다. 나는 이 오래된 공간에서 지금 내가 걷고 있는 출입구와 통로를 지나다녔을, 이제는 세상을 떠난 사람들을 떠올렸다. 얼마나 많은 사람들이 이곳에서 사랑하고 춤추고 기도하고 맹세하고 밤늦도록 기도문을 읊었을까? 얼마나 많은 어머니가 딸들의 손을 잡았을까? 얼마나 많은 사람이 죽은 이를 애도했을까? 얼마나 많은 사람이 나처럼 오랫동안 슬픔에 젖어 지냈을까? 그중에 10년 하고도 석 달이라는 긴 시간 동안 슬픔에 짓눌려 허덕인 사람도 있었을까?

그 사람들은 기억 너머로 사라졌을지 몰라도 그들을 구성했던 물질은 지금 내가 숨 쉬고 있는 이 세상에 남아 있을 것이다. 지위고하를 불문하고 모든 이의 입자들이 지금 여기에 있다는 사실을 생각하니 왠지 안심이 되었다. 내가 모르는 사람들 혹은 나와 관계된 사람들의 작은 입자들이 땅과 공기에 뒤섞여 있고, 이 조용한 도시 그 자체가 되었다. 나는 그들과 함께 그들 사이에 서서 그들을 들이마셨다. 삶이 겹겹이 쌓인 광대한 사원에서 나는 복잡하고 특별한 관계의 일원이 된 듯한 느낌이 들었다.

이어서 상대적으로 규모가 작은 반테이 스레이라는 10세기 사원을 둘러보았다. 보자마자 마음에 쏙 드는 곳이었다. 앙코르와트에 비하면 오르골처럼 조그마한 느낌이었지만 조각은 한층 더 정교하고 화려했다. 붉은 사암으로 지어졌으며 몇몇 돋을새김된 벽은 이끼와 세월의 그림자로 더욱 깊어진 상태였다. 반테이 스레이는 힌두교의 신 시바에게 바쳐진 사원으로, 조각 대부분이 여성스러운 분위기를 풍겼다. 장식 테두리가 있고, 나뭇잎 장식이 소용돌이를 이루었으며, 상상 속의 새들과 아름다운 여성들의 모습이 새겨져 있었다.

그중에서도 나를 한눈에 사로잡은 건 구름과 물의 여신 압사라의 석상이었다. 한 손은 어깨 옆에 올리고 다른 한 손은 아래로 쭉 뻗은 자세가 마치 누군가에게 춤을 청하는 모습처럼 보였다. 그리고 그녀의 힘 있는 콧날과 살짝 미소 띤 입매는 왠지 엄마를 떠올리게 했다. 그런데 아이러니하게도 그녀를 짓궂은 표정으로 내려다보고 있는 것은 시간의 신이자 모든 것의 파괴자인 칼라의 조각이었다.


## 엄마처럼 기억을 잃어버린 사람을 만났을 때

:

시엠레아프에 다녀온 이후, 앤지와 나는 며칠간 수도 프놈펜을 탐험했다. 프놈펜은 문어발처럼 뻗어 있었고 국제도시의 느낌이 물씬 풍겼다. 그리고 특이하게도 메콩강과 톤레삽강, 바삭강 이 세 개의 강이 합류하는 지점에 위치해 있다. 우리는 마사지를 받고 강가에 자리한 외신 기자 클럽(1970년대 외국 특파원들의 기자 클럽이었지만 지금은 카페로 사용됨-역주)에서 칵테일을 마셨다. 크메르 요리 수업에 참석했고, 투올슬렝 학살 박물관에서 망자들을 추모했다.

앤지의 귀국을 앞두고 마지막 나들이로 우리는 투올톰풍 시장으로 쇼핑을 하러 갔다. 프놈펜에서 가장 유명한 재래시장으로, 1980년대 시장 주변에 러시아 이민자가 많이 거주했기에 '러시아 시장'으로도 불린다. 시장은 활기 넘치고 혼잡했다. 미로처럼 얽힌 노점상들에선 고급 직물과 은 장신구부터 짝퉁 롤렉스 시계와 병 안에 죽은 코브라가 똬리를 틀고 있는 위스키까지 온갖 물건을 팔았다. 특히 바나나 리퍼블릭이나 제이크루 같은 브랜드 의류와 레이밴 선글라스를 파격적인 할인가에 판매하는 곳들은 사람들에게 인기가 높았다.

노점들이 다닥다닥 붙어 있었고, 플라스틱 의자와 테이블들이 어지러운 거리에 넘쳐났다. 길가에 즐비한 식당에선 육수를 끓이고 고기를 굽고 과일을 손질하는 등 요리사들이 땀을 흘리며 음식을 준비하고 있었다. 그런데 아까부터 한 노인이 자꾸만 신경이 쓰였다. 그는 노점상들이 교차하는 길목에 뻣뻣하게 서 있었는데, 눈빛이 어쩐지 익숙했다. 엄마에게서 수없이 보았던 그 눈빛이었다. 왠지 그가 길을 잃고 서 있는 것 같아 살며시 다가가 말했다.

"제가 좀 도와드릴까요?"

노인의 얼굴에 안도의 물결이 번졌다. 그는 단어를 더듬거리며 말을 이어 갔다.

"나는 그냥… 운전사가… 어디인지… 호텔을… 못 찾겠네요?"

그는 시장 바깥으로 나가는 길을 못 찾는 듯했다. 나는 내 소개를 짧게 하고선 그의 팔을 부축했다. 관광객인 내가 과연 도움이 될지, 어떻게 도와야 할지 막막했지만 그래도 길 잃은 노인을 그냥 내버려둘 수는 없었다.

엄마에게도 비슷한 도움을 준 사람들이 있었다. 그들은 식품점에서 대신 돈을 세어 주고, 번잡한 주차장에서 차를 찾아주고, 엄마가 집으로 돌아갈 수 있게 도와주었다. 만약 그들의 도움이 없었다면 어떻게 됐을까? 생각만 해도 끔찍했다.

노인과 나는 미로처럼 얽힌 통로를 따라 시장의 가장 큰 출입구 쪽으로 걸어갔다. 왠지 그 길로 그가 들어왔을 것 같았기 때문이다. 그는 자신의 이름은 기억하지 못했지만 가톨릭 성인들의 이름은 술술 애기했다. 나더러 잃어버린 물건을 찾아주는 수호성인인 성 안토니오와 비슷하다고 말하며 이렇게 덧붙였다.

"전에는 안토니오 성인에게 자동차 키를 찾아 달라고 기도했지요. 이제는 나를 찾아 달라고 기도하고 있어요."

우리는 수호성인들에 대해 조금 더 대화를 나누었다. 가톨릭계 초등학교를 잠깐 다닌 적이 있는데, 그때 배운 것들이 조금은 남아 있어서 참 다행이었다. 어쨌든 우리는 무사히 시장 출입구에 도착했다. 그런데 길 건너편에서 캄보디아 남자가 소리치며 손을 흔들었다.

"마틴!"

노인은 북적이는 인파를 두리번거리더니 기억났다는 듯 반짝이는 눈빛을 되찾고는 말했다.

"나예요! 내가 마틴이에요."

나는 마틴을 부축해 길을 건넌 다음 툭툭(세발자전거 형태의 캄보디아 대표 교통수단) 옆에서 기다리고 있던 캄보디아 남자에게 다가갔다. 툭툭의 뒷좌석에는 고급스러운 가죽 메신저백이, 바닥에는 뚜껑을 딴 탄산음료 캔이 놓여 있었다. 알고 보니 그는 마틴의 운전사였다. 마틴이 프놈펜에 머무는 며칠간 자신이 돌봐 왔다고 설명했다. 보통은 어디든 함께 다녔는데 오늘은 어쩐 일인지 마틴이 혼자서 시장을 돌아보고 싶다고 말했단다. 그런데 몇 시간이 지나도록 나오지 않아서 걱정하고 있던 참이라고도 했다. 그의 말을 종합해 보니 마틴은 미국에서 캄보디아까지 혼자 여행을 온 것이었다. 왜 혼자 여행을 왔는지, 언제 어디로 갈지는 알 수 없었다. 하지만 사람들의 선의 덕분에 여기까지 왔다는 점만은 알 수 있었다.

치매 환자들은 해 질 무렵이나 밤늦은 시각에 불안이나 혼란스러움이 커지는 '일몰 증후군'을 경험하는 경우가 많다. 일몰 증후군의 주요 증상 중 하나는 집 밖으로 나가 배회하는 것인데, 이는 실종 사건으로 연결되기도 한다. 어쩌면 지금 마틴은 캄보디아에서 일몰 증후군을 겪고 있는 것은 아닐까 싶었다. 대륙을 넘나들며 그의 초조함과 불안이 갑자기 심해졌을 수도 있다.

엄마가 요양원에 들어가기 전, 혹여나 바깥을 헤매고 다닐까 봐 현관문에 멈춤 표지판을 붙여 놓고 엄마의 손목에 GPS 추적 장치가 달린 시계를 채웠다. 다행히 엄마는 멀리 나간 적은 없지만 가끔 뭔가를 잊어버린 사람처럼 손을 쥐어짜면서 이 방 저 방 돌아다니곤 했다. 자리에 앉거나 편히 쉬라고 말하면 짜증을 내면서 공격적인 태도를 보였기 때문에, 엄마 스스로 잠자리에 들 때까지 계속 서성이게 두는 게 상책이었다.

엄마는 종종 창밖으로 지나가는 자동차들을 멍하니 바라보곤 했다. 그릇장에 진열된 험멜 조각상(독일 괴벨사의 수공예 도자기 인형)과 유리 동물 조각들을 노려볼 때도 있었다. 엄마가 할부로 하나씩 사들여 모은 보물이었지만, 알츠하이머병 판정을 받은 이후로는 자신이 애지중지했다는 사실조차 잊어버려 그냥 먼지만 쌓여 가는 물건들이었다.

어느 날 밤, 엄마를 진정시키려고 애쓰고 있을 때였다. 엄마는 등을 돌린 채 거실 창가에 서 있었다. 내가 잠을 좀 주무셔야 한다고 말해서 화가 난 상태였다. 그러다 갑자기 휙 돌아섰는데 나를 때리려는 건가 싶었다. 폭력은 엄마와 거리가 멀었지만 알츠하이머병 환자인 엄마는 다를 수도 있었기 때문이다.

엄마는 잠시 균형을 잃고 비틀거리더니 자세를 바로잡았다. 금방이라도 쓰러질 듯한 모습이었고, 악마들과 맞붙어 싸우다 온 사람처럼 얼굴이 일그러져 있었다. 엄마는 한 손을 이마에 대었다가 관자놀이를 눌렀다.

"내 머리가 왜 이렇게 아픈 거지?"

## 아르헨티나에선 몰랐지만 이제는 알게 된 것

베트남 하노이의 한 시장. 가게 주인이 레이스 속옷들을 끝도 없이 꺼내 놓았다. 덕분에 나는 브래지어에 파묻힐 지경에 이르렀다. 나의 판단 착오로 빚어진 사태라는 건 잘 알고 있었다. 하노이 시장은 새 여행 가방이나 우산을 사기에 더 적합한 곳이었다. 하지만 나는 새 브래지어가 필요했고 지금 당장은 이 시장이 나에게 주어진 최선의 옵션이었다.

브래지어 두 장으로 열한 달째 여행을 이어 가고 있었다. 하나는 검은색, 다른 하나는 살구색으로 둘 다 예쁜 것과는 거리가 멀었다. 대신 지극히 실용적이었다. 하지만 장기간 여행을 하다 보니 브래지어가 너널너덜해지기 시작했다. 특히 살구색 브래지어는 정도가 심했다. 세탁기에 같이 넣고 빨았던 바지에서 파란 염료가 빠지는 바람에 살구색이 괴상한 회색으로 변해 버렸다. 얼마 전엔 다 마르지 않았는데 비닐봉지에 쑤셔 넣는 바람에 브래지어에서 퀴퀴한 양말 냄새까지 났다. 더는 그것을 내 살갗에 대고 싶지 않았다.

가게 주인이 보여 준 레이스 속옷들은 유혹적이었다. 나도 프릴 달린 새 속옷을 입고 싶었다. 여성스럽고 예쁘고 깨끗한 브래지어를 하면 기분이 정말 좋을 것 같았다. 하지만 오늘의 관건은 과연 내 몸에 맞는 브래지어를 찾을 수 있느냐였다.

왜냐하면 가게 주인은 영어를 못 했고 나는 베트남어를 못 했다. 그녀가 신나게 브래지어들을 보여 주는데 언뜻 봐도 사이즈가 다 작아 보였다. 나는 어떻게든 더 크고 넉넉한 사이즈가 필요하다는 사실을 알려야 했다. 내 가슴을 손가락으로 가리켰고, 두 손을 가슴 앞에 컵 모양대로 모았다가 손바닥을 펴는 동작을 하며 말했다.

"큰 거요. 아주 큰 거."

그러자 주인이 알겠다는 듯 고개를 끄덕이더니 브래지어를 더 많이 끄집어냈다. 모조 다이아몬드가 박힌 꽃무늬 브래지어, 금빛 스팽글이 박힌 야한 진홍색 브래지어, 만화 캐릭터가 그려진 브래지어 등등…. 그중에 내가 원하는 사이즈는 없어 보였다. 부에노스아이레스에서 청바지를 살 때 옷에 몸을 구겨 넣느라 낑낑댔던 일이 떠올랐다. 그때만 해도 나는 내 몸이 문제라고 생각해 옷에 몸을 끼워 맞추려고 애썼다. 하지만 이제는 내 몸에 아무 문제가 없다는 사실을 알고 있다. 나는 내 가슴을 가리키며 소리쳤다.

"커야 해요. 망고처럼 커야 한다고요."

내 소리가 컸는지 구경꾼들이 몰려들었다. 피로에 찌든 백인 여자가 자기 가슴을 들어 올리면서 "더 큰 거!"라고 외치고 있으니 얼마나 희한한 광경이었을까. 민망해질 법한 상황이었지만 그러려니 했다. 그런데 가게 주인은 내 말을 알아듣지 못한 듯 자꾸 엉뚱한 브래지어만 보여 줬다. 가만 보니 브래지어들에 죄다 'A'라는 꼬리표가 붙어 있었다. 이거다 싶어 나는 질문을 바꿨다. 꼬리표를 가리키면서 손가락으로 글자를 써 보였다.

"C? D? 아니, Z 없어요?"

그러자 가게 주인은 노점 뒤편으로 뛰어 들어갔고 나는 기다렸다. 엄마 생각은 항상 하지만 유독 옷을 사러 다닐 때면 추억이 강렬하게 떠올랐다. 엄마는 예쁜 옷을 사랑했다. 우리 집 형편이 좋지는 않았지만 엄마는 언제나 옷을 잘 차려입었다. 맘에 드는 옷이 있으면 할부로 대금을 치러서라도 기어코 샀고, 필요하다면 손빨래까지 할 정도로 정성을 들여 관리했다. 엄마는 내 옷을 사는 것도 좋아했다. 물론 취향이 서로 다르기는 했지만.

엄마가 나에게 처음으로 브래지어를 사 줬던 것은 가톨릭계 초등학교를 다닐 때였다. 피터팬 칼라의 교복 셔츠를 입어야 했는데 옷감이 얇아 2차 성징이 시작된 내 몸이 의식되었다. 그래서 비치지 않게 셔츠 밑에 내의를 한 장 더 받쳐 입기 시작했다. 같은 반 남자애가 그걸 알아채고 브래지어라고 넘겨짚었다. 그러고는 4학년 아이들 중에 나만 브래지어를 하고 나머지 여자애들은 아무도 하지 않았다는 이유로 내가 헤픈 여자애라는 소문을 퍼뜨렸다. 말도 안 되는 논리였지만 4학년 남자애들의 논리라는 게 대부분 말이 안 되는 법이다. 그 후 브래지어를 사러 가자고 하자 엄마는 깜짝 놀랐다. 하지만 나는 브래지어가 갖고 싶었다. 반 아이들에게 어차피 놀림을 당할 바엔 근거라도 있었으면 좋겠다는 생각이었다.

그렇게 해서 사게 된 첫 브래지어는 흰색과 연분홍색이었고 두 컵의 앞쪽 끈에 작은 장미꽃 문양이 새겨져 있었다. 연약해 보이는 문양이었지만 막상 브래지어를 착용하자 훨씬 강해진 기분이 들었다. 남자애가 뭐라고 나를 모욕하든 내 힘을 빼앗을 수는 없을 것 같았다. 옷이 갑옷과 같은 역할을 할 수 있다는 걸 처음 알게 된 때였다.

가게 주인이 브래지어 하나를 들고 다시 나타났다. 적당한 물건을 찾았는지 그녀의 얼굴에 안도하는 기색이 역력했다. 그녀는 입어 보라는 듯 컵이 넉넉하면서도 예쁘장한 흰색 레이스 브래지어를 내 개 내밀었다.

탈의실이 따로 없어서 옷 위로 브래지어를 대어 보았다. 주위에 서 있는 여자들 모두가 숨을 죽인 채 나를 바라보았다. 나는 브래지어를 대고는 만족스러운 표정으로 한껏 포즈를 취했다. 그들이 모두 손뼉을 쳤다. 성공이었다!

다음은 가격을 흥정할 차례였다. 그러나 수백 개의 브래지어를 뒤져서 나에게 꼭 맞는 브래지어를 찾아준 주인과 더 이상 실랑이를 벌이고 싶지 않았다. 나는 그 브래지어를 원했고 그녀도 그 사실을 알고 있었다. 그녀가 7달러에 상당하는 금액을 불렀지만 나는 흔쾌히 값을 치렀다.

나는 혼자서도 충분히 물에 떠오를 수 있는 사람이다
:

　이제 하노이를 떠나 다음 여정을 이어 갈 때였다. 여행사 사무실 앞에 다다르자 다음 목적지인 하롱베이로 데려다줄 버스가 대기 중이었다. 버스를 타는데 여러 가지 감정들이 한꺼번에 몰려왔다.

　사진에서 본 하롱베이는 극적이고 신비롭고 꿈결 같아 보였다. 이 세상에 없는 장소처럼 보였다고나 할까. 물은 광량과 시간대에 따라 에메랄드 그린색으로 보였다가 터키옥색으로 보였다가 사파이어처럼 푸른빛을 띠기도 했다. 울퉁불퉁한 회색빛 석회암 지형은 신화 속 생명체처럼 무리 지어 만에 솟아나 있었다. 베트남어로 '하롱'은 '하늘에서 내려온 용'을 뜻한다는데 꼭 맞는 비유가 아닐 수 없었다.

　전설에 따르면 베트남에 포악한 침략자들이 바다 건너에서 쳐들어왔다고 한다. 그러자 하늘의 왕인 옥황상제는 어미 용과 새끼 용들을 지상으로 보내며 베트남을 지키라고 명했다. 힘센 용들이 불을 뿜고 산처럼 커다란 옥 덩어리를 뱉어 적함이 다닐 수 없도록 장벽을 만들었다. 장벽 때문에 꼼짝하지 못하게 된 적들은 궤멸하고 말았다. 시간이 흘러 옥 덩어리들은 다양한 모양과 크기의 섬 1,600개로 바뀌었다는데, 그것이 바로 우리가 오늘날 보는 하롱베이의 모습인 것이다.

　처음에 배낭여행을 시작할 때 하롱베이까지만 가면 성공이라고 생각했었다. 그러니까 하롱베이는 이번 여행에서 내가 꼭 달성하고 싶은 심리적 목표였다. 그래서 포기하고 싶은 마음이 들 때마다 하롱베이 사진을 보며 마음을 다잡곤 했다.

어디서 이 욕구가 생겨났는지 모르겠다. 적어도 엄마는 베트남을 꿈꾼 적이 없었다. 엄마가 가 보고 싶어 한 곳은 절대 아니었다. 아빠가 베트남에서 1년 동안 복무한 적이 있는데, 엄마 입장에서 보자면 베트남은 1년 동안 남편을 빼앗아간 나라이고, 덕분에 아이들을 혼자 키우느라 고생하게 만든 나라였다. 그래서인지 엄마는 베트남을 별로 언급하고 싶지 않아 했다.

하지만 나는 그런 감정이 없었다. 아빠는 베트남에 계실 때의 이야기를 꺼낸 적이 없었고, 학교 역사 시간에도 다루지 않았기 때문에 베트남에 대해 선입견이 있을 리 없었다. 단지 내가 알고 있는 것은 베트남의 스위스라 불리는 사파의 계단식 논두렁길을 걷는 농부들, 호이안 구시가지에 늘어선 알록달록한 상가 건물들, 매혹적인 하롱베이 같은 우편엽서 속 이미지뿐이었다.

드디어 널따란 벽돌색 돛을 단 목조 정크선 앞에 버스가 도착했다. 이번 주말 내가 머물 곳이었다. 조개껍데기 모양의 돛이 잔잔한 미풍까지 잘 받아 낼 것 같았다. 배는 3층 높이였고 내가 쓸 선실은 주갑판 위에 있었다. 선실에 짐을 내려놓고 다시 밖으로 나오는데 가느다란 나무 난간이 아니었다면 곧장 물로 입수할 뻔했다. 날씨도 맑고 물도 잔잔하고 깨끗해서인지 배 옆으로 헤엄치는 고기떼가 그대로 보였다.

나는 먼저 승숏 동굴을 둘러보았다. 승숏 동굴은 하롱베이에서 가장 큰 석회암 동굴로 1900년대 초 프랑스인들에 의해 발견되었다고 한다. 동굴을 보고 나서는 카약을 타고 진주 농장과 수상 가옥

들을 구경했다. 그다음엔 배 위에서 일몰을 보며 만찬을 즐겼다. 그런데 오늘 일정의 하이라이트는 따로 있었다. 저녁을 먹고 분위기에 취해 사람들이 즉흥적으로 노래방 파티를 열었다.

여행 초반이었다면 내가 하롱베이에서 밍밍한 사이공 스페셜 맥주를 마시며 끽끽거리는 마이크로 본 조비 노래를 열창하게 되리라곤 꿈도 꾸지 못했을 것이다. 만약 그때 하롱베이에 왔다면 짙은 상입성과 관광지화된 뷰위기에 오히려 실망했을지도 모르겠다.

우리는 절대 세상을 있는 그대로 경험하지 않는다. 특정한 순산과 장소에 대해 바라는 마음을 끌고 와서 기대와 슬픔, 실망 등의 다양한 렌즈를 들이대기 때문이다. 특히 그 대상이 내가 바라는 이미지에 부합하지 않으면 절망에 빠져 버린다. 여행이 기대치에 부합하기 어렵고 실제 가 보면 소문만 못한 경우가 많은 이유가 여기에 있다. 여행지는 소문에 부합할 수 없다. 우리는 살면서 새로움에 대한 흥분과 두근거리는 기대감을 추구하지만 여행지의 현실은 다를 수 있다는 사실을 늘 염두에 두어야 한다.

그래서 나는 배우는 중이었다. 추억 만들기란 세상이 내가 원하던 모습이기를 바라는 것이 아니라 내게 다가오는 세상을 있는 그대로 받아들이는 것임을. 그런 의미에서 지구상에서 가장 절묘한 자연 경관으로 손꼽히는 하롱베이에서 〈리빙 온 어 프레이어Livin' on a Prayer〉를 열창하는 것도 나쁘지 않았다. 세상을 있는 그대로 만나는 중이었으니까 말이다.

다음 날 아침, 눈을 떴는데 아직 아무도 일어나지 않았는지 사방이 고요했다. 선실 문을 여니 자욱한 안개가 나를 맞이했다. 안개는 석회암 바위를 타고 미끄러지듯 흘러내렸다. 바다에 있는데도 짠내나 비린내는 나지 않았고 오히려 비 오는 정원에서 날 법한 냄새가 났다. 나는 울퉁불퉁한 돌과 그와 대비되게 잔잔한 물, 용의 영혼이라고 하는 새벽 안개의 고요함에 매료되었다. 엄마도 막상 베트남에 왔다면 나처럼 좋아하지 않았을까. 엄마에게 이 풍경을 보여 줄 수 없다는 사실이 너무나 안타까웠다.

곧이어 해가 부드러운 황금빛으로 충만하게 떠올랐다. 하롱베이의 해돋이를 바라보고 있노라니 마치 오랫동안 열지 못했던 자물쇠의 열쇠를 발견한 기분이 들었다. 나는 이 순간의 무게와 편안함을 온전히 느끼면서 오랫동안 그 자리에 서 있었다. 세상을 있는 그대로 받아들인다는 것은 나 자신도 있는 그대로 받아들인다는 뜻이다. 만은 잔잔했고 그 안에서 혼자였지만 외롭지는 않았다. 그저 감사한 마음이 차고 넘치는 느낌이었다. 엄마가 알츠하이머병을 진단받았을 때만 해도 나의 세상이 산산조각 났다고 생각했다. 하지만 그렇게 금이 간 덕분에 오히려 다른 것들을 받아들일 틈이 생겼다.

한때 세상은 내게 허락되지 않은 것이라고 생각하던 시절이 있었다. 오하이오의 작은 마을에서 태어난 것이 내 운명이고, 아무리 간절히 떠나고 싶어도 결국 떠나지 못할 거라고 생각했다. 고향을 떠나는 데에 필요한 재주가 내게 없다고 생각했다. 꿈을 이룰 능력도 내게 없다고 생각했다. 하지만 그 모든 것이 세상이 내게 허락하지 않은 것이 아니라 지레 겁먹고 내가 만든 틀에 스스로 갇혀 있었다는 것을, 이제는 안다. 틀을 깨고 앞으로 나아가는 데 있어 두려워할 것은 오직 나 자신뿐이다.

안개 긴 아침이 물러가고 빛나는 오후가 찾아왔다. 나는 배에서 새로 사귄 친구들과 어울려 일광욕을 즐겼다. 날이 더워지자 다들 물속으로 풍덩풍덩 뛰어들기 시작했다. 나만 난간을 꼭 잡은 채 갑판에 서 있었다. 밑에서 모두가 환하게 웃으면서 뛰어내리라고 재촉했지만 3층 높이에서 내려다보니 밑이 아득해 보였다. 물론 스카이다이빙 경험이 있긴 하지만 비행기에서 뛰어내릴 땐 상대적으로 비교할 민힌 대상이 없어서 높이를 가늠할 수 없다. 하지만 지금은 내가 얼마나 높은 곳에 있는지가 너무나 빤히 보였다. 그때 아일랜드에서 온 여자가 소리쳤다.

"뛰어 봐요. 손을 놔요."

나는 눈을 질끈 감고 깊이 숨을 들이마셨다. 그리고 난간을 쥐고 있던 손을 놓았다. 공포를 느낄 겨를도 없이 깊은 물속에 첨벙 빠졌다. 차디찬 물을 각오했지만 바닷물은 적당한 온도의 목욕물처럼 나를 따스하게 품어 주었다. 부드러운 물결이 햇빛을 받아 일렁이며 반짝거렸다. 나는 더 이상 하롱베이에 감탄만 하는 사람도, 멀찍이 서서 풍경을 마음에만 담는 사람도 아니었다. 어느덧 나는 하롱베이의 일부가 되었다.

알츠하이머병을 앓는 엄마를 사랑하는 것은 10년 동안 숟가락으로 터널을 파고, 내가 판 구멍이 결국 무덤이었다는 것을 께달는 과정이었다. 다행히 나는 그 기나긴 터널 반대편에서 마법의 장소를 발견했다.

엄마는 나를 애써 이 세상에 내놓았고, 나는 이제야 그 노력에 보답했다고 말할 수 있을 것 같다. 나는 여기에 살아 있다. 푸르름과 자비로움을 아낌없이 펼쳐 보이는 하롱베이에 떠 있다. 엄마는 이제 내 곁에 없지만 엄마의 말처럼 나는 생각보다 강한 사람이다. 혼자서도 충분히 물에 떠오를 수 있는 사람인 것이다.

## 언제나 당당하게 라플레시아꽃처럼

:

생각해 보면 엄마 곁에는 거의 항상 꽃이 있었다. 독일에서 공수한 은방울꽃 향 비누, 앞뜰 화단에 직접 심은 천수국과 제라늄, 매년 부활절마다 사 오는 강렬한 향의 자주색 히아신스. 엄마는 활짝 핀 꽃 문양이 있는 옷을 좋아했고, 거실 소파 위쪽에 걸 작품을 고를 때도 붉은 양귀비꽃이 만발한 유화를 골랐다. 뒤뜰에는 엄마가 심은 나팔꽃과 키 큰 풀들이 철제 울타리를 휘감으며 올라가고 있었고, 나는 그 사이를 아장아장 걸어 다니곤 했다. 한번은 엄마가 금은화 한 송이를 따다가 내 혀에 대 준 적이 있는데 그때 느꼈던 달콤함이 지금도 생생하다.

그랬던 엄마가 꽃이 피지 않는 계절, 언 땅에 묻혔다는 것이 이상하게 느껴졌다. 그래서 내 팔뚝 정도 길이의 앙상하고 옹이 진 나뭇가지를 장례식장 화병에 꽂아 두고는 화병 옆에 메모지를 놔두었다. 그러고는 조문객들에게 엄마에 대한 추억을 적어서 가지에 매달아 달라고 부탁했다. 가족들은 실없는 행동이라 생각했는지 내게 넌지시 말했다.

"이럴 필요가 있을까?"

하지만 나는 고집을 꺾지 않았다. 추억의 나무를 만드는 것이 왜 그토록 중요한지 말로 설명하기가 힘들었다. 어쩌면 엄마의 인생이 나 아닌 다른 누군가에게도 의미 있었는지 알고 싶었던 걸지도 모른다. 쪽지라는 눈에 생생하게 보이는 증거를 통해 말이다. 아니면 단순히 엄마에 관한 모든 기억을 모아서 간직하고 싶었을 수도 있다. 그것도 아니라면 어느 흐린 날 오후에 부모님 댁 뒤뜰에서 꺾어 온, 뿌리도 없고 부러진 나뭇가지가 아름다운 모습으로 재탄생되는 과정을 보고 싶었던 건지도 모른다.

조문이 진행될수록 앙상했던 나뭇가지에 꽃이 피어나기 시작했다. 가지마다 종이로 접은 꽃들이 매달려 생기를 되찾았다. 나중에는 나뭇가지가 꽃으로 뒤덮였고, 그 모습은 너무도 아름다웠다.

엄마가 돌아가신 지 4개월이 흘렀고, 나는 엄마가 잠들어 있는 곳에서 멀리 떠나와 있었다. 말레이시아 카메론 하일랜드의 밀림에 가는 중이었다. 장례식장 화병에 꽂아 둔 나뭇가지처럼 뿌리가 없고 세상에서 가장 큰 꽃이라고 하는 라플레시아를 보기 위해서였다.

라플레시아꽃은 쉽게 볼 수 없다. 희귀한 데다 커다란 꽃이 피는 데만 한 달이 걸리고 한 번에 4~5일 동안만 꽃을 보여 주기 때문이다. 몇 달 동안 꽃을 피우지 않을 때도 있다. 더군다나 팜유 농장이니 토지 개발을 위해 상당량의 열대 우림이 벌채된 탓에 서식지 감소로 멸종 위기 직전에 다다랐다고 한다. 그래서 보호 식물로 지정되었고, 라플레시아꽃을 보려면 반드시 가이드를 대동해야만 했다. 말레이반도 원주민인 오랑 아슬리 부족 사람들이나 그 부족에게 교육받은 가이드들만이 꽃이 있는 장소를 알고 있기 때문이었다.

가이드가 운전하는 랜드로버는 줄줄 흐르는 진흙이 차량의 아래쪽 3분의 2를 뒤덮은 상태였다. 그것만 보아도 험난한 길이 예상되었다. 백미러를 들여다보는 가이드의 눈엔 핏발이 서 있었고, 목에 건 체인에는 대마잎 모양의 은 펜던트가 달랑거렸다.

우리는 뼈까지 덜덜덜 떨리는 도로를 두 시간 넘게 달렸다. 한번은 몸이 좌석에서 붕 떠서 천장을 향해 돌진했다. 안전띠를 매고 있었는데도 하마터면 지붕에 머리를 찧을 뻔했다. 그런데 갑자기 가이드가 특별할 것 하나 없는 도로에 차를 세웠다. 차 밖으로 보이는 것은 등산로도, 표지판도 없는 자연 그대로의 밀림뿐이었다. 그는 나에게 따라오라고 손짓했다. 진흙이 발목까지 차올라 걷기가 힘든 데다 가시덤불과 날벌레들은 끊임없이 나를 괴롭혔다. 중간중간 다리 같지 않은 다리도 건너야 했다. 다리라고 해 봐야 골짜기를 가로질러 대나무 막대를 몇 개 걸쳐 놓은 게 전부였는데, 다리 아래로는 흙탕물이 빠르고 사납게 흐르고 있었다. 나는 유독 어느 다리 앞에서 머뭇거리며 말했다.

"이게 어떻게 다리예요. 커다란 젓가락이지."

먼저 건넌 가이드는 내가 망설이자 짜증이 난 듯 말했다.

"다리 맞아요."

망설이는 사이 원숭이 한 마리가 반대편으로 날쌔게 건너갔다. 마지막에는 나를 놀리듯 춤까지 추는 것 같았다. 할 수 없이 조심스럽게 다리를 건너기 시작했다. 하지만 걸쳐 놓은 대나무 막대들이 흔들리더니 아래로 떨어져 버렸다. 몸이 기우뚱 균형을 잃으려는 찰나, 가이드가 내 손을 붙잡고는 미끄러운 벼랑에서 나를 끌어 올렸다. 인디아나 존스가 따로 없었다. 우리는 푸른 초목 속으로 계속 걸어 들어갔다. 등에는 땀방울이 흘렀고 헐렁한 민소매 옷이 피부에 들러붙었다. 그때, 가이드가 걸음을 멈추고 조용히 말했다.

"쉿."

그러고는 손가락으로 어딘가를 가리키는데, 알고 보니 그것은 바로 라플레시아 싹이었다. 양배추 모양의 싹은 검은색에 붉은빛이 감도는 색을 띠고 있었고, 크기는 볼링공만 했다.

우리는 밀림 더 깊숙한 곳으로 들어갔다. 얼마쯤 걸었을까. 라플레시아꽃이 드디어 모습을 드러냈다. 꽃은 활짝 피어 있었고, 시름이 1미터에 달할 정도로 거대했다. 곁에 서니 상대적으로 내가 작게 느껴질 정도였다. 꽃 색깔은 선명한 빨강색이었는데 엄마가 자주 바르던 립스틱 색깔과 똑같았다. 꽃잎은 버섯처럼 폭신폭신했고, 꽃의 안쪽 면에 균류가 점점이 자라나 있었다. 내부의 중심 기둥에는 돌기가 여러 개 박혀 있는데, 각각 새끼손가락만 한 크기였고 그 끝은 대못처럼 뾰족했다.

라플레시아는 잎도 줄기도 뿌리도, 심지어 엽록소도 없는 희한한 식물이다. 엄밀히 말하면 포도과의 덩굴 식물에 붙어 양분을 빨아들이는 기생식물이다. 꽃에다 부드럽게 입김을 불자, 썩은 음식물 냄새와 유사한 악취가 풍겼다. 라플레시아가 시체꽃 또는 시체 백합이라는 이름으로도 잘 알려진 이유다.

할머니가 돌아가시고 곧이어 엄마까지 떠나니 나는 끈 떨어진 연처럼 마음 둘 곳 하나 없는 상태가 되었다. 그래도 계속 나아갔던 건 되돌아가는 법을 모르기도 했지만 가다 보면 더 좋은 일이 기다리고 있을 거라고 믿었기 때문이다. 그런데 그러한 믿음을 대변이라도 해

주듯 라플레시아는 뿌리가 없어도 꽃을 피웠다. 그것도 밀림 한가운데에서 아주 강렬하고 찬란하게 말이다.

가끔 엄마를 위해 내가 무엇을 달리 할 수 있었을까 생각해 본다. 여행을 떠나는 대신 서서히 죽어 가는 엄마를 지켜보는 게 옳았을까? 아직도 모르겠다. 하지만 엄마는 분명히 내가 고통과 절망에 빠져 소중한 인생을 낭비하지 않기를 바랐을 것이다. 죽음을 앞둔 이들은 사랑하는 사람이 자신 때문에 너무 슬퍼하지 않기를, 남은 생을 씩씩하게 잘 살아가기를 바란다고 한다. 엄마도 그러지 않았을까. 그래서 나는 마추픽추부터 대피라미드와 여러 개의 바다가 만나는 곳까지 엄마를 마음속에 품고 다녔다. 나만의 방식으로 엄마를 애도했고, 엄마가 내게 남겨 주고 싶어 했던 것들에 대해 생각하고 또 생각했다. 그러다 어느 순간 깨달았다. 내가 엄마 없이는 아무것도 못 하는 어린아이가 아니라 이제는 혼자서도 충분히 뭐든 할 수 있는 어른이라는 사실을 말이다. 그리고 또 깨달았다. 나를 망칠 수 있는 것도, 나를 구원할 수 있는 것도 오직 나뿐임을 말이다.

라플레시아꽃을 본 다음에는 차를 재배하는 밭들과 꽃핀 언덕들을 느릿느릿 걸으며 보냈다. 이어서 한국으로 날아가 서울에서 통통한 김치 만두를 먹었다. 입안에서 시고 매운 육즙이 터졌다. 세련되고 북적이는 홍대 부근에 묵었는데 쿵쿵거리는 음악이 밤새 이어졌다. 남북한 사이에 놓여 있는 비무장지대에도 가 보았다. 철조망을 두른 담과 지뢰밭, 그리고 철책을 친 강 너머 북측 관광객들이 보였다. 손을 흔드는 것은 허용되지 않았지만 우리는 서로를 볼 수 있었다. 그들은 나를, 나는 그들을 서로 카메라에 담았다.

곧이어 캘리포니아에서 배심원으로 출석하라는 소환장을 받았다. 시민의 의무를 연기할 수 없어서 한국을 떠나 팜스프링스로 날아갔다. 공항 밖으로 나가니 캘리포니아의 건조한 공기가 훅 다가왔다. 남편이 개를 데리고 마중 나와 있었다. 둘 다 나에게 열광적인 키스를 퍼부었다. 하루 뒤 법원에 출두했지만 소송은 기각되었다. 판사가 "집으로 돌아가셔도 좋습니다"라고 말했을 때 그것이 나에게 어떤 의미였는지 그는 전혀 몰랐을 것이다.

1년 만에 돌아온 집은 여행하기 어려운 노시처럼 느껴졌다. 정해 놓은 직장도 없었고, 진로도 불투명했다. 가정을 꾸리는 것도 쉽지 않았다. 남편을 처음부터 새로 알아 가야 했고, 16평 아파트에서 한 침대를 쓰며, 내 모든 선택을 다른 사람과 함께 의논하는 방법을 터득해 나가야 했다. 예전 같으면 도망부터 갔을 테지만 그러고 싶지 않았다. 엄마의 죽음과 1년간의 여행은 나를 근본적으로 바꿔 놓았기 때문이다.

후회하느니 위험을 감수하는 게 낫다. 나는 슬픔을 겪으며 단단해졌고, 낯선 세상과 만나며 더 단단해졌다. 만약 아무것도 하지 않았더라면 아무 일도 일어나지 않았겠지만 그랬다면 아무것도 배울 수 없었을 테고, 달라질 수 없었을 테고, 이만큼 성장하지 못했을 것이다. 그러니 앞으로도 어떻게든 부딪혀 나가다 보면 답을 찾을 수 있지 않을까. 엄마의 말처럼 나는 생각보다 강한 사람이니까 말이다.

물론, 살다 보면 낯선 여행지에서처럼 길을 헤맬 수도 있을 것이다. 죽음의 그늘이 드리울 때도 있을 것이다. 가까운 이의 죽음을 직면해야 할 때도 있을 테고 내 삶의 고비도 몇 번인가 넘어야 할 것이다. 그럴 때면 약해지고 슬픔에 잠기고 상처받겠지만 그래도 어둠 속에서 조그마한 빛을 찾을 수 있을 것이다. 그럼에도 너무 깜깜해 앞이 안 보일 때는 라플레시아꽃을 떠올릴 것이다. 돌보는 이 하나 없어도 움츠러들기는커녕 보란 듯이 당당하게 꽃을 피워 내는 라플 레시아를 말이다. 그렇게 한 발짝 한 발짝 나아가다 보면 또 다른 세 상이 내 앞에 펼쳐질 것을 믿는다.

# 아들과 함께 다시 그곳을 찾은 이유

2018년 7월, 태국의 코끼리 자연공원을 다시 찾았다. 이번에는 자원봉사자가 아니라 방문객 자격이었다. 남편이 내 뒤에 서 있고, 나는 세 살 된 조그마한 남자아이의 손을 잡고 있었다. 우리 아들 에베레스트다.

제이슨과 나는 아이에게 도전, 하늘까지 뻗는 강인함, 소원, 꿈이 연상되는 이름을 지어 주고 싶었다. 유산을 한 번 하고 어렵게 가진 아기라 그런지 더 애틋한 마음에 그런 것도 있었다. 어쨌든 그래서 탄생한 이름이 바로 '에베레스트'이다. 아이는 커다란 희망으로 우리 부부의 삶에 들어왔다.

아이는 왼손잡이고, 브로콜리와 수박, 공룡, 데이비드 보위를 사랑한다. 산에 오르는 걸 좋아하고, 춤추는 걸 좋아하고, 퍼즐 맞추기를 좋아한다. 또 지도 위에 철퍼덕 앉아 둘째손가락으로 길을 짚어 보는 것을 재미있어한다. 때론 도시나 멀리 떨어진 장소의 이름을 물어보기도 한다. 그리고 무엇보다 비행기에 푹 빠져 있다. 나중에 조종사가 되어서 자기가 운전하는 비행기로 나를 그리스까지 데려다주겠다고 벌써부터 난리다.

우리는 3주 휴가를 내어 동남아시아를 여행 중이다. 아이가 보채지 않고 잘 적응해 준 덕분에 로스앤젤레스에서 치앙마이까지 24시간의 비행은 순식간에 지나갔다. 우리는 며칠 동안 도시를 걷고, 사찰의 계단을 오르고, 야시장을 구경하고 이것저것 군것질을 하며 보냈다. 나 홀로 갔던 여행에서 의미 있었던 장소에 이제는 가족을 데려온 것이었다.

나는 이로써 고리가 완성됐다고 생각했다. 나의 배낭여행이 완전한 원을 그리게 되는 것이다. 나는 1년 동안 17개국을 여행하며 엄마를 위해 작성한 버킷리스트 아홉 개를 모두 달성했다. 마추픽추까지 잉카 트레일을 완주했고, 아마존 열대 우림을 트레킹했으며, 원숭이 보호 구역에서 자원봉사를 했고, 볼리비아의 소금사막을 보았고, 부에노스아이레스에서 축구 경기를 관전했다. 또 크루거 국립 공원에서 사파리 여행을 했고, 기자의 피라미드를 보러 갔고, 페트라의 고대 도시를 방문했으며, 코끼리들을 돌보았다. 아울러 내 버킷리스트에 올린 항목들도 여러 개 달성했다. 여행을 통해서 내가 얼마나 간절히 엄마가 되고 싶은지도 깨닫게 되었다. 여행을 시작할 때는 미처 몰랐던 사실이었다.

그리고 지금 아이와 함께 치앙마이에 돌아옴으로써 내 인생의 의미 있는 모든 것이 하나로 합쳐졌다. 딸로서 혼자 했던 여행의 마침

표를 엄마가 되어 아이와 함께 와서 찍은 것이다. 그래서인지 코끼리 자연공원에 도착했을 때부터 가슴이 너무 설렜다. 당연히 아이도 내가 그랬던 것처럼 코끼리를 보면 좋아하리라고 생각했다. 코끼리가 나오는 텔레비전 프로그램을 아이가 유난히 좋아했기 때문이다.

하지만 정작 아이는 코끼리를 좋아하기는커녕 다가가는 것조차 주저했다. 얼굴에는 무서워하는 기색이 역력했다. 그림책이나 텔레비전으로 보는 거랑 실제로 코끼리를 보는 게 다를 수밖에 없을 텐데 내가 미처 그것을 고려하지 못한 것이다. 조그마한 아이의 눈에는 코끼리 키가 100미터쯤 되어 보일 것이 틀림없었다.

우리가 목재 데크 위에 서 있는데, 코끼리 중 한 마리가 성큼성큼 걸어오더니 아이를 향해 코를 살짝 내밀었다. 나는 수박 반쪽을 아이에게 주면서 코끼리에게 먹여 줘 보라고 했다. 하지만 아이는 용기가 안 나는지 수박을 떨어뜨리고 내 뒤로 숨더니 작은 소리로 웅얼거렸다.

"코끼리가 너무 커."

방법이 없을까 고민하던 나는 이번엔 아이에게 호박을 주었다. 호박은 길쭉하니까 코끼리가 아이 손을 건드리지 않고도 호박을 쉽게 움켜쥘 수 있을 테고, 그러면 아이가 덜 무서워하지 않을까 해서였다. 그런데 아이가 무서워한다는 사실을 알아차리기라도 한 듯 코끼리가 먼저 장난을 걸어왔다. 호박을 코로 살짝 건드린 다음 "나 줄 거야?"라고 말하려는 것처럼 코로 자신을 가리켰다. 그러더니 다시 코를 내밀어 아주 부드럽게 아이의 손에서 호박을 가져갔다. 하지만 아이는 정작 손에서 호박이 없어졌다는 사실을 눈치채지 못했다. 거미가 폭스바겐 자동차만 한 거미줄을 짓는 광경을 보느라 바빠서였다.

"와, 엄마! 저 거미 보여요? 내 얼굴만큼 커요!"

아이가 코끼리에게 도통 관심을 보이지 않으니까 당황스러웠다. 그래도 시간이 좀 흐르자 익숙해졌는지 더 이상 코끼리를 피하지는 않았다. 우리는 온종일 코끼리들과 함께 보냈다. 먹이를 주고, 강으로 함께 걸어가 목욕을 하게 놔두고, 아름다운 시골 풍경을 배경으로 돌아다니는 코끼리들을 관찰했다.

코끼리 자연공원은 7년 사이에 상당히 달라져 있었는데 다행히 모두 긍정적인 방향의 변화였다. 보호 구역이 확장되었고 더 많은 코끼리를 구조했다. 스틱독은 이제 없었지만 개와 고양이를 비롯해 구조된 동물들이 수백 마리나 있었고 수용 시설도 번듯했다. 내가 열심히 메꾸었던 구멍 난 도로는 오래전에 사라졌고, 대신 그 자리에는 새 도로가 생겨 잘 관리되고 있었다. 그리고 무엇보다 지난 몇 년 사이 이곳 말고도 수십 개의 다른 동물 보호 구역이 생겨났다. 태국 정부가 생태 관광을 적극적으로 장려하기 시작했기 때문이다. 코끼리 자연공원이 이러한 변화에 길을 닦은 셈이었다.

빈자리는 오직 하나, 조키아의 단짝 친구이자 눈이 되어 준 메이펌이 없었다. 나는 들판 저쪽 오두막 아래에 홀로 서 있는 소키아를 바라보다가 조심조심 다가갔다. 연구에 따르면 암컷 우두머리가 다른 코끼리보다 유독 기억력이 뛰어나다고 한다. 친구와 가족을 지켜 내려는 강한 책임감이 기억력 발달로 이어진다는 것이다. 그래도 조키아가 나를 기억하고 있으리라곤 생각지 않았다.

그런데 잠시 후 조키아가 코로 내 손을 감싸고 비벼 대기 시작했다. 정말로 나를 기억하고 있을 줄이야. 감격스러웠다. 나도 모르는 사이 눈물이 뺨을 타고 흘러내렸다. 그러자 아들이 쪼르르 달려와 눈물을 닦아 주며 말했다.

"괜찮아, 엄마. 울지 마요."

나는 오래전 내 마음을 주었던 조키아와 지금 내 마음을 온통 빼앗아 간 다정한 아들 사이에 서서 하늘을 바라보았다. 우리 모두에게 태국의 뜨거운 태양이 내리쬐었다. 순간 나의 과거와 현재와 미래가 마치 한자리에 있는 듯한 묘한 떨림이 느껴졌다. 아들이 아직 세 살밖에 안 되니까 커서 오늘을 기억할 확률은 매우 낮지만 그럼에도 기억할 수 있기를 조용히 기도했다.


에베레스트는 무엇이든 자기 속도대로 하는 아이였다. 태어날 때부터 예정일보다 2주 늦게 제왕절개로 세상에 나왔다. 사람들이 출산 이야기를 할 때면 항상 아이를 처음 본 순간이나 아이 살결이 피부에 닿았던 순간을 얘기하는데 나는 달랐다. 이상하게도 수술실의 차갑고 투명한 공기를 가로지르던 아이의 날카로운 첫 울음소리를 잊을 수가 없다. 양손은 수술대에 묶이고 코는 막히고 커튼이 시야를 가리고 있어서 다른 감각은 모두 사라진 상태였지만 나는 그 소리를 통해 아이와 처음으로 교감했다. 소중하고 완벽했다.

의사 중 한 명이 "아들이에요"라고 소리쳤고, 곧이어 다른 의사가 "손가락 열 개, 발가락 열 개!"라고 말했다. 누군가가 아기를 내 얼굴 옆에 눕혔고, 나는 아기를 뺨으로 문질렀다. 새끼 고양이를 핥는 어미 고양이가 된 기분이 들었다. 그리고 뭔가 경이로운 느낌이 들었다. 나는 아기를 쳐다보며 말했다.

"너는 누구니? 어떤 사람이 될 거야?"

그 질문은 이후 며칠, 아니 몇 달 동안 계속 이어졌다. 젖을 먹이고 기저귀를 가는 밤에도, 아기가 커다란 눈망울로 나를 빤히 바라보는 순간에도….

아이는 초반에 영아 산통(신생아나 생후 2~3개월 된 아기가 신체에 병이 없는데도 발작적으로 심하게 계속 우는 증상)이 심해서 얼굴이 쭈글쭈글한 가지색이 되도록 몇 시간이고 울어 댔다. 나는 아이를 꼭 안고 예전에 엄마가 나를 안아 주었던 노란색 흔들의자를 조심스럽게 앞뒤로 흔들며 울음을 진정시키려고 최선을 다했다.

아이는 빠르게 성장했다. 소년 같기도 하고 조랑말 같기도 했다. 유아용 침대를 기어오르는 법을 터득하자마자 매일 아침 울타리를 뛰어넘는 망아지처럼 기세 좋게 자기 방에서 튀어나왔다. 기어 다니는 법이 거의 없었다. 가구를 짚고 일어서거나 식탁 주변을 빙빙 돌다가 바닥에서 뒹굴었다. 제이슨과 나는 돌이 지나자 아기 안전문을 치워 버렸다. 아이가 꼭대기에서 깡충 뛰어내리는 통에 안전문이 있어 봐야 별 도움이 안 되었기 때문이다.

혹시 내가 아이에게 알츠하이머병을 물려준 것은 아닐까 하는 궁금증은 항상 남아 있다. 아이의 몸에 유전자가 있을 수도 있고, 내 몸에 유전자가 있다면 아이가 나를 돌보게 되는 상황이 올 수도 있다.

하지만 나는 희망을 가져야 한다. 어쨌거나 이 아이가 세상에 태어난 것도 희망 때문이니까. 그리고 제이슨과 나는 후회하는 것보다

차라리 위험을 감수하는 편이 더 낫다고 판단했다. 그럼에도 의구심이 들 때면 나는 엄마와 함께 갔던 사우스다코타의 배들랜즈를 떠올린다. 묘하게 거짓말 같았던 황폐하고도 웅장한 경관을 떠올리면 문득 그런 생각이 든다. 세상은 혼자서만 간직하기엔 너무 놀라운 곳이다. 그것을 아이와 함께 나눌 수 있어서 감사하다.

우리는 태국을 떠나 캄보디아로 향했다. 사원들을 둘러보고, 빌과 질 부부를 만나고, 지뢰 제거 팀의 활동 현장을 직접 보기 위해서였다. 우리는 차를 타고 녹음이 우거진 시골로 들어갔다. 시엠레아프에서 두어 시간 거리에 있는데 그곳의 한 농지에서 지뢰가 발견되었다고 했다. 아이들의 등굣길에서 그리 멀지 않은 지점이었다.

우리는 지뢰 제거 팀과 함께 지뢰가 있는 곳으로 갔다. 에베레스트에게는 제일 작은 방탄조끼를 입혔지만 체격이 워낙 작다 보니 여전히 컸다. 헬멧의 투명한 플라스틱 안면 보호대는 가슴까지 내려왔다. 그사이 해체 팀이 오래된 지뢰 주변에 다이너마이트를 설치했고, 준비가 끝나자 에베레스트에게 폭발 버튼을 누르게 했다. 그러자 쾅 소리가 나면서 땅이 흔들리는 느낌이 났다. 하지만 정작 아이는 자기가 무슨 일을 한 건지 깨닫지 못했다. 빌은 아이를 지뢰가 있던 장소로 데리고 가 그 잔해들을 보여 주며 말했다.

"네가 해냈어!"

그다음 목적지는 발리. 우리 중 누구도 가 본 적 없는 장소였다. 에베레스트는 세 살의 마지막 날을 바닷가에서 보냈다. 나는 제과점 매대에서 분홍색 컵케이크를 하나 사 왔고, 아이는 신발짝으로 모래를 파고 보물찾기를 하면서 그 컵케이크를 먹었다. 그러다가 나는 우연히 지도에 표시되어 있지 않은 보물 같은 장소를 발견했다. 사누르 해변 근처에 있는 작은 바다거북 보존 센터였다.

새끼 바다거북은 야간에 알에서 부화한 후 눈에 보이는 가장 밝은 빛을 향해 나아간다. 원래는 달빛이 비추는 바다를 향하는데 언제부터인가 해안가의 눈부신 인공조명들이 방향 감각에 혼선을 초래해 내륙으로 향하는 경우가 많아졌다. 문제는 부화한 바다거북들이 얼른 바다에 가지 못하면 대기 노출로 인한 탈수증으로 죽을 수 있다는 것이다. 새와 게들의 먹잇감이 될 확률 또한 높아진다. 어떤 바다거북들은 낚시용 그물에 걸리거나 쓰레기를 먹고 죽기도 한다. 알에서 깨어날 기회를 얻기도 전에 산란 장소 자체가 파괴되는 사례도 종종 있다. 그러다 보니 전 세계적으로 바다거북은 대부분 멸종 위기에 처해 있다.

발리의 보존 센터는 알을 안전한 환경에서 부화시킨 다음 새끼 바다거북이 태어나면 어느 정도 자랄 때까지 보호하다가 적정 시점에 바다로 방류하는 일을 하고 있었다. 제이슨과 나는 에베레스트의 생일을 맞이해서 뭔가 뜻깊은 경험을 하게 해 주고 싶었는데 마침 잘됐다 싶었다. 우리는 새끼 바다거북을 바다에 방류하는 일에 참여하기로 했다.

아이는 커다란 수조에서 새끼 바다거북 수십 마리가 헤엄치는 모습을 지켜보았다. 잠시 후 아이가 그중 한 마리를 가리켰다. 보기에도 너무나 작은 바다거북이 수조 옆면을 자기 몸으로 들이받으면서 기어오르려고 애쓰는 중이었다. 아이는 물끄러미 그 모습을 바라보며 생각에 잠기는 듯했다. 바다에 방류할 새끼 바다거북을 골라야 할 차례였다. 고민 끝에 아이는 가장 천방지축인 녀석을 골랐고, 그 녀석에게 '뾰족이'라는 이름을 붙여 주었다.

센터 직원 한 명이 뾰족이를 플라스틱 바가지로 건져 올렸다. 그러고는 바가지를 아이에게 조심스럽게 넘겨주었다. 새끼 바다거북을 손으로 만져서는 안 되기 때문이다. 아이는 놓치지 않으려는 듯 바가지를 꽉 잡고는 한 걸음 한 걸음 물가를 향해 걸어갔다. 하지만 걸음을 멈추고는 걱정스러운 표정으로 나에게 물었다.

"엄마, 뾰족이가 어디로 가야 할지 알고 있을까?"

"그럼, 그건 본능이야."

"본능?"

"몸 안의 무언가가 어디로 가야 할지, 무엇을 해야 할지, 어떻게 행동해야 할지 알려 준다는 뜻이야. 자기가 아는지도 모르면서 이미 알고 있는 거지. 뾰족이의 본능이 바다로 가야 한다고 알려 줄 테니까 바다로 갈 거야."

그제야 아이는 안심한 듯 고개를 끄덕였다. 우리는 잔잔한 파도 속으로 조금 더 걸어 들어갔다. 아이는 뾰족이를 조심스럽게 바닷물에 놓아 주었다. 뾰족이는 잠시 철벅거리다가 곧이어 광활한 대양을 향해 헤엄쳐 나아갔다. 어느 순간 더 이상 뾰족이가 보이지 않았다. 아이는 그 후로도 한참 동안 뾰족이가 사라진 방향을 바라보았다. 아이가 뾰족이를 보며 무슨 생각을 했을까? 궁금했지만 묻지 않았다.

따뜻한 미풍이 발리해에 서 있는 내 머리카락을 헝클었다. 내 곁

에는 남편과 자신만의 모험을 시작하려는 아이가 서 있었다. 이 여행
이 우리를 얼마나 멀리 데려갈지 알 수 없지만 여행을 시작해야 한
다는 사실은 분명했다. 아이가 뾰족이를 향해 크게 소리쳤다.
　"잘 가, 뾰족아."

　무엇보다 제일 먼저 독자 여러분에게 감사를 드리고 싶다. 독서는 시간과 에너지, 때로는 돈을 투자해야 하는 일임을 잘 알기에 각자의 삶 속에 이 책을 위한 공간을 마련해 준 독자들이 그저 고마울 뿐이다.

　함께 글을 쓰는 친구들에게도 감사의 말을 전하고 싶다. 똑똑하고 영감 넘치는 나의 휴식처 헤더 스콧 파팅턴, 아일린 실즈, 리지 길라드 실버, 내 인생에 끊임없이 마법을 일으키는 매그 개버트, 수년간 원고가 막힐 때마다 내 하소연을 들어 주고, 내가 깊고 어두운 구멍에 빠질 때마다 다정하게 조언해 준 리 레이퍼, 케이트 마루야마, 사라 마천트, 존 매트슨에게 감사한다. MFA 과정의 멘토와 지도자들, 온라인과 오프라인을 아우르는 문학 공동체, 특히 '바인더스'

의 모든 분에게 감사드린다.

나는 케임브리지 작가 워크숍에서 알렉스 마르자노 레스네비치와 대화를 나누던 중 중요한 돌파구를 만났다. 덕분에 라플레시아 꽃에 관한 이야기를 쓸 수 있었고 내가 고민하던 결말을 완성할 수 있었다. 그리고 마감일이 임박했을 때 스티브 드 자낫은 나에게 조용히 글을 쓸 공간을 제공해 주었다.

내가 한 여행은 절대 혼자만의 힘으로 이루어진 것이 아니다. 1년간의 여행을 무사히 마칠 수 있도록 응원해 주고 도움을 주었던 수많은 친구들에게 감사의 말을 전한다. 그들은 나를 공항까지 차로 데려다주고, 용기를 북돋우는 메시지를 보내 주고, 자신이 아는 인맥과 연결해 주었다. 그리고 나는 전 세계 곳곳에서 마음 넓은 친구들을 만났다. 그들은 내가 머물 곳이 필요할 때 보금자리를 내어 주었고, 교통편이 필요할 때 차를 태워 주었으며, 배가 고플 때 빈속을 채워 주었다. 아마도 그들이 없었다면 지금의 나는 없었을 것이다.

내 컴퓨터가 볼리비아에서 고장 나고, 아르헨티나와 남아공에서 또다시 고장을 일으킨 후, 친구인 케이스 개리슨은 나에게 노트북을 구해 주려고 십시일반 돈을 모아 주었다. 그것은 크라우드소싱이 유행하기 전의 일이었다. 조금씩 비용을 보태 준 모든 사람들에게 고맙다는 말을 전하고 싶다. 여러분이 아니었다면 내가 작성하고 수집한 모든 메모와 블로그 게시물, 사진, 그리고 이 책의 초안은 세상에 나오지 못했을 거예요.

좋은 친구가 되려면 어떻게 해야 하는지 늘 모범을 보여 주는 캐런 데이트릭에게 사랑을 듬뿍 보낸다. 그녀는 오하이오주 저 끝에서

부터 달려와 엄마의 장례를 마친 내 곁에 있어 주었다. 무슨 말로 이 고마운 마음을 다 표현할 수 있을지 모르겠다.

우리 가족은 각자가 할 수 있는 최선의 방식으로 나와 내 여행을 지지해 주었다. 특히 가장 우렁차고 열광적인 팬이 되어 준 사촌 토니와 내가 여행하는 동안 원격으로 독서 친구가 되어 준 언니에게 특별한 감사를 전한다. 아빠는 아직도 내 책이 출간된다는 사실을 실감하지 못하고 있다. 하지만 이제는 아시겠죠? 우리가 알츠하이머병이라는 길고 슬픈 길을 걸어야 했다는 점이 마음 아프지만 슬픔을 통해 우리의 관계가 단단해졌다는 걸 말이에요. 사랑해요, 아빠.

나의 친구이자 멘토이며 대학원 원장인 토드 골드버그는 내가 신문사 기자직을 관두고 작가의 길을 걸어갈 때 끊임없이 나에게 자신감을 불어넣어 주었다. 그는 내 인생을 바꾸었다.

나를 기꺼이 믿어 준 편집자 댄 스메탄카가 아니었다면 이 책은 세상에 나오지 못했을 것이다. 그는 처음부터 나의 비전에 공감해 주었으며 내가 더 굳건하고 맹렬하게 글을 쓸 수 있도록 밀어붙여 주었다. 내 책이 카운터포인트처럼 좋은 출판사를 만날 수 있었다는 점에 대해서도 감사하다. 이 책을 독자들에게 이끌어 준 메건 피시먼에게도 무한 감사를 전한다.

담당 에이전트 다라 하이드는 내가 바랄 수 있는 최고의 대리인이다. 나조차도 몰랐던 내 장점을 알아봐 준 그녀에게 이 기회를 빌어 고맙다는 말을 전하고 싶다.

나를 사랑하는 최고의 방법은 나를 보내 주는 것임을 알았던 제이슨에게 감사하지 않을 수 없다. 당신은 나의 가장 든든한 응원단장이었고 내가 집으로 돌아온 이유야.

그리고 나의 빛이자 생명인 에베레스트. 언젠가 네가 커서 이 책을 읽게 되면 엄마가 너 때문에 잠을 많이 못 잤다는 사실을 알아주길 바라. 하지만 너의 어느 한순간이라도 놓치고 싶지 않아서 일부러 눈을 감지 않은 적도 많았단다. 무엇보다 이 세상을 너와 함께 나눌 수 있게 되어서 정말 기뻐.

마지막으로, 사랑하는 사람의 투병을 지켜보고 있거나 상실의 슬픔을 겪고 있는 모든 돌봄 제공자에게 이 책을 바친다. 제가 여러분의 고통을 없애 드릴 수는 없겠지만 적어도 이 책을 통해 혼자가 아니라는 사실을 알았으면 해요. 세상은 넓고 다정하고 여러분을 품어 안을 준비가 되어 있답니다.

옮긴이 강유리

성균관대학교 영어영문학과를 졸업하고 외국계 기업의 인사부서 근무 중 번역의 세계에 발을 들였다. 현재는 펍헙번역그룹에서 좋은 책을 발굴하고 우리말로 옮기는 일에 즐겁게 매진하고 있다. 옮긴 책으로는 《굿바이 스트레스》, 《스타벅스 웨이》, 《탁월한 생각은 어떻게 만들어지는가》, 《나는 퇴근 후 사장이 된다》, 《크리에이터의 생각법》, 《감정 식사》 등 다수가 있다.

# 딸아, 너는 생각보다 강하단다

초판 1쇄 발행 2022년 4월 4일

지 은 이 | 매기 다운스
옮 긴 이 | 강유리
발 행 인 | 강수진
편　　집 | 이여경
마 케 팅 | 곽수진
홍　　보 | 조예은
디 자 인 | 어나더페이퍼
일러스트 | 배중열

주　　소 | (04044) 서울시 마포구 양화로 8길 16-20 피피아이빌딩 3층
전　　화 | 마케팅 02-332-4804 편집 02-332-4809
팩　　스 | 02-332-4807
이 메 일 | mavenbook@naver.com
홈페이지 | www.mavenbook.co.kr
발 행 처 | 메이븐
출판등록 | 2017년 2월 1일 제2017-000064

Korean translation copyright ⓒ 2022 Maven
ISBN 979-11-90538-43-5 (03840)